마인
mine

마인 mine 2

백미경 대본집

이제 우리의 세상을
시작한다

호우요

## 머리말

한 번도 내보지 않은 대본집을 처음으로 내봅니다.

이번 드라마는 유독 제작 기간이 짧았지만 그래도 할 수 있는 한 최선을 다했습니다. 사람들에게 저만의 메시지를 전할 수 있다는 감사한 마음은 물론 보는 사람들에게 제 메시지가 작은 힘이 될 수 있기를 바라는 마음에서였습니다.

제가 이번 드라마로 도전했던 이야기는 여자를 둘러싼 수많은 사회적 편견을 깨부수는 것이었습니다. 그래서 등장인물도 성소수자, 계모, 미혼모, 예인 출신 종교인 등 조금은 특별한 캐릭터로 설정해보았습니다.

개인을 둘러싼 다양한 수식어와 꼬리표가 있지만, 저는 사람들이 그것에 묶이지 않길 바랍니다. 우리는 그 어떤 수식어에 제한될 수 없는 존엄한 자유와 무한한 가능성을 가지고 있으니까요.

자신만의 길을 걸어가는 사람들에게 응원의 박수를 보낼 수 있는 사회가 되길 바랍니다. 이 작품이 작가를 꿈꾸는 작가 지망생뿐만 아니라 드라마를 의미 있게 봐주신 분들에게도 삶에 대한 작은 격려가 되길 바랍니다.

　　<마인>은 궁극적으로 자신에게 가장 소중한 게 무엇인지 스스로 되물어 보게 하는 드라마입니다.

　　세상이 변해도 남아 있을 진짜 나의 것이 무엇인지, 혹은 어떤 상황에도 끝까지 지켜내야 할 나의 것은 무엇인지……. 물론 사람마다 그 '나의 것'은 다를 거라고 생각합니다.

　　당신의 '마인'이 무엇이든 전 여러분들을 응원합니다. 제가 이 드라마를 쓰면서 원했던 건 모두의 마인이 인정받는 사회였기 때문입니다.

　　이 드라마를 쓰면서 저도 저의 마인을 찾게 되었습니다. 다음엔 제가 찾은 마인을 가지고 새로운 작품으로 만나뵙겠습니다.

　　감사합니다.

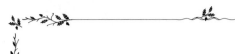

# 마인이란?

⋮

여유롭고 행복한 삶을 살아가던 두 여자에게
낯선 여자가 찾아온다.

그날 이후, 나의 것이라고 믿었던 것들이
하나씩 무너져간다.

어떤 것을 지키고, 누구의 손을 잡을 것인가.

무엇이 진짜고 무엇이 가짜인가.

자신을 보호한다고 믿었던 것들이
자신을 공격하기 시작한다.

자신의 정체성과 가치를 지켜 나가기 위해
명예롭게 전진한다.

나의 것이라 믿었던 것들에서
용감하게 벗어나 진짜 나를 찾아 나가는
강인한 여성들의 이야기.

*** 블루다이아몬드가 왜 필요하죠?
내가 블루다이아몬드보다 더 빛나는데.

# 서희수

30대 후반
전직 여배우, 효원그룹 둘째 며느리.

스물여덟에 베니스 영화제에서 여우주연상을 받고 알 수 없는 허무감이 몰려왔다. 이때 영국 여행길에서 지용을 만나 운명의 사랑에 빠진다. 하지만 그 남자는 국내 재벌 효원그룹 차남에, 떠나버린 첫사랑이 남긴 두 살짜리 아들이 있었다. 희수는 진심으로, 사랑으로 두 사람을 품었다.

희수는 재벌가 며느리라는 새로운 삶을 살기 위해 배우도 그만두고 이들과 어울리려 노력하지만, 절대 자신을 낮추지도 높이지도 않고, 매사 당당하며 변화하는 상황 속에서도 자신의 존재와 색채를 지켜 나간다. 그러던 어느 날, 희수의 인생에 새로운 운명의 여인이 등장한다.

바로 자신의 아들 하준의 프라이빗 튜터로 들어온 강자경이다. 희수는 강자경이 자신과 지독하게 얽힌 운명의 여인이란 것을 상상도 못 한 채 그녀를 신뢰한다. 그녀에 관한 비밀이 드러나고, 희수는 자경과 함께 엄청난 욕망의 소용돌이에 빠지면서 서희수 본연의 모습을 드러내기 시작하는데…

*** 나를 빛나게 해주는 건 바로
내가 선택받은 특별한 사람이라는 겁니다.
누구나 가질 수 없는 희소성이 절 빛나게 해주죠.

# 정서현

40대 중반

효원그룹 첫째 며느리, 재벌가 집안의 딸, 뼛속까지 성골 귀족.


효원그룹 첫째 며느리로 타고난 귀티와 품위, 그리고 지성까지 겸비한 재벌가
출신 여인이다. 이혼남이자 아이까지 있는 진호이지만 효원의 맏아들이기에
그녀에겐 아무 문제가 되지 않았다. 남편 진호의 아들인 수혁에 대한 애정도
없었다.

　그녀는 자신의 감정은 철저히 묻어둔 채 오직 사회적 인정과 자신의 품위 유
지만 생각하는 화려한 상류층 여자로만 살아간다. 서현에게 가족이란 비즈니
스 파트너일 뿐이다. 분노조절장애가 있는 효원가 사람들조차 그녀를 함부로
대하지 못하게 한다. 어찌 됐건 재벌 가문 출신에 알코올중독 남편 진호를 내
조하고 자기 자식도 아닌 수혁을 훌륭히 키웠기 때문이다.

　이렇게 이성으로 무장한 서현에게 겨울 왕국 같던 그녀의 에고를 녹여버릴
뜨거운 일들이 일어나면서 차갑고 냉정하던 서현은 수혁을 통해 새로운 형태
의 따뜻한 모성을 보여준다.

••• 인생은 내가 살아가야지,
　　　돈으로만 살아가려고 하면 안 되는 거야.

# 한지용

30대 후반

희수의 남편, 효원그룹 둘째 아들.

영국의 어느 허름한 스시집에서 당시 톱 여배우 서희수를 만나 사랑에 빠진다. 천성이 여유롭고 부드러운 남자. 젠틀함이 몸에 배어 있다.

　재벌 그룹 효원가의 차남이지만 지용은 양순혜 여사가 낳은 아들이 아닌 한 회장의 혼외자다. 모계 혈통이 이리도 무서운 건지 진호와 진희, 두 자녀와는 성품이 판이하게 다르다. 인품 좋고 능력 좋아 집안의 강력한 후계자 1순위다. 자신이 혼외자라는 것과 두 살짜리 아이가 있다는 고백에 지용을 가슴으로 더 깊게 받아들인 희수를 사랑하고 존중한다. 그렇게 지용은 희수와 함께 효원가에서 믿기지 않을 만큼 너무나 인간적인 삶을 살아간다.

　어느 날, 하준의 프라이빗 튜터로 자경이 들어오면서 믿음과 사랑으로 꽁꽁 굳어진 희수와 지용의 관계가 비틀거리기 시작한다.

# 강자경

30대 중반
하준의 프라이빗 튜터.

평화로운 효원가에 찾아온 희수의 아들 하준의 시크릿 튜터. 사람에 대한 경계심이 없는 희수는 그녀를 반갑게 맞이하고 자경과 허물없이 친해질 수 있었다. 자경이 희수의 사람을 건들기 전까지는. 자경은 희수의 선을 넘고 들어와서는 희수의 고유 영역까지 없애기 시작한다.

자경이 효원가에 들어온 이유는 순수하지 않았다. 그것은 자경의 오랜 욕망이자 비밀스러운 계획이었다. 효원가에서 반드시 해야 할 일이 있었다. 그 일을 위해 살아왔다.

자경은 희수의 진심을 알고 그녀가 다치길 바라지 않았지만 관성이 붙어버린 자경의 욕망은 멈출 줄 모르고 결국 희수와 맞서게 된다. 하지만 희수는 절대 약한 상대가 아니었다. 희수는 무너지지 않고 자경의 욕망에 맞서 함께 벼랑 끝까지 달리게 된다.

# 한수혁

20대 중반

효원그룹의 장손. 정서현과 한진호 사이의 아들.

말 그대로 재벌 3세다. 태어났을 때부터 모든 걸 다 가진 듯 완벽해 보이지만 어린 나이에 가슴 아픈 이별을 경험한 수혁은 너무 빨리 성숙한 어른이 돼버렸다. 세상의 좋은 것들은 다 모아둔 왕국 같은 효원가에서 왕자처럼 자란 수혁은 세상일에 무심하다.

효원가의 관례대로 미국으로 유학 가서 우수한 성적으로 졸업하고 돌아오지만 그 무엇도 마음이 가지 않는다. 그냥 다 벗어버리고 뛰쳐 나가고 싶지만 26년 소공자의 삶을 벗어던질 명분을 아직 찾지 못했다. 집안에서 원하는 여자와 약혼도 할 것이고, 자신이 아무것도 하지 않아도 주어질 재벌 3세의 인생을 받아들이기로 한다.

불면증을 앓던 수혁은 모두가 잠든 넓은 저택에서 자기처럼 잠들지 못하는 한 사람을 만난다. 둘은 운명의 장난처럼 방을 한번 바꿔 자보기로 하는데 신기하게도 방을 바꾼 후 드디어 자기 안식처를 찾은 듯 편히 잘 수 있게 된다. 가난하지만 당차고, 그리워하는 엄마의 모습을 가진 그녀에게 끌리기 시작하는 수혁.

**❧❧❧ 그 어두운 곳에 웅크려 있지 말고 나와⋯**
**내 손 잡고⋯**

# 김유연

20대 중반

서현이 들인 젊은 메이드. 수혁과 운명적 사랑에 빠지는 인물.

가난한 다둥이 집의 첫째 딸. 국립대를 졸업한 후 갖은 알바와 유치원 교사 생활을 하며 겨우겨우 학자금 대출을 갚았지만 부모님이 진 빚 때문에 유치원에 깡패들이 찾아온다. 그 바람에 일을 할 수 없게 된 절망적인 상황에서 엠마 수녀의 소개로 서현의 집 메이드로 들어간다. 더 이상 가난의 공포에 떨 필요가 없기에 유연에겐 그곳이 신성한 일터다.

유연에겐 불면증이 있다. 가족을 위한 삶을 살며 겉으론 아무렇지 않게 행동하지만 사실 그녀는 삶이 너무 힘들다. 밤이 되고 고단한 하루를 마무리하며 침대에 누울 때면 그녀는 현실적 고민들에 짓눌려 잠들지 못한다. 신성한 일터인 그곳에서 자기처럼 잠들지 못하는 남자 수혁을 만나게 된다.

삶 자체에 지친 유연은 그 어떤 사람도 자신의 불행한 삶에 끌어들이고 싶지도 않고 그 삶을 공유하고 싶지도 않았지만 의지에 반해 갑을 관계 속에서 마주한 남자. 선을 넘어선 안 된다 스스로 되뇌지만 소용없다.

❖❖❖ 내가 내 멋대로 산 줄 알지? 내가 원하는 걸
제대로 가져본 적이 있는 줄 알아? 재벌이 이런 걸
엄마 배 속에서 알았으면 나 안 태어났다!

# 한진호

40대 중반
효원그룹의 장남이자 서현의 남편, 수혁의 친부.

겉으로 보이는 외모는 속절없이 부드럽기만 하다. 철없는 멘탈 덕에 나이에 비해 심한 동안이지만 내면은 열등감투성이다. 자신의 모자란 자아 때문에 젊은 시절엔 알코올에 의존하기도 했고, 술만 먹으면 인사불성이 됐다. 서현과 결혼한 후 술을 끊겠다 선언하고 대신 복권 긁는 취미로 그 허전함을 대체한다.

둘째인 여동생 진희보다 공부를 못해서, 동생 지용보다 모든 면에서 뒤처져서 집안의 미운 오리 장남이 된 지 오래다. 지용과 번번이 비교돼 평생을 콤플렉스에 시달려왔다. 하지만 아내인 서현 덕분에 구제 불능 이미지가 많이 순화된다.

자신의 유일한 자랑인 아들 수혁이 기업을 물려받게 하는 게 그가 가진 표현되지 않은 채 도사리고 있는 유일한 야망이다. 수혁과 유연이 사랑에 빠진 것을 알고 서현과 대치하지만, 끝까지 자신을 버리지 않는 아내 서현의 진심을 모르겠다.

❖❖❖ 누가 내 앞에서 등 보이래?
너 나 무시하는 거야? 죽고 싶어 지금? 야~!!

# 양순혜

70대 초반
한 회장의 부인이자 희수의 시어머니, 효원그룹의 왕사모.

괴팍하고 새된 음성만큼이나 옷차림이나 외모 모두 무시무시하다. 하지만 마치 배우처럼 복수의 관계자들과 외부 인사들 앞에선 고상하고 우아한 척한다. 따지고 보면 양순혜의 포악함이 극대화된 건 남편이 결혼생활 4년 만에 다른 여자가 생겨 혼외자인 지용을 낳으면서부터인 것이나 다름없다.

　남편인 한 회장은 지용을 열 살 때까지 유모라는 이름으로 친모 품에서 크게 했고, 지용의 친모는 공식적으로 그 집을 드나들며 자신을 모욕했다. 참고 사는 대신 친모를 미워하며 자신의 화를 맘대로 풀고 사는 쪽으로 합리적인 노선을 정했고, 해를 거듭할수록 그 포악함은 진화됐다.

　자신이 배 아파 낳은 두 자식에 비해, 자신에게 살갑게 굴고 모든 것이 뛰어난 막내 지용을 재계 인사들이 칭찬하자 자신의 체면을 위해 혼외자인 지용을 감싸고 돌아 지용이 혼외자라는 게 소문만 돌 뿐 기정사실화되진 않았다.

*** 미자야 쪼매 기다리라.
내가 곧 간다···

# 한 회장

70대 초반
효원그룹의 회장, 희수의 시아버지.

그 시절 우리가 사랑하던 낭만파 음악가 같은 멋쟁이 젊은이였다. 오페라와 가곡을 사랑하고 클래식에 조예가 깊은 낭만주의자이지만 사랑 없는 여자와 결혼하게 되고, 그 길고 긴 결혼생활의 불행을 기업가로서의 책임감으로 상쇄하며 기업 총수로서 최선을 다해 살았다. 효원그룹 내 배임 횡령 사건이 터지면서 뇌혈관도 같이 터져 코마 상태가 되고 미소를 지은 채 누워 있는 동안 집안은 쑥대밭이 된다.
　그는 지용의 친모인 김미자를 사랑했다. 그녀는 40대에 죽어버렸다. 이제 그녀에게 갈 때가 되었나 싶은데 깨어났다. 그리고 자책한다. 모든 게 내 잘못이었어···.

# 한하준

8살
지용의 친아들이자 희수가 마음으로 낳은 아들.

운명적 친밀감이 있는 희수와 아름다운 모자 관계인 하준. 하지만 자경이 등장하면서 하준과 희수 사이에 비극적인 틈이 생기며, 그건 무엇으로도 메울 수 없다는 걸 알게 된다. 어린아이가 감당하기엔 너무 큰 슬픔을 겪는다.

*** 왕이 에티켓이 있을 필요가 있니?
신하가 있어야지? 니들은 어차피 내 밑에서
기어야 돼. 타고난 운명이 그래!

## 한진희

40대 초반
희수의 손위 시누이자 효원그룹 장녀.

효원그룹 후계자 서열 2위다. 머리도 좋고 공부도 잘했다. 경영 능력도 탁월하고 야망도 크다. 하지만 심각한 인격장애에 분노조절장애다. 자신의 엄마와 오빠가 그러하듯 괴팍하고 인품에 문제가 많은 다혈질이다.

하지만 그 속내를 들여다보면 심각한 애정결핍이다. 재벌의 딸로 태어났지만 엄마는 모든 걸 돈으로 해결했고, 친구들도 자신을 좋아하지 않았고, 남편도 자신이 따라다녀 보답받지 못한 사랑을 안고 결혼했다. 어느 누구에게도 따뜻한 사랑을 받아보지 못한 그녀는 사람을 사랑하는 법을 몰랐다. 모든 걸 가져도 불쌍하다는 생각이 들게 만드는 진희는 재벌이 만들어낸 황금으로 빚어진 아픈 괴물일 뿐.

사랑보다 미움이 익숙한 삶을 사는 진희. 그녀는 어느 시점부터 개과천선이 불가능해진 자신을 깨닫고 그냥 이렇게 살아야겠다고 생각한다.

# 박정도

40대 초반
한진희의 남편.

효원그룹의 사위이자 진희의 남편. 상류층 사람들 사이에서 한진희는 결혼 기피 대상 1호였으나 집안의 영달을 위해 그녀와 정략결혼하게 된 비극의 운명을 타고난 사내. 폭풍도 한 철일진대 끝날 줄 모르고 계속되는 게릴라전 같은 결혼생활에 지쳤다. 그녀와 집 안이 초전박살 나는 수준으로 물건을 때려 부수며 싸우지만 서로의 몸을 다치게 하지 않는 원칙하에 그렇게 스트레스 풀며 산다.

이혼을 꿈꾸지만 이혼은커녕 죽어서도 지옥까지 따라가서 괴롭히겠다는 진희의 말이 진심 같아서 더 무섭다.

✦✦✦ 그들은 지옥에 빠진 거예요. 지옥에서는 먹어도
　　 먹어도 배가 고프거든요. 만족하지 못하니까…
　　 그게 바로 블루다이아 저주예요…

# 엠마 수녀

60대 초반

본명 백설화. 본당 수녀이자 미혼모지원센터장.

희수가 미혼모 봉사 활동을 갔다가 만나게 된 수녀. 그렇게 인연이 되어 희수
가 만든 성경 공부 모임인 '일신회'의 정신적 멘토가 된다.

　푸근한 인상에 사람의 마음을 움직이는 단정하고 따뜻한 진심의 눈빛과 화
술을 갖췄다. 상담 조건은 자신이 일하고 있는 성당의 후원단체인 미혼모 재단
에 기부하는 정도이며, 어떤 사례비도 받지 않는다. 말하자면 상류층의 정신 자
문 위원이다.

　그녀와 상담이 끝나면 모든 걸 치유 받은 듯한 사람들… 어느덧 엠마 수녀는
효원가를 중심으로 한 상류층 사람들의 정신세계를 지배하며 일신회를 이끈
다. 이런 독특한 행보를 가진 엠마 수녀를 보며 사람들은 그녀의 정체를 갈수
록 궁금해하지만 그녀의 비밀은 쉽게 밝혀지지 않는다.

 힘들게 이 사람 저 사람 관리하지 말고
내 자산 관리만 해볼래?
내 돈을 마치 니 돈처럼 쓰면서?

# 서진경

50대 초반
갤러리장. 하원그룹 세컨드.

일신회 멤버이자 하원갤러리 대표. 양순혜의 사촌 오빠가 명예회장인 하원그룹 세컨드였으나 남편인 양 회장이 숙환으로 별세한 뒤 엄청난 유산을 물려받은 슈퍼다이아 미망인이 된다.

# 미주

40대 초반

일신회 멤버로 전통 재벌이 아닌 사채업으로 돈을 번 집안이라 전형적 재벌 집안에 열등감을 가진 인물.

# 재스민

30대 중반

교포이며 미스 뉴욕 출신. 일신회 멤버로, 미모로 한참 나이 많은 남편과 연애해 결혼했으나 지금은 남편이 죽기를 바라는 불행한 상류층.

❖❖❖ 재벌가 사람들은 다 배우예요. 그것도
끝내주는 연기력을 가진… 작은 사모님이
제일 발연기자죠. 자기감정을 늘 들키거든요.

# 주 집사

40대 중반

본명 주민수. 효원가의 헤드 메이드.

천성은 평범했으나 재벌가 집사 10년 만에 제대로 된 이중인격이 되었다. '디 오리지널'을 꿈꾸는 만큼 메이드의 품격도 남다르다. 그 우두머리 노릇을 하는 주 집사는 이 집안을 위해 영혼을 바쳤다. 집안의 모든 비리를 함구하고 있기엔 회장님이 선물한 강남의 45평 아파트 한 채로는 부족하다. 한 회장과 양순혜 여사 사이에서 적당한 양다리로 처신을 잘해 이 정도 능력이면 자서전을 써야 하나 싶다.

하지만 시간이 흐를수록 그 진심과 실체가 미스터리하다. 누구 편인지 알 수 없는 행동들은 더욱 수상쩍다. 게다가 사건 당시 그녀의 진술은 다른 이들의 목격담과 모든 게 상이해 사건을 더 미궁 속으로 빠뜨린다.

# 김성태

30대 후반

효원가의 유일한 남자 집사.

재벌가에서 일하면서 되레 재벌을 불쌍하게 여기는 인물. 그러면서 블루다이아를 훔쳐 달아나다 주 집사의 노예가 된다.

# 오수영

30대 초반

희수와 지용의 스케줄 관리를 하는 비서 겸 집안의 서브 집사. 서열상 주 집사의 하위 포지션.

# 고미진   메이드 1

# 황경혜   메이드 2

# 이주희   메이드 3

# 오주연   메이드 4

# 민상아   메이드 5

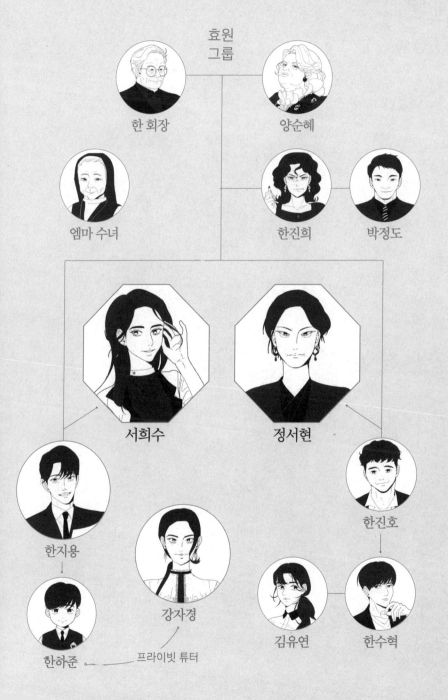

효원
그룹

한 회장　　　　　　양순혜

엠마 수녀　　　한진희　　　박정도

서희수　　　　　정서현

한지용　　　　　　　　　　　　　한진호

강자경

한하준　　프라이빗 튜터

김유연　　　한수혁

 CONTENTS

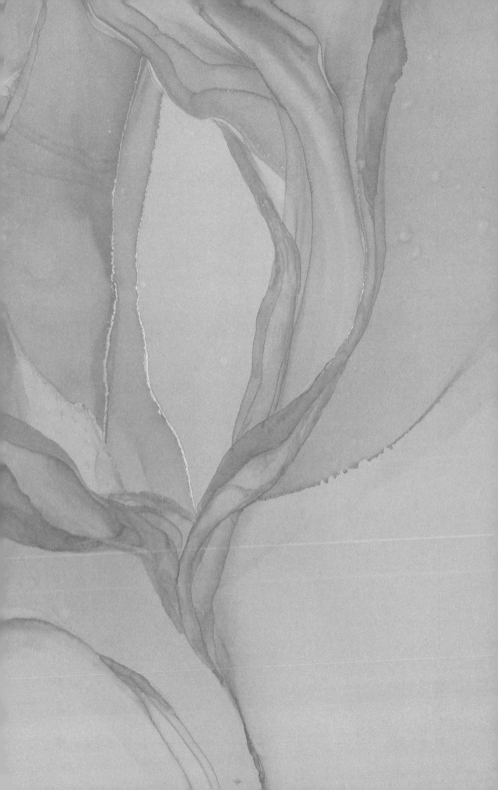

# 9

# 악마와
# 축배를

Cheers to Devil

S# Prologue    카덴차 사고 현장 /N

핏물이 가득한 저택 안. 엠마 수녀가 들어와 그 현장 앞에 서 있다. 바들바들 떨고 있는 엠마 수녀. 그 시선 따라가면 쓰러져 죽어 있는 검은 그림자. 그 그림자, 서서히 실체가 보인다- 다름 아닌 지용이다. (8회 엔딩에서 시작)
놀란 엠마 수녀의 시선 따라가면- 지용 옆에 누군가 쓰러져 있다. 그런 상황 위로.

엠마(N)    원래는 두 사람이 쓰러져 있었어요. 분명히 그랬습니다… 근데 제가 다시 돌아왔을 때 한 사람은 사라져 있었습니다. 그리고 그 곳엔… 한 사람이 더 있었어요.

엠마 수녀, 뭔가 서늘한 시선이 느껴져 어딘가로 시선 향하면- 계단에 서 있는 어떤 그림자. 놀라는 엠마 수녀. 디졸브(F.I)

S# Prologue2    희수의 케렌시아 /D (*11회 S#16 몽타주 내 확장)

서현과 자경, 테라스 테이블에 앉아 있다. 서현, 자경을 빤히 보다가.

| | |
|---|---|
| 서현 | 강자경이라고 불러요, 아님 이혜진이라고 불러요? |
| 자경 | … (딱히 할 말이 없는 순간) |
| 서현 | 혜진아. |
| 자경 | (당황해서 보는) |
| 서현 | 너 진짜 서희수에게 미안하지? |
| 자경 | 네. |
| 서현 | 그럼… 내가 시키는 대로 해. |
| 자경 | (보면) |
| 서현 | 서희수가 효원에서 하준이를 데리고 나갈 수 있도록 뭔가를 해. |
| 자경 | (당황해서 보는) |
| 서현 | 니가 하준이를 뺏겠다고 해. 그리고 서희수랑 실제로 붙어. 넌 당연히 질 거야. 지는 게임을 니가 시작하란 거야. |
| 자경 | (그런 서현 보는) |
| 서현 | (한참 보다가) 명분이 필요해? 너의 명분은 하준이를 위해서… 내 명분은… 서희수를 위해서… 어때, 해야겠지? (하면서 자경을 보는 데서) |

그런 서현의 표정 위로 타이틀 인.


S#1     이사회장 /D

이사들이 모여 있는 대회의실. 지용·진호·진희·수혁도 참석한.

| 사회자 | 이사회 결의 전 효원의 법무팀장이자 회장님의 고문 변호사인 최진영 변호사님이 잠깐 이사진 여러분께⋯ 회장님 유언장을 공개하신다고 합니다. |
|---|---|
| 일동 | (술렁이는) |
| 효원가 사람들 | (예상치 못한 상황이라 당황하는) |

문이 열리고 최 변호사가 들어온다. 최 변호사 인사한다.

| 최변 | 뇌혈관계 지병으로 오랜 투병을 하셨던 회장님은 자신이 병석에서 한 달 이상 무의식 상태가 계속되면 이 유언장을 이사진과 가족들이 동석한 자리에서 발표하라고 저에게 구두로 당부를 하셨고, 관련 육성 녹음도 제출하겠습니다. |
|---|---|
| 지용 | (불안한데) |
| 최변 | (밀봉된 유언장을 연다) |

아무도 예상치 못한 최 변호사의 등장과 한 회장의 유언장 이슈에 웅성거리는 이사진. 그리고 당황하는 표정의 진호·진희·수혁의 감정들이 컷 처리된다. 마지막으로 예상치 못한 상황에 미간을 뭉개는 지용의 표정.

| (인서트) | 한 회장이 입원한 VVIP 병실 /D |
|---|---|

꽃 속에 파묻힌 한 회장의 빙그레 웃고 있는 모습.

긴장된 가운데 최 변호사가 한 회장의 유언장을 발표하고 있다. 최 변호사의 유언장 발표에 맞는 그림이 지원된다.

한 회장(소리)　내 아내 양순혜, 살아 있을 때 잘해주진 못했지만 나 없는 노후라도 편하도록 성북동 저택과 고향 땅을 증여한다. 주식 가지고 있어 남은 삶 편할 일이 없다.

(1회 S#27) 우아한 한복을 입은 양순혜 여사가 걸어온다.
(2회 S#44) 양순혜, 정원 산책하는 모습.
(3회 S#9) 순혜, 공작새 노덕이에게 모이를 주며 엉덩이를 실룩이며 콧노래를 부른다.

한 회장(소리)　내 큰아들 한진호, 나 살아생전 맏아들에게 경영을 가르치며 호텔을 맡겼으나… 아들의 적성을 찾아주지 못한 것이 애석하다. 지금이라도 적성 찾을 수 있도록 대학원 공부를 독려하며 졸업을 할 수 있도록 평생 학자금을 지원한다.

(1회 S#38) 복권을 긁는 진호. 꽝만 나옴.
(3회 S#18) 구내식당에서 밥 먹는 퍼포먼스 중인 진호. 하지만 직원 아무도 관심 없다.
(5회 S#14) 호텔 커피숍에서 채영에게 웃으며 다가가는 진호.

-9회 동 장소-
황망해서 입이 떡 벌어지는 진호의 모습.

한 회장(소리)　내 큰며느리 정서현. 집안의 맏며느리로서 책임과 품위를 다했다. 내가 가진 효원전자 지분 전부와 효원E&M 경영을 맡긴다.

(1회 S#49) 귀국하고 돌아온 수혁을 반겨주는 서현.

(2회 S#14) 갤러리의 품위 있는 관장 서현.

(1회 S#6) S.H뮤지엄 현장을 둘러보며 가슴 뭉클한 서현.

한 회장(소리)　내 외동딸 한진희, 오빠에게 밀려 원치 않았던 효원베이커리 일을 했던 딸… 하지만 맡은 바 일을 의욕적으로 해낸 책임감을 높이 사 내가 가진 효원베이커리 주식 모두를 한진희에게 증여한다. 다만 그 조건은… 정기적인 상담치료를 받아야만 한다.

(3회 S#2) 슈트 입고서 리무진 내려 당당히 걸어가는 커리어우먼 느낌 물씬 나는 진희.

(4회 S#32) 대표이사 사임 기사 보며 서럽게 울고 있는 진희.

(2회 S#22) 베이커리, 진희 뒤에 나오는 빵집 광고를 똑같이 따라하는 열정.

한 회장(소리)　내 둘째 며느리 서희수. 우리 집에 들어와 내게 많은 웃음을 준 착한 며느리. 하준이가 잘 클 수 있도록 끝까지 옆에서 잘 있어주길 바라며, 손자와 며느리의 미래를 위해 효원물산 주식 3만 주를 증여한다.

(1회 S#29) 가족 파티. 환하게 웃는 희수.

(2회 S#70) 희수, 자고 있는 하준을 귀한 듯 보다 볼에 뽀뽀한다.

(6회 S#13) 하준을 때리려는 지용에게서 하준을 보호하는 희수.

(7회 S#53) 희수, 하준이 손 잡고 풍경 좋은 곳을 걷고 있다.

최변       막내 아들 한지용. 내가 사랑을 못 준 그 편협함을 사죄한다. 내 부족한 사랑과 부족한 덕을 탓하며 나 같은 사람이 되지 말고 세상의 빛과 소금이 되길 바라며 막내 지용에겐 봉사를 시킴으로써 사랑을 주는 게 때론 사랑 받는 게 될 수 있다는 것을 배우게 한다. 이에 효원학원 이사 자리를 물려주며 학생들과 함께 제대로 자라길 바란다.

-9회 동 장소-

제대로 무너지는 지용의 모습. 하늘 무너지는 심정, 지용의 손이 떨린다.

최변       내 장손 한수혁! 서른이 되면… 효원의 후계자로 임명한다!!! 내가 가진 30만 8천 주 중 15만 주를 한수혁에게 증여하며… 나머지 주식 15만 8천 주는 전부 한국 사회 및 교육 원조 신탁기금에 기증한다.

-9회 동 장소-

굳어진 수혁의 표정과 복잡한 표정의 진호가 교차로 보여지면서.


S#2       효원 건물 내 일각 /D

지용, 혼자 걷고 있다. 휘청휘청 다리에 힘이 풀린다. 주변인 시선 돌리고. 그렇게 빠져나가는 지용의 모습.

S#3          **지용의 차 안 (8회 S#58 확장) /D**

지용, 운전석에 가만히 앉아 있다가 서서히 눈가 붉어지면서 눈물이 흐른다. 흐느끼며 울기 시작하는 지용. 그러다 감았던 눈을 뜨면 눈에 칼을 품은 듯 날카롭게 서슬 퍼런 눈빛이 화면을 압도한다.


S#4          **지용의 차 안 (8회 S#61 변주) /D**

지용, 어딘가에 차를 세운다. 이때 전화기 울려 받으면 '형수'. 서현이다.

| | |
|---|---|
| 지용 | (전화 받는) 여보세요? |
| 서현(F) | 서방님 이쪽으로 오셔야겠어요. |
| 지용 | 무슨 일이시죠? 웬만하면 나중에… (하는데) |
| 서현(F) | 강자경 씨가 와 있습니다. 이혜진 씨일 수도 있고요. |
| 지용 | !!! |
| 서현(F) | 서방님이 직접 해결할 문제잖아요. |
| 지용 | 알겠습니다. (전화 끊고 표정 싸늘해지며 눈빛 무서워져 그대로 핸들 돌리는 데서) |


S#5          **동 저택 앞 - 저택 여러 곳 /D**

지용, 문 앞에 서면 문이 열린다. 주 집사가 서 있다. 두 사람 서로를 보는 날 선 시선. 주 집사 지용을 원망 담긴 눈빛으로 보고, 지용 그 시선 그대로 뭉개고 안으로 들어간다. 지용 들어가서 딱 멈춰 서면- 서현이 보이고, 자경이 보인다.

(8회 S#62 변주 /D - 8회차와는 다른 시선이어야 한다. 지용의 관점이므로)

서현과 마주 앉아 있는 자경, 모자를 벗고 머리를 쓸어넘긴다.

지용      (낮고 무섭게) 감히 여기가 어디라고 와? (화가 오르기 시작하는) 당장 일어나!

자경      내 애 내놔~

서현      (자경 보는)

지용      뭐!

자경      내 아이! 내놓으라고!!!

지용      나가 당장!!! 나랑 얘기해. (하는데)

희수가 들어온다. 그런 희수를 보는 지용의 표정에 당황함이 역력한데.

서현      동서도 알아야 될 거 같아서요.

지용      (그런 서현을 분노해 보다가 얼른 희수에게) 희수야, 미안해… 너 여기 있지 마. 스트레스 받음 안 돼. 내가 해결할게.

희수      괜찮아. 나도 알아야지. (자경 보면서 최대한 침착하게) 왜 온 거예요?

자경      하준이 찾으러 왔어요. 내 아이잖아요.

지용      (버럭) 너 미쳤어? 그게 어떻게 니 애야?!!

자경      (분노로) 내 아이야! (지용 보며) 너 같은 아빠! (희수 보며) 가짜 엄마!! (비웃듯) 핫! 다 꺼져!!

지용, 격앙되어 눈빛이 으르렁대는. 지용, 앉아 있는 자경의 손

목을 확 끌어당겨 일으키자 찻잔이 흔들리며 쏟아진다. 지용, 개의치 않고 막무가내로 자경 끌고 나가려는데.

| | |
|---|---|
| 희수 | 아아아아아!! (히스테릭하게 절규한다) |
| 지용 | !!! |
| 희수 | (이제껏 본 적 없는 광기 어린 표정으로 자경에게 바짝 다가오는) |
| 자경 | (약간 당황하여 흠칫) |
| 희수 | (자경의 얼굴 코앞까지 얼굴을 들이밀면서) 까불지 마!! |
| 자경 | … |
| 희수 | 내 거!!! 뺏어간 사람은 그게 누구든… 죽여버릴 거야! (중의적이다) |

그런 희수를 보는 지용의 눈가 꿈틀대며 핏발이 선다. 지용, 그대로 자경을 끌고 밖으로 나간다. 자경, 반항하지만 지용의 완력에 끌려 나간다.


S#6   동 저택 밖 /D
지용과 자경 밖으로 나가고. 나오자마자 자경을 그대로 패대기치는 지용. 자경, 그런 지용 노려보는데.

지용   널! 내가 그때 정말로… 죽였어야 했어.

이때 그들을 보고 있는 어떤 시선- 다름 아닌 진호다. 진호가 집으로 들어오는. 그런 진호를 보게 된 지용, 그리고 자경. 휴전이

된다. 진호, 두 사람을 번갈아 보는 진한 시선. 자경 그대로 프레임 아웃된다. 진호, 지용을 비웃듯 보면. 지용, 그대로 그 시선 외면하고 루바토로 향한다. 남겨진 진호, 지용의 뒷모습을 보고. 진호를 뒤에 남겨둔 지용 눈빛 차갑다.

S#7          카덴차 내 다이닝 홀 /D

이글거리는 희수의 눈빛. 그대로 다가와 희수의 어깨를 감싸는 서현. 두 사람 침묵 속 서현, 희수를 의자에 앉힌다. 희수, 차갑고도 침착하다.

희수          가족 모임 해야 하지 않을까요? (차가운 표정) 우리 하준이… 지켜야죠.

하는데 두 사람 각자의 휴대폰이 울린다. 거의 동시에… 희수와 서현, 휴대폰을 들어 전화 받는다. (유언장 공개에 관한 얘기다)

서 비서(F)     대표님, 회장님 유언장이 전달될 예정입니다.

두 사람의 전화 받는 표정이 교차되면서.

S#8          몽타주 - 유언장 1/D

-희수의 서재 -

끈 서류봉투를 꺼내 한 회장의 유언장을 읽어보는 희수.

-서현의 서재 -

끈 서류봉투를 꺼내 한 회장의 유언장을 읽어보는 서현.

-한 회장의 서재 -

한 회장의 유언장을 읽어보는 순혜. 유언장 들고 있는 손이 발발 떨리다가 유언장 내용의 핵심 부분을 영혼 나간 채 입술로 읊조리는 "주식 가지고 있어 남은 삶 편할 일이 없다~" 아아아악~ "영감탱이~" 분노와 배신감으로 괴성 지르며 유언장 찢는 순혜.

S#9       희수의 서재 /D

희수, 유언장 내려놓고 맘을 알 수 없는 표정으로 앉아 있다. 전화가 울린다. 희수, 전화 받는.

희수       여보세요? (듣는) 걱정 마세요. 절대 지지 않을 거니까!

전화 끊는 희수, 희수의 단호하고도 차가운 표정에서.

S#10      서현의 서재 /N

유언장을 받은 서현. 좁은 문 코끼리 그림을 보고 있다. 그 모습 위로.

| 최변(소리) | 한지용 상무님이… 이사회를 통해서 대표이사 승인을 받으려고 |
| | 한답니다. |

| (인서트) | 플래시백 (동 서재) |
| 서현 | 이사회가 내일이죠? |
| 최변 | 네. |
| 서현 | (표정) 이사회 때… 터트리세요. 아버님 유언장!!! |
| 최변 | 네. |

-다시 동 서재-

| 서현 | (코끼리 그림을 보며) 아직은 문을 부술 때가 아니야, 아직은. |

| S#11 | 저택 게이트 - 지용의 차 안 /D |

지용. 차 안에서 다시 자경에게 전화한다. 전화 받지 않는 자경. 조수석에 둔 자신의 두 번째 인격의 배낭을 보는 시선. 게이트 문이 열리고 시큐리티들 경례. 그대로 빠져나가는 지용.

| S#12 | 메이드 집합소 /D |

메이드 1·2·4·5, 성태, 그리고 유연에게 휴대폰 나눠주는 주 집 사. 휴대폰으로 인터넷 검색을 하는 메이드, 문자 확인하는 메이 드 등… 바쁜 와중에.

| 메이드 1 | 어머 대박! 수혁 도련님이 효원가 후계자가 됐어! |

유연, 그 소리에 메이드 1 보고. 일제히 인터넷 검색하며 놀라서
눈이 커지는데서.


S#13    동 저택 어딘가 /D

유연, 메이드들과 있는데 메이드들 유연을 향해… "신데렐라
야." 흘끔거린다. 그때 뒤에서 나타난 서현. 서현의 등장에 메이
드들 눈치 보는.

서현    신데렐라 죽어서 귀신 된 지가 언젠데… 아직도 그 얘기예요?
메이드들  (숙인 채 눈치 보다 목례 후 나 죽어라 흩어지는)
서현    (남겨진 유연에게) 수혁이가 후계자 됐어. 알고 있니?
유연    네.
서현    이 순간만 수혁이 엄마로서가 아니라 인생을 먼저 산 사람으로
       서 한마디 할게. 넌 이제 저 구시대 신데렐라 레퍼토리와 계속
       싸워야 될 거야. 사람들은 니가 신은 유리 구두가 깨지길 바랄
       거고.
유연    …
서현    니가 세상의 편견과 맞설 용기가 있는지 스스로 물어봐.
유연    …
서현    너 자신보다 더 소중한 건 없어. 네가 다치지 않는 결정을 하길
       바라.
유연    네.
서현    어쨌든 난 수혁이 엄마야. 엄마란 존재는 페어플레이하기 힘들
       어. 비록 가짜라 해도…

| | |
|---|---|
| 유연 | … |
| 서현 | 그래서 난… 수혁이를 설득하고 니들 관계의 진전을 방해할 거야. 우리의 갈등이 깊어지고 니가 상처 받는 것부터 시작해야 돼. 결정 잘해. |

서현, 그렇게 말하고 떠난다.


S#14    한 회장 병실 밖 - 안 /D

여전히 꽃에 둘러싸여 누워 있는 한 회장. 이때 그런 꽃들을 헤치고 한 회장에게 다가오는 검은 그림자. 병실 옆에 놓인 크리스털 쇼케이스에 들어 있는 마그네틱. 순혜, 그대로 쇼케이스 우왁스레 부수듯 열고 마그네틱을 꺼내 나간다. 영문 모른 채 입가에 미소 번지며 눈을 감고 누워 있는 한 회장의 모습.


-병실 밖-

마그네틱을 손에 쥐고 모자로 얼굴을 다 가린 채 웅장하게 걷고 있는 순혜. 뭔가를 해낸 듯 피식, 기분 좋게 웃는다.


S#15    지하 벙커 /D

쓸쓸한 진호의 모습에서. 턱 하니 앉아서는 고급 위스키를 개봉하는 진호, 감정이 복잡하다. 글라스에 따른 술을 들고 한 회장 사진을 보면서.

| 진호 | (한 회장에게 말을 건네듯) 아버지, 이건 지용이가 후계자가 아닌 것에 대한 축배~ (하고 한 잔 그대로 원샷, 또 한 잔 따른 후) 이건 나 물 먹인 거에 대한 아버지를 향한 저항의 술잔… (하고 그대로 또 원샷, 그러고는 병째) 이건… 우리 수혁이, (끄억) 내 아들 수혁이를 위한 원샷입니다. 종합하자면 반은 고맙고 반은 짱나고 그래요 그냥~ (하고 그대로 병째 마신다) |
|---|---|

S#16　　희수의 서재 /D

희수, 홍옥을 깨물어 먹는다. 뭔가 생각에 잠긴 듯한. 이때 수영이 들어온다. 수영, 소식을 듣고 희수를 달래고 싶은 듯한데.

| 수영 | 언니… 스케줄 알려드리려고 왔어요. |
|---|---|
| 희수 | 응, 얘기해. |
| 수영 | (눈치 보며) 괜찮으세요? |
| 희수 | 뭐가? |
| 수영 | 상무님… |
| 희수 | 효원의 황제 자리에서 미끄러져서 괜찮냐고? 수영아, 사람은 착하게 살아야 돼. 살아갈수록 그게 삶의 진리야. 나쁜 사람이… 권력을 쥐면… 안 돼! |
| 수영 | (무슨 뜻이지?) |
| 희수 | (그런 수영 보며) 그래, 오늘 스케줄 뭐지? |

S#17　　동 지하 격투기장 밖 - 안 /D

걷고 있는 무거운 발걸음- 카메라 틸트업하면 모자를 눌러쓰고 안경을 쓴 지용이다.

-안-

긴장된 채 기다리고 있는 투견장의 투견인들. 서로를 바라보는 두 사내의 눈시울이 붉다. 이때 문이 열리고 들어오는 지용. 철컥 철문을 걸어 잠그는 투견장 브로커. 지용, 자리에 앉자 링 안의 두 투견인 비장한 눈빛이 된다. 비참하고 절박한 생존 게임이 시작된다. 지용 인상을 쓰자 브로커는 시그널을 보내고 배틀은 더 격렬해진다. 한 사내가 맞은편 사내를 작신작신 때리기 시작한다. 그제야 안도하듯 안정을 찾는 지용.

S#18    한 회장의 서재 - 지하 벙커 안 /D

양순혜, 악 다물고 마그네틱으로 지하 금고를 연다. 환하게 펼쳐지는 보물 상자. 블루다이아를 찾고 있는 순혜. 하지만 보이지 않는다. 순혜, 눈이 커지는데… 이때 묘하게 들리는 음악 소리. 바닥에 귀를 대는 순혜. 음악 소리는 더 커진다. 카메라, 그 소리 따라 지하로 내려가면- 진호가 술에 취해 쓰러져 자고 있다. 축음기에선 현인의 <신라의 달밤>이 흘러나오고 있다. 순혜, 신묘한 음악 소리에 영혼이 묘해지고 틈새를 통해 비치는 가느다란 빛줄기. 순혜, 뭔가에 홀린 듯 그 문을 열자 펼쳐지는 신세계. 순혜 기함한다.

S#19   동 지하 벙커 /D

순혜, 내려가자 손이 덜덜 떨리는 벙커 내부. 김미자의 추모 장소를 보자 분노 게이지가 폭발한다. 김미자와 한 회장의 사진을 보자 임계점에 도달한 순혜, 뻗어 있는 진호를 미처 보지 못하고 축음기며 사진들이며 모두 집어 던진다. 그리고 걸려 있는 미자의 큰 사진 액자를 패대기치는데 들리는 진호의 고통스러운 비명소리. 아악~~


S#20   동 지하 격투기장 /D

투견장 링 안에서 혈투 중인 두 사내. 지용, 복잡한 스트레스와 기억의 고통이 빚어낸 강렬한 불안의 표정과 두 사내의 치열한 혈투는 상호 더 자극적으로 작용하기 시작하고. 지용의 머리 위로 떠오르는.


(인서트)   회상(20년 전)

미자   네가 한씨 핏줄이었음… 너도 나도 인생이 달라졌을 텐데… (회한에 가득 차다 결국 분노하며) 이럴 거면 차라리 태어나지 말았어야 했어…


그때 지용 그대로 소리친다. "죽여~~~" 얼음이 된 한 사내(곽수창). 다른 사내(곽현동) 각오한 듯 고개를 끄덕인다. 그러자 곽수창이 다른 사내(곽현동)를 그대로 메다꽂기 시작한다. 곽수창의 눈에 눈물이 맺히고, 맞고 있던 곽현동 그대로 피떡이 되어 쓰러진다. 지용의 눈에 핏발이 선다.

앰뷸런스 소리(E)

S#21    동 저택 여러 곳 /D
         저택 게이트가 열리면서 사이렌이 멈춘다. 앰뷸런스가 진입
         한다.


         -서현의 서재-
         주 집사 앞에 서 있고, 서현은 외출룩.


주 집사   사이렌은 끄게 했고요. 회장님 입원 중인 병동으로 모셨습니다.
         메이드들 입단속은 걱정 안 하셔도 됩니다.
서현      입단속시킬 필요 없습니다…
주 집사   ??
서현      너무 막으면 이상한 곳에서 누수가 생기는 법이라… 작은 먹잇
         감은 주면서 살아야죠. 앞으로 이 집에서 터질 게 얼마나 많은
         데… 취사선택 잘해야 돼요. (하고 나간다)


S#22    희수의 드레스룸 + 서현의 드레스룸 /D
         희수, 화려한 착장과 붉은 립스틱을 바르고 자신을 꾸미고 있다.
         서현, 심플한 착장으로 드레스 업 하고 있다. 그런 두 여자의 모
         습에서.

S#23       하원갤러리 /D

희수와 서현이 걸어 들어오면 서진경이 그들을 맞이한다.

서진경      오늘 동서끼리 갤러리 회동이야? 보기 좋은데?

서현        동서한테 그림 하나 선물하려고요. 제 갤러리 아닌 곳에서 공정
           거래로.

희수        (미소)

서진경      아, 그럼 최고를 추천해야겠네. 이 작품 어때?

샤넬 넘버 파이브 향수병 그림을 레퍼런스해 변형한 팝아트 그
림이다. 'Revolution No.5'라고 새겨진 대형 그림이 벽에 걸린다.
옆에는 네 점의 시리즈가 이미 걸려 있다. 그렇게 걸리는 다섯
번째 그림 위로.

서진경(소리)  지금 서유럽에서 가장 핫한 한국 작가 수지최의 작품이야.

보고 있는 서현의 당황하는 눈빛과 표정. 희수는 그림에 매료
된 듯 끄덕인다. 마지막 다섯 번째 그림 앞에서 발길이 멈추는
희수.

서진경      (브로셔 건네며) 이 화가의 연작 시리즈 중 마지막이야. 레볼루션
           넘버 파이브, 찬찬히 봐. (하고 사라져주는)

희수        (그림 보며) 혁명적 사고네요. 브레이크 잇!! 갇혀 있던 내면의 숨
           겨진 본성을 깨워라!

서현        멋지지, 이 작품?

| 희수 | 네. (그림 하나하나 보며) 넘버 원 오프 잇! 코르셋을 벗어라? 넘버 투 마음껏 사랑하라. |
| 서현 | (보지 않고) 넘버 스리 원하는 것을 쟁취하라. 넘버 포 세상을 향해 외쳐라. 넘버 파이브⋯ 부셔라⋯ 이길 때까지! |
| 희수 | 형님⋯ 잘 아는 작간가 봐요? |
| 서현 | 이 그림, 동서한테 선물할게. |
| 희수 | 네⋯ (하다가) 부수고 싶어요, 나도⋯ |
| 서현 | 동서가⋯ 부수고 싶은 건 뭔데? |
| 희수 | 형님은 있어요? |
| 서현 | 세상의 편견⋯ 동서는? |
| 희수 | (대답 대신 그녀의 눈빛과 표정에서) |


S#24        지용의 차 안 - 어딘가 (교차) /D

지용, 새끈한 양복 차림으로 무표정하게 운전 중이다. 지용의 2G폰이 울린다. 지용, 전화 받는다. 전화 건 사내는 투견장의 브로커다.


| 지용 | 여보세요? |
| 브로커 | ⋯혼수 상탭니다. |
| 지용 | ⋯ (차를 끽 세운다. 멍하다) |
| 브로커 | (절통한) 두 사람⋯ 형제예요. |
| 지용 | 당신이⋯ 알아서 처리할 문제잖아. |
| 브로커 | ⋯ (당황하는, 진땀이 난다. 누가 들을까 소리 죽여) 이걸 어떻게 처리하란 겁니까. |

| 지용 | (한숨) 얼마면 돼? |
|---|---|
| 브로커 | … |
| 지용 | 얼마면 될지 알아봐. 그리고 나한테 연락!하지 마~ 내가 연락하기 전엔. (전화 끊어버리는) |
| 브로커 | (전화 끊어진 채 황당한) |

브로커의 시선은 일각에서 분노로 끓고 있는 투견장의 한 사내의 싸늘한 모습으로 향한다. 브로커 그 사내(이하 곽수창)를 보는.

-지용의 차 안-
지용, 전화를 끊고는 그대로 2G폰을 집어 던진다. 지용, 핸들을 쾅쾅 때리며 포효한다. 아아아아악!! 미칠 것 같다.

S#25  동 병원 진호가 입원한 병실 /D
진호가 얼굴에 부상의 흔적을 드리운 채 입원해 있다. 순혜, 분노가 극에 달해 씩씩대며 진호의 병상을 지키고 있다. 순혜, 결국 분노를 참지 못하고 그대로 뛰쳐나간다.
진호, 끄응~ 억지로 눈을 뜬다. "엄마 어디 가~" 힘없이 외쳐보지만 이미 없는 순혜.

S#26  동 병원 한 회장의 병실 /D
꽃 속에 갇혀서 웃고 있는 한 회장. 순혜, 꽃들을 헤치고 들어와 패악을 부리고는 한 회장에게 다가와 숨통을 조르려고 손을 모으고 단전에 힘을 준다. 그러고는 의식 없이 누워 있는 한 회장의 뺨을 후려갈긴다. 한쪽으로 얼굴이 휙 돌아가는 한 회장, 순혜 분이 안 풀리는지 한 회장의 가슴팍을 팍팍 두들겨 팬다. 그러다 한 회장 팔을 들어 꽉 깨문다. 여전히 웃고 있는 한 회장. 잔인한 상황이다.

순혜    웃어? 웃어? 이 미친 영감이? (하고는 옆에 꽂힌 꽃들을 뜯어 한 회장에게 마구 뿌린다)


순혜, 그럼에도 분이 안 풀린 듯 씩씩대다 결국 문을 쾅 하고 나가는데, 순혜의 제대로 된 자극으로 한 회장의 손가락이 움직이고 심박 수가 올라간다.


S#27    서현의 갤러리 야외 /N

서현의 갤러리 야외 일각. 차 마시는 곳. 자경과 서현, 마주 앉아 있다.

자경    …저한테 얘기하고 싶은 게 있으신 거죠? 바로 말씀해주세요.
서현    그쪽을 죽은 사람으로 만든 건 우리 집안이 아니라… 한지용이에요.
자경    !!
서현    하준이 할머님은 그렇게 치밀하고 정교한 사람이 못 됩니다.
자경    (배신감에 떨리는 목소리로) 그 사람이라고요?
서현    네. 한지용이에요.

| 자경 | !!! |
|---|---|
| 서현 | 그러니까 한지용만 더럽혀요. 우리 집안 흠결 내지 말고… |

S#28    희수의 침실 /N

지용이 들어온다. 희수, 조용히 태교 서적을 읽고 있다. 심지어 읽은 부분에 책갈피까지 꽂혀 있는. 지용, 그런 희수 보는데. 희수, 지용을 보고 환하게 웃는다.

| 희수 | 괜…찮아? |
|---|---|
| 지용 | 뭐가? |
| 희수 | 당신… 기분… 마음… 다… 괜찮냐고. |
| 지용 | … (의자에 털썩 앉는다) |
| 희수 | 왜… 아버님이… 당신한테… 회장 자리를 물려주지 않았을까… |
| 지용 | … |
| 희수 | 당신에게… 내가 모르는… 다른 비밀이… 또 있는 건 아니지? |
| 지용 | (맘이 동요하지만 내색 않는다) |
| 희수 | 당신이… 나한테 그랬잖아. 우리 이 싸움에서 빠지자고… 후계자 자리 관심 없다고… |
| 지용 | … (보는) |
| 희수 | 그거 당신 진심 아니야…? 그냥 … 한 말이었어? |
| 지용 | … |
| 희수 | 사람은 나이에 따라 생각하는 방식이 달라진대. 그래서 60대는 60대 의사를… 30대는 30대 의사를 신뢰한다지? 젊은 사람은 늙어본 적이 없으니 그 마음을 잘 모르고… 노인은 젊은 시절의 |

생각을 잊어버려서 젊은 사람 마음을 모르는데… 임종이 다가 오면 한 인생 전체를 함께 본대.

지용     (그런 희수 진하게 보는)

희수     (미소) 이거 내가 당신과 결혼하기 전 내 은퇴작 대사였어. 뒷 대사… 궁금해?

지용     …

희수     (계속 대사를 읊조리는) 그래서 유언은 보통 노인의 생각과는 다른 경우가 많은 거지. 여기까진 대사고… 지금부턴 내… 생각인데… (미소) 일반인의 생각으론 수혁이가 어린데 어떻게 후계자를? 싫겠지만 유언할 땐 그 사람의 전 인생을 생각하게 되니까… 나이가 문제가 안 되는 거야. 우린… 현재를 살지만 아버님은… 다른 거지.

지용     …

희수     (표정) 말하자면… 아버님은 당신의 진짜를 알기에… 당신의 미래를 본 걸 수도 있지 않을까? (하다가 다시 표정 관리하고) 당신이 후계자 자리에 관심 없는 걸 아버님은 아신 거겠지?

지용     (눈빛, 표정)

희수     당신 (눈빛, 표정) 혹시 후계자 자리 원치 않은 거… 진짜 맘이 아니라 가짜 맘이야?

지용     (그런 희수 보는)

희수     사실은 그 자리가 너무 탐이 나는데 아닌 척하고 있었던 거 아니냐고. (진한 눈빛으로) 당신은 뭐가 진짜고 뭐가 가짜야?

지용     …무슨… 말이야?

희수     …오랫동안 가짜로… 살면… 그게 진짜가 된대.

지용     …당신의… 진짜 맘은 뭐야? 날 왜 용서해?

| 희수 | …용서했다고 생각해? |
|---|---|
| 지용 | !! |
| 희수 | 아니~ 어떻게 그걸 용서해? (섬뜩하다. 미소 지으며) 감히 용서를 바라? (지용의 머리칼을 쓸어 넘기며) 그 여자가 하준이를 달라잖아. 난… 그거 못 해! 하준이 지켜야잖아. 그것만 생각하자. |
| 지용 | 그래. 고마워. |
| 희수 | (미소) |
| 지용 | (그런 희수를 보며 향수 냄새 맡는) 이 향수 언제 맡아도 최고야. |
| 희수 | (다시 미소 띠며) 응… 당신이 이 향수만 뿌리랬잖아. |
| 지용 | 희수야… |
| 희수 | 걱정 마. (배를 만지며) 당신 아이 생각해서 좋은 생각만 할 거야. 당신도 도와줘. |
| 지용 | …나 너 없음 안 돼. (하고 희수의 허리를 끌어안는다) |
| 희수 | (그런 지용 머리를 쓰다듬으며) 응, 알아. (눈빛, 표정) |

S#29    동 저택 정원 (희수가 줄넘기하던 곳) /N

희수, 걸어와 어딘가에 선다. 희수, 그대로 그 향수병을 정원 조각상을 향해 던지자 향수병이 박살 난다. 희수, 표정 변화 없이 담담하게 걸어서 집 안으로 들어가고, 쏟아진 향수는 정원 전체에 퍼지며 집 안에 의미심장하게 스며든다. 희수의 단단하지만 슬픈 표정에서. 디졸브.

S#30    효원 회원제 음식점 /D (다음 날)

효원에서 운영하는 고급 회원제 음식점에서 재벌 여인들과 식사 중인 서현. 화려하기보다 착장이 심플한 재벌가 여인들. 경영 일선에 서 있는 프로페셔널한 모습이다. 그녀들과 편안한 대화를 이어가는 서현. 매니저가 음식을 서빙한다.

여인 1    축하드려요. 아드님이 효원 상속자 된 거.

서현    축하받긴 일러요. 아직 시간이 좀 남았으니까.

여인 2    한 회장님… 며느리한테 효원E&M을 맡긴 거 상당히 고무적이죠?

서현    안정 기조에 중점을 두신 거죠. 제가 관련 비즈니스를 해왔으니까.

여인 1    근데 다들 한지용 상무가 효원 회장이 될 거라고 예측하지 않았나?

서현    …

여인 2    (서현 눈치 보며) 영원그룹 노 회장님 댁은 지금 축제 분위기겠네. 미래 사윗감이 효원의 황제라니…

서현    (떨떠름하다) 다들 식사하세요.


기품 있게 식사하는 그녀들.



S#31    어느 브런치 카페 /D

일신회 성경 멤버 서진경과 미주 앞에 브런치 플레이트가 세팅된다. 품격 있는 두 여자의 모습. 이때 화려한 복장으로 등장하는 재스민.

| | |
|---|---|
| 서진경 | 왜 늦었어, 재스민? |
| 재스민 | 쏘리~~ 비지 비지 에브리데이busy busy everyday. |
| 미주 | 뭐한다고 그렇게 바빠? 혹시 연애해? |
| 재스민 | 오 마이 갓! (어떻게 알았어?) |
| 서진경 | 정말인가 보네. 바람피우는 남편 복수를 결국 그렇게 하겠다~? |
| 재스민 | 복수 노우… 아임 인 러브I'm in love… |
| 서진경 | 니 남편도 사랑이야 그럼. 왜 너는 사랑이고 남편은 불륜이야? |
| 재스민 | 내 맘이지. |
| 서진경 | (웃는) 시켜 빨리. 오늘 미주 씨가 한턱 쏜대. |
| 미주 | 나 우리 남편 회사에서 주식 배당 받았거든. |
| 재스민 | 굿 잡!! 머니 머니 해도 머니지… |

(시간 경과)


기품 있는 브런치를 먹고 있는 그녀들.


| | |
|---|---|
| 서진경 | 뭐하는 남자야? |
| 재스민 | 비즈니스. |
| 서진경 | 사기꾼 아니야 혹시? 잘 알아보고 사귀어. |
| 재스민 | 서로의 사생활 안 묻기로 해서… 자세한 건 몰라요. |
| 서진경 | 재스민, 솔직히 말해. 그 남자랑 오래됐지? 우리랑 성경 공부 하는 것도 알리바이 만들려고 하는 거지? 내 말 맞지? |
| 재스민 | 노우!!! 나 그런 사람 아니에요. 아이 러브 바이블 스터디!! |
| 미주 | 그럼 남편 욕하면 안 되지, 재스민. 남편과 재스민 다를 게 없잖아. |

| 재스민 | 그건 아니죠. 남편이 먼저 시작했으니 나도 한 거지~ 언니들이랑 내가 같아요? 난 호르몬 폭발!! |
|---|---|
| 서진경/미주 | (기분 나쁜) |
| 서진경 | 남자고 여자고 그 호르몬이 문제야. |
| 미주 | 유부남이야? |
| 재스민 | 네. |
| 서진경 | 유부남이 유사 시 부담 없는 남자의 줄임말이라잖아. 그냥 부담 없이 만나. 이혼은 무슨. |
| 미주 | 유부녀는 유사 시 부담 없는 여자예요, 그럼? |

하는데 전화가 울린다. 서진경 전화 받는.

| 서진경 | 여보세요? (표정 점점 울상이 되면서) 네에… (끊고는, 흑흑) 나… 더 이상… 유부녀가 아니야~ |

S#32    동 음식점 밖 / D

세단이 대기해 있다. 서현, 나오면 서 비서가 대기 중이다. 이때 서현의 휴대폰이 울린다. 전화 받는.

| 서현 | 여보세요? |
| 부관장(F) | 수지최… 하원갤러리랑 계약했다고 합니다, 대표님. |
| 서현 | (듣는, 표정) 그래, 잘됐네. 알았어. 더 이상… 팔로우하지 마! (전화 끊는다) |
| 서 비서 | (서현 전화 끊자 다가와) 대표님, 양치곤 회장님 방금 숙환으로 별세 |

하셨다고 공문이 떴습니다.

서현　　(놀라는) 숙부님이?


S#33　　카덴차 + 루바토 /D

양 회장의 사망 소식에 다들 장례식 갈 준비를 하는 카덴차 사람들 전경. 상복을 입고 있는 순혜.

순혜　　인생사 허망해. 결국 저렇게 갈 거면서 나한테 좀 잘해주지. 우리 오빠도 돈만 남겼지. 인생 헛살았어. 저렇게 살믄 안 돼. 암만~

주 집사　　(옆에서 수발 드는)


검은 장례복을 입고 있는 서현의 모습, 수혁의 모습.


-루바토 전경-

상복을 입고 있는 지용, 하준에게 검은 옷을 입히고 있는 희수.


희수　　나 안 가도 괜찮을까?

지용　　(말도 안 된다는 듯) 임신 중에 장례식장엘 가면 어떡해?

희수　　…

지용　　편하게 쉬어. 스트레스 받거나 쇼크 받으면 안 돼.

희수　　(동공 흔들린다. 그래서 하준에게 눈높이 맞추고 옷깃 정리해주면서) 하준아, 할머니 오빠 분이 돌아가신 거야. 슬퍼해야 할 자리야. 휴대폰 만지고 웃고 그러면 절대 안 돼. 알았지?

| | |
|---|---|
| 하준 | 알았어. 엄마 나 저녁에 (희수 귀에 대고 작은 소리로) 치킨 사줘! |
| 희수 | (역시 귀에 대고 속삭인다) 니가 오늘 예의 멋지게 잘 지키면 사주지. |
| 하준 | (귀엽게 미소 지으며 끄덕인다) |

지용, 하준의 손을 잡고 나간다. 희수, 두 사람 사라지자 미소가
이내 싸늘해진다.


S#34    희수의 차 안 /D

희수, 깊은 생각에 빠져 있다. 결심이 선 듯 전화를 건다.


| | |
|---|---|
| 희수 | 네, 수녀님 저예요. 그때 말씀하신 거기… 가보겠습니다. (듣는) 혼자 가볼게요. (듣는) 그래 주시면 감사하죠. 그럼 지금 수녀님 모시러 갈게요. (듣는) 네. (끊는) |


S#35    성모원 과거 - 현재 (콜드케이스 느낌의 오버랩) /D

(인서트)    5회 S#27

8년 전 만삭의 자경이 오들오들 떨고 있다. 문이 열리고 그런 자
경의 모습을 보고 놀라는 노수녀. 그 노수녀(이하 한나)가 8년의
세월이 흘러 더 나이 든 모습으로 오버랩된다. 한나 수녀의 눈동
자 속 여인은 이제 자경이 아닌 희수다. 옆에는 엠마 수녀가 서
있다. 엠마 수녀, 한나 수녀를 보자 구면인 듯 따뜻하게 안는다.

| 엠마 | (희수에게) 하준이를 보살펴주셨던 한나 수녀님이세요. (한나 수녀에게) 말씀드린 서희수 씨입니다, 수녀님. |
| --- | --- |
| 희수 | (고개 숙여 인사한다) 첨 뵙겠습니다. 서희수예요. |
| 한나 | 어서 들어와요. (안으로 들이는) |

S#36    성모원 안 /D

머물다 간 아이들 사진이 찍힌 사진 앨범 여러 권 중 2013년 앨범을 들고 나오는 한나 수녀. 펼쳐서 하준의 아기 때 사진을 찾는 한나 수녀. 그러다가 어딘가에 멈추고는 펼쳐진 곳을 희수에게 보여준다. 희수, 떨리는 눈동자로 그 사진을 보는. 옆에 앉아 있던 엠마 수녀도 그 사진에 시선을 둔다.

(인서트)    6개월 정도 된 갓난아기와 환하게 웃는 자경의 모습.

한나    기억납니다. 그 많은 애기들 어찌 기억하나 싶지요? 머물다 떠난 그분들은 우리 기억을 지워도 우린 다 기억해요. 여덟 달을 머물다 갔는데, 이 아이는 유독 더 기억에 남네요. 참 예뻤거든요.

C.U되는 해맑게 웃는 하준의 사진. 희수, 그 사진을 보는데 울컥한다.

한나    애기가 분유 알러지가 있어서 분유를 먹이면 토하고 또 토하고 모유만 먹여야 해서 애기 엄마가 밤에 못 잤어요. 애기는 엄마

젖을 먹으면 거짓말처럼 잠이 들었어요.

(인서트)　　플래시백 (자경이 어린 하준이를 안고 자는 모습)


희수, 눈가 그렇해지는.

희수　　내가 키우지 않은… 내가 기억 못 하는 하준이의 그 시간 속
　　　　에… 그런 사연이 있었군요. (한나 수녀에게, 눈물 가득한 눈) 고맙습
　　　　니다… 우리 하준이 거둬주셔서.
한나　　(무슨 소리를 하듯, 글썽한 희수 보며 절레)
엠마　　그래서 하준이를 그 집에 두고 온 후 미혼모 재단을 그렇게 오
　　　　랜 세월 후원해왔나 봐요. 하준이에 대한 마음과 그리움을 그렇
　　　　게 대신한 거겠죠.
희수　　(끄덕이며) 수녀님, 이 사진들… 제가 가져가도 돼요?
한나　　(끄덕이는) 그러세요. 아드님 사진이시니.


어린 하준의 사진이 의미심장하게 희수의 손에 올려지면서.



S#37　　김남태 변호사 사무실 /D
　　　　후미진 복도를 걷고 있는 화려한 차림의 어느 여인- 다름 아닌
　　　　자경이다. 자경, 변호사 사무실 문을 열고 들어간다. 짜장면 먹
　　　　고 있는 김남태. 후진 사무실, 후져 보이는 변호사 김남태가 그
　　　　런 자경을 본다. 자경, 김남태 맞은편 자리에 앉고는 선글라스를
　　　　벗는다.

| 자경 | 소송 하나 맡아주세요. |
|---|---|
| 김남태 | (우물우물 짜장면 씹으며 입가 가득 묻혀가며) 무슨 소송요? |
| 자경 | 아이를 뺏겼어요. 18개월 때. 지금은 여덟 살이 됐고요. |
| 김남태 | … (단무지 우적 깨물어 먹고 대수롭지 않은 듯 대꾸하는) 애 아빠가 키워 |
| | 요, 지금? |
| 자경 | 네, 애 아빠랑 새엄마가 키우고 있습니다. |
| 김남태 | 애 아빠랑 새엄마랑 얘기는 해보셨고…? |
| 자경 | 애 아빠가 효원그룹 차남입니다. |
| 김남태 | (허걱) |

**CUT TO** (짜장면 그릇 없어진, 진지한 사무실 안)

사뭇 진지해진 남태와 담담한 자경. 보면 남태는 자경이 건넨 친자 확인서와 유전자 확인서 두 장을 들고 있다. 정말 효원 한지용이 아버지다. 벙!한 남태, 정신 차리는.

| 김남태 | 근데 정확히 원하시는 게 뭐예요? (이해 안 간다) 돈 아니죠? |
|---|---|
| 자경 | 아닙니다. |
| 김남태 | 그렇겠죠. 돈이면 효원 쪽이랑 바로 쇼부가 났겠지. |
| 자경 | … |
| 김남태 | 근데 애를 안 보여줘서 그러는 거라면 면접교섭 사전 처분 신청 |
| | 같은 걸 할 수는 있거든요… 그러면 한 달에 두어 번 정도 애를 |
| | 만날 수는 있어요. 가끔 1박 2일, 2박 3일씩 데리고 오기도 하고. |
| 자경 | 저는 애를 완전히 데려와서 직접 키우고 싶어요. 반드시 그럴 겁 |
| | 니다! |

| 김남태 | (어이없다는 듯 뻔히 보다가 다시 정신 차리고는) 애를 뺏겼으니 내놓아라… 그러면 유아 인도 심판 청구를 해야 되는데… 본인이 그동안 키웠던 것도 아니잖아요. 말씀하신 것처럼 애를 뺏겼다고 해도 그게 6년 전 일인데… 그동안 뭐하다 이제 와서 애를 내놓으라고 하는 거냐… 이거 안 되는 게임이에요. |
| --- | --- |
| 자경 | 되게 해주세요, 무조건. 전 반드시 제 아이 찾을 거니까! |
| 김남태 | 근데 왜 하필 저를 찾아오셨어요? 안 그래도 택도 없는 싸움에… 총질 못 하는 나 같은 변호사를… |
| 자경 | 총질을 못 하면… 수류탄이라도 던질 거 같아서! |
| 김남태 | (쿨럭하는 병한 표정에서) |

S#38 　한 회장의 VVIP 병실 /D

병실에 누워 있는 한 회장. 늘 평화롭게 미소 짓고 있던 예전과 다르게 미간을 찡그리고 뭔가 화난 표정으로 누워 있다. 화면 확장되면 장례식장을 다녀온 장례복 차림의 효원가 사람들- 서현과 머리에 붕대 감고 있는 진호, 그리고 진희와 순혜. 그런 한 회장을 둘러싸고 심각한 표정으로 서 있다. 주치의인 닥터 김과 젊은 닥터와 간호사가 한 회장의 심전도를 진지하게 살피고 있다.

| 닥터 김 | 심박 수와 혈압이 정상화되고 있습니다. 12초 정도 의식을 찾았다는 건 굉장히 고무적인 겁니다. 오늘 밤 잘 지켜보겠습니다. |
| --- | --- |

하고 의료진 다 밖으로 나가면. 남겨진 네 사람, 각자의 감정과 표정으로 서 있다. 서현은 부상병처럼 서 있는 진호가 그저 답답

하고. 양순혜는 한 회장이 미워 죽는다.

진호      엄마, 아버지 표정… 뭔가 다분히 불만스러워 보이지 않아?

순혜      (한 회장 꼴쳐보며 뜬금없이) 못생긴 게~

진호      하긴~ 불만 가득할 자격이 있어, 아버지가? 그럴 자격 없어. 한
그룹의 회장이 그렇게 감정적으로 유언질하고… 그럼 안 되지~

순혜      미친 영감탱, 깨어나면 내가 다시 때려눕힐 거야. (분노 표출) 차라
리 죽어~~~!


(인서트)      병원 밖 로비 /D

젊은 닥터가 아이패드로 한 회장 병실 CCTV를 닥터 김에게 보
여준다. 순혜가 한 회장 싸대기 날린 후 가슴을 퍽퍽 때리는 장
면이 동영상으로 나온다.


닥터 김      (안경 올려 쓰며 한참 보다가) 살라고 저러는 거야 죽으라고 저러는
거야.


S#39      장례식장 화장실 /D

상중인 서진경, 상복을 입고 들어와 손을 씻는데 들어오는 본처
로 보이는 60대 여인. 서진경을 차가운 표정으로 일갈하는 품위
있는 초로의 여인. 역시 손을 씻는.


여인      속시원하니?

서진경      안 믿으시겠지만 많이 슬픕니다.

| 여인 | 임종도 못 지킨 주제에. 송구해서라도 울어 좀. |
| 서진경 | 제가 울면 가식이라고 할 거니까요. |
| 여인 | 본처보다 첩한테 재산을 더 줬는데… 울긴 본처만 울고 있으니… |
| 서진경 | 저 미우시죠 형님? 그냥 참지 마시고 한 대 치세요. |
| 여인 | (담담히) 그래 줄래? |
| 서진경 | 네. |
| 여인 | (손을 수건으로 닦고 서진경의 뺨을 그대로 후려친다. 그리고 그대로 나가는) |
| 서진경 | (한 대 맞고는 얼굴 만지고 거울 보는) 다 끝났네… |


S#40      카덴차 내 /N

서현이 외출에서 돌아온다. 주 집사, 얼른 그런 서현의 외투를 받아 들고 조아리는.

| 서현 | 수혁이 방에 있습니까? |
| 주집사 | 네, 사모님. |
| 서현 | (2층으로 올라간다) |


S#41      수혁의 방 /N

수혁, 복잡한 감정이다. 뭔가 생각 중인데 노크 소리 들리고 서현이 들어온다. 수혁, 그런 서현 보는. 서현, 그런 수혁 보는.

| 서현 | 사고 수습… 어떻게 할 생각이야? 아림이랑 파혼 선언 얘기하는 |

거야.

수혁     아림 씨한테 전화로 사과했어요. 사과를 했단 건 내 맘이 변함없
        다는 뜻이기도 해요.

서현     상황이… 아주 많이 달라진 건 알지?

수혁     …

서현     이미 그 집안에 회장님 유언장 소식이 들어갔어. 니가 한 실수에
        대한 용서가 쉬워졌지. 넌 더 매력 있는 사윗감이 됐으니까.

수혁     전 할아버지 유언 따를 생각이 없습니다.

서현     (차갑게 그런 수혁 보는) 효원의 왕관에 관심이 없다?

수혁     네.

서현     애초에 없었던 거야? 아니면 다른 외부적 요인이 널 그렇게 생
        각하도록 만든 거야?

수혁     할아버지는 궁극의 기업가세요. 나랑 노아림을 이미 오래전부
        터 집안끼리 이어놓으셨어요. 유학도 그렇게 같이 보내셨잖아
        요. 더 위대한 효원을 만드는 게 당신의 마지막 미션이라고 생
        각한 거예요. 내가 선택된 거라고요. 내 뜻과는 상관없는 거잖
        아요.

서현     그 자리… 정해진 듯 너한테 쉽게 오니까 별거 아닌 것처럼 보
        이니? 그래… 사람마다 원하는 게 다르고 중요한 게 다르지…
        하지만 넌 지금 나뿐 아니라 세상을 향해 상당히 무례해.

수혁     (함께 격앙된) 별게 아니라고요? 너무 별거라 거부하는 겁니다. 내
        가 그걸 택하고 뭘 잃어야 하는지 너무 잘 아니까. 난 다 잃어야
        해요. 내가 원하는 거 그 무엇도 할 수 없어요.

서현     원하는 게 그 메이드 유연이란 아이니? 내가 니 진짜 엄마면 이
        럴 때 어땠을 거 같아? 유연이를 내쫓았을 거야. 니가 영원히 찾

지 못하는 곳으로.

| 수혁 | (분노하며 보는) |
| 서현 | 날 더 화나게 하지 마!!! (나가려고 하는데) |
| 수혁 | 단 한 번이라도 내 진심을… 봐줄 수 없어요? 내가 행복하길… 바라주면 안 돼요? |
| 서현 | (멈춰 서서 생각이 많은 깊어지는 눈동자에서) |


S#42    희수의 침실 /N

희수, 침대 헤드에 기대앉아 대본을 읽고 있다. 그런 희수를 보는 지용. 지용, 침대에 눕는데 불안과 공포, 그런 복잡한 감정들이 몰려온다.


| 지용 | 대본 아니야, 그거? |
| 희수 | (시선 대본에 두며) 맞아. (그제야 지용 보며) 나 데뷔시켜준 회사 대표가 이번에 영화 제작을 해. |
| 지용 | 그 사람 루저된 지 오래지 않아? |
| 희수 | 루저? 루저 기준이 뭔데? 살면서 실패 안 하는 사람이 어딨어? 실패하면 루저야? |
| 지용 | 나랑 약속했잖아. 배우 그만두기로. |
| 희수 | (미소) 당신은 결혼 때 한 약속 다 지켰어? (능치듯) 아니면서… |
| 지용 | 당신 내 애를 가지고 있어!! |
| 희수 | (지용의 워딩에 순간 표정 관리가 안 되는) 그래서… |
| 지용 | 당신 맘대로 아무것도 결정하지 마. 애를 가진 상태로 영화를 찍겠다고? 제정신이야? |

| 희수 | (애써 표정 관리하는) 당신 말 좀 가려서 해. (미소) 당신 말대로 당신 |
|---|---|
| | 애 태교에 안 좋아. |
| 지용 | (그 소리에 참듯이 숨을 고르는) |
| 희수 | 당신이 정말 원치 않으면 안 할게. 됐지? (미소) |
| 지용 | (희수의 맘을 모르겠다. 뭔가 왔다 갔다 정신없는 희수의 감정들) |

희수, 리모컨으로 라이트를 끄고 몸을 돌려 눕는다. 지용, 묘한 불안이 몰려온다.


S#43    동 저택 정원 /N

모두가 잠든 어두운 정원. 수영장을 걷고 있는 희수.


(인서트)    자경이 수영하던 모습

희수, 못 참겠는지 어딘가 급하게 걸어간다.


S#44    동 침실 /N

지용, 잠에서 깨서 옆자리 보면 희수가 없다.


S#45    루바토 내 2층 /N

지용, 침실에서 나와 어둠 속 계단을 내려가려는데 누군가 그의 앞에 막고 선다. 지용의 사냥총을 들고 지용을 향해 걸어오는 누군가 희수다. 희수, 사냥총을 들고 지용을 노려본다. 뒷걸음질치는 지용. 희수, 그대로 지용에게 총을 겨눈다. 지용 겁에 질리는데, 그대로 총을 쏘는 희수. 지용, 계단을 굴러 그대로 쓰러져 피를 흘린다. 눈을 뜬 채 죽은 지용. 지용의 시선에서 보이는 희수였던 여인이 자경으로 변해 있다. 하하하하. 잔인하게 웃는 자경.

S#46    동 침실 안+ 밖/N

식은땀을 흘리며 꿈에서 깨어나는 지용. 지용, (악몽) 꿈이다. 옆을 보면 희수가 자고 있다. 지용의 충혈된 붉은 눈. 일어서서 밖으로 나가는 지용.

-밖-

불안이 몰려오는 지용. 난간에 기대선다.

-안-

희수, 눈을 팍 뜬다. 차가운 희수의 표정에서 디졸브.

S#47    카덴차 밖 + 안 여러 곳 (몽타주성) /D

- 철문이 열리고 스프링클러의 물이 뿌려지고 효원가의 아침이 밝아온다.
- 버기카를 타고 저택 앞에 가득한 신문들을 실어 나르는 성태의 모습.

- 메이드들 모두 모여 바쁜 일상. 카덴차 다이닝 홀에 아침 식사
  가 세팅된다.
- 정 셰프, 메뉴판을 식탁에 올려둔다. 아침 식사가 준비되는 가
  운데.
- 효원가 사람들 가족 모임인데도 격식 있게 차려입는다.
- 희수와 서현의 풀착장 모습이 교차되면서.
- 진희와 정도가 말끔한 차림으로 서로 적당한 거리 두고 집 안
  으로 들어온다.


S#48        동 저택 다이닝 홀 /D

조찬 가족 모임에 참석하는 효원가 사람들, 서현·진호·진희·정
도 자리에 앉아 있고, 상석에 순혜 여사가 앉는다.


정도     저 좀 도와주세요. 저… 한진희 씨랑 결혼생활을 끝내고 싶습
        니다.

진호     (인상 쓰는)

정도     더 살다간 저 아마 죽을지도 몰라요.

진희     차라리 죽어. 이혼녀보단 미망인이 나아 난. 그리고… 결혼생활
        내내 남편으로서 불성실했던 건 너잖아. 내가 바람피웠어?

정도     손찌검하고 언어폭력한 건 너야!

진희     니가 원인 제공을 했잖아!! bastard!

정도     그러니까 이혼하자고.

순혜     닥쳐!! 그냥 살아. 누구 좋자고 이혼이야?

정도     전 할 만큼 했습니다. 한번 살아보셔야 해요.

| | |
|---|---|
| 순혜 | 뭐래. 30년 이상 살아봤잖아. 귀엽기만 했어, 나랑 살 땐. |
| 진희 | Of Course! (얼굴에 꽃받침 해서) So Cute! |
| 순혜 | 앞이 안 이쁘면 옆을 보고 옆이 미우면 뒤를 보면서 살아야지. |
| 정도 | 왜 제가 그래야 하죠? 뭐 땜에? 왜? |
| 진희 | Shut UP! (고함) |
| 진호 | 한심하기는… 니들은 언제 인간 될래. |
| 서현 | (누가 할 소리, 표정 관리하고) |
| 순혜 | 바람피우는 놈 보고 살 여자가 어딨어? 갈비뼈를 다 빼서 자치기를 해도 시원찮아. (개인적 분노다) |

이때 희수와 지용이 함께 들어와 자리에 앉자, 가족들 눈치 보듯
조용해진다. 음식이 서빙되고 기품 있는 식사가 시작된다. 모두
희수 눈치를 보는데. 희수, 음식을 먹으며 환한 미소 보낸다.

| | |
|---|---|
| 희수 | 음~ 오늘 정 셰프님 단호박 수프 정말 맛있네요. |
| 일동 | (그런 희수 보는) |
| 희수 | 이젠 아버님도 점점 회복되고 있고… 곧 깨어나실지도 모르는데 저희들 잘 지내고 있단 걸 보여드려야죠. (사람들의 경직된 표정 눈치채고) 걱정마세요. 저 괜찮아요. 제 아이가 잘 자랄 수만 있다면 전 뭐든 해요. 엄마잖아요. (옆에 있는 지용의 손 잡으며) 이이도 마찬가질 거고요. |
| 지용 | (아무 말 못 하는) |
| 희수 | 가정의 평화를 위해 아버님 돌아오시기 전까지… 아무 일도 없었던 것처럼 보여줘야 하는데… 소송을 하겠다네요, 그 여자가. |
| 순혜 | (놀라는) |

| 희수 | 친모가 하준이를 데려가겠대요. 유아 인도 심판을 청구한다네요. |
|---|---|
| 일동 | … |
| 진호 | 아니 승산이라곤 1도 없는 싸움을 그 사람은 이제 와서 왜 하겠단 거야? 6년 동안 가만히 있다가. |
| 희수 | 계란으로 바위 치는 게 목적이겠죠. 그냥 바위를 더럽히겠다는 마음. |
| 순혜 | 더 이상 우리 집안 관련 지저분한 기사 터지게 둬선 안 돼! |
| 서현 | 하준이 낳은 사람이에요, 그 여자. 하준이 상처 주는 걸 원치 않을 거예요. 무자비하게 언론 플레이 하진 않을 겁니다. (하는데) |
| 지용 | 기자 직접 만나 자기가 하준이 친엄마라고 먼저 흘린 사람입니다. 아이 엄마로서 신뢰할 수 없어요. |
| 진희 | 오~ 너 그 여자랑 정은 뗐나 보네… 따로 만나진 않나 봐? |
| 지용 | (버럭할 듯하다가 자제하며) 그만해! |
| 진희 | (지용의 서슬에 순간 흠칫) |
| 정도 | (꼬방진 듯 입가 미소) |
| 희수 | 제가 하준이 엄마예요. 하준이 상처 받게 두지 않겠습니다. 그 여자에게서 하준이! 지킬 겁니다. |
| 진호 | 제수씨. |
| 희수 | (진호 보면) |
| 진호 | 지용이가 그런 정떨어지는 짓을 했는데 하준이를 향해 예전 같은 맘이 들어요? (서현 묘하게 신경 긁는) 낳지 않은 아이에 대한 두 며느리의 입장이 너무 첨예해서 늘 궁금했어요. 그래서 물어보는 거예요. |
| 서현 | (그런 진호 눈 치켜떠 보는) |

| | |
|---|---|
| 희수 | 하준이와 하준이 아빠는 저에겐 다른 카테고리예요. 하준이는… 하준이 아빠와 강자경 씨의 육체적 유전인자를 가지고 태어났을 뿐, 하준이 제가… 키웠습니다. 지금껏 그 아이의 우주를 내가 만들었고, 손발톱을 깎였고… 교감했어요. 그것도 아주 강렬하게. |
| 지용 | … |
| 희수 | 나와 하준이… 관계란 게 형성되어 있어요. 엄마와 아들로. 그 누구도 떼어낼 수 없어요! |
| 서현 | … |
| 희수 | 저랑 지용 씬 이번 일로 더욱 돈독해질 거예요. 그래서 하준이 잘 키울 겁니다. 때문에 이번 소송이 더욱 중요하고요. |
| 서현 | 동서 의견 존중합니다. 소송에 매끄럽게 대응할 수 있게 제가 동서 도울게요. |
| 희수 | … |
| 진희 | (표정 묘해지며) 근데 말이야. 올케 지금 임신 중인 거 아니야? |
| 희수 | !!! |
| 진희 | 참 이상해. 올케는 배 속의 애는 안중에 없네. 온통 하준이 얘기야. … (갸우뚱) 하준이 잘 키울 거라니… 태중의 애는? |
| 희수 | (먹고 있던 음식이 턱 막히는, 하지만 표정 변화 없다) |
| 서현 | (그런 희수 보는) |
| 유연 | (그들 뒤에 떨어져 서서 그런 희수 쪽 시선 두는) |
| 진희 | (제대로 의심스럽다) 올케 임신한 거… (맞아? 하는데) |
| 서현 | 정 셰프님, 디저트 서빙 해주세요. 임산부에게 특별히 좋다는 과일 퓌레예요. 임신 초기에 꼭 먹어야 되는 과일로만… 특별히 동서를 위해 준비한 거예요. |

| 희수 | 네, 형님 감사해요. |
|---|---|
| 서현 | 입덧이 멈춰서 다행이야, 동서. 많이 먹어. |
| 희수 | (먹어보는) 맛있네요. 형님. |

서현·희수, 서로 미소 나눈다. 뒤에서 음식 시중 들던 주 집사, 그런 희수와 서현을 교대로 본다. 효원가 사람들 모두 그 과일 퓌레를 먹고 있다. 그런 그들의 모습이 멀어지면서.

| S#49 | 동 저택 앞 /D |
|---|---|

우체부로부터 등기우편을 받는 시큐리티. 시큐리티로부터 그 등기우편을 전달받는 성태. 법원에서 온 우편물, 수취인은 한지용으로 되어 있다. 등기우편물을 받아 버기카를 타고 루바토로 가고 있는 성태. 성태의 시선으로 보이는 루바토를 향해 걸어가고 있는 지용. 그런 지용을 보고 있는 성태의 측은지심 어린 시선. 혼자 중얼거리는 성태 "눈이 슬퍼 보여~"

| S#50 | 루바토 내 거실 /D |
|---|---|

<레볼루션 넘버 5> 그림이 걸린다. 보고 있는 희수의 모습. 이때 다가오는 지용. 희수 손에는 아기 방 열쇠가 있다.

| 희수 | (키 보여주며) 애기 방 꾸민다고… |
|---|---|
| 지용 | 그 방은 언제 보여줄 거야? |
| 희수 | 조금만 기다려. (미소) |

| 지용 | (끄덕이는) 나가서 같이 외식할까? |
|---|---|
| 희수 | 오늘 미혼모 센터에 봉사 가야 되는데. |
| 지용 | 그럼 하준이 데리고 나갔다 올게. |
| 희수 | 하준이 내가 데리고 갈 거야. 삶의 다양한 형태를 보여주고 싶어. 그리고 알게 해줘야지. 인간의 탄생이 모두 다 똑같지 않다는걸. 아버지가 없는 아이들도 있을 수 있다는 것도… 어머니가 떠난 아이들이 있을 수 있다는 것도… (미소) |
| 지용 | (그런 희수 보며) 알았어. 당신 뜻 존중해. (그렇게 희수 지나쳐 가는) |


S#51 카덴차 내 메이드 집합소 /D

카덴차·루바토, 모든 메이드들이 집합되어 있다. 주 집사가 휴대폰을 나누어준다.

| 주 집사 | 우린 이 집안에선 귀가 없다는 사실 잊지 마. 꿈결에서라도 여기서 듣고 본 얘기는 발설하면 다 끝인 거 알지? |
|---|---|
| 메이드들 | 네. |
| 유연 | 헤드님, 저 내일 하루 오프 신청하겠습니다. |
| 주 집사 | (그런 유연 찝찝한 시선으로 보는데서) |


S#52 루바토 내 티가든 /D

차를 마시고 있는 희수와 최 변호사.

| 희수 | 최 변호사님. |
|---|---|

| 최변 | 네, 사모님. |
|---|---|
| 희수 | 효원 법무팀에서 지난 2년간 정리해고된 변호사 명단 좀 주세요. |
| 최변 | (그런 희수 보는) |
| 희수 | 왜 필요한지는 모르시는 게 변호사님 입장에선 더 좋을 거예요. 이유를 꼭 알아야만 건넬 수 있는 큰 기밀 사항도 아니잖아요. |
| 최변 | 아니죠. |
| 희수 | (미소) |
| 최변 | 네, 제가 정리해서 바로 드리겠습니다. |
| 희수 | 감사해요. 그리고… 궁금한 게 있어요. |
| 최변 | … |
| 희수 | 강자경 씨에 대해 저한테 자료 주실 때 왜 남편 필터링 없이 그렇게 선뜻 자료를 주셨어요? |
| 최변 | 제가 회장님 보필을 17년째 하고 있습니다. 노선을 정확히 하는 게 첫 번째 제 수이기도 하고요. |
| 희수 | 그 수란 게 남편보다 저를 택하시는 건가요? |
| 최변 | (글쎄요… 미소) |
| 희수 | 궁금해요. 최 변호사님은 효원가에서… 진짜… 누구 사람이신 건지… |


S#53　　서현의 서재 /D

주 집사에게 유연이 내일 오프 신청을 했다는 사실을 듣는 서현.


| 주 집사 | 아무래도 내일 수혁 도련님과 함께 시간을 보내려고 오프를 낸 |
|---|---|

| 서현 | 게 아닐까요? 수혁 도련님이 여행 배낭을 챙겨놓으셨더라고요. 브레이크가 고장난 차를 멈추게 할 방법은 정면에서 박아버리는 것밖에 없어요. 내일 성태 씨 뭐해요? |

S#54     메이드 집합소 /D

두 손 모으고 주 집사의 하달을 기다리는 성태.

| 성태 | 그러니까 저더러 내일 수혁 도련님 미행을 하라 뭐… 그런 말씀이신 건가요? |
| 주 집사 | (끄덕이는) 안 들키게 잘해. 너 허술의 끝판왕인 거 알지? |
| 성태 | (동의할 수 없다는 듯 뾰로통하다가) 근데 왜 저를 시키세요? |
| 주 집사 | 한 번은 잘하겠지 싶어 그런다. (방을 나간다) |
| 성태 | (자신의 처지를 뒤돌아본다, 눈가 촉촉해지다가) 하아~ 내 스탈 아닌데 이런 일… 하~~ (번민하는데 호출기 울린다. 확인하고 한숨) |

S#55     지용의 서재 /N

지용, 퇴근 후 서재로 들어와 앉으면. 자경에게 전화를 걸어본다. 전화를 받지 않는 자경. 지용, 미간 뭉개고. 이때 희수 들어오며.

| 희수 | 법원에서 온 소장 받았지? |
| 지용 | (짜증 나는) 왜 이런 바보 같은 짓을 하는 건지~ |
| 희수 | 이슈화하고 싶은 거겠지. 일단 자신이 하준이 실제 엄마인 걸 세 |

상에 알리는 게 목적 아닐까?

지용      우리 쪽에서 막을 수 있는 이슈야. 그거 알리겠다고 그런 짓을 할 정도로 걔가 어리석진 않아.

희수      결혼 전 사귀었던 첫사랑을 버리고 여배우와 사랑에 빠져 첫사랑은 죽은 여자로 만들고… 죽은 걸로 알려진 자신이 살아 있다는 거… 그리고 차갑게 버려진 자신의 과거를 알리고 싶겠지.

지용      (차갑게 희수 보며) 증거 있어? 증거라곤 없는 이야기로 언론 플레이를 해서 날 엿 먹이겠다고?

희수      (분노를 잘 참아내며 지용을 보고만 있다) 당신은 빠져 있어. 내가 하준이 엄마로서 얼마나 자격이 있나 없나 그게 관건이 될 거야. 변호사 선임해야겠지? 내가 알아서 할게. (나가려는데)

지용      당신 잘할 자신 있지? 나… 당신 믿어도 되는 거지?

희수      (그런 지용 한참 보는) 근데 그 소리, 불과 얼마 전 내가 당신에게 했던 소리 같은데? (피식) 믿어야지 당신은, 날!


희수, 나간다. 지용, 남겨져 있는. 지용, 뭔가 미덥지 않고.



S#56      동 저택 지용의 서재 밖 - 희수의 서재 /N

희수, 서재에서 나와 문에 기대선다. 희수, 그렇게 걸어서 자신의 서재로 향하는. 희수, 자신의 서재로 들어와 가쁜 숨을 몰아쉰다. 그러다 호출기 누른다. 얼른 들어오는 성태.


희수      산소량 45로 올려주세요. 제가 숨 쉬는 게 힘들어서요.

성태      네, 사모님.

성태 나가고 희수 눈을 감는다. 그리고 산소 투입구에서 산소가 팍~ 투입된다. 숨을 들이마시는 희수. 너무 힘들고 벅차다. 스스로에게 최면을 걸듯 숨을 거듭 쉬어보는 희수. 그렇게 맘을 다스리고 있다.

엠마(N)    아무리 산소의 농도가 짙어도 숨 쉬는 게 쉬워지는 건 아니었습니다. 그녀를 힘들게 하는 건 이산화탄소와 산소의 비율이 아니라 진짜 마음과 가짜 마음의 비율이었던 것이죠.

S#57    서현의 갤러리 밖 야외 테라스 /D (다음 날)
       서현, 최 변호사와 이야기를 나눈다. 서현은 최변이 건넨 효원 E&M 관련 자료를 읽는 중이다.

최변    회장님 뜻 받드셔야죠.
서현    네. 효원E&M 기업 분석, 작년 매출 기록표, 사세 현황 브리핑해주세요. 내일 오전에 회사로 들어가겠습니다.
최변    네… 대표님.
서현    아버님 유언장, 한지용 상무에겐 메가톤급 충격이었을 거예요. 유언장이 있을 거란 상상은 절대 못 했을 테니까.
최변    그랬겠죠. 오늘 작은사모님 만났습니다. 해고된 법무팀 명단을 원하던데 드려도 될까요?
서현    그러세요. 아마 이유가 있을 겁니다.
최변    네. (깍듯하다) 새로운 이슈 있으면 보고 드리겠습니다.

동 수녀원 - 진희의 집 다이닝 홀 (교차) /D

엠마 수녀, 따뜻한 차를 마시고 있다. 이때 전화벨 울린다. 전화 받으면 진희다.


엠마     여보세요?

진희     안녕하세요. 한진희라고 해요. 아까 문자 드렸던. 한진호 씨, 그러니까 제 오빠 소개로 전화 드렸어요.

엠마     네.

진희     저 사실 지금 상담치료를 의무적으로 받아야 할 시추에이션이라. 아버지 유언장 땜에요…

엠마     네.

진희     수녀님께 심리치료 받을게요. 듣기로 상담비는 재단에 기부하는 걸로 대신한다고… 그 취지 맘에 들어.

엠마     … (못마땅)

진희     언제 시간 되세요? 가능한 한 빨리 뵙고 싶은데…

엠마     제가 스케줄이 안 돼서… 다른 분 소개시켜드려요?

진희     저 지금 까신 거예요? (기분 나쁘다) 되게 만들어주세요. 시간 내라고요.

엠마     여보세요? 난 종교인이지 그 집안 전문 상담가가 아니에요. 이런 식으로 사람을 대하시면 안 됩니다. 공감 능력이 현저히 떨어지시네요. (차분하게 미소 지으며)

진희     맞아요. 사람 잘 보네. 제가 그렇다니까요. 그러니까 상담해달라고요.

엠마     (버럭) 시간이 없다잖아!

진희     (병!)

| S#59 | 어느 분식점 안 - 밖 /D |
|---|---|

수혁과 유연, 서민 음식을 먹고 있다. 순대를 먹어보는 수혁. 신기한 표정. 그런 두 사람의 행복한 표정.

-밖-

감시도 구경도 아니고 멍청하게 안을 들여다보다 서글프게 구겨 않는 성태.

| 성태 | 순대는 간이랑 허판데… 헬게이트 문을 여네. 저 맛 보면 못 빠져나가는데… (궁시렁) |
|---|---|

| S#60 | 서현의 서재 /D |
|---|---|

서현, 아이패드로 갤러리에 걸 그림들을 체크 중이다. 앞에는 주집사가 서 있다.

| 서현 | (시선은 주 집사보다 아이패드에 둔 채) 그래서 둘이 놀이공원에 갔단 거죠? |
|---|---|
| 주 집사 | 네. |
| 서현 | (씁쓸한 표정 위로) |

| (인서트) | 루바토 내 거실 /D |
|---|---|

벽에 걸린 <레볼루션 넘버 5>.

| 수지(소리) | 내가 반드시 해낼게. 너를 위해, 그리고 우리를 위해. 다시 돌아 |
|---|---|

올 땐 많은 게 달라져 있을 거야. 난 혁명을 할 거니까.

서현의 쓸쓸한 표정과 그림이 교차하는 위로.

엠마(N)   그렇게 곳곳에서 폭동 같은 혁명이 시작되고 있었죠.


S#61   한 회장 VVIP병실 /D

의식을 잃고 누워 있던 한 회장, 눈을 부릅뜬다.


S#62   지용의 집무실 - 일각 (교차) /D

지용, 나가려는데 휴대폰이 울린다. 지용, 모르는 사람의 번호라
경계하듯 보다가 결국 전화를 받으면.


지용    여보세요?

곽수창   나예요.

지용    누구세요?

곽수창   …

지용    (누군지 알았다) 내 번호 어떻게 안 거지?

곽수창   (전화 뺏어서는) 효원그룹 한지용 상무님… 우리를 바보로 아
        시나…

지용    (눈가 떨리는)

남자    (격양된) 죽었어! 내 동생이… 죽었다고!

지용    !!!

지용의 불안과 공포는 극에 달한다.


S#63    자경의 집 주차장 - 엘리베이터 /N
        자경, 차에서 내려 주차장 벗어나 엘리베이터 탄다.


S#64    동 건물 복도 - 자경의 집 /N
        자경, 엘리베이터에서 내려 자신의 집 앞에서 도어록 키를 누르
        고 안으로 들어간다. 불을 켜면 불이 들어오지 않는. 자경, 어둠
        속에서 불안을 느끼고 다시 거실 불을 켜지만 불이 켜지지 않는.
        자경, 쎄한 느낌에 뒷걸음질치는 발과 다리. 그리고 자경의 발걸
        음이 멈춘다. 자경에게 다가오는 구두 신은 남자의 발. 자경 놀
        라서 보면- 지용이다. 지용, 자경의 목을 꽉 누른다. 죽일 듯이 목
        을 조른다. 자경, 헉헉대며 그대로 넘어지는. 지용, 핏발 선 채 자
        경의 목을 조르는.


지용     너 땜에 모든 걸 망쳤어.


(인서트)  자경의 집 밖

        누군가 자경의 집 초인종을 누른다. 다름 아닌 희수다. 지용, 초
        인종 소리에도 분노를 멈추지 않고 계속 목을 조른다. 자경은
        곧 숨이 넘어갈 듯 얼굴에 피가 쏠리고 밖에 서 있는 희수, 묘한
        불길한 감정에 휩싸이고. 그런 희수·자경·지용의 모습이 교차
        되다가. 희수, 안에서 들리는 자경의 외마디 비명을 캐치하고는

그대로 문을 두드린다. 쾅 쾅. 문 두드리는 소리가 커지고 더 커지고. 그 바람에 자경을 누르고 있던 지용의 손아귀에 힘이 멈춘다.

희수      (표정 싸해지며) 안에 있는 거죠?

그 소리에 분노조절이 안 되던 지용이 서서히 이성을 찾는 듯. 이때 자경의 외마디 비명. 악!

희수      (육감이 온다. 강렬한 목소리로) 한지용!
지용      !!
희수      멈춰!!
지용      !!
희수      당장 멈춰!!

당황하는 지용과 무서운 희수의 표정에서.

< 9회 엔딩 >

# 10

# 진짜 엄마

Real Mother

| S#1 | 루바토 내 희수의 서재 /N |
|---|---|

서재에 진열된 사진들을 보다가 하준이 세 살 때 사진에 시선이 멈추는 희수. 하준의 어린 시절 사진과 희수의 표정이 교차되다가.

| (인서트) | 어느 풍광 좋은 곳 - 회상 (나오지 않은 신/ 6년 전) /N |
|---|---|

두 살의 어린 하준이 지용의 손을 잡고 걷고 있다. 등을 보인 채 서 있는 희수. 서서히 돌아보면, 희수의 시선으로 보이는 하준. 너무나 귀엽고 사랑스럽다. 희수를 보자 환하게 웃는 하준. 하준이 희수에게 걸어온다. 희수, 한 걸음 한 걸음 걸어와 하준이와 시선 맞춰 몸을 숙이고 하준을 바라본다. 운명적으로 끌리는 희수의 떨리는 눈동자와 미소.

| 희수 | 니가 하준이구나… 하… 어쩜… 이렇게… (눈썹, 눈, 머리칼을 애지중지 쓰다듬으며) 귀한 아이를… (뭉클하게 보는데) |
|---|---|
| 하준 | (그런 희수에게 덥석 안긴다) |
| 희수 | (가슴이 뜨거워지는) |

회상에서 깨어나는 희수, 하준의 사진을 보면서.

희수      엄마는 절대 너랑 헤어질 수 없어··· (하고는 뭔가 결심한 듯 그대로 빠

져나간다)


S#2      자경의 집 밖 복도 - 앞 /N

자경의 집으로 향하는 희수의 발걸음.


(인서트 1)      자경의 집 안 (9회 엔딩 신 변주) /N

자경의 발걸음이 멈춘다. 자경에게 다가오는 구두 신은 남자의
발. 자경 놀라서 보면- 지용이다. 지용, 자경의 목을 꽉 누른다.
죽일 듯이 목을 조른다. 자경, 헉헉대며 그대로 넘어지는. 지용,
핏발 선 채 자경의 목을 조르는.

지용      너 땜에 모든 걸 망쳤어. 너만 없어지면 돼. 그 새끼도 죽었대···
너도 죽어··· 다 죽어버려···

자경      (지용의 완력에 얼굴이 터질 것 같은)


희수가 자경의 집 문 앞에 도착했다. 초인종 누른다.


(인서트 2)      동 집 안 /N

자경, 헉헉대고 발버둥치지만 소용없고. 지용은 이미 이성을
잃어 제어가 되지 않는 눈빛이다. 초인종(E). 거듭되는 초인종
소리.

- 지용·자경, 둘 다 눈이 커지고 놀란다. 지용, 그대로 한 손으로 자경의 입을 막는다. 자경, 소리를 지르고 발악한다. 그 와중에 지용의 손을 물고. 지용, 외마디 "악!"
- 희수, 안에서 들리는 인기척, '뭐지?' 싶은 표정. 다시 초인종 누른다. 아무 소리 들리지 않는. 희수, 자경에게 전화를 한다.
- 지용, 자경의 입을 틀어막고 온몸으로 자경을 누르고 있다. 집 안 어딘가에 있던 자경의 핸드폰 진동음. 자경, 움직일 수 없다.

지용, 초인종 소리에도 분노를 멈추지 않고 계속 목을 조른다. 자경은 곧 숨이 넘어갈 듯 얼굴에 피가 쏠리고, 밖에 서 있는 희수, 묘한 불길한 감정에 휩싸이고. 그런 희수·자경·지용의 모습이 교차되다가. 희수, 안에서 들리는 자경의 외마디 비명을 캐치하고는 그대로 문을 두드린다. 쾅 쾅. 문 두드리는 소리가 커지고 더 커지고, 그 바람에 자경을 누르고 있던 지용의 손아귀 힘이 멈춘다.

| 희수 | (표정 싸해지며) 안에 있는 거죠? |
|---|---|

그 소리에 분노조절이 안 되던 지용이 서서히 이성을 찾는 듯. 이때 자경의 외마디 비명 "악!"

| 희수 | (육감이 온다. 강렬한 목소리로) 한지용! |
|---|---|
| 지용 | !! |
| 희수 | 멈춰!! |

당황하는 지용과 무서운 희수의 표정에서. (9회 엔딩에서)

희수    (분노하며) 멈춰 당장!!

그 바람에 지용이 자경에게서 몸을 떼고 멈춘다. 자경은 그대로
일어나 도망치듯 문 밖으로 빠져나간다.

-문 밖-

문이 열리며 자경이 엉망인 몰골로 빠져나온다. 목을 움켜쥔 채.
그런 자경의 모습을 보는 희수의 눈이 커진다. 지용이 안에서 밖
으로 나오는 순간, 자신의 몸 뒤로 탁 숨기듯 자경을 뒤로 품는
희수. 지용, 그런 희수 보고 숨을 고르고 어색한 웃음 짓고 나가
려는데 지용을 탁, 안으로 집어넣는 희수. 그러곤 문을 닫는다.
남겨진 자경의 분노하는 표정.

-집 안-

희수    (지용을 싸하게 보면서) 무슨 짓이야?
지용    (할 말이 없다) 너무 화가 났어.
희수    (자신의 맘을 최대한 들키지 않게 그러나 눈은 분노하며) 한지용!
지용    (보는)
희수    세상이 우스워?
지용    …
희수    필요에 의해 취했다 성가시면 버리고… 그렇게 살면… 세상이
        가만둘 거 같아? (서늘한 느낌으로, 맘을 알 수 없게 낮은 목소리로) 저 여
        자를 심판할 수 있는 자격…! 당신한테 없어~ (미소까지 띠며) 당신

|      |      |
|------|------|
|      | 은 저 여자한테도 나한테도 오직 가해자야!! |
| 지용 | (희수의 복잡한 표정에 굳어지는) |
| 희수 | (여유있게) 저 여자 건들 수 있는 자격은 나한테만 있어!! 당신은 절대 손대지 마!!! 해도 내가 해. 알았어? |
| 지용 | (희수를 달래야 한다. 억지미소) 알았어. |
| 희수 | (표정 관리하고 뒤돌아 밖으로 나간다) |

-밖-

희수, 밖으로 나와서는 분노하는 감정을 억지로 누르고 그렇게 걸어서 멀어지는데서.


S#3          지용의 차 안 /N

지용, 차에 올라탄다. 분이 안 풀려 들숨날숨하며 운전석에 앉는다. 하나의 리추얼처럼 단전 호흡을 하고는 쇼팽 음악을 듣는 지용. 이때 핸드폰이 울린다.

|      |      |
|------|------|
| 지용 | 여보세요? |
| 조 비서(F) | 말씀하신 병원에 가봤는데 사망 아닙니다. |
| 지용 | (듣고 어이없는 표정) 그래? 알았어. (끊는. 분노의 아우토반에 몸을 싣고 가속이 붙은) 어디 감히~~ (하고는 그대로 기어를 바꾸고 휙 차를 출발하면) |


S#4          동 지하 인간 투견장 /N

지용, 모자를 눌러쓰고 안경을 쓰고 점퍼 차림, 배낭을 메고 문을 연다. 누군가 기다리고 있다. 음습하고 젖은, 그러나 분노로 불타는 눈빛. 반은 머리카락으로 가려진 얼굴. 그날의 그 투견인 곽수창이 링 안에 앉아 있다. 지용은 늘 앉던 그 황제의 자리에 앉는다.

| | |
|---|---|
| 지용 | (차분하게) 내가 누군지 어떻게 알았어? |
| 곽수창 | (분노) 내 동생을 죽인 사람 정도는 알아야지! |
| 지용 | 대단하네… 좀… 살살 때리지 그랬어? 동생한테 불만이 많았나 봐. |
| 곽수창 | (충혈된 눈으로) 니가… 죽인 거야. |
| 지용 | (어이없다) 내가 때렸어? 니가 때렸잖아. 아무리 돈이 좋았어도 멈췄어야지. 돈 앞에선 피도 눈물도 없어? (하고 링 안으로 들어오는) |
| 곽수창 | (그런 지용을 올려다보며 일어나는데) |
| 지용 | (그대로 일어나 곽수창을 주먹으로 갈긴다) |
| 곽수창 | (그대로 지용을 갈기려 하자) |
| 지용 | (곽수창의 관절을 발로 차 무릎을 제대로 꿇리고 그대로 총을 꺼내 곽수창의 이마에 총구를 댄다) |
| 곽수창 | (무참하게 무릎이 꿇어지고 총구 앞에서 얼어붙는) |
| 지용 | 너… 내가 우습냐? 내가 누군지만 알고 어떤 사람인지는 왜 몰라? |
| 곽수창 | (눈을 부라리며 일어나는데) |
| 지용 | (그대로 곽수창을 몇 번의 주먹질로 때린다) |
| 곽수창 | (입에 피가 터지면서 쓰러진다) |
| 지용 | (그 사내의 등을 밟고) 너 같은 밑바닥 인간들, 문제가 뭐든 반만 알고 반은 몰라. 반쪽 인생. 내가 니들이 뭐하는 인간이고 뭘 해왔 |

는지 데이터도 없이 이 짓을 했겠어? 맞는 꼴을 보면 적어도 통쾌한 구석이 있는 놈이어야 나도 구경할 맛이 나는 거야. 절도 살인으로 감빵에서 10년을 썩고 나왔는데 감빵이 또 그리웠어? (분노) 왜 살아 있는 사람을 죽었다고 한 건데? (작신작신 밟아 뭉개는)

곽수창     (누워 밟힌 채 눈가 떨린다) 죽어가고 있다고! 죽은 거나 다름없어.

지용     (손으로 사내의 머리채를 잡아 올리며) 살아 있는 사람을… 죽었다고 하면 안 되지 절대. (의미심장한 대사다 지용의 얼굴과 기이한 눈빛이 화면 가득해지는)

곽수창     내 동생 살려내.

지용     (머리채를 놓으면서) 그건 내가 할 수 있는 게 아니야. 신이 하는 거지.

곽수창     (미칠 것 같다)


지용, 일어난다. 총을 다시 원위치하고, 가지고 온 배낭에서 돈 뭉치를 꺼내 그대로 곽수창의 얼굴에 퍼붓고 그대로 걸어 나간다. 지용, 안경과 모자 벗는다. 때마침 지용의 핸드폰이 울린다. 지용, 핸드폰 확인하고는 아예 다른 눈빛 다른 사람으로 너무나 기품 있게.


지용     네, 박사님. 안녕하세요. (듣고 놀라는) 정말이에요?


S#5     회장이 깨어나다 (몽타주) /N

-순혜의 방-

순혜 주먹을 불끈 쥐고 왔다 갔다 정신없다. 진호, 그 앞에 서 있다.

| | |
|---|---|
| 순혜 | 아니, 유언장 써놓고 깨어나는 건 뭐야. 유언장 뻘쭘하게. |
| 진호 | 근데 박사님 말로는 엄마가 살렸다던데? |
| 순혜 | (뭔 소리) 내가? |

(인서트 1)    어딘가 /N

수혁과 유연, 아이스크림을 먹으며 걷고 있다. 수혁의 전화가 울린다.

| | |
|---|---|
| 수혁 | 여보세요? (듣는) 진짜예요? 알겠습니다. 곧 갈게요. (끊고, 멍…) 할아버지가 깨어나셨대. |
| 유연 | (환하게 웃는) 잘됐다, 정말. |

(인서트 2)    진희의 집 /N

진희와 정도, 옷을 차려입고 병실로 향하는.

| | |
|---|---|
| 정도 | 장인어른 깨어나면 유언장은 어찌 되는 거야? 다시 원점에서 시작하는 거지? |
| 진희 | 우리도 원점에서 다시 시작하자. |
| 정도 | 누나… 우린 원점이 없어. |
| 진희 | 네가 날 첨 본 날 떠올려봐. 너 나 첫눈에 좋아했잖아. |
| 정도 | 내가? 과거 왜곡하지 마. 누나가 나 좋다고 따라다녔잖아. 아무 |

튼 이번주까지 소송 안 하면 내가 소송해. (하고 나가는)

진희     이혼하느니 차라리 I will Kill you!!! (단전 넣어 저주 퍼붓는)


(인서트 3)     경치 좋은 국도 일각 /N

희수, 혼자 차를 타고 왔다. 운전석에 앉아 생각이 많다. 핸드폰 들어 '하준 튜터'에게 전화를 다시 걸어보려 하는데 갑자기 울리는 전화. 희수, 전화 받아보는.


희수     여보세요? (듣는. 놀라는) 깨어나셨다고요?


S#6     효원가 저택 전경 /N

정원의 등이 하나씩 탁탁 켜진다.


S#7     동 지하 벙커 /N

맥주통에 맥주가 리필되고, 그 맥주인은 뒷문으로 빠져나가면. 주 집사와 성태, 벙커를 청소하면서.


성태     회장님 깨어나셨으니까 여기 다시 원상복구해야 하지 않아요?

주 집사     깨어나셨어도 병원에 계실 거야. 그리고 왕사모님이 아셨어. 회장님 여기 못 들어와.

성태     은밀함이 사라져서 회장님도 김 샐 거예요.

주 집사     야! 너 경혜랑 사귀니?

성태     사귀긴요. 그냥 라이트하게 만나요.

| | |
|---|---|
| 주집사 | (대답이 어이없고) 라이트하게 만나는 사이에 그런 헤비한 도둑질을 같이하니? |
| 성태 | 라이트하게 만나니까 그런 짓을 하죠. 난 그런 도둑년이랑 깊은 관계 안 맺어요. 난 진실하고 가치관이 뚜렷한 여자가 이상형이에요. |
| 주집사 | (어이없다) 난 너 게이인 줄 알았는데. |
| 성태 | (발끈) 왜 그렇게 생각하셨어요? |
| 주집사 | 뭐 그냥… 그런 느낌이 들더라고. |
| 성태 | 게이는 내가 아니라 딴 사람이에요. |
| 주집사 | ??? |
| 성태 | (한숨, 걸레 손에 들고 천장 올려다보며) 제가 입이 무거워 말을 안 하려고 했는데… |
| 주집사 | (신경 안 쓰고 하던 일 하는) |
| 성태 | (아씨, 이 말을 어찌 한다지) 한지용 상무님… 게이예요. |
| 주집사 | (지속적으로 어이없다) 개소리 집어치워라. 게이가 왜 한집에 두 여자를… 됐다. 내가 너 데리고… |
| 성태 | 두 여자라뇨, 누구…? |
| 주집사 | 아, 됐어. |
| 성태 | 저랑… 술 한잔하실래요? |
| 주집사 | 이게 미쳤나. (손에 든 대걸레를 얼굴에 던지며) 닥쳐라~ 빨리 끝내고 나가. 곧 들이닥쳐, 상전들! |


S#8        몽타주성 - 노덕이 컴백홈 /N

- 메이드 목욕실. 메이드들 목욕하며 웃음꽃이 만발하고.

- 지하 벙커에서 나가는 주 집사와 성태.

줌인되는 맥주통. 그 위로 들리는 아름다운 음악(ON).
밤하늘에 반짝이는 무수한 별들. 그 밤하늘 안에서 별 하나가 점
점 커진다. 다름 아닌 저택으로 컴백홈하는 노덕이다.


S#9           한 회장의 병실 + 응접실 /N
              한 회장이 깨어났다. 그 지겨운 꽃들이 회수되고 의료진 3명이
              정밀검사 진행 중. 응접실 안, 효원가 모든 사람들이 모여 진지
              하게 대기 중인 모습. 문이 열리고 닥터 김이 나온다.


닥터 김        깨어나셨습니다만 아직 인지 능력은 정상이 아니라 경과를 봐
              야 해요. 그래도 동공반사가 원활하고 체온, 혈압 다 정상입
              니다.

가족들         (재벌다운 침착한 반응들)

닥터 김        가벼운 대화에 비언어적 반응을 하고 계세요. (순혜를 향해) 정말
              큰일하셨습니다.

순혜          ???????????


S#10          한 회장 병실 /N
              가족들 모두 한 회장을 보고 있다. 얼굴에 멍이 들어 있는 한 회
              장. 한 회장, 눈을 뜨고 가족들 한 명 한 명 보고 있다. 미소를 띠
              는 한 회장.

| 진호 | 근데 아버지 얼굴에 왜 이렇게 멍이 들었지? |
|---|---|
| 한 회장 | (미소가 걷어진다. 있는 힘을 다해 순혜 노려보는) |

S#11　　　동 병원 밖 전경 /N

고급 세단들이 줄줄이 대기하고, 순혜를 시작으로 진호·서현·
희수·지용·정도·진희·수혁 다 1인 1차로 각각 출발한다.

S#12　　　희수의 차 안 /N

운전석. 희수, 전화를 받고 있다.

| 황보인(F) | 사모님 변론기일이 잡혔습니다. |
|---|---|
| 희수 | 제가 지금 계신 곳으로 가겠습니다. (전화 끊는) |

S#13　　　자경의 집 /N

자경, 지용에게 졸린 자신 목의 퍼런 멍 자국을 보며 또 한 번 결
의를 다지는.

| 자경 | 한지용 … 날 건드린 걸 후회하게 해줄 거야! (눈빛, 표정) |
|---|---|

S#14　　　서현의 갤러리 안 /N

서현, 갤러리로 들어온다. 직원들 인사하고, 자리에 앉으면서 바

로 작업하는 서현. 부관장 들어오고, 그림들 콜렉팅한 파일을 열어 보여주는. 그림들을 보고 있는 서현. 어느 그림에 시선이 멈춘다. 거친 파도가 레진으로 표현된 작품이다. (작품명 <뉴웨이브>) 작품을 찬찬히 보고 있는 서현. 옆에 서 있는 부관장.

|       |                                                                                                                                                           |
| ----- | --------------------------------------------------------------------------------------------------------------------------------------------------------- |
| 서현    | 레진 아트를 캔버스로 옮겨서 파도의 생동감과 바다의 정적인 아름다움을 동시에 살렸네. 그림 너무 좋은데? 조화롭고 신선해. 맘에 들어. 어느 갤러리야?                                                                        |
| 부관장   | 아, 이 작품요. 스튜디오 A9에 전시되어 있습니다. 근데 아티스트 이름이 노네임이에요.                                                                                                            |
| 서현    | 노네임?                                                                                                                                                      |
| 부관장   | 네.                                                                                                                                                        |
| 서현    | (피식) 이름을 밝히지 않는 이유라도 있나, 괜히 궁금해지네. 내가 직접 갈게. 그쪽에 미리 얘기할 건 없어.                                                                                               |
| 부관장   | 네, 대표님.                                                                                                                                                   |

S#15 　　스튜디오 A9 /N

신진 작가들의 창작 공간. 스듀니오 A9에 들어선 서현. 아직 정리가 안 된 듯한 공간. 넓고 휑하다. 풀지 않은 캔버스들이 놓여 있고 몇 개는 벽에 걸려 있다. 뉴웨이브 그림과… 다른 센세이셔널한 그림들. 그 그림을 보고서 눈빛 흔들리는 서현. 그리고 뒤에서 수지최가 나타난다. 다시 운명처럼 수지최를 만나는 서현. 마주치는 눈빛에서 복잡한 감정들이 피어난다.

| 수지최 | 이렇게 해야 널 볼 수 있구나. |
|---|---|
| 서현 | …잘 있었어? 피하려고 해봐야… 피할 수 없나 보다. 이렇게 다시 만나지는 걸 보면. |
| 수지최 | 우린 만나야 할 운명이니까. |
| 서현 | … |
| 수지최 | (눈가 그렁한) 네가 오늘의 나를 만들었어. 넌 나에게 영감을 줬고… 뛰는 심장을 선물했어. 그 심장으로 그림을 그려왔으니까… 내가 이룬 모든 거… 다 니 덕분이야. |
| 서현 | 난… 변한 게 없다. 용감한 척하지만 여전히 겁쟁이고 내가 가진 걸 절대 놓을 수 없는… 널 잊은 적도 없지만 만나기도 원치 않았어. |
| 수지최 | (따뜻하게 서현 보는) |
| 서현 | (그 눈빛에 같이 동화되어 처음으로 따뜻한 미소) …멋있다, 여전히. |
| 수지최 | 너도… |

| (인서트) | 회상 /N |
|---|---|
| | 젊은 날의 수지최와 서현. 수지최는 물감 묻은 셔츠를 입고서 서현에게 말하고 있다. 서현, 시선을 그리고 있던 그림에 향한 채 차마 뒤돌아보지 못한다. |

| 수지최 | 나랑 같이 가자… 여기서 살 수 없어, 우린… |
|---|---|
| 서현 | 난 못 가… 너를 버리는 게 아니야. 내가 나를 버리지 못하는 거야. 내가 가진 것들을 놓을 수가 없어… |
| 수지최 | … |
| 서현 | 난… 이 자리에서 행복해지는 법을… 찾을게. 넌… 새로운 곳에 |

서… 새로운 널… 개척해봐.

-다시 현재-

| | |
|---|---|
| 서현 | 너 해냈어. 너의 레볼루션… 통했어. |
| 수지최 | 니가 도와준 거 알아. |
| 서현 | … |
| 수지최 | 하바나에서 첫 개인전 할 때 무명 작가인 내 그림을 비싼 값에 사준 콜렉터가 있었어. 그게 내 이름을 알린 시작이었는데… 내가 너란 걸 몰랐을 것 같아? |
| 서현 | …그게 내가 할 수 있는 유일한 일이었으니까. 내가 가진 걸로 할 수 있는… 가장… 쉬운 일… |
| 수지최 | 도망가기보다… 이곳을 조금씩 바꿔보기로 맘 먹은 거… 멋있어… 너다웠고… |
| 서현 | 니가 행복하면 돼, 난… |
| 수지최 | 정말 그게 다야? |
| 서현 | … |
| 수지최 | 행복하니? |

서현, 눈물 그렁그렁 차오른다. 하지만 이미 되돌릴 수 없는 과거의 선택이었음을… 서현과 수지최, 안타까움에 눈이 촉촉하다. 그런 두 사람 모습이 멀어지면서.


S#16        어딘가 /N

희수와 마주 앉아 있는 황보인 변호사, 자료를 읽고 있는 희수.

| 황보인 | 이제 왜 저를 선택했는지 말씀해주시죠? |
|---|---|
| 희수 | (자료에 시선 두며 딴소리) 그쪽 법률 대리인 이력, 정말 판타스틱하네요. |
| 황보인 | 또라이 변호사로 유명한 사람이에요. 법정에선 하얀 와이셔츠에 넥타이 매는 게 일종의 불문율인데 개량한복 입고 나와서 법정을 뒤집어놓은 변종이에요. |
| 희수 | (그제야 황보인에게 시선 두며) 또라이는 또라이로 붙여야 해서… 효원 법무팀에서 잘린 사유를 제가 알고 있거든요. |
| 황보인 | (웃는) |
| 희수 | 효원케미칼 산재 사고 때 노조 편을 든 게 문제가 됐다고요? 그때 보상해주자고 하셨다면서요? |
| 황보인 | (미소) 그건 대내외적 사유고요. |
| 희수 | … |
| 황보인 | 사실 회장님도 오히려 보상해주길 원했습니다. |
| 희수 | … |
| 황보인 | 저를 자른 건 법무팀이 아니라… (주저하다) 한지용 상무였어요. |
| 희수 | (표정) |
| 황보인 | 이 얘길 해도 되는지 모르겠습니다만. |
| 희수 | 하세요. |
| 황보인 | 그게… 한지용 상무님 비자금 세탁 협조를 반대하다가… |
| 희수 | !!! 더 얘기해보세요. |
| 황보인 | 아뇨, 더 얘기 못 해요. 그럼 저 사모님한테도 잘리니까. (웃는데) |
| 희수 | (O.L) 안 잘립니다, 절대… |

S#17      지용의 서재 /N

지용, 서재에 앉아 있다. 심각한 지용의 표정 위로.


(인서트)   한 회장의 서재 - 플래시백 (7년 전쯤) /D

한 회장 앉아 있고, 그 앞에 서 있는 지용.


지용       알아요. 저는 어떤 경우도 아버지의 선택을 못 받는다는 거.

한 회장     …

지용       제가 아무리 잘해도 아버지의 피가 돌지 않는 제가 효원의 후계
          자가 될 수 없단 거요. 욕심 안 냅니다.

한 회장     니 아들인 건 확실하니?

지용       네.

한 회장     아들만 들이면 되는 거냐?

지용       네.

한 회장     니 아들을 내 집안 핏줄로 받아들이마. 잘 키우거라. 내가 너한
          테 하듯 하지 말고…

지용       그럴 일은 없을 겁니다. 정말 제 아들이니까. (처연한)

한 회장     (그런 지용을 보는) 너도 내… 아들이야.

지용       (눈시울 붉은) 아닌 거 압니다.


          -다시 현재-

          회상에서 깨어나는 지용. 핸드폰 울려 받으면.


지용       응.

조 비서(F)   상무님… 사모님이 상무님이 연결해주신 김차석 변호사가 아닌

|       |                                                                 |
|-------|-----------------------------------------------------------------|
|       | 다른 변호사와 직접 접촉하셨다고 합니다.                          |
| 지용  | (미간 뭉개지는) 누군데?                                          |
| 조 비서(F) | 황보인 변호사요. 저희 회사 법무팀에서 작년에 퇴출된.       |
| 지용  | (당황하는) 누구라고?                                             |

S#18        동 저택 정원 /N

노덕이의 컴백홈에 눈이 터질 것 같은 순혜… 놀라는 진호, 기절할 것 같은 정도.

|       |                                                                 |
|-------|-----------------------------------------------------------------|
| 진호  | 귀소본능인 거야?                                                 |
| 정도  | (공부 많이 한 재벌답게) 저 공작새 뇌에는 신피질의 팽창을 일으킨 유전자가 있을 거예요. (절레) 사이언스에 보고할 일이네. 어떻게 공작새가 혼자 떠났다 다시 돌아올 수 있냔 거죠. |
| 진호  | (병) 그것도 아버지 깨어나신 날.                                  |
| 일동  | (헐~)                                                           |
| 순혜  | 잠깐만. 근데… 자세히 봐봐… (핸드폰 라이트 비추고) 노덕이가 아니야. |
| 일동  | ???                                                            |
| 순혜  | (의심 팽창) 노덕이랑 하관이 묘하게 달라. 난 알아.                |
| 일동  | (더 가까이 들여다본다)                                          |
| 순혜  | 노덕이랑 부리 부분이 달라. 눈빛도 달라. (탁) 노덕이 아니야, 절대! |
| 진호  | 그럼 뭐야… 노덕이인 척 들어왔단 거잖아. 신분을 숨기고?           |
| 일동  | (병! 멘붕!)                                                     |

　　　　　　한 회장의 병실 /N

한 회장, 여전히 누워 있다. 병실에선 클래식 음악이 흘러나온다. 눈을 뜨고 깊은 생각에 잠긴 듯한 한 회장. 노크 소리 들리고 누군가 들어온다. 한 회장의 시선이 그 누군가에게 머문다. 그 누군가가 한 회장의 손을 잡는다. 한 회장, 그 누군가를 보자 눈시울 붉어진다. 화면 확장되면 그 누군가는 다름 아닌 엠마 수녀다.

한 회장　　　(억지로 말문을 뗀다) …설화야…
엠마　　　　(끄덕이는) 석철 오라버니… 그래요… 나야, 설화.
한 회장　　　(눈물이 흐른다)


S#20　　　　　　동 저택 게이트 + 티가든 /N

서현의 차가 들어온다. 수지최를 만난 후 생각이 많아진 서현.

수지최(소리)　　행복하니?

서현, 차에서 내려 티가든으로 향한다. 집으로 차마 들어가지 못하고 혼자만의 시간을 보내는데 성태가 나타난다. 성태는 수심에 잠긴 서현이 걱정되어 번지수 잘못 잡은 괜한 오지랖 부려 본다.

성태　　　　차 가져다 드려요, 사모님?
서현　　　　…수혁이… 유연이랑 행복해 보였어?

| 성태 | …네, 행복해 보였어요. |
|---|---|
| 서현 | …다행이네… |
| 성태 | (그 반응에 놀라는) |
| 서현 | 행복했단 거지… 행복하면 된 거야. |
| 성태 | (평소와 다른 서현을 보는) |
| 서현 | (피식) 가봐… 나 좀 있다 들어갈게. 여기 아무도 오지 않게 해줘. |
| 성태 | 네, 사모님. (점점 멀어지는) |

혼자 남겨진 서현, 생각이 많아진다. 계속 그렇게 멍하니 있다. 넓은 대저택 속 작고 고독한 서현. 쓸쓸하다. 드디어 참았던 울음이 터진다. 그토록 눌려왔던 슬픔들이 터져 나오는 서현. 한 번도 감정을 제대로 표현해본 적 없던… 남들에게 감정을 보여주기 싫어 늘 가면을 쓰던 서현이 넓은 정원에서 흐느낀다. 하지만… 아무도 그녀를 보지 못한다. 디졸브.

S#21    지하 벙커 /D

비제의 <카르멘> 서곡 같은 우렁찬 기상 음악 알람이 울리는 진호의 핸드폰. 진호는 밤새 술로 지새웠다. 맥주통이 거의 비다시피 술을 마시고 얼굴이 붉고 검게 변해 뻗어 있는 진호.

S#22    희수의 침실 - 동 저택 여러 곳 /D

지용, 눈을 뜨면 침대에 희수가 없다. 일어나 희수를 찾아보는 지용. 그러다 하준의 방문을 열어보지만 하준조차 안 보인다. 그 와중에 유연과 부딪힌다. 유연, 목례하는.

지용    이 사람 어디 갔는지 알아요?

유연    하준이랑 나가셨어요. 행선지는 저도 잘 모릅니다.

지용    김유연 씨! 현재 하준이 튜터 대행업무하는 거 아니에요?

유연    네.

지용    그럼… 하준이를 데려가는 사람이 누가 됐든 저한테 바로 보고
       하세요.

유연    …

지용    (인상 쓰는) 그게 하준이 엄마라도 마찬가지예요.

유연    (어쩔 수 없는) 네.


S#23    희수의 케렌시아 /D

       희수, 하준의 손을 잡고 자신의 케렌시아에 들어온다. 하준이 신
       기한 듯 둘러본다. 희수, 흐뭇하게 그런 하준 보는.

희수    신기해? 그거 다 엄마가 배우하면서 봤던 대본들이야.

하준    이걸 엄마가 다 외운 거야?

희수    그럼… 엄마, 니가 좋아하는 래퍼들처럼 힙하고 잘나갔던 배
       우야.

하준    엄마 짱! (하고 희수의 트로피와 상패, 대본 등을 환하게 웃으며 만져본다)

희수    하준아, 우리 오늘 라면이란 거 한번 끓여 먹어볼래?

하준    와아… 진짜 먹어보고 싶었는데.

희수    엄마가 완전 맛있게 끓여줄게.

CUT TO

맛있는 라면 냄비가 턱 하니 상에 올려지고. 젓가락 두 개가 냄비에 걸쳐진다.

희수     라면은 있지, 뚜껑에 먹어야 맛있어.
하준     뚜껑 하난데 어떡해? 오케이. 가위바위보하자고.
희수     한 판에 끝내. 뒷말하지 말자고. (라임)
하준     당연하다고.

가위바위보하는 두 사람. 결국 하준이가 이기고. 희수, 피식 하며 뚜껑 건넨다. 그 뚜껑에 라면을 담아주는 희수. 먹기 시작하는 두 사람. 하준, 그 맛있음에 눈이 커진다. 이럴 수가~ 이렇게 맛있는 음식이 세상에 있었다니… 희수, 그런 하준 보며 행복하게 웃는다. 눈빛은 궁극의 슬픔이다.

S#24     동 저택 정원 /D

외출복 차림으로 출근을 위해 차고로 가는 서현. 유리 정원에서 나오는 수혁·유연과 그대로 부딪힌다. 유연, 얼른 사라진다. 수혁, 그런 서현 보는.

서현     넌 여기가 편해?
수혁     네.
서현     그럼 들어가서 얘기하자. 들어와.

서현 앞서 걷고, 수혁은 서현을 따라 유리 정원으로 들어간다.


S#25          동 정원 안 / D

서현 어딘가에 자리잡고 앉는다. 수혁 쌔한 표정으로 그런 서현 앞에 선다.


서현      (둘러본다) 널 낳아준 어머니가 여기를 굉장히 좋아했다고 들었어.

수혁      …

서현      난… 엄마를 어떻게 하는지 몰라. 앞으로도 모를 거야. 근데… 너를 정말 행복하게 하는 게 뭔지… 니가 하고 싶은 게 뭔지… 한 번도 제대로 물어본 적이 없었던 거 같아.

수혁      (그런 서현 보는)

서현      (끄덕이며) 그래… 늦은 감은 있지만 물어볼게… 넌 어떻게 해야 행복하니?

수혁      알 거 없잖아요.

서현      얘길 해. 나 용기 내서 너한테 묻는 거니까… 나도… 너한테… 한 번은… 진짜 엄마… 할 수 있게 해줘.

수혁      (그런 서현의 말에 진심을 느낀 듯 보는)

서현      난… 내가 원하는 걸 못 하고 살았어. 금으로 만들어진 우물 안에서 헤엄치며 그게 최고의 행복이라고 생각하고 살아왔어. 근데… 왠지 넌… 그게 행복이 아닌 걸 이미 아는 것 같아서.

수혁      …

서현      정말 효원을 물려받을 생각 없어?

| 수혁 | 없어요. |
|---|---|
| 서현 | (끄덕이는) 이유를 알고 싶구나. 내가 너를 더 설득할 수 없는 이유. |
| 수혁 | (눈시울 붉어진) 어릴 때 내가 젤 가고 싶었던 에게해 여행을 엄마랑 하고 나서… 엄마가 집을 떠났어요. 난 그때 깨달았어요. 뭔가 얻는 순간… 다른 걸 내놓아야 한다는걸… 그리고 난… 남들보다 훨씬 큰 대가를 치러야 한단 것도요. |
| 서현 | … |
| 수혁 | (우는) 에게해가 아무리 좋아도… 엄마가 곁에 있는 거하곤 비교할 수가 없으니까… 누군가에게 상처를 줘야 하는… 큰 대가를 치를 만한 일… 하고 싶지 않아요. 효원을 물려받는 건… 내가 또 큰 대가를 치러야 한다는 의미니까. |
| 서현 | (맘 아픈) |
| 수혁 | 사랑하는 사람에게 상처 주고… 만나지도 못하고… 평생을 이렇게 살아야 하는데… 부와 명예가 무슨 소용이 있어요. (눈물이 가득한 슬픈 눈동자다) |

서현과 수혁, 그렇게 침묵 속에 각자 생각을 하고 있다.

| 서현 | 후회하지 않을 자신 있어? |
|---|---|
| 수혁 | 네, 절대 후회 안 해요! |
| 서현 | (그런 수혁 보는 시선) 알았어. |
| 수혁 | … (그런 서현을 보는 표정과 깊은 시선에서) |

희수와 하준, 마룻바닥에 누워 천장의 팬실링을 보고 있다.


희수   여기… 엄마가 처음으로 드라마 주인공 하고 나서 번 돈으로 마
       련한 케렌시아야. 엄마는 힘들 때마다 여기 와서 힘을 얻어 갔
       지. 울고 싶을 때 울기도 하고 그래, 여기 와서.

하준   엄마 울지 마. 엄마 우는 거 싫단 말이야.

희수   (그런 하준 따뜻하게 보며 끄덕) 그래, 안 울게.

하준   엄만 언제 울고 싶어?

희수   내가 상상하기 싫거나… 상상하지 않았던 가슴 아픈 일이 생
       길 때?

하준   맞아. 나도 그럴 때 울고 싶어.

희수   (그런 하준 보는) …엄마 몰래… 운 적 있어?

하준   …말 안 해.

희수   왜?

하준   엄마가 내 대답 들으면 또 여기 와서 울 거 아냐.

희수   …너~ 엄마가 상상하기 싫은 생각 하는 거야?

하준   …

희수   …

하준   응.

희수   하준아, 엄마한테 뭐든 다 털어놔. 엄마는 좀 울어도 돼. 어른이
       라서 울어도 금방 웃을 수 있거든.

하준   …

희수   엄마랑 비밀 안 만들었음 좋겠는데.

하준   알았어. 비밀 안 만들게.

| 희수 | 약속. |
|---|---|
| 하준 | (손가락 건다) 그래도 지금은 말 안 할래. 나중에 할래. |
| 희수 | (피식) 알았어. 나중에 꼭 해줘. 그럼 그 우리 둘 약속 기념으로 엄마가 너한테 최초로 엄마 계획 하나 알려줄게. 엄마, 다시 배우 일 시작할 거야. 하준이 찬성해? |
| 하준 | 당연하지. 완전 멋있지… 티비에 나와? |
| 희수 | 응. |
| 하준 | 아… 우리 엄마 세상에서 젤 예쁜데. |
| 희수 | (미소) 엄마는 하준이한테 자랑스러운 엄마가 되고 싶어. 그리고… (표정, 눈빛) 앞으로 어떤 일이 생겨도 꿋꿋하게 잘 이겨내야 해. 엄마가 딱 지켜줄 거지만. 널 안고 있는 내 손을 누군가 잡아당겨 우리가 서로 닿지 못해도 무서워하면 안 돼. 왜냐하면 넌 세상에서 젤 멋지고 씩씩한! (눈동자) 엄마의… 아들이니까. |
| 하준 | 알았어. 그렇게. |

희수, 하준을 품에 안는다. 그렇게 희수의 품에 폭 안겨 있는 하준과 그런 희수의 모습이 태아를 품고 있는 여인의 모습으로, 부감으로 보인다.


S#27    동 저택 일각 /D

유리 정원을 나와 걷고 있는 서현과 수혁. 갑자기 성태의 버기카가 바쁘게 움직이고 메이드 1·2·유연이 카덴차로 향하고 있다. 그 상황 보고 있던 서현. 성태의 버기카를 세운다.

| | |
|---|---|
| 서현 | 무슨 일이야? |
| 성태 | 대표님이… 메이드 전체를 소집시켰어요. |
| 서현 | … |
| 수혁 | (한숨) |
| 서현 | 너 집으로 들어가지 말고 바로 회사로 가. (그대로 저택으로 발길 돌리는데서) |

S#28    동 저택 안 /D

진호가 잔뜩 술에 취해 옷이 다 흐트러진 채 널브러져 있고. 메이드 4·5가 진호의 요구에 맞춰 뭔가 하고 있다.

| | |
|---|---|
| 진호 | 레몬 먹고 너무 시어서 인상 쓰는 소 흉내 내봐. |
| 메이드 4 | (미치겠고) |
| 메이드 5 | (어쩔 수 없이 인상을 일그러트리는데) |
| 진호 | (낄낄) 드럽게 못생겼네. (이때) |
| 주 집사 | 대표님. (화가 난다) 술 드셨으면 그냥 주무세요. 이 무슨 횡포십니까? |
| 일동 | (얼음처럼 굳어진다) |
| 진호 | (일어나서 주 집사에게 다가온다) |
| 주 집사 | (당당히 맞서 있자) |
| 진호 | (그대로 주 집사의 빰을 때린다) |
| 주 집사 | (휘청하는) |
| 진호 | (그대로 더 때리려고 하는데) |

누군가 진호의 팔을 그대로 낚아채 잡는. 서현이다.


| | |
|---|---|
| 서현 | 이게 도대체 무슨 짓이에요.! |
| 진호 | (그런 서현 보는) 아이고 이게 누구야. 품위와 우아함, 그리고 디그니티의 집합체. 나의 여신 정서현님 아니십니까? |
| 서현 | (분노로 눈이 이글대며) 내가 뭐랬어? 한 번 더 술 마시면 내가 참지 않겠다고 했어, 안 했어? |
| 진호 | 안 참으면 어쩔 건데… |
| 서현 | (화를 꾹꾹 누른다) |
| 진호 | 얘길 해봐. 내가 누군데… 나 효원 1인자 한진호야. 누가 감히… (하는 순간) |
| 서현 | (그대로 진호의 뺨을 세게 때린다) 그냥 술주정뱅이야! |
| 주 집사 | (놀라서 그런 서현 보는) |
| 진호 | (졸지에 당했다. 눈이 튀어나온다. 술이 깰 판이다) |
| 서현 | (주 집사 향해) 주 집사님 미안해요. 주 집사님 해야 할 거… 내가 대신했어요. 이런다고 화가 풀리진 않겠지만… |
| 주 집사 | (당황하는) |
| 서현 | 성태야, 이 사람… 지금 좀 치워. |
| 일동 | (당황) |
| 성태 | (당황하지 않고) 어디다 치…워요? |
| 서현 | 벙커에서 저리 됐으니 벙커로 치워야겠지? |
| 성태 | 네. |
| 서현 | 다들 도와줘요. 술이 들어간 사람은 힘이 두 배로 세지니까. |


모여 있던 메이드들, 일사불란하게 진호의 사지를 잡고 벙커로

끌고 간다. 진호의 대발악이 이어진다. "이것들이 안 놔~" 하고 소리치는데 성태, 통제가 안 되자 주먹으로 진호의 입을 막는, 진호 발버둥. 성태가 무게중심이 되고 그렇게 끌고 사라지자.

| | |
|---|---|
| 서현 | (주 집사에게 다가와) 진심으로 미안해요. |
| 주 집사 | (눈시울) 아닙니다. 사모님이 그러신 것도 아닌데요, 뭐… |
| 서현 | 사과와 감사를 주고받는 화살표가 늘 맞아떨어지지 않잖아요. 내 잘못을 다른 누가 사과한 일도 있었을 거예요. |
| 주 집사 | … |
| 서현 | (살피며) 괜찮아요, 맞은 데는? |
| 주 집사 | (그런 서현의 진심을 느낀다. 보는, 그러다) 네, 사모님. |
| 서현 | (핸드폰 뒤지며) 내가 번호 줄 테니까 거기 박현상 실장이라는 분 찾아서 우리 집에 직원들 좀 보내라고 하세요. |
| 주 집사 | 네. 근데 여기가 어디…? |
| 서현 | 알코올중독센터예요. |
| 주 집사 | (헐) |

S#29　　　지용의 집무실 안 /D

조 비서, 지용에게 보고 중이다.

| | |
|---|---|
| 조 비서 | 곽현동은 가양동 요양병원에서 가료 중입니다. |
| 지용 | 상태는? |
| 조 비서 | 혼수상탭니다. |
| 지용 | (뻔뻔하게) 내가 나라에 낼 세금 이렇게 세이브해서 힘들고 가난 |

한 사람들 돕는데… 그걸 누가 뭐라고 하냐고.

조 비서　　…

지용　　불쌍하잖아. 형제간에 빚더미에 올라앉아서… 강도짓한 전과가 있으니 취업도 안 될 거고. 도와주는 거야.

조 비서　　근데 어떻게 알게 된 사람들인데 이렇게 도우시는 건지…

지용　　(표정 싸해져) 뭘 그렇게 알려고 해?

조 비서　　(얼른) 죄송합니다. 시정하겠습니다.

지용　　(정신 차리고) 나가봐.

조 비서　　(꾸벅. 인사 후 나간다)


싸한 지용의 표정 위로.


(인서트)　　플래시백 (며칠 전 침실) /D

대화를 나누는 희수와 지용.


희수　　낳아준 엄마와 키워준 엄마의 싸움이야. 내가 맡을게. 당신은 빠져. 어차피 승산 없는 게임을 시작한 건 그 여자야. 이제 와서 하준이를 찾겠다니.

지용　　목적은 나겠지. 나를 망가뜨리는 거겠지.

희수　　내가 그렇게 두도록 구경만 할까 봐? 당신 못 건들게 할 거야. 지금 내가 다 준비 중이야.

지용　　(천연덕스럽게) 내가 하준이 아빠인 건 사실이고. 그 여자가 여기에 하준이를 두고 간 건 더욱 사실이고…

희수　　… (표정) 또… 뭐가 사실이야.

지용　　…

| 희수 | 그 여자가 맞다고 하는 거… 전부 아니라고 하면 되잖아. |
|---|---|
| 지용 | … |
| 희수 | 당신 말처럼 증거가 없는데. |
| 지용 | (그런 희수 표정에 섬뜩함을 느낀다) |
| 희수 | 내가 아니라고 하면 다 끝이잖아. |
| 지용 | …우리 집안이 그 여잘 튜터로 들인 걸 그 여자가 밝히면 당신 은… 뭐라고 할 거야? |
| 희수 | …아니라고 해야지. 그런 부도덕한 아빠한테 애를 맡기게 하겠 어? 거기다 난 새엄마인데. |
| 지용 | (눈빛, 끄덕이는) |
| 희수 | 효원이 어떤 곳인데. 나 여기 6년 살았어. 나도 효원 사람이잖아. 아닌 걸 맞는 걸로, 맞는 걸 아닌 걸로 만들 수 있어야 효원 며 느리 자격이 있지. 그리고… (눈빛) 그 여자한테 절대 내 아이 못 줘!!! |

지용, 회상에서 깨어난다. 마른세수를 하고 머리가 복잡한데 울 리는 전화. 다름 아닌 희수다.

-이하 교차 (희수 케렌시아 일각)-

| 지용 | 여보세요? |
|---|---|
| 희수 | 나야. 내일 변론기일이야. |
| 지용 | 응. |
| 희수 | 궁금할 거 같아서. |
| 지용 | … |
| 희수 | 내가 황보인 변호사를 선임한 거 알고 있잖아. 근데 그 이유를 |

왜 묻지 않아?

지용　　　(눈빛, 표정) 당신이 얘기해주길 기다렸지.

희수　　　내부고발자가 제일 무서운 법이잖아. 도둑을 막는 방법 중에 그
　　　　　런 게 있더라고. 강도였던 사내를 집에다 보초 세우는… 효원의
　　　　　약점을 젤 잘 아는 사람이 우리 쪽 변호를 하게 해야지. 그래야
　　　　　엉뚱한 곳에서 터질 걸 막는 법이거든. 어디서 뭐가 터질지 모르
　　　　　니까.

지용　　　… (아, 그런 이유구나, 안도하는)

희수　　　나만… 믿어!

지용　　　응, 믿어… (믿어지는)


S#30　　　어딘가 /D

　　　　　희수, 전화 끊고 싸늘한 표정. 하지만 옆을 보면 천진하게 아이
　　　　　스크림 먹는 하준. 그런 하준을 보는데 그저 실소만 난다. 하준
　　　　　의 입가에 묻은 아이스크림을 닦아주는 희수. 이때 윤석호 기자
　　　　　(2회 S#51에 등장한)가 그런 두 사람에게 다가온다. 윤석호 기자, 그
　　　　　런 하준을 보고 환하게 웃는다.


희수　　　어서 오세요.

윤석호　　잘 계셨어요, 배우님?

희수　　　네. (하준에게) 인사드려, 하준아. 신문에 있는 그 많은 이야기들…
　　　　　쓰시는 기자님이야.

하준　　　안녕하세요. 한하준입니다.

윤석호　　하아… 이러니 배우님이 그토록 감싸고 애지중지하셨군요. 정

말 잘생겼어요.

희수    그럼요. 누구 아들인데… 눈에 넣어도 안 아파요. (쓰담쓰담)

윤석호    (그런 희수 보는)

희수    윤 기자님, 앞으로 잘 부탁드려요.

윤석호    제가 부탁드려야죠.

희수    (하준에게) 하준아, 저기 편의점 가서 엄마랑 기자님 아이스크림 좀 사다줄래? 조 앞에 있잖아.

하준    알았지… 그 부탁 들어주지… 빨리 가지… (하고 희수에게 5000원 받아 들고 뛰어간다)

윤석호    잘 키우셨네요, 정말.

희수    (아들 바보다. 미소) 감사해요.

윤석호    (미소)

희수    (눈빛, 표정) 제가 곧 법정에 출두합니다.

윤석호    네.

희수    제가 하준이 엄마로서 최선을 다한 부분만 강조해주셔야 해요. 다른 자극적인 건 절대 기사화하지 말아주세요. 하준이 반드시 지켜주셔야 합니다.

윤석호    약속하겠습니다.

희수    네. 믿어요. 자~ 그럼 할까요?

윤석호    네… (하고 보이스레코더 꺼내자)

희수    저 일단 영화로 복귀해요.

윤석호    와아~

희수    그리고 곧… 드라마도 할 거 같아요.

윤석호    정말이세요?

희수    복귀 기사를 같이 터트려주세요.

| 윤석호 | 소송 기사가 더 커서 묻힐 수도 있겠는데… |
|---|---|
| 희수 | 두 기사가 시너지가 생기겠죠, 오히려. 세상이 효원과 서희수 복귀 얘기로 시끄럽겠죠. |
| 윤석호 | 불 보듯 뻔하죠, 그건. |

저만치 입에 아이스크림을 물고 두 손에 아이스크림을 어설프게 들고 오는 하준을 향해 뛰어가는 희수.

| 희수 | 어휴… 엄마가 힘든 걸 시켰네. (얼른 아이스크림 받아 드는) |
|---|---|
| 윤석호 | (그런 희수와 하준 향한 시선) 진짜 사랑하네, 아들을. |

| S#31 | 저택 내 /D |
|---|---|
| | 메이드들 열심히 청소 중이고. 모두들 외면하는 가운데 들리는 소리. |

| (인서트 1) | 한 회장 서재 밑 /D |
|---|---|
| 진호(소리) | 문 열어… 문 열어달라고… 숨을 못 쉬겠어. 살려줘. |

| (인서트 2) | 벙커로 통하는 문을 밖에서 잠가버린 자물쇠 /D |
|---|---|

| S#32 | 저택 내 정원 /D |
|---|---|
| | 순혜와 정도가 진지하게 노덕이를 관찰하고 있다. 돋보기로 노덕이를 보는 순혜. 옆에는 지루함이 가득한 표정의 수의사가 그 |

런 노덕이를 보고 있다.


수의사   성조가 되면 나이를 알 수 없어요. (갸우뚱) 저는 수의사지 조류학
        자가 아니라서요.

정도    강아지, 고양이 전문이죠?

순혜    새 전문을 부르랬잖아.

수의사   개 전문인데.

순혜    (역정 내는) 아니 새랬는데 그것도 하나 못 알아들어? 새, 개 구별
        못 해? 귀가 막혔어?

정도    장모님이 개라고 하셨잖아요.

순혜    너 새대가리야? 아니 개도 안 키우는데 왜 내가 개 전문 수의사
        를 부르라고 하겠냐고.

정도    난 또 다른 용도로 필요하신가 했죠. (일단 수의사 보내는) 수고하셨
        어요. 따로 전화드릴게요.

수의사   (못마땅한 표정으로 왕진 가방 주섬주섬 싸서 물러나는)

정도    그리고 어머님, 새 전문 수의사가 어딨습니까, 세상에.

순혜    야. 너 이러니까 우리 진희랑 싸우는구나.

정도    (못 참고) 진희가 딱 장모님을 닮았네요. 공감 못 하고 제멋대로인
        거요.

순혜    뭐야? 너 장모한테 그게 할 소리야?

정도    새대가리가 사위한테 할 소리긴 하고요?

순혜    답답한 소리를 하니까 내가 그러는 거지. 내가 언제 막말하는 거
        봤어?

정도    (말을 말자) 저기 꼬리를 한번 보자고요. 노덕아… 꼬리 펴…
        꼬리…

| | |
|---|---|
| 순혜 | 그렇게 말해선 안 들어. (고함) 꼬리 펴… 꼬리 펴! 펴라고!!!! |
| 노덕 | (생깐다) |

이때 사이렌 소리 울리며 저택 게이트 열리고 차가 한 대 들어온다. '희망알코올중독센터'라고 적힌 승합차다. 순혜와 정도명! 해서 그 승합차 보는데. 그들이 등 돌리자 기다렸다는 듯 약 올리듯 꼬리를 화알짝 펴는 공작새 노덕이. 그런 세 피사체의 모습과 요란한 사이렌 소리에서.


| S#33 | 동 수녀원 /D |
|---|---|

수녀원 문이 열린다. 기고만장한 표정의 진희가 삐딱하게 서서 엠마 수녀를 본다. 엠마 수녀, 그런 진희를 어이없게 보는.


| | |
|---|---|
| 엠마 | 누구세요? |
| 진희 | 전화를 세 번이나 드렸잖아요. 한진희예요. |
| 엠마 | 상담할 시간이 없다고 말씀드렸잖아요. |
| 진희 | 안 돼요. 나 상담 받아야 돼. 우리 아버지 깨나셨다고요. 숙제 검사 받아야 돼요. |
| 엠마 | (인상 쓰는) |
| 진희 | 심리상담요. 정 시간이 없으면요… 여기서 상담 받았다는 상담일지나 그런 거에 사인만 좀 해주세요. |
| 엠마 | 왜 날 찾아왔어요? 정신과를 갈 것이지? |
| 진희 | 정신과 다닌 병력 있으면… 나중에 문제된다고요. 저 경영 능력 인정 받아야 하고… 할 일 많은 사람입니다. |

| 엠마 | 당신 같은 사람은 절대로… 회사 요직에 앉으면 안 돼요. |
|---|---|
| 진희 | 어머, 말씀이 지나치시네. 저에 대해 뭘 안다고. |
| 엠마 | (버럭) 하나를 보면 열을 알겠네. 무례하고, 공감능력 없고, 안하무인에, 기고만장은 기본이고, 사람 무시하고. 그런 사람이 대표가 되는 회사가 굴러나 가겠어요? 굴러가도 직원들은 다 죽어나지? 본인 모습을 객관화해서 한번 들여다봐요. |
| 진희 | … |
| 엠마 | 그리고 지금 나한테 한 짓을 누군가가 본인한테 했다고 한번 상상을 해봐요. |
| 진희 | … |
| 엠마 | 난 노력하고도 아무것도 얻지 못하는 헐벗고 가난한 사람들의 마음을 돌보는 게 1순위예요. 당신같이 노력 없이 이룬 부 위에서 자기 잘난 맛에 사는 죄 많은 인간들은 그냥… |
| 진희 | … |
| 엠마 | (눈알 부라리며) 지옥에나 가게 내버려둡니다. |

엠마 수녀, 꽝 하고 문을 닫는다. 닫힌 문 앞에서 허걱 하는 진희. 그 꾸중이 제대로 효과가 발휘했는지 굳어져 있다. 닫힌 문 사이에서 들리는 엠마 수녀의 소리.

| 엠마(소리) | 사람 위에 사람 없고 사람 밑에 사람 없어요. 주님 아래 평등할진데… 당신 같은 사람은 바닥으로 떨어져 겸손부터 배워야해요. |
|---|---|

진희, 그냥 문에 기대로 스르르 미끄러진다.

| | |
|---|---|
| 엠마(소리) | 얼마나 많은 사람들에게 상처를 주고 가슴을 피멍 들게 했는지 한번 생각해봐요. 당신은!! 대역죄인임에 분명하니!!! |

진희, 그 말에 그대로 정통으로 꽂히고! 진희, 눈물이 줄줄줄 흐르며 울기 시작한다. 그러자 문이 열린다. 의아한 표정의 엠마 수녀.

| | |
|---|---|
| 엠마 | 도대체 여기 퍼질러 앉아서 왜 우는 겁니까? 딴 데 가서 울어요. |
| 진희 | 이렇게 누군가 날… 제대로 혼내주길 바랐어요. |
| 엠마 | … |
| 진희 | 내 평생 이렇게 혼나본 적이… 없었어요. (꺼이꺼이) 누가 이렇게 혼내주길 바랐었나 봐요… 수녀님… 저 좀 더… 혼내주세요. |
| 엠마 | (기가 막힌다. 피식, 그러고는 문을 열어준다) |
| 진희 | (퍼질러 앉아 그런 엠마 보는데서) |

| | |
|---|---|
| S#34 | 동 수녀원 안 /D |

진희, 마스카라 번진 채 안으로 들어와 조악하고 평범한 낡은 천 소파에 앉는다. 그러다 엠마 수녀 눈치 보고 일어서는.

| | |
|---|---|
| 엠마 | 앉아요. 사실 지금 내 개인 기도 시간이에요. |
| 진희 | (끄덕이는) |
| 엠마 | 따뜻한 말차 한 잔 줄 테니 마시고 가요, 오늘은. |
| 진희 | 네, 감사합니다. |
| 엠마 | (주방 쪽으로 사라지고) |

진희가 둘러본다. 그리고 어딘가에 시선이 머무는. 다름 아닌 엠마 수녀의 젊은 시절 사진이다. 흑백사진 속 엠마 수녀. 너무나 아름답고 어여쁜 여인의 앳된 20대 초반 모습이다. 그런 엠마수녀의 사진에 점점 줌인하면서.

S#35     카덴차 다이닝 홀 /D

서현과 희수, 마주 앉아 있다. 차를 마시는 두 사람. 싸늘한 희수의 표정.

희수     할 수만 있다면… 한지용을 박살 내버리고 싶어요. 짓뭉개고 가루처럼 흐드러지게… 그렇게 끝장을 보고 싶어요. 하루에도 몇 번씩 그런 상상을 하지만… 그런 한지용의 앞을 가로막는 존재가 있어요. 하준이예요!

서현     (공감하면서도 짠한 듯 그런 희수 본다) 난 효원가의 맏며느리이자 이제 경영 일선에까지 있는 사람이라 효원의 기업 이미지 너무나 중요해. 그래서 한지용의 실체를 덮어둬야 하는 딜레마… 동서랑 입장이 같아.

희수     …

서현     큰 그림을 위해 혈기와 흥분을 숨기고 있는 동서, 높이 사. 근데 말이야… 하다 하다 안 되면 박살 내.

희수     (그런 서현 보는)

서현     그 파편이 나한테 튀더라도 감수할게.

희수     감사해요, 형님.

서현     도움이 되라고 한 가지 얘기해줄까? 한지용… 아버님 아들이 아니야.

| 희수 | (놀라는) |
|---|---|
| 서현 | 돌아가신 서방님의 친모이자 유모였던 분이 서방님을 가진 채로 아버님과 만나오신 거야. |
| 희수 | (기가 막힌) 어쩜… 그런… 허… |
| 서현 | 미안해, 얘기하지 않은 건. |
| 희수 | 어머님… 아세요? |
| 서현 | 나랑 아버님만 아는 얘기야. |
| 희수 | (이제 알겠다) 그래서… 그 사람이 후계자가 될 수 없었던 거군요. |
| 서현 | 한지용과 아버님… 아주 복잡한 애증 관계야. 그 여자를 사랑했지만… 당신의 씨가 아닌 다른 남자의 피가 도는 아들까지는 사랑하지 못했지. 반쪽짜리 로맨티스트. |
| 희수 | 한지용의 운명도 참 딱하네요. 이젠 동정의 여지도 없지만! |
| 서현 | (그런 희수 의미 있게 보면서) 이혜진 씨가 한다는 그 소송!! |
| 희수 | !! |
| 서현 | (눈빛, 표정) 잘해내야 해! |
| 희수 | 네… 뭐가 됐든… 제 걸 지키겠습니다! |
| 서현 | 그럼. 동서는 뭐든 할 수 있어. 내가 뒤에 있을게. |
| 희수 | 네, 형님. 제가 뒤로 넘어지더라도… 두렵지 않아요. 형님이 있어서. |
| 서현 | 내가 동서 뒤에 서 있을 수 있는 거 가치 있게 생각해. 잘해내! |

그런 두 여자의 모습에서 디졸브.

| S#36 | 법원 앞 /D |
|---|---|

기자들 카메라 세례가 이어지는 가운데 황보인과 김남태의 인터뷰 모습이 교차된다.

**김남태**  청구인이 친모인 것이 확인되었고 오늘은 유전자 검사만 제출했습니다.

황보인 인터뷰를 거절하고, 그런 황보인 따라가는. 소란스러운 법원 앞 기자들의 모습에서.

| S#37 | 한 회장의 병실 /D |
|---|---|

한 회장, 휠체어에 앉아 있다. 조금은 호전된 듯한. 서현, 들어와 한 회장 앞에 조아리고 선다.

**서현**  죄송해요, 아버님. 신문, 뉴스 당분간 보지 마세요. 건강 회복하셔야 합니다.

**한 회장**  (끄덕이는)

**서현**  그리고… 수혁이… 아버님 뜻 받들 생각이 없다고 하네요. 영원노 회장 댁과의 혼사도 틀어졌습니다. 맘에 둔 다른 아가씨가 있답니다… 저는… 수혁이 의견… 존중합니다.

**한 회장**  (눈을 감고 억지로 말문 트는) 지용이… 불러줘.

**서현**  (놀라는) 아버님… 안 됩니다.

**한 회장**  …

**서현**  아버님 아들이 아니라서가 아니라… 그 사람은… 절대 아버님의 뜻을 받들면 안 되는 사람입니다.

| 한 회장 | 지용이… 불러라. 지용이 말곤… 없다. |
| 서현 | (눈가 붉어진) 차라리… 수혁 아빠한테 기회를 주세요. 제발요, 아버님… |
| 한 회장 | (단호한) 지용이… 불러라! |
| 서현 | (어쩔 수 없다) … |


S#38    알코올중독센터 /D

진호, 멍한 표정으로 이상한 유니폼을 입고 대여섯 명의 알코올 중독자들과 재활 치료를 받고 있다. 다들 상태들이 안 좋다. 등을 긁는 사람. 손을 떠는 사람. 틱 증상이 있거나 등. 명상 음악이 나오고 있다. 명상 중인 진호, 미칠 것 같다. 재활관리사로 보이는 사람에게 말을 거는 진호.

| 진호 | 저기요… 나 지금 여기 이렇게 있으면 안 돼요. 나 효원그룹 한진호예요. 지금 우리 회사 난리 났다고요. 내 동생 자식이 사고를 쳐서… 나 알죠? 다들 신문, 뉴스도 안 봐? (주변인들에게 나 알지? 하듯 동의 구하는) |
| 옆 남자 | (상태 메롱이다. 낮은 소리로 은밀하게) 내가 누군지 알아? 석호필. (눈알 여기저기 굴리며) 난 여길 나가는 방법을 알고 있어…!! |
| 진호 | (꼴쳐보며 짜증 내는) |
| 관리사 | 여기 다 술만 퍼먹고 정신없이 살다 와서 세상일에 관심 없어요. 조용하세요. |
| 진호 | 나 정말 이렇게 있다간 죽을지도 몰라요. |

| 관리사 | 술 먹고 죽은 사람은 있지만 여기 센터에서 죽은 사람은 10년 동안 한 사람도 없었습니다. |
|---|---|
| 진호 | 내가 첫 사망자가 될 수도 있단 소리야! |
| 관리사 | (무시하고 눈을 감는) 사즉생 생즉사… 안 죽습니다. 안 죽어요. |
| 진호 | 뭐래… 아 진짜 돌아버리겠네. |


S#39     지용의 집무실 - 동 병원 밖 (교차) /D

지용, 희수의 법률대리인 '황보인' 자료를 읽어보고 있는데 전화가 울린다. 지용, 전화 받는.

| 지용 | 여보세요? |
|---|---|
| 서현 | 저예요. |
| 지용 | 네. |
| 서현 | (차가운) 아버님이 서방님을 부르십니다. |
| 지용 | !! |
| 서현 | 오셔야 될 것 같네요. |
| 지용 | 네… 알겠습니다. (표정) |
| 서현 | (전화 끊고는 최변에게 전화하는) 나예요. 잠깐 좀 만나요. |


S#40     지용의 차 안 /D

지용, 뒷자리에 앉아 있다.

| 기사 | 어디로 모실까요, 상무님? |
|---|---|

| 지용 | 아버지 병원요. |
|---|---|
| 기사 | 네. |
| 지용 | (폰 울려 받으면) 여보세요? |
| 조 비서(F) | 수혁이가 후계 의사가 없음을 이사회에 정식 통보할 예정이라고 합니다. 회장님께도 보고가 들어간 것 같습니다. |
| 지용 | (묘한 표정이 되는) 알았어. (전화 끊는) |

S#41    동 병원 일각 /D

최 변호사와 은밀한 얘기 중인 서현.

| 서현 | 아버님이 한지용 상무를 불렀어요. |
|---|---|
| 최변 | 회장님이 승계에 대한 유언을 철회하겠다고 하셨습니다. |
| 서현 | 아버님, 한지용을 선택하신 거 같아요. 예상 못 한 일이에요. 왜 갑자기… 저런 결정을 하신 건지! (눈빛, 표정) 플랜 B! 해야 할 거 같아요. |
| 최변 | (끄덕) 준비하겠습니다. |

S#42    동 병원 한 회장 병실 /D

한 회장, 회한에 잠긴 눈동자로 카메라 빨려 들어가면. 총기를 잃은 눈동자는 어느덧 젊고 건강한 젊은 청년의 눈동자로 오버랩된다.

(인서트)    플래시백 - 어느 고급 요정 (40년 전 - 흑백화면) /N

30대의 젊은 청년(한 회장)과 고운 한복을 입고 앉아 있는 한 여인. 다름 아닌 엠마 수녀의 젊은 시절 사진 속 여인. 바로 20대의 설화(엠마)다.

| | |
|---|---|
| 설화 | 오라버니… 미자 언니를 맘에 두신 거예요? |
| 한 회장 | 응. 설화 니가 그 사람이랑 나를 좀 연결시켜주면 안 되겠니? |
| 설화 | 어떡하지? 미자 언니는 이미 정인이 있는데… |
| 한 회장 | (슬픈, 충격) |
| 설화 | 근데 오라버니, 미자 언니는 그 정인의 아이를 가지고 있답니다. |
| 한 회장 | (그 소리 듣고 눈망울 슬퍼진다) |

회상에서 깨어나는 한 회장. 똑똑 노크 소리가 들린다. 문이 열린다. 지용이 들어온다. 그런 지용을 보는 한 회장의 표정. 지용, 한 회장에게 머리 숙여 인사한다.


S#43       동 저택 양순혜의 방 /N

양순혜, 당황하는 표정에서.


| | |
|---|---|
| 순혜 | 알코올중독센터? |
| 주 집사 | 네. |
| 순혜 | (부르르) 큰애가 보냈어? |
| 주 집사 | 저를 때리셨어요. |
| 순혜 | 뭐야? 주 집사 때린 벌로 중독센터에 갔단 거야? |
| 주 집사 | 진호 대표님, 회장님 은둔 벙커에서 술독에 빠지셨어요. 큰사모 |

님 명령으로 벙커에 있는 주류 제품 다 철수하고 다시 원래대로 복구시켰습니다.

순혜    그럼 거길 다시 김미자 년 사진으로 도배했단 거야 뭐야? (머리 아픈) 아, 정말 미치겠어… 살기 싫어… 내 팔자가 왜 이러냐고.

주 집사  진희 아가씨 불러서 같이 크림빵 싸움이라도 하세요.

순혜    (버럭) 시끄러~!!! 진호야~~~~

주 집사  (티 안 나는 한숨)


S#44    동 병원 병실 /N

한 회장의 휠체어 앞에 무릎을 꿇듯 낮춰 앉는 지용. 악어의 눈물을 흘리기 시작한다.


지용    아버지… 깨어나주셔서 감사해요. 전… 아버지를 단 한 번도 진짜 아버지가 아니라고 생각한 적 없어요. 저한테는… 아무도 없잖아요. 낳아준 제 엄마는 그렇게 저를 떠났고… 아버지마저 떠나시면 이제 완전히 혼자예요. 제발… 오래오래… 살아주세요.

한 회장  (그런 지용의 머리를 쓰다듬으며 어렵게 말을 꺼낸다) 미안…했다.

지용    (그렇게 한 회장의 무릎에 얼굴을 묻고 우는데)


그런 두 사람의 모습.


-병실 밖-

문밖, 나서는 지용의 별 감정 없는 무표정한 얼굴. 그렇게 걸어가는 지용의 뒷모습.

| (인서트) | 동 병실 (동 회차 S#19 연결) |
|---|---|
| 엠마 | 오라버니… 지용이… 잘… (울먹이는) 품어줘요. 끝까지… 불쌍한… 아입니다. |

-병실 안-

한 회장의 결단 이어지는.

| S#45 | 법원 앞 /D |
|---|---|
| | 황보인과 김남태, 재판이 끝나고 나오면 기자단 질문이 쏟아진다. |

| 기자 1 | 오늘 재판의 쟁점은 무엇이었습니까? |
|---|---|
| 기자 2 | 서희수 씨는 언제 재판에 참석하시나요? |

| (인서트) | 지용의 차 /D |
|---|---|
| | 지용, 통화 중인. |

| 조 비서(F) | 특별히 회사와 상무님 이미지에 문제가 될 건 없어 보입니다. |
|---|---|
| 지용 | (안심하는 표정에서) |

-다시 법원 앞-

| 김남태 | 다음 변론기일에는 청구인이 직접 참석합니다. |
|---|---|
| 황보인 | 서희수 씨가 직접 재판에 참석하십니다. |

디졸브.


S#46        희수의 드레스룸 /D

희수, 단정한 슈트로 옷을 갈아입는다. 그런 희수의 모습.


S#47        자경의 집 /D

자경, 화려한 의상으로 갈아입는다. 그런 자경의 모습.


S#48        법정 앞 /D

복도 양쪽에서 걸어오던 희수와 자경이 만난다. 두 여자 사이에 흐르는 강렬한 긴장. 그렇게 바라보는 두 여자의 단단한 눈빛이 교차된다.


S#49        효원 건물 내 /D

긴급이사회 소집이 끝나고 나오는 이사들. 지용과 서현, 속을 알 수 없는 표정. 지용과 서현, 각자 법원으로 향하는데서.


S#50        법정 /D

진행자     일동 기립.

판사와 배석판사가 재판석에 들어선다. 그들이 앉자 모두들 앉고. 그들 가운데 보이는 서현, 재판에 참석한 사람들 중 보이는 윤 기자. 뒤늦게 문을 열고 들어오는 지용과 서현.

| | |
|---|---|
| 판사 | 사건번호 2021년 즈단 31086 사건 시작하겠습니다. 청구인부터 이 사건 청구를 하시게 된 이유에 대해 말씀해보세요. |
| 김남태 | 이건 사실 복잡한 사건이 아닙니다. 청구인인 이혜진 씨가 낳아 1년 6개월 동안 기른 아이를 한지용 씨 쪽이 일방적으로 데려갔으니, 아이를 데리고 오겠다는 겁니다. |
| 황보인 | 이혜진 씨는 6년 동안 자신이 낳았다는 아이를 찾지 않았습니다. 애가 다 크도록 뭐하고 있다가 지금 와서 아이를 데려가겠다는 주장을 어떻게 할 수 있는지 도무지 납득하기 어렵습니다. 아이는 정상적으로 크고 있습니다. 이미 여덟 살인 아이의 환경이 바뀌었을 때 생길 혼란 역시 감안해야 합니다. |
| 김남태 | 태어나서 1년 6개월 아이의 영혼과 육체, 그리고 뿌리를 만든 건 친모인 이혜진 씹니다. |
| 희수 | (표정) |
| 김남태 | (자경의 육아 일기를 들고) 이건 청구인이 아들을 낳고 1년 6개월간 쓴 육아 일기입니다. 아이가 태어나고 배밀이를 하고 뒤집고… 첫 이유식을 먹는 모든 과정을 오롯이 혼자 기록해놓은 겁니다. (일기를 판사에게 제출한다) |
| 판사 | (육아 일기를 후루룩 보다가) 이혜진 씨… 하고 싶은 얘기 해보세요. |
| 자경 | …저는 아이를 낳고 1년 6개월간 혼자 아이를 키웠습니다. 그때 아이 아버지는 연락조차 되지 않았습니다. 그런데 갑자기 아이가 아팠어요. 너무 무서웠어요. 그래서 맨발로 찾아가… 그냥 그 |

|       |                                                                      |
|-------|----------------------------------------------------------------------|
|       | 렇게 효원의 그 거대한 철문을 두드렸습니다. 하지만 문은 열리지 않았고, 그렇게 아이와 함께 어디론가 보내졌어요. 그리고 결국 거기에 아이를 두고 나왔습니다. |
| 판사   | 그럼 최근에 어떤 일이 있었길래 아이를 찾으려는 노력을 하게 된 겁니까?                |
| 자경   | 그 게이트 문이 다시… 열렸습니다.                                       |
| 일동   | (무슨 소린가 싶은)                                                  |
| 자경   | 아이 아빠 한지용이 저를 그 집에… 다시… 들였습니다.                        |
| 일동   | (헉!)                                                           |
| 김남태  | 아이 아빠가 직접 이혜진 씨를 집 안으로 들였다는 거죠?                      |
| 자경   | 네, 아이의 튜터로 저를 들였습니다.                                     |
| 일동   | (술렁이는)                                                       |
| 희수   | (수치스럽고 불쾌한 듯 눈을 감는)                                      |
| 자경   | 그뿐만이 아닙니다. 살아 있는 저를… 죽은 사람으로 만들었습니다. 아이에게 엄마인 저를 죽었다고 알게 했어요. |
| 윤 기자 | (눈 커지고)                                                      |
| 자경   | 저는 이렇게 살아 있습니다. 그리고 이제 내 아이를 되찾을 겁니다. 그런 아빠 밑에서 내 아이를 계속 크게 할 수는 없습니다. 한지용은 아이 아빠로서 자격이 없습니다. |
| 일동   | (초몰입해서 그런 자경의 진술에 귀를 기울이는데)                           |
| 김남태  | 그런데 왜 죽었다고 했던 이혜진 씨를 6년 뒤에 튜터로 들인 거죠?              |
| 희수   | …                                                              |
| 자경   | 엄마와 튜터가 함께 아이를 양육하면 자신의 아이가 더없이 완벽해지지 않겠냐고 했습니다. |

방청석의 지용, 인상이 일그러지고-

| | |
|---|---|
| 일동 | (술렁이는) |
| 황보인 | (희수에게) 동요하지 마세요. 준비하신 대로만 하면 됩니다. |
| 판사 | (기가 막혀서 희수에게 묻는) 이혜진 씨 진술이 사실입니까, 서희수 씨? |
| 희수 | … |


| | |
|---|---|
| (인터컷) | 동회차 S#29 중 |
| 지용 | 우리 집안이 그 여잘 튜터로 들인 걸 그 여자가 밝히면 당신은… 뭐라고 할 거야? |
| 희수 | …아니라고 해야지. |

방청석에 앉아 있는 지용의 표정, 희수가 자신을 구원해주길 바라는 듯한 눈빛.


-다시 현재-

| | |
|---|---|
| 희수 | …네, 맞습니다! |
| 일동 | (너무나 어이없어 술렁임도 사라지고 굳어진) |
| 지용 | (굳어진) |
| 황보인 | (예상치 못한 희수의 답변에 놀라서 보는) |
| 자경 | (희수의 반응에 놀라는 듯한) |
| 판사 | 서희수 씨는 아이를 본인이 키우고 싶으신 건가요? |
| 희수 | 네. |
| 판사 | 서희수 씨 심경을 한번 들어보겠습니다. |

| | |
|---|---|
| 희수 | …제 아들 하준이는… 제가 피와 살을 나눠주지 못한 채 만났습니다. 한지용 씨와 이혜진 씨의 유전자를 가진 한하준을 모두들 제 아들이 아니라고 말합니다. 저는 O형, 한지용은 A형, 우리 하준이는… B형이거든요. |
| 일동 | … |
| 희수 | (담담히) 하지만 그런 하준이를 키운 건 아버지인 한지용 씨도 이혜진 씨도 아닌 엄마인 저입니다. 제가… (눈물) 그 아이의 엄마입니다. 세상 모두가 이해 못 할 겁니다. 낳지도 않은 아이에게 왜 이렇게 집착하는지… |
| 자경 | … |
| 희수 | 제 아들은 세상에 태어난 지 8년이 되었습니다. 성인이 되어 살아갈 수 있는 모든 자양분과 인격 형성이 이루어지는 너무나 중요한 시기입니다. 제 사랑과 손길이 가장 필요한 나이-ㅂ니다. 저는 지난 6년간 우리 하준이를 위해 제 모든 걸 바쳤고 앞으로도 그럴 겁니다. 여기 계신 모든 분들께 물어보겠습니다. 여러분을 양육하고 인품을 만들고 성장시킨 것이… 아버지의 유전자인지… 어머니의 사랑인지… |
| 일동 | (숙연해진다) |
| 자경 | (혼자 부르르 인정하지 못하고 외치는) 그 사랑 내가 주겠다고!!! |
| 희수 | (자경 쪽을 무섭게 노려본다) |
| 자경 | 한지용 같은 아버지 밑에서 내 아들을 괴물로 만들 순 없어!! |
| 희수 | 괴물로 만들지 않을 거야!! (격앙되어. 눈빛 결연한) 낳지 않았다는 이유로… 낳기만 한 엄마! 부도덕한 아빠!에게 휘둘려 아이가 상처 받게 두지 않을 겁니다. 절대로!! |
| 일동 | (얼어붙는) |

| 희수 | 비록 저는 하준이에게 제 피와 살을 주진 못했지만… 하준이를 키우는 과정에서 전 기꺼이 제 피, 땀, 눈물을 내어줬습니다. 낳지 않았기에… 남들보다 더 많은 눈물을 흘려야 했어요. 내 진심을 증명하기 위해서 나 자신을 걸어야 했으니까… 한지용… 그 사람은 나와 함께한 모든 세월이 거짓이었지만… 저와 하준이가 함께한 모든 세월은 진심이었습니다. 제가 하준이에게 진심일 수 있었던 이유는 단 한 가지예요. 저는… 하준이… 엄마입니다! |
|---|---|
| 자경 | (복잡한 표정) |
| 판사 | (희수의 단호함에 굳어진) |

지용의 이게 아닌데 하는 표정에서.


S#51　　동 법정 /D

판사의 표정은 어느 때보다 진지하다.

| 판사 | 청구인의 유아 인도 심판 청구에 관한 결정 내용을 말씀드리겠습니다. 청구인은 피청구인이 양육하는 한하준의 생물학적 어머니임이 확인되고, 청구인의 주장대로 청구인의 아들 한하준이 아버지로부터 온전한 돌봄을 받을 수 없는 정황이 확인되기는 합니다. 그러나 청구인 역시 오랜 기간 자신의 아이를 찾으려는 노력을 하지 않았고, 오히려 피청구인의 아내 서희수가 양육에 헌신하고 있다는 점을 고려할 때, 지금 와서 아이를 청구인에게 보내는 것이 아이의 온전한 성장에 도움이 되는 환경일지 의 |
|---|---|

문을 가질 수밖에 없습니다. 이에 재판부는 청구인의 유아 인도 심판 청구를 기각합니다.

| 자경 | … |
| 희수 | … |

S#52  법정 밖 – 법정 안 (교차) /D

재판이 끝나고 가보려는 서현. 차에 올라타기 전에 희수에게 전화를 한다.

| 서현 | 한지용이… 효원의 차기 회장이 됐어. |
| 희수 | (놀라는) |
| 서현 | 이사회는 온통 한지용의 사람들이야. |
| 희수 | (기가 막힌데) |
| 서현 | 하루아침에 바꾸기 힘들겠지만 나 믿고 다음 스텝 진행해. 내가 어떻게든 엎을 테니까! |
| 희수 | … |

S#53  법정 밖 /D

희수가 밖으로 나온다. 기다리고 있는 쌔한 표정의 지용. 그런 지용을 노려보는 희수. 법정에서 나오는 자경. 희수에게 목례하고 사라진다.

| 지용 | (감정 격앙되어) 너 뭐하자는 거야? |

| 희수 | (본색 드러내 분노하며) 한지용! 다 끝났어! |
|------|------|
| 지용 | !! |
| 희수 | 보다시피 하준이는 내가 키우기로 했어! |
| 지용 | (당했다 싶은데) |
| 희수 | (지용의 손에 이혼소장 쥐어주며) 이 결혼 찢어, 그냥! 나! 하준이 데리고 그 집에서 나갈 거야! |

결연한 희수의 표정과 당황하는 지용의 표정이 교차되면서.

<10회 엔딩>

# 11

# 매혹의
# 1주일

## Some Enchanted Week

| S#1 | 법정 밖 (10회 엔딩 신 변주) /D |
|---|---|

희수가 밖으로 나온다. 기다리고 있는 쌔한 표정의 지용. 그런 지용을 노려보는 희수. 법정에서 나오는 자경. 희수에게 목례하고 사라진다.

| 희수 | 축하해… 한지용 회장님! |
|---|---|
| 지용 | (감정 격앙되어) 너 뭐하자는 거야? |
| 희수 | (본색 드러내 분노하며) 한지용! 다 끝났어! |
| 지용 | !! |
| 희수 | 보다시피 하준이는 내가 키우기로 했어! |
| 지용 | (당했다 싶은데) |
| 희수 | (지용의 손에 이혼소장 쥐어주며) 이 결혼 찢어, 그냥! 나! 하준이 데리고 그 집에서 나갈 거야! |

하는데 차가 대기한다. 마침 수영에게서 전화가 온다.

| 희수 | (웃으며) 어, 수영아. 다음 스케줄 하원갤러리지? 오늘 성경 모임 |
|---|---|

이잖아. (지용 투명인간 취급하며 차에 탄다)

지용 남겨진 채 병, 한 대 맞은 듯 굳어진 채.


S#2    희수의 차 안 - 법원 밖 거리 일각 /D

-느린 화면-

차 안의 희수. 법원 밖 거리 일각에 서 있는 자경, 김남태와 함께 어디론가 향한다. 밖에 서서 걷고 있는 자경과 안에 있는 희수의 시선이 부딪히며 그렇게 스치고 지나간다. 그런 희수와 자경의 모습이 교차되면서. 희수의 침착한 표정. 자경의 알 수 없는 차가운 표정. 그 모습 위로 타이틀 인.


S#3    7회 엔딩 시퀀스 /N

자경의 시선에서 보이는 희수의 하혈(유산) 쇼크. 자경, 미칠 거 같다. 자경만 우두커니 남겨진 채 희수를 태운 차가 저택 밖으로 빠져나간다. 자경, 그대로 주저앉아 망연자실 눈물이 주르르 흐른다.


S#4    희수가 입원했던 병실 밖 - 일각 (교차) /N

서현, 문을 닫고 나오면서 표정 심각하다. 핸드폰 울려서 보면 자경이다. (핸드폰 화면 - 하준 튜터) 서현, 화난 표정이 되어 전화를 받는.

서현   여보세요?

자경   작은사모님… 어떻게… 되셨나요?

서현   (기가 막힌) 그걸 물을 자격이 있다고 생각해요, 지금?

자경   …

서현   (화나는) 다신 하준이 앞에, 동서 앞에, 그리고 내 앞에 나타나지
      마! 내 경고 무시하면 가만두지 않을 거니까.

자경   어디 계신지 알려주세요.

서현   그걸 왜 알고 싶은 거지?

자경   제가… 꼭 드릴 말씀이 있습니다. (절통하게) 부탁드립니다.

서현   (생각이 많아지는 표정에서)


S#5   희수의 병실 (8회 S#11 변주) /D

희수, 우두커니 병실에 앉아 있다. 희수, 핸드폰 확인하면 부재
중전화 15통. '내 사랑 한지용.' 희수, 표정에 금이 간다. 가쁜 숨
을 몰아쉰다. 핏기 어린 시선, 핏기 가신 표정. 이때 희수의 병
실 문을 누군가 노크한다. 희수, 힘없이 시선 두면- 희수, 탈기된
시선과 표정에 짙은 그림자가 낀다. 다름 아닌 자경이다. 희수,
눈가가 분노로 떨린다. 자경, 아무 말 없이 그저 희수에게 다가
온다.


희수   나가 당장!

자경   (무릎을 꿇는다)

| 희수 | (자경 노려보는) |
|---|---|

CUT TO

희수, 눈을 뜨면 보호자 의자에 먹먹한 표정으로 앉아 있는 자경이 보인다. 희수, 그대로 일어나 침대에서 벗어나는데 어지러워 휘청하자 자경이 얼른 그런 희수를 잡아준다. 희수, 그런 자경을 확 밀치고. 자경은 개의치 않고 그런 희수를 부축한다.

| S#6 | 자경의 차 /D |
|---|---|

희수, 뒷자리에 앉아 있다. 자경이 운전을 하고 있다. 자경, 룸미러로 희수를 본다. 희수의 텅 빈 표정과 눈빛. 희수의 시선으로 보이는 창밖의 햇살. 자경, 창문을 열어준다. 희수, 반응 없이 창밖을 바라본다. 공허한 희수. 그렇게 어디론가 향하는 두 여자.

| S#7 | 희수의 병실 (8회 S#28 변주) /D |
|---|---|

엠마 수녀와 서현이 함께 들어온다. 병실이 비어 있다. 희수가 떠났다. 편지 한 장 남기지 않고. 엠마 수녀와 서현, 희수의 빈 침상을 보고 있다. 착잡한 두 사람의 표정. 서현, 전화기 들어 희수에게 전화 걸려 하자.

| 엠마 | 안 받을 겁니다. 아무도 모르는 곳에… 혼자 있을 거예요. |
|---|---|
| 서현 | (동의한다. 전화기 내려놓는) 찾지 않는 게 좋겠어요. 누구랑 같이 있 |

을지… 알 거 같아요.

S#8      희수의 케렌시아 /D

희수, 문을 열고 들어온다. 자경이 희수 가방을 들고 들어오는. 자경, 희수의 케렌시아를 둘러보는. 그러다 커튼을 확 열자 밝은 빛이 들어온다.

희수      (싸늘하게) 가요. 혼자 있고 싶으니까. (하고는 방으로 확 들어가 문을 닫는다)

S#9      희수의 방 /D

희수, 잠에서 깬 듯 눈을 뜨는. 옆에 둔 핸드폰 전원을 켜면 '내 아들 하준'에게서 여러 통의 부재중전화가 와 있다. 뭉클한 눈빛이 되는 희수.

S#10     동 케렌시아 내 여러 곳 /D

희수, 방에서 나오면 희수의 시선으로 보이는- 자경이다. 희수, 당황하는 표정. 희수, 시선 따라가면- 희수를 위해 장을 봐 상을 차려놓은 자경. 희수, 이내 표정이 싸늘해진다. 자경, 희수의 의자를 빼준다. 희수, 외면하고 지나가는데 희수의 손을 탁 잡는 자경.

| 희수 | (그 잡은 자경의 손 그대로 뿌리치는데) |
|---|---|
| 자경 | 미역국 꼭… 먹어야 한대요. |
| 희수 | (허… 기가 막히다는 듯) 내가 애를 낳았어? 난 아이를 잃었어. 난 무슨 자격으로 이걸 먹고… 당신은 무슨 자격으로 나한테 이런 짓을 해? |
| 자경 | 지금 누구 부를 사람도 없잖아요. 이런 모습 누구한테 보여주기도 싫잖아… 엄마한테조차 말도 못 하고 가지도 못하고… 나도 그랬거든요. 그러니까 그냥 내가 할게요. |
| 희수 | (맞는 말이지만 그 아픔도 자경에게 보이기 싫다) … |
| 자경 | 쓰러져 우는 당신을 보고… 내가 얼마나 미친 짓을 벌인 건지 알았어요… 내 아일 놓아버리고 그게 너무 아파서… 그게 얼마나 아픈 건지 알면서도 당신한테 똑같은 짓을 했어요. |
| 희수 | (싸늘하게) 알면 나가… 내 눈앞에서 제발 그만 사라져!!! 당신이 지금 얼마나 이기적인지 알아? 당신 죄책감 덜자고 내가 당신을 보는 그 끔찍함을 견디라는 거야?! |
| 자경 | 견뎌요!! |
| 희수 | !! |
| 자경 | 나를 죽이고 싶은 마음으로 견뎌요. 독해져야 하니까. 한지용과 싸우려면!! |
| 희수 | (부들거리며 자경 보는) |
| 자경 | 그러니까… 제발 뭐라도 좀 먹어요… 먹고 힘을 내야 날 죽이든 한지용을 죽이든 할 거 아냐. |
| 희수 | (기가 막히고 미치겠다) |

(시간 경과)

- 희수가 산책하려고 신발을 신으려는데 자경이 신발을 앞으로 내어주면 다른 슬리퍼를 신고 나가버리는 희수.
- 정원에서 유리창으로 자경이 청소하는 모습 바라보는 희수.
- 자경이 요리를 정갈하게 차려서 희수 방 앞에 놓아줘도 문을 닫아버리는 희수.
- 잠을 자다 살짝 눈을 뜨는 희수. 생각이 많아진다. 잠이 들지 않고 뒤척이는 희수.
- 아침. 방에서 나오면 희수의 방 앞 식어버린 미역국. 희수, 미역국을 싱크대에 쏟아서 버려버린다. 방으로 가버린다.
- 자경, 그런 희수의 행동을 담담히 보고 있다.


S#11    동 케렌시아 내 희수의 방 - 주방 /D


-주방-

자경은 미역국을 다시 끓인다.


-방-

희수, 생각 많은 얼굴로 웅크리고 앉아 있다. 희수, 하준의 문자를 확인하는.

하준(소리)    엄마 어디야? 왜 전화 안 받아. 엄마 보고 싶어.


희수, 결국 결심한 듯 핸드폰 열어 하준에게 전화한다.

| 하준(F) | 여보세요? 아… 엄마… 엄마… 언제 와? 어디 아파? 아빠가 엄마 외할머니네 갔대. 나 두고 왜 혼자 가… 아아아… |
|---|---|
| 희수 | (눈시울 붉어지는) 밥은 잘 먹었어? 학교 숙제는… 잘했어? 엄마가 초콜릿 그만 먹으랬지… 먹고 양치했어…? |
| 하준(F) | 하나씩 물어. |
| 희수 | (미소) 미안해. 질문이 너무 많았다, 그지. |
| 하준(F) | 엄마… 나 엄마한테 갈래. |
| 희수 | 하준아… 엄마 여기서 몇 밤 더 자고 갈 거야. 수영 이모랑 유연 누나가 너 챙길 거니까… 말 잘 듣고 있어. 알았지? |
| 하준(F) | 엄마… 보고 싶어. 빨리 집에 와. 내가 엄마 좋아하는 홍옥 씻어 놨어. |
| 희수 | (쏟아지는 눈물을 참는) 아, 착해. 세상에서 우리 하준이가 젤 착해. |
| 하준(F) | 엄마 사랑해. |
| 희수 | (눈시울 붉어진다) 엄마도… 사랑해. |
| 자경 | … |
| 희수 | (전화 끊는다. 그리고 생각이 많아져 결국 밖으로) |

S#12    케렌시아 밖 정원 /D

희수, 처연히 앉아 있다. 자경, 조용히 나와 희수와 근접해 서 있다.

| 희수 | 이런다고 당신을 용서하지 않아! |
|---|---|
| 자경 | 감히 바라지도 않아요. |
| 희수 | … |

| 자경 | 하준이 임신한 걸 알고 혼자서 한 달을 숨어서 보냈어요. 시골에 있는 엄마랑은 연락을 끊었습니다. 엄마는 당신 자식인 내가 귀할 테니 애를 지우라고 할 게 뻔하니까… 하준이가 내 배를 차고 나랑 교감하는 걸 느낀 순간… 나는 다른 세상을 경험했거든요. 그래서 미혼모 센터를 찾아갔어요. 거기서 애를 낳고… 아이를 키웠어요. |
|---|---|
| 희수 | (가슴 아프다) |
| 자경 | 스물다섯 살에 애 엄마가 되고 보니까… 뭘 어떻게 해야 할지 모르겠더라고요. 무조건 이 애를 내가 키워야 된다는 거 말곤… 아무것도 결정할 수 있는 게 없었어요. |
| 희수 | … |
| 자경 | 애가 너무 아파서… 효원가를 찾아갔어요. 거긴 제일 좋은 병원, 제일 좋은 의사를 구해줄 수 있는 곳이니까… 근데… 그렇게 애를 보내게 될 줄 몰랐어요. 그게 마지막일 줄… (눈물) |
| 희수 | … |
| 자경 | 정말 염치없지만… 부탁드릴게요. 하준이를 그 지옥 같은 효원가에서… 한지용에게서 구해주세요. 도와주세요, 제발… |
| 희수 | (눈을 질끈 감는) |

두 여자 눈에선 눈물이 흐르고, 그런 두 여자의 모습이 저녁노을과 함께 뉘엿뉘엿 디졸브된다.


S#13     희수의 방 /D

희수, 자고 있다. 소리 없이 문을 열고 들어와 희수의 이불을 꼭

덮어주고 나가는 자경. 희수, 자경이 나가고 눈을 뜬다. 맘이 복
잡하다.


S#14     거실 - 동 집 내 화장실 /D

희수, 방에서 나오면 보이는 자경의 모습. 전날보단 조금 풀어진
표정. 그렇게 화장실로 들어간다. 화장실에서 양치를 하는 희수.
화장실에서 나오는 희수.


자경     식사하세요.

희수     언제까지 있을 거예요?

자경     …

희수     언제까지 이렇게… 내 옆에서… 밥하고 수발들고 이럴 거예요?

자경     언제까지 여기 계실 거예요?

희수     1주일… 난 늘 마음을 정리하고 뭔가 생각하는데… 그 시간을
써왔어요. 하나의 의식처럼.

자경     저도 그럼… 1주일… 있겠습니다.


희수, 그 대답에 어떤 반응도 보이지 않고 드디어 미역국에 수
저를 넣고 먹어본다. 자경, 그렇게 먹어주는 희수가 고마워 작은
미소 띠고 돌아서자.


희수     (자경 보다) 앉아서 같이 먹어요.

자경     (그렇게 맞은편에 앉는데)

희수와 자경의 어색한 식사 모습이 점점 멀어지면서.

S#15    동 케렌시아 어딘가 (8회 S#35 변주) /D

희수, 뭔가 다짐한 듯 핸드폰 들어 깊은 들숨날숨 후 문자를 보
낸다.

희수(소리)    나 지금 엄마 집에 와 있어. 입덧이 너무 심해 견딜 수가 있어
야지.

-지용의 집무실-

일어나려는 순간, 핸드폰의 문자 알림음 삐릭삐릭 울려 확인하
는 지용. 문자 보고는 안도의 날숨을 내쉬고 바로 희수에게 답
문자 보낸다.

-희수의 공간-

희수, 문자 확인하는.

지용(소리)    내 아이는 잘 있는 거지?

희수, 핸드폰 보고 있는 싸늘한 표정. 그리고 답을 쓴다. 한 글자
한 글자. '응, 잘 있어.' 그리고 오는 지용의 문자 알림음. '얼마나
있을 건데?'

희수의 마지막 답 문자에 C.U한다.

'1주일.'

S#16　　　몽타주 - 매혹의 1주일

희수와 자경, 함께 보내는 5일간의 생활을 컷 처리하며 보여
준다.

- 희수, 지친 듯 누워서 자고 있다.
- 자경이 빨래를 하고 건조기에서 빨랫감 빼서 개고 있다.
- 희수 정원에서 생각에 잠겨 있으면, 자경이 나와서 희수에게
  차를 건네고 들어간다. 차를 마시는 희수.
- 희수와 자경, 마주 앉아 아무 말 없이 함께 밥을 먹고 있다.
- 자경, 케렌시아 밖에 나오는데 서 있는 서현. 그런 서현을 보는
  자경. (9회 추가 신) 9회 S# Prologue2 도입부 보여주고, (테라스 테
  이블 서현의 "강자경이라고 불러요 이혜진이라고 불러요? 혜진아~" 컷)
- 자경의 차 안. 자경이 운전하고 희수가 옆자리에 타고 있다. 그
  렇게 두 사람은 물리적 거리만큼 마음도 가까워져 있다. 주얼
  리 숍 앞에 멈추는 자경의 차.

S#17　　　어느 주얼리 숍 /D

희수, 단골 주얼리 숍으로 들어간다. 매니저가 희수를 환대하며
안으로 들이고.

희수　　　목걸이 맞추려고요. 날짜 새겨서. 해주세요.

| 엠마(N) | 아이를 놓친 그날을 그녀는 그 목걸이에 새겼습니다. 그녀는 그렇게 낳지 못한 그 아이를 자신의 인생에 새겼던 것이죠. |
|---|---|

S#18  *성당 앞 - 자경의 차 안 /D*

자경의 차가 멈추고 희수가 차에서 내린다. 자경은 운전석에 머물고, 희수는 성당 안으로 들어간다. 자경, 차 안에서 그런 희수의 동선을 바라본다.

S#19  *성당 안 /D*

희수가 성당에 들어와 기도를 한다. 눈물을 흘리는 희수. 운명을 달리한 아이를 추모하는 그런 희수의 모습 위로.

| 엠마(N) | 그녀는 자신의 몸속에서 이별한 자신의 아이를 위해 마지막 기도를 드렸습니다. |
|---|---|

S#20  *성당 밖 일각 /D*

희수와 자경, 함께 걷고 있다. 희수 멈춰 서자 자경도 한 걸음 뒤에 멈춰 선다.

| 희수 | 이혜진 씨. |
|---|---|
| 자경 | (보는) |
| 희수 | 남편이랑 이혼할 거예요. 너무 당연한 수순이지만. |

| 자경 | (이미 알고 있는 듯한) |
|------|----------------------|
| 희수 | 이혼하게 되면 내가 하준이를 데리고 나올 방법이 없어요. 하준이는 아직 자기 의사 결정권이 없고… 난 친엄마가 아니잖아요. 그 집에서 하준 아빠 손에 클 거예요. 이혜진 씨가 유아 인도 심판 청구를 해요. |
| 자경 | !! |
| 희수 | 내가 하준이 엄마로서 얼마나 자격이 되는지… 세상의 공감을 사야 해요. 그렇다고 한지용을 지나치게 흠집 내면 안 돼요. (억장 무너지는) 하준이가 한지용의 실체를 알면 상처 받을 테니까. |
| 자경 | (공감한다) |
| 희수 | 그런 다음… 내가 이혼 소송을 하겠습니다. 그리고… 하준이를 데리고 나올게요. |
| 자경 | !!! |
| 희수 | 당신과 난 오로지 하준이의 행복, 그리고 하준이의 바른 성장만 생각해요. 그 생각만 하고 살아요. |
| 자경 | 네… |
| 희수 | 내 케렌시아로 가요. 줄 게 있으니까. |

희수와 자경, 그렇게 걷고 있는데.

| 자경 | 서희수 씨. |
|------|------------|
| 희수 | (보면) |
| 자경 | 고마워요. 그리고… 정말… 미안해요… |
| 희수 | (그런 자경을 복잡한 심경으로 보다가… 먼저 앞서 간다) |

그렇게 걷고 있는 두 여자의 모습이 풍광과 함께 아주 작게 멀어질 때까지.

S#21    희수의 케렌시아 밖 정원 /D

자경, 손에 들고 있는 작은 반지함을 열어보는. 그 안에 든 무언가를 보고는 그대로 울음을 터트린다. 울고 있는 자경- 반지함에 들어 있는 것은 다름 아닌 하준의 유치(치아)다.

희수(소리)    이거 하준이 첫니예요. 이 첫니는 혜진 씨가 가지고 있는 게 맞는 거 같아요. 이 첫니의 뿌리는 당신이 만들어준 거니까.

오열하는 자경의 모습 위로 엠마 수녀의 내레이션이 이어지다가 자연스레 현재로 이어지는.

엠마(N)    1주일이란 시간은 신이 우리에게 주신 너무나 매혹적인 시간이에요. 그 시간에 신은 천지를 창조했어요.

S#22    하원갤러리 - 현재 /D

성경 공부 모임 중. 미켈란젤로의 <천지창조>를 오마주한 묘한 그림 한 점 위로. 엠마 수녀의 내레이션이 이어진다.

엠마(N)    이 엄청난 세상을 만드는데 하나님께선 일주일을 쓰신 겁니다. 우리를 하나님 형상대로 만드셨어요.

카메라 옮겨오면 성경 공부 모임 멤버들이다. 서진경, 재스민, 미주, 그리고 마지막으로 희수를 비춰주는.

엠마      그 말은 결국 우리도 그 일주일의 시간 동안에 새로 태어날 수 있다는 거예요.

그런 엠마 수녀를 바라보는 모임의 여인들.

엠마      오늘 우리 한번 생각해봐요. 세상에 내가 남겨둘… 진정한 내 것! 진정한 마인!은 뭐가 있는지… 남아 있는 인생… 우리 그걸 꼭 찾아야 해요. 자, 그럼 오늘 성경 공부는 여기서 마치겠어요.

희수      수녀님…

엠마      … (보는)

희수      저는 당분간 성경 공부 나오지 못할 거 같아요.

일동      …

희수      다들 인터넷 기사 클릭하면 아시겠지만… (작은 미소)

일동      (무슨 말인지 알고)

희수      이제부터 엄청난 기사들이 쏟아질 거고… 전 수녀님과 회원님들과 나눈 이 성경 공부가 무색할… 복수심과 증오가 담긴 말과 행동들을 어쩔 수 없이 쏟아내야 할 거예요, 앞으로. 다시 돌아올 수 있도록 배후에서 기도해주세요. 선한 목표를 가지고 싸우겠습니다.

엠마      (그런 희수 보는)

서진경   (희수 손을 꼭 잡아주는) 열심히 기도하고 응원해줄게. 난 서희수 믿어.

| 미주/재스민 | 저도요! / 저도요! |
| 희수 | 감사해요. |
| 엠마 | (그런 희수를 보는 시선에서) |

S#23    지용의 집무실 /D

지용, 희수의 이혼 얘기에 너무나 골치 아프다.

희수(소리)    이 결혼 찢어, 그냥! 나! 하준이 데리고 그 집에서 나갈 거야!

지용, 다 된 밥에 누가 재를 뿌린 듯 화가 나는데. 옆에 조 비서,
지용의 다음 스테이지 멘트를 기다리는 듯.

| 지용 | 홍보팀 법무팀 다 소집해. 대회의실에~ |
| 조 비서 | !! 네, 회장님! |
| 지용 | 아니야. 홍보팀장 법무팀장만 불러! 난 단출한 게 좋아. 번잡한 거 딱! 질색이거든. |

하는데 울리는 전화. 확인하고 (서현이다. 누군지 보여주지 않고) 전화
받는.

지용    여보세요. (듣는) 네… 그래요. 뵙죠.

S#24    임원 회의실 /D

지용, 기다리고 있으면 나타나는. 다름 아닌 서현이다. 지용, 일어나 예를 갖추고. 서현, 지용 맞은편에 앉는다.

| | |
|---|---|
| 지용 | 효원E&M도 사무실을 이 건물로 옮겨야 될 거 같아요. 그래야 형수님을 자주 뵐 수 있을 텐데… 관리팀, 경영지원팀 다 인사 교체하시고 열심이시던데요. |
| 서현 | 효원의 회장 자리… 자격이 있다고 생각하세요? |
| 지용 | !! |
| 서현 | 지금 언론이 효원 차기 회장 눈치 보느라 법원에서 있었던 얘기가 그 무엇도 터지고 있지 않네요. |
| 지용 | 나오지 않게 할 거지만 행여 비집고 나와도 상관없어요. 대비책이 다 마련돼 있으니까. |
| 서현 | (끄덕이며) 그 비루한 대비책마저 부메랑이 될 텐데… |
| 지용 | 본의 아니게 저를 도우신 셈이 됐는데… 왜 그러셨어요? 수혁이를 왜 설득하지 못하시고 제가 이 자리에 오르는 꼴을 보신 겁니까? |
| 서현 | 바닥에 떨어져 부서지려면 일단 최대한 높이 올라가야 되는 거니까. |
| 지용 | (그런 서현 매섭게 보다가) 혹시 형의 자리를 꿈꾸신 건가요? 수혁이를 제치면 그게 형수님 자리가 될 거란 생각을 하신 거예요? |
| 서현 | … (비웃는) |
| 지용 | 형수님은 절대 안 된다는 거 아시잖아요. |
| 서현 | (먹이듯) 내가 효원가 직계 혈통이 아니라서요? |
| 지용 | (표정, 지지 않고) 그 문제가 아닌 거 아시잖습니까? |
| 서현 | 그때 말씀하신 일반적이지 않은 첫사랑 히스토리 때문에요? (어 |

이없다) 제 사연이 서방님의 비윤리적 치정 스토리와 비교된다고 생각해요? (비웃듯) 이렇게 분별력이라곤 없는 사람이 효원의 체어맨 자리에 앉겠다는 겁니까?

지용    (눈빛이 이글거리다가 다시 감정을 정돈한다) 정말 집안을 걱정하신다면, 그리고 효원의 이미지를 생각하신다면 형수님이 할 일은 저를 옆에서 돕는 겁니다. 주변에서 일어나는 모든 잡음을 혼신을 다해 집안의 어른으로서, 알코올중독자 남편을 대신해 검투사처럼 막으셔야 합니다. 나랑 라이벌 구도를 형성하시면… 안 돼요, 형수님~

서현    한지용! (센 포스로) 스스로 물러나. 쫓겨나기 전에.

지용    …

서현    (확 몰아붙이는) 오너 리스크! 오너의 윤리적 스크래치가 기업에 끼칠 수 있는 영향력이 어느 정도인지 알잖아? 오너 일가의 그룹 장악력이 이렇게 큰 효원 같은 재벌 기업에서 너 같은 사람이 오너가 되면 시장 교란, 경영 파행, 결국 국가 경제 훼손으로 이어지는 거 알아, 몰라?

지용    윤리 문제라~ 재벌 중에 여자 문제 없는 재벌이 있기나 한가요. 본 적이 없어서… 기업적 윤리관과 개인의 사생활은 별개예요.

서현    한지용! 개 짖는 소리 그만해! 아내가 있는 집에 자식을 낳아준 여자를 눈 하나 깜짝 안 하고 들인 게… 기업의 윤리관과 분리될 수 있는 사생활에 불과할까? 정말 그렇게 생각해?

지용    아버지도 그랬어요.

서현    그래서 아버님을 닮아서 그렇단 소리를 하려는 거야? (눈빛, 표정) 아버님을 닮았을 리가 없잖아!!

지용    !!!!!

| 서현 | 니가 얼마나 쓰레긴지 사람들이 하나하나 알아가게 되겠지. 한 번 막아봐. 니 실력 한번 볼게. |
|---|---|
| 지용 | (부르르 하는데) |
| 서현 | (표정 다시 단정해져) 전 기회를 드렸습니다. 선택은 서방님이 하세요. 앞으로의 기업은 이미지가 중요해요. 사람들은 윤리적 문제가 있는 기업의 제품을 소비하지 않습니다. (일어난다) 나에 대해 폭로하고 싶은 게 있음 얼마든지 해요. 기다리고 있는데… 아직 소식이 없네요. 내가 서방님을 본의 아니게 회장 자리에 앉힌 셈이 됐으니까… (눈빛 싹 변해) 내가 한 일 내가 책임질 겁니다. 반드시!!!! (하고 걸어가는) |
| 지용 | (남겨진 채 분노로 타들어가는 눈빛) |


S#25    동 저택 다이닝 홀 /D

순혜, 먹고 있던 식사 판이 난장이 나 있다. 접시도 뒤집어져 있고 수저도 튕겨 나간. 분노가 폭발한 듯. 식탁 위에 올려진 조간신문에는 '효원의 뉴 엠퍼러 차남 한지용 상무, 순수 국내파 서울대 법대 출신 정통 경영인.'

| 순혜 | 아악! 아악!!!!! 안 돼. 안 돼… 진호야~~ 내 아들 진호야~~ |
|---|---|


S#26    알코올중독센터 /D

마치 그 소리를 들은 듯 착한 눈동자로 주위를 둘러보는 진호. 해독주스와 견과류가 플라스틱 그릇에 담겨 있다. 간식 시간이다.

| 진호 | (관리사에게) 누가 나 불렀는데 분명~ |
|---|---|
| 석호필 | (속삭이듯) 금단 현상이에요. |
| 진호 | (호두알을 입에 집어넣으며 처연히 씹고 있다) |
| 석호필 | 그때 효원그룹 큰아들이라고 했죠? |
| 진호 | (상종 안 한다) |
| 석호필 | 근데 오늘 뉴스 보니까 둘째 아들이 회장 된다던데. |
| 진호 | (그 소리에 그대로 반응해서 보는) |
| 석호필 | (주변 둘러보면서 바지 안에 숨겨둔 핸드폰을 꺼낸다) |

진호, 멍청하게 석호필의 행동을 지켜볼 뿐이다.

| 석호필 | 핸드폰 반납하라는 거 반납하는 사람은 형씨뿐이에요. 저기 명상 룸 책상 위에 그대로 있어요. 가져와요, 그냥. |
|---|---|
| 진호 | 인터넷 뉴스 검색 한번 해볼래요? |
| 석호필 | 그러지. 그러지… (하면서 뉴스 검색해서 보여주자) |
| 진호 | (눈이 커지다가 그대로 벌떡 일어난다. 미칠 것 같은 진호) |

진호, 그대로 후다닥 뛰쳐나간다. 아무도 진호를 말릴 수 없다.

| S#27 | 수녀원 /D |
|---|---|

수녀원에서 반성문을 쓰고 있는 진희. 반성문이라고 크게 적어 놓고는 뭘 잘못했나 잘 모르겠다는 표정이다. 그러다 울리는 핸

드폰. 보면 오빠다.

진희  여보세요? (듣는) 나 지금 반성의 시가안~ (듣는, 눈이 커지는) 뭐라
    고? 진짜야? (듣는) 이사회를 왜 우리 빼고… 지들끼리 했어? 이
    건 말이 안 되잖아.

진호(F) (격양된 톤으로) 아버지가 우린 빼고 이사회 열라고 했대!

진희  (그 소리에 그대로 연필을 집어 던지고 일어난다)


S#28  효원그룹 건물 내 서현의 집무실 /D

    서현, 전화 받는.


센터장(F) 회원님이 그대로 뛰쳐나가셨어요. 흥분하셔서 저희가 말릴
    수가…

서현  네, 알겠습니다. 일단 퇴소 처리해주세요. 다시 전화드리죠. (전화
    끊는)


S#29  카덴차 - 성태의 버기카 안 /D

    주 집사, 서현의 전화를 받고 있다.


주 집사 네, 큰사모님. 그렇게 알고 있겠습니다. (전화 끊고는 무전기 들어 성태
    부르는) 미스타 김~ 들어와. 코드레드야. 대표님, 아니 전무님 지
    금 센터에서 탈출하셨어. 대! 탈! 주!

성태  (버기카 안에서 무전 통신 중) 그럼 집으로 오시는 건가요?

| 주 집사 | 그렇다고 봐야지. (무슨 전시 태세 같은) |

그때 성태의 눈에 센터에서 나눠준 '희망' 옷을 입고 탈출해서 분기탱천한 채 카덴차로 들어오는 진호가 보인다.

| 성태 | 지금 목표물이 나타났어요. |
| 주 집사 | 뭐? 왜 이렇게 빨라? |

성태, 얼른 무전기 끄고 버기카를 몰고 진호를 향해 달린다. 진호, 성태의 버기카를 발견하곤 그대로 올라탄다. 씩씩댄다.

| 진호 | 수혁이 집에 있어? |
| 성태 | 아뇨. 없어요. 회사에 갔어요. |
| 진호 | 너… 그 메이드 애. 수혁이가 만난다는 애… 걔 좀 데리고 내 서재로 와. |
| 성태 | (생각보다 심각하게 화난 진호 표정에 사태의 심각성 깨닫는다) |
| 진호 | 대답 안 해? |
| 성태 | 네, 알겠습니다. |

진호, 후다닥 내려서 저택 안으로 들어간다. 성태, 무전기 드는 심각한 표정에서.

-다른 일각-

노덕이에게 먹이를 주고 있는 순혜… 미간을 잔뜩 찡그리고 있는데 주 집사가 뛰어온다.

| | |
|---|---|
| 주 집사 | 왕사모님… 전무님… 집에 오셨어요. |
| 순혜 | (놀라는) 뭐? |
| 주 집사 | 탈출하셨대요. 센터에서. |

순혜, 그대로 집으로 향하는데서.


S#30　　카덴차 내 드레스룸 - 계단 /D

진호, 정장으로 옷을 갈아입는 중. 회사로 가볼 생각이다. 흥분을 침착하게 다스리는 진호. 여태 본 적 없는 진지한 모드다. 밖으로 나가는 진호. 이때 성태와 유연이 1층에서 2층을 향해 올라온다.

| | |
|---|---|
| 진호 | 거기 있어. 내가 내려갈 테니까. |
| 성태/유연 | (그대로 멈춰선다) |

진호, 계단을 내려온다. 메이드 4·5, 군데군데에서 힐끔거리고, 마침 순혜와 주 집사가 들어온다. 드디어 유연 앞에 선 진호. 유연, 침착하게 진호 앞에 서 있다. 성태, 진호가 혹시라도 유연을 때릴까 걱정이다. 주 집사, 핸드폰으로 몰래 그 상황을 각도 안 맞게 찍고 있다.

| | |
|---|---|
| 진호 | 이름이 뭐야? |
| 유연 | 김유연입니다. |
| 진호 | 좋아. 김유연 씨. |

| 유연 | … |
|---|---|
| 진호 | 긴 얘기 필요 없고… 오늘 당장 내 집에서 나가. |
| 유연 | (그런 진호 보는) |
| 진호 | 나 술 안 마시면 이성적인 사람이야. 나 지금 되게 이성적이거든. |
| 유연 | … |
| 진호 | 당장 나가. |
| 유연 | 제가 왜 나가야 하는지 이유를 잘 모르겠습니다. |
| 진호 | (버럭) 이유가 어딨어? 그냥 나가라면 나가! |
| 유연 | 아뇨, 나가지 않겠습니다. |
| 진호 | 뭐야? |
| 순혜 | (보고 있자니 기가 막힌) |
| 유연 | 제가 나가야 할 이유를 납득할 수 없습니다. |
| 진호 | (기가 막힌다) 요새 애들은 다 이러니? (실소가 나고) 어이가 없네. |
| 유연 | 저는… 계약서에 있는 어떤 의무도 소홀히 하지 않았습니다. |
| 진호 | 내 아들 흔들었잖아. 충분한 사유야, 어디 감히~ |
| 유연 | 수혁 씨 좋아한 게 해고 사유라면 부적절한 조치 같습니다. 해고한다고 그 감정이 사라지진 않으니까요. |
| 진호 | (기가 딱 막히는) |
| 순혜 | (끼어드는) 본데없이 자란 티가 이런 데서 나는 거야! 어디서 이런 족보 없는 말대답이야? 이러면 배운 사람처럼 보일까 봐 그래? 이러면 요새 말로 자존감 높은 사람으로 보일 거 같아 그래? 너 우리 수혁이 잡아 답 없는 인생 에스컬레이터 타고 쭉 올라가려는 심보~ 나이 먹은 내 눈엔 훤하게 보여!!! 몹쓸년 같으니 당장 나가!!!! |

| 유연 | (울먹이며 버럭) 저는 수혁 씨의 진심을 봤어요! 그 사람이 가진 게 있고 없고로 판단한 게 아니라고요! |
|---|---|
| 진호 | (어이없다) 말도 안 되는 소리 하고 있네. |
| 유연 | 가진 게 없으면 다 없는 것처럼 생각하는 이런 집에서 한수혁이란 사람이 가진 결핍, 상처 이런 게 눈에 보일 리 없잖아요. 혼자너무 외롭게 나뒹구는 게… 내 눈엔 너무 애처로워요. 난 그 사람 지킬 거예요. |
| 순혜 | (기가 막힌) 뭐… 뭐야? |
| 진호 | 얼마면 되니? 너 필요한 게 돈이잖아? 얼마 줄까? |
| 유연 | (모멸감으로 눈빛이 떨린다)… |
| 진호 | 돈이 목적이잖아, 너! 우리 수혁이 꼬셔서 인생 바꾸고 싶은 거잖아. |
| 유연 | (분노) 그런 거 아니에요! |
| 진호 | (버럭) 아니긴!! (비웃는) 너랑 얽히면 한수혁은 불행해져. 그게 (버럭) 니가!! 원하는 거야?!! 가족 모두와 등지고, 효원의 상속자 타이틀도 반납하고, 둘이서 쪽방 얻어 마트 알바부터 하면서 그렇게 살래? 수혁이… 널 계속 만나면 그 새끼… 그렇게 돼. 내가 그렇게 만들 거야! 걔 지 손으로 십 원도 벌 수 없는 새끼야. |
| 유연 | (그 소리에 눈빛 떨리고 그대로 무너지는) |
| 진호 | 애 내보내, 당장! 내가 메이드 하나 내보내면서 이렇게 길게 얘기해야 하는 거야? (그대로 2층 올라가는) |
| 유연 | (무참하게 서 있다) |

남겨진 이들, 특히 메이드들 모두 각자 다른 감정, 다른 슬픔, 다른 분노다.

S#31          효원그룹 일각 /D

분기탱천해 걸어서 지용의 방으로 성큼성큼 들어서는 진희.


S#32          지용의 집무실 안 - 밖 /D

지용, 혼자 심각하게 앉아서 법정에서 일어난 사태가 브리핑된
텍스트를 노트북 통해 읽고 있다. 조 비서 노크 후 들어온다.


조 비서    한진희 이사님이 밖에서 상무님 뵙겠다고… 소란입니다.

지용       절대 들이지 마.

조 비서    넵. (나가는)


            -밖-

조 비서    (나와서는) 상무님이 아무도 들이지 말라고 하십니다.

진희       뭐… (기가 찬) 뭐야?

조 비서    회사에서 소란 피우는 사람은 무조건 징계하고 인사위원회에
            회부하시겠단 공지 받으셨죠?

진희       (분노 게이지가 폭발 직전인)

엠마(소리)  화가 나면 그 화를 등에 업고 아기처럼 달래며 앞으로 육 보, 뒤
            로 육 보 걸으세요.


진희, 일단 엠마 수녀가 시킨 대로 그렇게 구부정하게 숙인 채
심호흡하며 왔다 갔다 걷는. 저게 뭐지? 하는 표정으로 보는 조
비서. 하지만 진희의 분노는 하나도 안 풀린다.

| 진희 | (문을 쾅쾅 두드린다) 야아~~! 한지용! (하는데) |

경호원으로 보이는 사내 두 사람이 와서 진희를 끌고 나간다. 끌려 나가면서도 진희의 발악은 지속된다.

| S#33 | 동 저택 게이트 - 여러 곳 /D |

게이트 문이 열리며 수혁의 차가 들어온다. 밝고 개운한 표정인 수혁. 주차장에 차를 대고 차에서 내리는 수혁. 밝은 기운을 뿜으며 정원을 걷는데, 버기카를 타고 있는 성태가 수혁 앞에 선다. 성태가 걱정스러운 표정으로 수혁을 보는. 수혁, 그 눈빛 눈치챘다.

| 수혁 | …이번엔 누구예요? |
| 성태 | 진호 대표님요. 센터에서 탈출하셨어요. |

수혁, 눈빛 확 변해 그대로 집 안으로 뛰쳐들어간다.

| S#34 | 동 저택 안 진호의 서재 /D |

진호, 서재에 앉아 심각하다. 누군가와 전화한다.

| 진호 | 우리 수혁이 호텔 인사팀장 자리에 앉힐 생각이야. 일이라도 힘들게 하게 해야지… 현실감이 없어요, 짜식이… |

이때 문이 열리면서 수혁이 들어온다. 진호, 표정 싸해지면서 "끊어" 전화 끊는. 수혁 들어와 그대로 진호를 노려보자, 진호 그대로 수혁의 뺨을 때린다. 수혁, 당황하지 않고 그대로 맞아준다.


진호     너 이거밖에 안 돼?

수혁     …(흘겨보는)

진호     내가 왜 여태 참았는데… 너 이 새끼야… (분을 삭이며) 나는 안 된 대서… 너는 되겠지… (울분) 하면서… 너 그 자리 만들어주려고 참았어.

수혁     (차분하게) 그 자리 필요 없어요.

진호     뭐가 어째?

수혁     엄마도 이렇게 때렸어요?

진호     이 자식이~ (하면서 한 대 더 때린다)

수혁     (맞고 있다) 난 평범하게 살고 싶었어요. 뭐 하나는 되게 많고 뭐 하나는 되게 없는 이런 시소 같은 인생 말고요. 정말 남들처럼… 살고 싶었다고요!! 이제야 내가 원하는 게 뭔지 정확히 알았는데… 왜 상관이에요?

진호     이 자식, 눈 돌아간 거 봐. 어디 아버지 앞에서! 완전 미쳤네. 내가 널 낳았어, 이 자식아! 난 널 상관할 권리가 있고!! 왜 상관이냐니!!!!

수혁     (격앙돼) 낳으면 아버지예요? 아버지는 권리만 주장하면 되는 거예요? 그렇게 쉬운 게 아버지면 세상 누구나 다 하겠네요!! (버럭) 날 버려요!! 당신 같은 아버지 나!! 필요 없으니까!!!

진호     (수혁의 분노와 도발, 그리고 워딩에 그대로 굳어진다)

| 수혁 | 나, 이 집 나갑니다! (인사하는) 안녕히 계세요! |
|---|---|

S#35     서현갤러리 내 서현의 공간 /D

서현, 효원E&M에서 갤러리로 돌아와 피곤한 듯 자리에 앉으면서 비서가 다가와 보고하는.

| 서 비서 | (아이패드 건네며) S.H뮤지엄 이번주 행사 일정입니다, 대표님. |
|---|---|
| 서현 | (받아보고 스크롤하며 검토하는, 피곤하지만 눈빛 살아 있는) 스칸스키 발레단 공연은 하루 더 연장해줘. 숙소도 우리 쪽에서 제공하고 가난한 예술가들이야. 식사도 최고로 제공해주고. |
| 서 비서 | 네, 대표님. (하고 나간다) |

서현, 시선은 노네임(수지최)의 작품 <뉴웨이브>에 향한다. 눈빛이 따뜻해지는 서현. 유일하게 안식이 되는 그녀와 그녀의 작품. 이때 부관장이 서현에게 다가와 작은 그림을 건넨다. 패널이 안되고 롤링해 타이된.

| 부관장 | (<뉴웨이브> 작품 가리키며) 이 작품 화가분요, 전해주고 가셨어요. 내일 12시 비행기로 한국을 떠나시나 봐요. |
|---|---|
| 서현 | … |
| 부관장 | 그분 수지최랑 닮았던데… 본인은 아니래요. 대표님이 작품 봐주신 거 감사하다고 전해달래서… |

서현, 묶인 그림을 손에 들고 풀어보려는데. 핸드폰 문자 알림

음. 다름 아닌 자경이다.


S#36　　　어딘가 풍광 좋은 곳 /D

황보인 변호사와 희수, 마주 앉아 있다.


황보인　한지용 상무 쪽에서 너무 반응이 없는데요.

희수　제가 어떻게 나오나 더 지켜보려는 걸 거예요. 생각보다 용의주
도한 사람이라서… 섣부르게 행동하지 않을 겁니다.

황보인　그렇게 용의주도한 분이 왜 아이의 친모를 집에 들이는 말도 안
되는 실수를 했을까요?

희수　…글쎄요… (말을 아끼자)

황보인　서희수 씨… 저한테는 모든 걸 다 사실대로 말씀해주셔야 합니
다. 지난번 법정에서처럼 저도 모르는 얘기를 후에 터트리시면
안 돼요.

희수　그래요. 저 오늘 변호사님 앞에서 쏟아낼게요. 그 사람이 친모를
집에 들인 건 실수가 아니라 계획이었어요. 멀쩡히 살아 있는 사
람을 죽은 사람으로 만들었고요. 왜 그랬을 거 같아요? 자기 편
의에 의해서… 오로지 자기 생각만 하면 그런 말도 안 되는 짓
을 할 수 있어요. 변호사님, 평범한 사고를 가지고 그 사람이랑
싸우면 이기지 못해요. 그 사람은… (표정, 눈빛) 평범한 사람이 아
니에요.

황보인　…

희수　제가 배우 생활을 10년 8개월 하면서 읽은 대본이 몇 개인지 아
세요? 총 이백쉰네 편의 드라마와 영화 대본을 읽었어요. 그중

에 선택한 작품은 스무 편이 채 안 되지만. 근데 한지용은! 제가 읽어본 대본 어디에서도 본 적 없는 (눈빛, 표정) 캐릭터예요.

황보인     … (몰입해서 듣고 있는) 소시오패스?

희수       아뇨! 몬스터! 그 사람은 괴물입니다!

황보인     …

희수       변호사님, 앞으로 각오하셔야 할 거예요. 파란이 예상되니까… 피할 수 없을 거고, 즐기기도 힘들 거예요. 지옥이 될 수도 있어 요. 우린 그 지옥을 그냥 가면 돼요. 쭉!

그런 희수의 담담하지만 단호한 표정에서.


S#37      서현갤러리 밖 테라스 일각 /D

마주 앉아 있는 서현과 자경.


자경       다 잘 끝냈습니다. 감사했어요.

서현       …(피식) 애썼어.

자경       (누그러지고 선해진 눈빛인) 이제… 저는 뭘 하면 될까요?

서현       동서에게… 제대로 용서는 구했어?

자경       그 용서가… 함께 보낸 1주일로 구해질 거 같지 않아요.

서현       하긴… 1주일은 너무 짧지. 안 그래?

자경       네…

서현       너 한지용 부수고 싶지?

자경       …

서현       한 번 더 내가 시키는 걸 해.

| 자경 | (뭐든 하겠단 표정으로 서현 본다) |
|---|---|
| 서현 | 한지용이 효원의 무소불위 권력이 됐어. 니가 한지용의 역린을 건드려. 눈에는 눈, 이에는 이… 한지용이랑 싸우려면 더러운 방법을 쓸 수밖에 없어. |
| 자경 | … |
| 서현 | 이번 일 명분은? 넌 하준이를 위해서… 난 효원을 위해서… 어때… 해야겠지? |

S#38    희수의 서재 안 /D

희수, 들어오면 최 변호사가 미리 와서 기다리고 있다.

| 희수 | 오셨어요? |
|---|---|
| 최변 | 네. 큰사모님이 제가 필요할 거라고 해서… |
| 희수 | 최 변호사님이 누구 사람인가 했더니… 역시나… |
| 최변 | (미소) |

**CUT TO**

최변, 공판 기록을 읽고 있다. 희수, 맞은편에 앉아 있는데.

| 최변 | 왜 유아 인도 심판 청구 후에 이혼 소송을 제기하신 건가요, 사모님? 바로 이혼 소송을 하셔도 됐을 텐데… |
|---|---|
| 희수 | 하준이를 데리고 나와야 하니까요. 이혼이야 충분히 성립되겠지만… 하준이를 내가 데리고 나오는 건 다른 문제라… 친엄마 |

|       |                                                                                   |
|-------|-----------------------------------------------------------------------------------|
|       | 가 아니잖아요. 그러니 내가 엄마로서 자격이 있다는 걸 먼저 법적으로 인정받는 단계가 필요했습니다. |
| 최변   | (끄덕이는) 다른 이유가 또 있으신가요?                                                      |
| 희수   | (미소) 시간이 필요했습니다. 이혼 소송을 시작하면… 상대방 답변서 받고 첫 재판 기일 잡히는데 두 달 이상 걸려요. 그동안 한지용의 네거티브를 더 수집해야죠. 숨통을 제대로 끊어놔야 하니까! 그리고… (표정, 눈빛) 효원의 경영권요! 내가 효원에서 탈출하기 전에 내 지분을 행사해야 해요. 이혼하고 나면 모든 게 변할 가능성이 커지는 집안이잖아요? 그 두 달 안에 내가 할 수 있는 권리 행사를 다 한 후… 확인사살을 할 겁니다. |
| 최변   | (역시나 싶다) 알겠습니다. 의중 황보인 변호사에게도 전달하겠습니다.                              |
| 희수   | 곧 신문 기사가 나올 겁니다. 제가 엄마로서 본분을 다한 부분… 친엄마로부터 유아 인도 청구가 방어된 부분이 대중에게 회자돼야 해요. 배우 출신 서희수의 유명세… 이용하려고요. (시계 보는) 저녁 6시에 단독으로 터트릴 거예요 온라인으로… (여유 있는데) |

시간은 5시 40분을 가리키고 있다.


S#39        어느 신문사 /E

심각한 표정의 윤 기자와 윤 기자를 다그치는 데스크 본부장의 모습이 스케치되는 위로. 다른 데스크에선 한지용의 젊은 시절 사진들을 뽑고 있다. 전화 받으며 한창 바쁜 신문사 전경. 윤 기자, 자리에 앉아 실망한 표정. 희수에게 전화하는 윤 기자. 신문사 시계는 6시 정각을 가리킨다.


S#40    동 신문사 – 동 변호사 사무실 (교차) /E

윤 기자의 전화를 받는 희수.


희수      여보세요.

윤 기자   기사 출고 안 된답니다.

희수      왜요?

윤 기자   그날 법정에서 일어난 모든 기사, 데스크에서 킬 당했어요. 한지용 상무 관련 네거티브 기사 나가면 효원 계열사 광고 다 끊어져요. 알아서 기는 거죠. 예상했지만… 효원 광고 없이 신문사 운영을 못 하거든요.

희수      …

윤 기자   한지용 씨가 서울대 출신 순수 국내파 재벌 3세잖아요. 유학파가 아니라 인맥 자체도 뿌리가 달라요. 언론계, 법조계 선후배 라인 파벌… 글 한 줄도 맘대로 못 쓰는 게 현실이에요. 이번 소송 관련 기사는 단 한 줄도 못 쓰도록 (작은 소리로 눈치 보며) 위에서 오더가 왔습니다. 앞다퉈 한지용을 영웅화시키는 기사만 내고 있어요. 죄송합니다.

희수      아뇨. 애쓰셨어요. 고맙습니다. (끊는)


희수, 표정 싸해진다. 그런 희수의 표정에서.


178 × 179

S#41    서현의 차 안 /E

기사, 운전 중. 서현, 차에 올라탄다. 지치고 피곤한 하루다. 그런 서현, 피곤한 모습으로 인터넷 검색을 한다. 온통 지용의 회장 취임 얘기뿐이다. 서현의 표정 안 좋다. 이때 전화가 울린다.


서현    (지용이다, 받는) 네.

지용(F)  희수 법정 기사를 막다 보니까 그에 상응하는 재미있는 기삿거리를 줘야겠는데… 마침 형수님 여자 친구 분 인터뷰가 잡혔더라고요? 어떻게 할까요, 형수님?

서현    (비웃으며) 효원의 수장될 사람이 형수의 개인사에 발톱이나 드러내고… 효원의 미래가… 심히 염려되네요. 맘대로 해봐요! (끊는)



S#42    동 저택 다이닝 홀 /N

순혜, 진호, 성태, 주 집사가 모여 있다. 순혜와 진호 식탁에 앉아 있고, 성태(진호 옆)와 주 집사(순혜 옆) 서 있는.


진호    이제 집안 대소사 내가 관리할게.

주 집사/성태  (잉?)

순혜    갑자기 왜?

진호    내가 집에서고 회사에서고 너무 소외돼 있다 보니까 체인 리액션이야. 모든 게 꼬였어. 수혁이 저렇게 된 것도, 유연이 같은 애 들인 것도… 봐, 지용이 자식 옛날 여자가 집에 들어온 것도 그래.

순혜    그럼 뭐 다 때려치우고 집에서 살림이라도 하겠단 거야 뭐야?

| | |
|---|---|
| 진호 | 최하 집안에 사람 들이고 내보내는 건 내가 할 거라고. 인사권을 내가 갖겠단 거야. 그런 의미에서 김유연 빈자리는 내가 뽑을게. |
| 순혜 | 니가 어디서 뭘 어떻게 뽑아? |
| 진호 | 빨리 뭘 채워 넣어야 다시 비집고 안 들어올 거야. (생각났다. 주 집사에게) 그때 그 와인 뒤집어쓰고 그만둔 애. |
| 성태 | 주희 말씀이세요? |
| 순혜 | 내 목소리 녹음한 애 말이니? |
| 주 집사 | (끄응) |
| 진호 | 걔 다시 들어오라고 해. |
| 순혜 | 걘 안 돼. |
| 진호 | 구관이 명관이야. 걔 다시 불러. |
| 순혜 | 안 된다고 했다? |
| 진호 | 엄마도 이제 내 말을 들어, 좀~ |
| 순혜 | … |
| 주 집사 | 지금 다른 곳에서 일하고 있을 건데요. |
| 성태 | 근데 부르면 올 거예요. 이 집을 핵잼이라고 했거든요. |
| 일동 | ??? |
| 성태 | 아무튼 부르면 올 거예요, 주희 씨는. |

이때 성태의 무전기 울리고.


| | |
|---|---|
| 성태 | 사모님 들어오세요. (하자) |

일동 주섬주섬 일어나 흩어지는데서.

S#43     서현의 드레스룸 /N

서현, 옷을 갈아입으려 하면 무례한 자세로 쑥 들어오는 진호.

서현     (시선 진호에게 두지 않고) 치료가 시급한데 더 시급한 게 있었나
         보죠?

진호     (불만 가득) 감히 날 센터에 보내? 당신이 날 무시하니까 수혁이도
         날 무시하는 거야.

서현     (조금의 감정 변화도 없이 밖으로 나가려는)

진호     (속사포처럼 뱉어내며 서현을 따라가면서) 당신 혹시 지용이 자식이랑
         짰어?

서현     (그 소리에 딱 멈추고 뒤돌아 진호 보는)

진호     수혁이 약혼 깨고 그 메이드 애랑 노닥거리는 거 좌시하고… 당
         신이 관여하고 컨트롤하는 범위가 어디까지야?

서현     무지하면 적어도 무모하진 말아야지!

진호     뭐?

서현     유연이 내보냈다고요?

진호     진작 그랬어야 했어. (화나서) 니 아들 아니라서 넌 아무렇지도
         않지?

서현     (그 소리에 미치겠는)

진호     난 그 기집애 말려죽이고 싶다고. 그 자리가 어떤 자린데.

서현     당신은 내가 수혁이 엄마로서 자격이 없다고 생각하죠?

진호     말이라고 해?

서현     수혁이한테 진심이 아니라고 생각하죠?

진호     그러니까 이런 사달이 난 거지!

서현     그걸 알면서 진짜 아빠라는 사람이 아들이 뭘 원하는지 아들이

어떤 생각을 하는지 왜 하나도 모르고 살았어요? 친아빠란 작자
가!!

진호    (할 말 없는)

서현    하고 싶은 대로 한번 해봐요. 안 말릴 테니까.

진호    안 그래도 그럴 참이야. 다 내 멋대로 할 거야. (나가려는데)

서현    대신 자기가 한 일 자기가 책임져야 해요. 명심해요!


S#44    서현의 서재 /N

서현, 처연히 앉아 손에 들고 있던 수지최가 주고 떠난 롤링된
그림을 펼쳐본다. 풀어 펼치면 보이는 어떤 그림. 서현, 그 그림
보면서 눈시울 붉어진다.


(인서트)    어딘가 - 회상 (20년 전) - 몽환적 화면

20대의 수지최가 물감 묻은 셔츠를 입고 그림을 그리고 있다.
(서현 모습 보이지 않고)


수지최    20년 후에 이 그림을 너한테 줄게. 그때 꼭 봐. 마지막은 네가 완
성해. 니가 결정해. 이건 우리가 함께 그린 처음이자 마지막 그
림일 거야.


서현의 시선 따라가면 보이는 그림- 서현을 닮은 여인이 한쪽
날개만 가지고 하늘을 바라보고 있다. 그림 밑에 적혀 있는 연필
로 쓴 글씨- "나머지 한쪽 날개는 네가 그려야 돼. 네 영혼에 자
유를 줄 수 있는 건 너 자신이야." 서현, 연필을 손에 쥔 채 그림

을 보고 있다. 차마 날개를 그리지 못하는 서현. 그런 서현의 모습이 점점 멀어지면서.


S#45    동 저택 차고 - 저택 게이트 안 밖 - 진호의 차 /N
       진호, 분기탱천해 차를 타고 나간다. 진호의 차가 그렇게 쑤욱 빠져나가는데. 저택 밖에서 어슬렁거리는 한 사내에게 시선이 집중된다. 지나치던 진호, 문득 브레이크를 밟고는 핸드폰을 꺼내 뭔가 확인하는. 진호, 핸드폰에 저장된 사진을 넘기다가 투견인 사진들 중 그 형(곽수창)의 사진 탁 본다. 차 안에서 보이는 저택 근처를 서성이는 그 사내(곽수창)와 핸드폰 속 사진의 사내를 번갈아 보다가 흥분해서 차를 세우고 내리는 진호.

진호    어이~ (곽수창을 향해) 당신 뭐야?

       하는데 곽수창 그대로 도망간다. 진호, 잡으려고 뛰지만 그대로 놓친다. 진호, 젠장~ 화내고 다시 차에 올라타 차를 몰아 휙 달리는데서.


S#46    한 회장의 병실 /N
       한 회장, 휠체어에 앉아 있다. 상태가 많이 호전된 듯 보이는 한 회장. 이때 진호가 들어온다.

진호    아버지…

| | |
|---|---|
| 한 회장 | … |
| 진호 | 수혁이 내가 설득할 테니까… 이사회 결정 철회해주세요. |
| 한 회장 | … |
| 진호 | 수혁이 내가 하나하나 잘 가르칠게요. 아버지 나 안 믿는 거 알아요. 그치만 수혁인 다르잖아. (감정이 격앙된) 나한테 회장 자리 안 물려주는 건 괜찮아… 그래도 수혁이한테 물려줘서 나… 아버지한테 고마웠어요. (울컥) …우리 수혁이한테 다시 그 기회를 줘요, 제발… 수혁이 단 한 번도 설득 안 하고 그대로 지용이 주는 게 어딨어요? |
| 한 회장 | (천천히 한 마디 한 마디) 지용이 사랑해줘라. |
| 진호 | ? |
| 한 회장 | 내가 지용이한테 잘못한 게… 많아. |
| 진호 | 아버지가 뭘 잘못했다 그래요? |
| 한 회장 | 지용이는… 너랑… 달라. |
| 진호 | (원통한) 알아요, 지용이 다른 거. 그래서 아버지가 맨날 지용이만 감싼 거. |
| 한 회장 | 지용이… 내 자식이다! |
| 진호 | (뜬금없는 소리에 명청한) |

한 회장, 그렇게 눈을 감고 단호한 표정에서.


S#47    어딘가 /N

유연이와 수혁, 걷고 있다.

| 유연 | 나 정말 좋아하는 거 맞아? |
|---|---|
| 수혁 | (멈춰 서서 보는) |
| 유연 | (같이 보는) 반항하려고 나한테 도피한 거 아니고? |
| 수혁 | 무슨 말이야? |
| 유연 | 나라서 좋아한 게 아니라… 탈출의 문 앞에 내가 서 있어서 내 손을 잡은 거 아니냐고. |
| 수혁 | 여자들은 말을 참 어렵게 하더라. |
| 유연 | 왜 사람들은 니가 회장 자리 거부한 걸 내 탓이라 그래? 니가 싫어해서 안 한 거잖아. 근데 내 탓이래. |
| 수혁 | 미안해. |
| 유연 | 이젠 니가 자다가 기침을 해도 나 때문이라고 할걸? |
| 수혁 | 나 그 집에서 나왔어. |
| 유연 | 나와서 뭘 어쩔 건데? |
| 수혁 | (그런 유연 보는) |
| 유연 | 너 좀 멋있고 착해 보여서 좋아하긴 했는데 너랑 얽히니까 나 너무 치여. 그만하자 우리~ 가라~ (뒤돌아 가려는데) |
| 수혁 | (유연을 뒤에서 확 안으며) 나 버리지 마, 제발… 나 땜에 힘들고 억울한 거 미안해. 그치만 내가 잘할게. 유연아… 나 너… 사랑해. |
| 유연 | !!! |

그런 수혁과 유연의 모습이 멀어지면서.


S#48      수녀원 밖 + 안 /N

수녀원 문이 열린다. 평상복 차림의 엠마 수녀, 환하게 웃는다.

다름 아닌 희수다. 희수를 따뜻하게 안아주는 엠마 수녀. 희수를 안으로 들이고 문이 닫힌다.

-안-

편안히 앉아 차를 마시는 희수와 엠마 수녀.

희수    저 오늘 여기서 자고 가도 되죠, 수녀님?

엠마    그래요. 깨끗한 이불 깔아줄게요.

이때 희수의 눈에 들어오는 엠마 수녀의 젊은 시절 사진.

희수    수녀님이에요?

엠마    네.

희수    어쩜 저렇게 이쁘셨어요?

엠마    (자신의 삶을 고백하는) 주님의 부름을 받기 전이었어요. 애상각이란 유명한 요정의 예인이었어요. 나 젊었을 때…

희수    … (그 고백에 작은 놀람)

엠마    (회환에 잠기는) 애상각에서 제일 예쁘고 아름다운 언니가 있었어요. 그 언니 이름은 청아, 진짜 이름은 김미자… 언니는 거기에 손님으로 왔던 한 청년과 사랑에 빠졌고, 그 남자의 아이를 가졌죠. 애상각에서 그 사실을 아는 사람은 나뿐이었어요. 근데… 당시 작은 제분 공장을 하던 젊은 실업가인 한석철이란 사람이 애상각에 나타났어요.

희수    (담담히 듣다 한석철이란 이름에서 서서히 표정이 변하고)

엠마    나는 첫눈에 그 사람을 좋아했고, 그 사람은 미자 언니를 끔찍하

186 × 187

|     |     |
| --- | --- |
| | 게 연모했어요. 난 질투가 나서… 그 언니가 다른 남자의 아이를 가진 걸 석철 오라버니한테 말해버렸죠… 그게 발단이 돼 언니는 애상각에서 쫓겨났고요. |
| 희수 | … |
| 엠마 | 그 오라버니는 이미 혼인을 했고 두 아이의 아버지였어요… 그렇지만 그 언니를 온 마음을 다해 연모했습니다. 언니가 아들을 낳고… 그 아들을 자신의 호적에 올리고 이름을 지어줬어요. 한! 지! 용! |
| 희수 | (눈가 떨린다) |
| 엠마 | 저는 그 일로 애상각을 나왔습니다. 수녀가 되기로 결심한 거예요. 그렇게 새 인생을 살았어요. 희수 자매님을 만난 건 운명이었어요. 내 영혼에 새겨진 인생의 뜨거운 서사 큰 줄기 끝에 희수 자매님이 서 있어요… |
| 희수 | 하… 어떻게 그런 일이… |
| 엠마 | (작은 미소) |
| 희수 | 살면서 느껴요. 드라마 같은 일이 진짜 현실에도 있다는걸… |
| 엠마 | 희수 자매님… 미리 얘기하지 못해서 미안해요. |

엠마 수녀, 고개를 떨구고… 희수, 처연한… 두 여자의 모습이 그렇게 멀어지면서.


S#49    동 저택 전경 /N

저택의 가로등이 켜진다.

S#50    루바토 여러 곳 /N

-하준의 방-

하준의 방문이 끼익 열린다. 다름 아닌 지용이다. 들어와 하준의
이불을 덮어준다. 깊고 뜨거운 눈으로 자신의 분신을 내려다본
다. 그렇게 방을 나가고.

-다이닝 홀-

지용, 내려와 와인을 마신다. 여러 가지 생각에 복잡한 지용.

-침실-

침실로 들어온 지용. 희수가 없는 빈 침실. 그렇게 보고 있는 지
용의 모습. 디졸브.


S#51    동 수녀원 /D

엠마 수녀와 함께 밤을 보내고 수녀원을 나서는 희수. 희수와 엠
마 수녀, 깊은 포옹을 나눈다. 희수를 보내고 착잡하게 자신의
자리로 돌아가 앉는 엠마 수녀.

엠마    (작은 소리로) 지용아~ (눈을 감는데서)


S#52    희수의 차 안 /D

희수, 단단한 눈빛으로 운전석에 앉아 운전을 한다. 희수, 차를

몰고 집으로 향한다.


S#53     카덴차 내 티가든 /D

서현과 희수, 티를 마시고 있다.


희수     한지용이 효원의 황제가 되면서 세상이 다 한지용 뒤로 줄을 서
        고 있어요.

서현     앞으론 더하겠지. 이혼하려면, 그리고 하준이를 데리고 나가려
        면 한지용의 파워를 떨어뜨려야 돼.

희수     그러려면 한지용의 엽색 행각을 언론에 터트려야 하는데… 그
        러면 하준이가 다쳐요.

서현     효원도 다치는 일이야. 이너서클 안에서 불을 붙이고 쥐도 새도
        모르게 끝내버려야 돼. 외부에 터트리면 하준이와 효원이 다치
        니까.

희수     (딜레마다. 고민인데, 그러다) 형님… 한지용이 아버님 아들이 아닌 건
        어떻게 아셨어요?

서현     아버님한테 직접 들었어.

희수     이 집안 사람들이 그 사실을 알아요?

서현     아니. 그 포인트를 한번 활용해봐. 분노뿐인 사람들이잖아. 알면
        광기로 불 속에 뛰어들 거야.

희수     (눈빛)

서현     (표정) 이사들 결정을 뒤집고 주주총회를 열 거야.

희수     (보는)

서현     주주총회 때… 효원 일가 누군가에게 우리가 가진 지분을 몰아

쥐야 해.

희수      제 지분… 행사하고 싶은 사람이 있어요!

서현      누군데?

희수      …정서현!


서현과 희수, 서로를 보는 강렬한 눈빛에서.



S#54      자경 집 밖+ 안 /D

문이 열리면 지용이 서 있다. 자경, 불쾌감으로 그런 지용 일견하고 문을 닫으려는데 지용이 문을 탁 손으로 막아 잡고. 자경, 그런 지용 노려보는데.


지용      너 혹시 서희수랑 짰어? 나 엿 먹이려고?

자경      …

지용      니가 소송할 때부터 그런 경우의 수를 예상하긴 했어. 근데… 그래 봐야 두 사람이 어찌 할 수 있는 게 없다고 생각해서… 가만히 두고 봤어.

자경      (싸늘하게 보는)

지용      여기서 안 멈추면 너 내가… 죽인다! 정말로… 죽여!

자경      (문 탁 열고 지용의 목을 탁 잡고 조르는 시늉) 넌 니가 죽을 수 있단 생각은 안 해봤어? 꺼져! 내 집에 한 번만 더 오면 (목을 더 조르고) 내가 죽여, 너!! (문을 확 닫는다)

지용      (닫힌 문 앞에서 미친 분노) 아아!

S#55          지용의 차 안 - 희수의 서재 (교차) /D

지용, 격앙된 맘을 쇼팽 음악을 틀어놓고 추스른다. 희수에게서
전화가 온다.


지용          여보세요?

희수          당신 어디야?

지용          내 애를 가지고 그렇게 내 허락 없이 막 돌아다니고 그럼 안
             되지.

희수          하… 내가 정신이 없어서 좀 그랬어. 잠깐 집에 올래?

지용          기다려. 바로 갈 테니까.




S#56          광운경찰서 /D

진호가 들어온다. 누군가를 찾는. 그러다 담당 형사(이하 황 경위)
알아보고 그 자리로.


(짧은 시간 경과)


황 경위       이 사람이 전과자라서 조회가 금방 됐어요.

             진호가 넘긴 곽수창 사진이 조서에 찍혀 있다.


황 경위       이름 곽수창 37세. 강도, 절도, 살인으로 관련 전과만 4범이에요.
             통화 기록을 조회했더니, 오늘 아침에 이 번호로 전화했더라고
             요. 조회하니 법인 폰이에요.

| | |
|---|---|
| 진호 | (번호 확인하고는) 제 동생 번호예요. 통화 내용은 알 수 없는 거죠? 문자라든가. |
| 황 경위 | 정식으로 입건하려면 정확한 뭔가가 있어야 하는데 집 앞을 어슬렁댔단 혐의로 입건할 순 없어요. |
| 진호 | 뭐야, 그 새끼. 도대체. (알다가도 모르겠다) 이 사람 전화번호는 줄 수 있죠? |
| 황 경위 | (곤란한 표정으로 보자) |
| 진호 | (주민증 꺼내 건넨다) 제 신원 확인 한번 해봐요. |

S#57    동 경찰서 일각 /D

진호, 심각한 표정으로 걷고 있다. 모처럼 진지한 진호. 이때 진호의 핸드폰이 삐릭삐릭 울린다. 문자 알림음이다. 진호, 문자 확인하면. '한지용 상무는 한석철 회장의 친자가 아닙니다.' 진호, 발신표시제한 문자를 보고는 눈이 커진다. "뭐야" 그런 진호의 표정, 문득 떠오르는.

한 회장(소리)  내가 지용이한테 잘못한 게… 많아. …지용이는 너랑 달라. …지용이… 내 자식이다!

진호, 눈이 돌아간다. 비릿한 비웃음. 걷잡을 수 없는 감정으로 싸늘해지는 진호.

(인서트)    어딘가

희수가 진호에게 문자를 보냈다. 노트북을 앞에 두고 있는 희수.

| S#58 | 서현의 서재 /D |
|---|---|

서현, 고민 끝에 수지최에게 전화를 한다.

| 서현 | 나야… 오늘 출국 인터뷰하지? 우리 얘기 세상에 알려도 돼. 난 이제… 세상의 편견에 맞설 용기가 생겼어. |
|---|---|

그런 서현의 눈망울. 그리고 책상 위에 올려진 수지최가 건넨 그림에 서현이 드디어 그려놓은 날개. 그렇게 완성된 서현과 수지최의 그림.

| S#59 | 동 저택 게이트 - 루바토 현관 -희수의 서재 /D |
|---|---|

- 게이트로 지용의 차가 들어온다.
- 지용, 현관으로 들어오면 메이드들이 그런 지용을 맞이한다.
- 희수, 서재에서 기다리고 있으면. 시큐리티(F) "회장님 들어오셨습니다." 희수, 비웃는… "회장님…" 희수, 일어난다. 그렇게 서재를 나선다.

| S#60 | 동 저택 거실 /D |
|---|---|

희수가 계단에서 내려오고, 지용은 현관에서 2층으로 향하다 탁 부딪힌다.

| 지용 | 배 속의 아이를 생각해, 제발. |
|---|---|
| 희수 | 그러게 말이야. 아이를 생각해야 되는데… (여유 있게 웃으며) 도~ |

저히 당신이랑 같이 살 수가 없어.

지용    (비웃듯) 이혼… 안 되는 거 알지?

희수    왜 안 돼?

지용    내 애를 가지고 있잖아. 그리고… 내 앞길에 왜 그런 재를 뿌려? 드디어 내 꿈이 이루어졌는데.

희수    그러게… 당신 인생에 내가 재를 뿌리네… 꽃가루를 뿌리진 못할망정.

지용    정 이혼하고 싶으면 애 낳고 나서 나한테… (눈빛, 표정) 그 애 주고 나가! 내 거니까.

희수    (절레) 그러기 힘들 거 같은데!

지용    (못된 표정으로 보는)

희수    (표정 변화 없이) 나 좀 많이 바빴어. (하고 손에 쥔 아기 방 열쇠 지용 앞에 달랑거리며) 애 방 다 꾸몄는데. 구경할래?

지용    (그런 희수 보다가 희수 손가락에 걸고 있는 키를 받아 쥔다)


지용, 그렇게 2층으로 올라가고. 희수, 표정이 싸해진다.



S#61    2층 아기 방 앞 - 안 /D

지용, 열쇠를 연다. 문이 열린다. 안을 들여다본 지용의 눈가가 미친 듯이 꿈틀댄다.


(인서트)    서현의 서재 /D

서현, 핸드폰 동영상을 보고 있다.

자경       안녕하세요. 저는 이혜진입니다. 지금부터 저는 한지용 상무가 저와 서희수 씨에게 저지른 씻을 수 없는 만행을 말씀드리고 싶습니다.

서현       (옆에 있는 서 비서에게) 이 영상 2분짜리로 편집해 내일 이사들에게 비밀리에 돌려. 마지막으로… 한지용에게도 주고.

그런 서현의 여유 있는 표정, 그렇게 출근룩으로 서재를 나가며 일상을 유지하는 모습에서.

-다시 아기 방 앞-

지용, 방에서 나오면 희수가 바로 앞에서 그런 지용을 담담히 보고 있다.

지용       내… 아이… 괜찮… 은 거야? (경직되고 떨리는)

희수       (자신의 배를 만지며) 내 아이 말이야?

지용       …

희수       (표정 싸해지면서) 없어.

지용       …

희수       …죽었어.

지용       너… (눈가 미친 듯이 떨린다)

둘의 텐션은 극에 달하고. 카메라가 드디어 방 안을 비춰주면 덩그러니 빈 방에 7회 엔딩 때 희수가 유산하면서 핏물로 얼룩진

옷만 탁 걸려 있다.

희수        니가 죽였어! 내 아이!!!

            그런 희수의 미친 듯이 떨리는 눈동자에 점점 **C.U**되면 희수의
            눈에 비치는 지용의 모습이 점점 핏물 가득한 저택에 누워 있는
            지용으로 오버랩된다.


S#62       카덴차 저택 사건 현장 (엔딩) /N
            피를 흘리고 있는 지용. 계단 위에 어둠 속 그림자. 서서히 다가
            가면 희수다!!!!!!

                                                            <11회 엔딩>

# 12

## 죄와 죄

Crime and Sin

S# Prologue    카덴차 저택 사건 현장 (11회 엔딩) /N.

피를 흘리고 있는 지용. 화면이 확장되면서 지용 옆에 누군가 누워 있다. 계단 위 어둠 속 그림자.

엠마(N)    죽은 사람은 한지용… 그리고 계단 위에 한 사람이 서 있었습니다.

서서히 다가가면 서현이다!!!!!! (11회 엔딩 신과 다른)

엠마(N)    바로 서희수 씨였습니다.

화면 꽉 찬 자경의 얼굴과 엠마 수녀의 서희수라는 워딩이 꽈광! 충격적인 효과음 위로 타이틀 인.

S#1    동 저택 (11회 S#61 연결) /D

희수, 지용을 노려보고 있는. 분노로 들숨 날숨 감당이 안 된다.

200 × 201

| 지용 | (격앙된) …내 아이 …죽였어? |
|---|---|
| 회수 | 뭐? 개자식~ (눈이 칼이 돼 지용을 갈가리 찢는다) 내 아이를 죽인 건 너야! |
| 지용 | 왜 이제껏 날 속였어? 애를 잃어놓고 왜? (하는데) |
| 회수 | (차분히 무겁게) 속인 걸로 니가 날 걸고넘어지면 안 되지. 그 분야 갑은 너 아니야? (차갑게) 우리 끝장을 보자! 나도 너도 회사도 전부 다 멀쩡하려면 그냥 조용히 이혼하는 게 좋지 않겠어? |
| 지용 | 이혼… 조건이 뭐야? |
| 회수 | 그때도 얘기했지? 하준이 내가 …키울게. |
| 지용 | (비웃는) 미친 거야? |
| 회수 | 미쳤냐고? 그 분야 갑도 넌데. (감정 단단해져) 우리 하준이 너 같은 미친 인간 안 만들려고 이혼하겠단 거야. 뭘 보고 배우겠어? 네가 내팽개치고 키운대도 스며들듯 보고 배울까 봐… 그 생각만 하면 나 돌아버릴 거 같아. |
| 지용 | 이혼을 원하면 그냥 조용히 나가! 하준이 걸고넘어지지 말고! |
| 회수 | 너야말로 내 앞길에서 좀 꺼져줄래? 내가 왜 이혜진 씨한테 유아 인도 심판 청구를 하게 한 줄 알아? |
| 지용 | … |
| 회수 | 니가 비록 하준이의 생물학적 아빠긴 해도 내가 하준이의 실질적 양육자인 걸 법적으로 인정받기 위해서였어. 그래야 다음 스텝이 쉬워지니까. 법은 한 입으로 두말하지 않거든. |
| 지용 | 너 왜 그런 어리석은 결정을 해? 그냥 못 이긴 척 인형처럼 그렇게 살아! 내 옆에서 효원의 황후로! |
| 회수 | (그 소리에 눈빛이 이글거린다) 너 같은 인간이 권력을 가지니까 나 좀 막막해. 근데 있지? 묘하게 스릴감이 있어. 전의가 불타올라. 상 |

대가 막강해지니까. 기대해라. 나도 기대할게. (하는데 전화 울려 전화 받는. 시선은 지용 제대로 보면서) 네, 변호사님. 소장 바로 접수시키세요. 합의는 힘들어 보입니다. (전화 끊는, 눈빛, 그렇게 걸어가는)

지용   (분노한다)

희수   (등 보인 채 걸어가다 다시 지용 앞에 선다) 깜빡한 게 있어서… (하고는 지용의 뺨을 온 영혼을 다해 그대로 후려친다) 요식 행위야. 한 번은 하고 넘어가야 해서. (그대로 뒤돌아 나간다)


S#2   동 저택 아기 방 안-밖 /D

지용, 들어와 희수의 옷을 붙들고 갈기갈기 찢으며 포효한다. 미칠 거 같은 지용.


(시간 경과)


지용, 아기 방 안에 망연자실 앉아 있다. 분노로 미치다 서서히 표정을 추스른다. 그대로 일어나 나간다. 그렇게 걸어가는 무서운 포스의 지용에게 메이드들 얼어붙은.


S#3   저택 밖 - 차 안/D

지용의 차가 대기하고 있다. 기사가 나와서 지용에게 예를 갖춘다. 지용, 그렇게 뒷자리에 탄다. 차는 떠난다.


-차 안-

파일이 도착했다는 알림음이 울린다. 지용, 확인하는데. 자경의 동영상이다. 지용, 당황스럽고 놀란 표정이 되는데. 바로 전화벨이 울린다. 일단 전화 받는.

지용   여보세요?

조 비서(F)   (다급한 목소리로) 상무님 쪽 이사진 전원이 이혜진 씨 동영상을 받았습니다. 어떻게 처리할까요?

지용   (미치겠지만 차분하게) 대응하지 말고 가만히 둬.


S#4   카덴차 내 다이닝 홀 /D

양순혜의 커지는 눈에서 시작하는. 희수, 그 앞에 앉아 있다. 주집사, 차를 내고는 얼른 자리를 뜬다.


순혜   뭐? 애가 사산됐단 거야?

희수   네.

순혜   너 근데 왜… 안 그런 척…

희수   뭐… 저 나름의 계획이 있어서 그랬어요. 그리고 저 한지용이랑 이혼해요.

순혜   (점입가경) 지용이가 이혼해준대?

희수   그럴 리가요. 그래서 소송 갈 겁니다. 그 가운데 효원 이미지가 지저분해질 수 있어요. 한 짓들이 워낙 가관이잖아요?

순혜   (기가 막혀 말이 안 나와 목구멍이 막히는데)

희수   어머님이 한지용 씨 친모 아닌 거 밝혀질 거예요. 뭐 이미 다들 아는 오픈 시크릿이지만.

| 순혜 | 너 꼭 이래야겠니? |
|------|------------------|
| 희수 | 저 어머님 며느리로 6년을 살았잖아요. 의리와 도리로 말씀드리는 거예요. 신문에서 기사로 보시는 거 이제 지겨우실 거 아녜요, 어머님도? |
| 순혜 | 난 니가 이러는 거 이해가 안 간다. |
| 희수 | 전 뭐 어머님 이해 가서 살았는지 아세요? 하나부터 열까지 이해 안 가는 거 투성이였어요. 아무리 낳은 아들이 아니지만 좀… 잘 키우지 그러셨어요? |
| 순혜 | (딱 정색해서) 너 지금 말버릇이 그게 뭐야? 버르장머리 없게!! (버럭) 내가 지용이한테 얼마나 잘해줬는데!!! 이보다 어찌 더 잘 키워!! 내 뒤통수에다 칼 꽂은 건 지용이야!! |
| 희수 | 그러니까요. 그게 어떻게 잘 키운 거예요? (끄덕) 칼 꽂고도 남을 인간이 됐는데… 그래서 하준이는 그런 아이로 만들면 안 되니 제가 양육하겠단 거예요. 여기 두면 한지용 주니어 될까 봐. (다시 차분하게) 어머님이 저한테 반면교사 돼준 측면이 있어서요. |
| 순혜 | (어이없는) 뭐라고? 하준일 니가 키워? |
| 희수 | 너무 당연한 얘기에 어이없게 놀라시네요. (일어나며) 그동안 제 시어머니로 살아주셔서… 저… 참 힘들었습니다. (인사하고 나간다) |

희수 나가고, 양순혜 부들부들…

| 순혜 | 정셉 정셉 (하다가 버럭) 정셉!!! |

부릉~ 차 시동 거는 소리(E)

S#5     동 저택 차고 /D

희수가 차를 몰고 어디론가 돌진한다.


S#6     드라마 제작사 /D

희수, 얼굴도 가리지 않고 당당하게 걸어 제작사 사무실로 향한
다. 매니저도 없이 그렇게 사무실로 들어가는 희수. 주변인들 그
런 희수 알아보고 반가워하고 희수도 맞받아 인사해주는 등. 사
무실 문이 열리고 제작사 대표와 마주 앉는데.

희수     (밝게 웃으며) 대본 너무 재밌어요.
대표     아, 네. 다행이에요. 남편 분 효원 회장님 되신 거 축하드려요.
희수     저랑 아무 상관없는데…
대표     ???
희수     저 이혼할 거거든요.
대표     (다소 당황)
희수     눈치 못 채셨어요? 그래서 복귀하는 거잖아요. 너무 식상한 스
         토리지만… 그렇게 됐어요.
대표     (의아하다는 듯) 그런데 왜… 효원에서 반대하는 거죠?
희수     무슨 말씀이세요?
대표     효원에서 서희수 배우 복귀는 절대 안 된다고 모든 방송사에 압
         력이 들어온 거 같아요.
희수     (기가 막힌)
대표     (곤란한) 제가 뭘 어떻게 할 수가 없네요. 이거 참…
희수     (담담히) 걱정 마세요. 제가 다 해결하고 올 테니까. (일어나며) 시간

많이 안 걸릴 거예요.

대표    (그런 희수 보는)


S#7    동 제작사 밖 /D

나오는데 차갑게 분노가 서린 희수, 그렇게 지용에게 향하는데.


S#8    어느 병원 - 광운경찰서 밖 일각 (11회 S#57 장소) /D

곽수창의 동생(투견인- 이하 곽현동)이 베드에 누워 있다. 의식불명이다. 심전도, 혈압 모든 게 불안한 가운데 곽수창 침통한 표정으로 동생의 병상을 지키고 있다. 열린 가방 사이로 보이는 지용이 던진 현금 뭉치들. 침통하다. 이때 곽수창의 핸드폰이 울린다.


곽수창    여보세요?

진호    곽수창 씨?

곽수창    …

진호    한지용 씨 알죠?

곽수창    !!

진호    (침착이 무너지며 목소리 커지는) 어제 우리 집 문 앞에서 얼쩡대다 나한테 들켰잖아. 나 다 알고 전화했어. 나 한지용 형이야… 우리 좀 만나지?

곽수창    …(한지용 소리에 반응하는, 사나운 눈빛)

진호    내 동생이랑 당신 무슨 사이야?

| 곽수창 | … |
|---|---|
| 진호 | 내 동생이랑… (하는데) |
| 곽수창 | 니 동생도… 내 동생처럼 만들어버릴까 생각 중이야. |
| 진호 | (그 서늘한 음성에 잠시 굳는) 무슨 소리야, 지금? 이봐… (하다가, 아) |
| | 당신 내 동생이랑 한편 아니구나? |
| 곽수창 | (분노로 깊은 숨 몰아쉰다) |
| 진호 | (그 거친 호흡에 둘 관계를 느끼는 눈빛이 딱) 나 꼭 좀 만나야겠네. 나도 |
| | 그 새끼랑 한편이 아니걸랑. |

진호와 곽수창, 통화가 이어진다. 그들의 소리는 들리지 않는다.
전화기 붙들고 있는 각자의 힘든 표정이 이어지면서.


S#9    병원 근처 어딘가 /D

진호의 차가 멈춰 선다. 창문이 열린다. 진호가 곁눈질하면 곽수
창이 다가온다. 진호의 옆자리에 탄다. 차가 떠난다.


S#10    동 투견장 복도 - 지하 투견장 /D

진호와 곽수창이 어두운 복도를 걷고 있다. 아무리 방탕했다지
만 온실 속 화초처럼 자란 재벌 2세인 진호에게 그 복도는 무섭
고 공포스럽다. 입술이 타들어가고 눈빛은 두려움으로 가득하
다. 그렇게 투견장 문 앞에 서면 투견인이 비밀번호 누르고 문을
연다. 안으로 엉거주춤 소극적으로 겁먹고 들어가보는 진호. 투
견장 안의 그 음험하고 지저분한 분위기에 주눅 들고 불쾌하다.

| | |
|---|---|
| 곽수창 | 여기서… 당신 동생이… 사람들을 골라 싸움을 시켰어. 그리고… 구경했어. 개처럼 싸워야 해서 투견장이었어. 개가 되랬어. 뭐 하나 부러지면 받을 돈이 많아져서… 우린 무조건 상대의 어딘가를 박살 내야 했거든. 피를 많이 흘릴수록… (눈시울 붉어져) 돈뭉치가 커지고… 그러다 난… 결국 내 동생이랑 싸웠어. 피를 흘릴 때까지 때렸어… (운다) |
| 진호 | (믿을 수 없다. 더듬대는) 그… 그러니까… 걔 비밀 핸드폰에 있는 남자들이 다 이 투견장에서 싸운… (기가 막힌) |
| 곽수창 | 내 동생 잘못되면 당신 동생도… 여기서 똑같이 죽일 거야!! |
| 진호 | (맘을 추스르지 못한다. 미칠 것만 같다) |

S#11        진호의 차 안 /D

운전석에 올라타는 진호. 영혼이 부서지는 불쾌감. 토가 나올 거 같은 메슥거림. 깊은 호흡을 반복한다. 눈동자는 극도로 불안하고 분노한다.

(인서트)       진호의 열등감 시퀀스

# 이사회장 안

이사진, 지용에겐 머리 숙여 인사하고 자신에겐 대충 숙이는.
(나오지 않았던 신)

# 3회 S#18

효원그룹 구내 식당에서 지용의 자리엔 사람이 버글거리는.

자기에겐 관심 없는.

그 회상 장면 위로 한 회장의 고함 소리.

한 회장(소리)   니가 내 아들이란 게 부끄럽다. 지용이 반만이라도 돼봐!!!

진호, 결국 참았던 눈물이 터진다. 분노가 폭발한다. 분노가 감당 안 돼 터지는 눈물이다. 어린 시절부터 쟁여둔 열등감이 분노가 되어 그렇게 진호를 울린다. 진호, 그렇게 꺽꺽대다 그 울음 서서히 잦아든다. 시동을 켜고 핸들을 돌린다.

S#12       지용의 회장실 - 동 회사 복도 /D
남자 직원들 4명 정도가 지용의 집무실을 철수하고 회장실로 지용의 짐 박스를 옮긴다. '대표이사 한지용'이라고 적힌 명패를 책상에 걸터앉아 만져보는 지용.

-복도-
진호가 걸어서 지용의 회장실로 향한다. 회장실 문이 확 열리고 진호가 들어온다.

-지용의 회장실 안-
지용, 그런 진호를 본다. 진호, 문을 닫는다. 진호의 일그러진 표정을 보는 지용.

| 지용 | 나한테 뭐 용건 있구나. |
|---|---|
| 진호 | 너… 아버지 아들 아니지…? |
| 지용 | !!! |
| 진호 | (그 표정에 확신한) 뭔가 이상하다 했어. 엄마 하나 달라선 그럴 수가 없지. |
| 지용 | 누구한테 들었어? |
| 진호 | 난 니가 반쪽짜리긴 해도 내 동생이라서 참았어. |
| 지용 | (여유가 확 무너진다)!! |
| 진호 | 니가… (부르르. 멱살 잡는) 나랑 피 한 방울 안 섞인 동생인 거 알았음… 너 예전에… 내 손에 쫓겨났어. 아니 죽였을 수도 있어. 늘 죽이고 싶었으니까. |
| 지용 | (눈빛 매서워져 그런 진호 보는) |
| 진호 | (버럭) 이 뻔뻔한 새끼야! (눈에 핏줄이 터질 거 같은) 니가 뭔데 이 회사를 먹어. 니가 이 자리가 가당키나 해? |
| 지용 | (멱살 잡힌 채 그런 진호 말 들어주고 있는) |
| 진호 | (버럭) 너같이 뿌리 없는 잡놈이 효원의 황제가 되겠다고? 이 쓰레기 같은 새끼야!!! |
| 지용 | … |
| 진호 | (하다가 핸드폰에 저장된 투견인들 사진 보여주자) |
| 지용 | (눈빛을 숨기지 못하고 결국 눈을 깜빡이며 당황하는) |
| 진호 | 네가 이런 짓을 하는 놈인 걸 세상이 알게 할까? 그럼 내 호구 같은 아버지가 일궈놓은 이 회사가 와르르 무너지겠지. 그렇지만 나 하려고, 빈대 잡다가 초가삼간 태우려고, 나 원래 그것밖에 안 되잖아!!!! |
| 지용 | 그것밖에 안 되지. 그러니 나 같은 피 한 방울 안 섞인 잡!놈!에 |

게 뺏기지.

진호    (부르르) 뭐~

지용    이런다고 형이 내 자리에 오를 수 있을 거 같아?

진호    내가 안 올라도 상관없어. 여긴 수혁이 자리야. 내려와, 거기서!

지용    (갑자기 막 웃으며) 수혁이가 싫다잖아. (버럭) 왜 자기 아들 하나 건
       사 못 하면서 나한테 이래? 이게 협박거리나 된다고 생각해? 신
       문사에 제보라도 하게? (잡힌 멱살 밀치며 해보라는 제스처) 해봐, 어
       디! 하고 싶은 대로 맘껏! 형이 알코올중독으로 전 형수 도망치
       게 한 드라마 같은 얘기들… 5분 뒤에 기사가 될 거야.

진호    …

지용    형이 뭘 할 수 있는지 정신 차리고 잘 한번 생각해봐…

진호    (치가 떨리는) 개자식…

지용    한진호! 내 얘기 명심해! 당신은 그냥 루!저!야! 열등감이 폭발해
       있는 얘기 없는 얘기 지어내는 정신이상자밖에 안 된다고. 알코
       올중독센터에서 탈출했다고? 그런 사람 말을 누가 믿어줘?

진호    (거의 울 거 같다)

지용    그렇게 평소에 좀 잘 살지 그랬냐아~~~~

진호    야 이 새끼야… 너 내가 가만두지 않아 절대. (분노로 폭발하는)

지용    내가 그때 그랬지? 원하는 걸 얻으려면 뭘 어째야 한다? 날…
       죽이라고 했지?

진호    …(눈빛)

지용    형이 할 수 있는 건 없어. 그냥… 조용히 찌그러져 있어.

진호    (부들부들)

지용    나가봐. (시계 확인하며) 9일 뒤 취임식이야. 형은 안 불렀어. (찡긋)
       미안하더라고. (피식) 나가! 당장! (하고 인터폰 누르면)

조 비서와 남자 경호원이 문을 열고 들어온다. 진호에게 다가
온다.

지용        우리 형이 알코올중독센터에서 치료 중에 도망쳐서 지금 정신
               이 좀 불안해. 심신미약 상태니까… 조심조심 모셔줘.

진호        야 이 개자식아… 내가 너… 죽일 거야!

지용        (그런 진호 보며 피식)

두 사내, 진호를 잡는다. 진호, 완강하고 거칠게 밀치며 걸어 나
간다. 미칠 거 같다.

S#13      회사 일각 - 효원E&M 사무실 (교차) /D

진호, 멘탈이 엉망이다. 엉성한 분노에 영혼이 사로잡혀 있다.
진호, 휘청거리며 걷고 있다. 그러다 어딘가로 전화 거는. 서현
이다.

서현        여보세요?

진호        나야.

서현        …

진호        당신 혹시 알고 있었어? 지용이 친부, 아버지 아닌 거?

서현        네.

진호        (기가 막힌) 근데… 왜 나한테 얘길 안 했어?

서현        이제라도 알았으면 됐죠. 미리 알았다고 달라질 수 있었겠어요?

진호        당연히 달라졌지! (분노) 그 자식이 나랑 피 한 방울 안 섞인 거 알

|     |     |
| --- | --- |
| | 았음 나… (울분) 노력했을 거야. 아버지한테… 인정받기 위해! |
| 서현 | … |
| 진호 | 당신은 도대체 누구 편이야? 지용이 편은 아니지? |
| 서현 | …아니에요. |
| 진호 | 나 어떻게 해야 되냐? 정서현! 나 좀… 도와줘. (침통한) 한지용 끌어내리게 해줘. |
| 서현 | … |
| 진호 | 차라리… 당신이 저 회사 먹어라. 이러나저러나 나에겐 치욕이지만… 당신이 저 자리에 있는 게… 더 나아. |
| 서현 | 난… '차라리 저 자리'에 해당되는 사람이고 싶지 않아요. 다만 내가 한 일에 대한 책임, 내가 질 거예요. 수혁이를 설득하지 않고 한지용을 저기까지 올라가게 한 책임…질 거예요. (전화 끊는) |

진호, 부글부글하는데 저만치 걸어오는 희수가 보인다. 희수의 시선에서 보이는 진호. 그렇게 진호에게 다가가는 희수. 진호에게 인사하는 희수, 그런 희수 인사 받아주는 진호 흥분이 채 가시지 않은.

| | |
| --- | --- |
| 희수 | (그런 진호 표정 살피다) 무슨 일 있나요? |
| 진호 | (씩씩대다 뭔가 토해내려는) 한지용… (하려다) 됐어요, 제수씨. 지금 홀몸도 아니고… (하고 가려는데) |
| 희수 | (탁 진호 팔 잡고) 하려던 말 하세요. 괜찮으니까!!! |
| 진호 | (그런 희수 보는데서) |

S#14          지용의 회장실 /D

지용, 이래저래 골치 아픈. 인터폰 누르자 조 비서가 들어온다.


지용          한진호 전무한테 사람 좀 붙여야겠다.
조 비서        팀 내에서 붙일까요, 아니면 외부에서 쓸까요?
지용          팀원이 해야겠지?
조 비서        네. (나간다)


이때 지용의 전화가 울린다. 지용, 핸드폰 보면 '차경택 이사'다.


지용          (가식 가득해 전화 받는) 네, 이사님. 동영상 보고 놀라셨죠. 미친 여
             자예요. 신경 안 쓰셔도 됩니다. (하는데, 듣는, 표정 굳는다)



S#15          서현의 집무실 /D

서현, 앉아서 최 변호사에게 보고 받고 있다.


최변          이사진… 유아 인도 심판 청구 공판 기록도 같이 받았습니다. 동
             영상을 보고 이사진도 심각하게 받아들이는 것 같습니다. 워낙
             단정하고 윤리적 이미지였으니까요, 한지용 상무가.
서현          (끄덕이는) 심지어 아이의 엄마가 죽고 상처 받은 순애보 프레임
             을 즐기기까지 했죠. 그 여자의 존재가 당장 한지용을 추락시키
             진 못해도… 수적석천… 물방울이 자꾸 떨어지면 돌을 뚫게 되
             는 겁니다…
최변          (동의하듯 끄덕이는데)

| 서현 | 한지용이 가장 오랫동안 공들인 게 이사들의 맘을 잡는 거였으니… 신뢰가 깊으면 배신감도 크게 돼 있어요. 취임이 유보되거나… 연기될 겁니다. (작전이 있다) 드라마틱하게 추락하게 해야죠. |
|---|---|

**S#16**　지용의 회장실 /D
지용, 분노를 침착하게 달랜다. 눈을 감고 있다. 옆에서 조 비서가 서 있다.

| 지용 | (눈을 뜬다. 다른 표정이 되어) 나 지금 아버지 병원에 가야 돼. 기사 대기시켜. |
|---|---|

**S#17**　동 일각 /D (수정)
진호가 자신의 핸드폰에 캡처한 지용의 투견인들 사진이 휙휙 넘어간다. 그 사진을 보고 있는 희수. 놀라울 뿐이다.

| 진호 | 나 이거… 세상에 알리려고! |
|---|---|
| 희수 | ! |
| 진호 | 내가 걔를 지켜줄 이유가 이제 없잖아요. 피 한 방울 안 섞인 남이잖아. 내 동생이 아니야! 그건 제수씨도 마찬가지 아니에요? |
| 희수 | … (침착하게) 거기 어딘지 아세요? |
| 진호 | … |
| 희수 | 그… 투견장이란 곳. |

진호        그럼요.

희수의 멍한 표정에서.


S#18     동 회사 일각 /D
혼자 덩그러니 남겨진 채 생각이 복잡한 희수. 결국 결심한 듯
자경에게 전화를 건다.

희수        여보세요? (듣는) 나예요. 지금 당장 나 좀 봐요. (표정)


S#19     동 저택 밖 + 안 전경 /D
- 정원 청소를 하는 정원사.
- 버기카를 타고 정원 여기저기를 점검하는 성태.
- 메이드 1·2·4·5, 집 안을 광 내며 청소하고 있다.
- 주 집사, 지하 벙커를 진호가 침입하기 전으로 원상복구시키
  지만 깨진 사진 액자 속 사진이 흠이 나 찝찝하게 본다.
- 순혜의 방. 순혜, 안절부절못한다. 결국 결심한 듯 호출기를 삑
  삑 누른다.


S#20     카덴차 내 양순혜 방 - 한 회장 서재 /D
양순혜, 분기탱천해서 왔다 갔다 하는 중. 메이드들 한 회장의
짐들을 정리하고 있다. 성태가 여행가방을 가져와 한 회장 옷을

싼다. 주 집사, 상당히 곤란한 표정으로 서 있다. 양순혜, 저벅저벅 걸어 한 회장 서재로 향한다.

순혜      (서재 문 빡 열고) 여기 있는 짐도 싹 다 옮겨. (분노) 그렇게 미자 년 아들이 좋으면 거기서 살라 그래! 어차피 걔들 부부 이혼한다는데 작은애 쓰던 서재 쓰면 될 거 아냐!

주 집사      (놀라는) 이혼요?

순혜      아, 됐어. 1, 2, 3, 4번 다 불러서 빨리 싹 다 옮겨.

주 집사      (어쨌든 호출기 누른다) 근데요 왕사모님… 회장님 가료가 필요한 컨디션인데 이렇게 스트레스 주시면… (하는데)

순혜      (대노한다. 누적된 분노와 한을 다 뿜어내듯) 내 스트레스는?!!!!! 내가 한 회장이랑 살면서 받은 50년짜리 스트레스는!!!

주 집사      (움찔)

순혜      (지하 금고 위에 서서 발로 쿵쿵 밟으며) 내 지금 심정이 어떤지 알아? 미친년 속치마 같아… 이 벙커 안에 기어들어가서 김미자 년 영혼과 살림 차리는 꼴을 나더러 또 보라고? 왜 다들 한 회장 편만 들어? 내 심정은~ 내 심정 누가 알아?!!!!

주 집사      (숙인 채 공감하는)

순혜      나~ 증말 헛살았어. 우리 오빠 죽을 때 같이 따라가고 싶었어. 내가 뭔 험한 꼴을 더 보겠다고 더 살아 살길… 평생 친자식처럼 거둔 아들한테 앞통수 맞고 오늘은 희수가 뒤통수 치면서 멕이더라.

이때 메이드들 우르르 들어온다. 주 집사, "회장님 짐 다 싸." 양순혜 밖으로 나가고, 주 집사 따른다.

동 저택 2층- 계단- 다이닝 홀 /D

순혜, 로브를 휘날리며 감정 기복 엄청 심한 정신 상태로 분노를 표출한다. 계단을 내려가 다이닝 홀로 향하는 동선이다. 주 집사, 일단 뒤를 따르는.

순혜       내가 왜 노덕이한테 맘을 줬게. 내가 인간들한테 진저리가 나서 그랬어. 새는 좀 다를 줄 알았다? 근데 그 새놈도 똑같아. 수놈이 잖아! 한 회장 깨어난 날 집으로 다시 들어왔잖아. 나쁜 새끼. 나 정말… 내일 죽어도 쌀알만한 미련도 없어. 팍 죽고 싶어. (영혼 깊이 우러나오는 통렬한 자기 성찰이다) 더 살아 뭐해!!!

주 집사    (걱정돼서 순혜 보는)

어느덧 순혜, 다이닝 홀에 도착한다.

순혜       정셉!
정 셰프    네!
순혜       불도장 좀 먹어야겠어. 원기회복해야지. 해구신 좀 추가해줘. 곱빼기로 먹을 거야.
정 셰프    네!
주 집사    (걱정했던 자신이 무색한 듯 끄응~)

CUT TO

불도장을 내놓는 정 셰프, 흡족한 표정의 순혜. 곱빼기 불도장을 땀을 닦아가며 먹고 있는 순혜. 몸보신을 제대로 한 듯 눈을 감고 있다.

(인서트)　　　　저택 앞 게이트 /D

게이트 문이 열리며 들어오는 세단- 한 회장의 차다. 한 회장을
수행하고 들어오는 이는 다름 아닌 지용이다. 지용, 한 회장 옆
자리에 앉아 살뜰히 한 회장을 챙기는.
순혜, 다 먹고 힘이 난 듯 눈을 부릅뜬다. 에너지 풀이 되어 일어
나는데, 문이 열리고 성태가 들어온다.

성태　　　　회장님 오셨습니다.

순혜 기세등등하게 휘적대며 밖으로 나가고, 주 집사 곤란한 표
정으로 따라 나가는.

주 집사　　　(성태에게) 차로 옮겨야 될 거 같아. 짐이 많아서.

이때 지용의 부축을 받으며 지팡이를 짚고 걸어 들어오는 한 회
장. 메이드들 일제히 도열해 고개 숙여 인사한다. 한 회장, 집을
둘러보고 미소 짓는. 이때 현관에 나온 순혜. 순혜에게 어색하
게 인사하는 지용. 지용 일견하고 쌔한 표정으로 한 회장 보는
순혜.

순혜　　　　아버지 모시고 니 집으로 가. (한 회장 향해) 당신이 너어무나 사랑
하는 당신 아들 지용이 집으로 가시구랴. (하는데)
한 회장　　　내가 왜… (하는데)

| 순혜 | (분노) 저기 벙커, 폭탄 설치해서 다 태우기 전에 가라면 가!!!! |
|---|---|
| 한 회장 | (그 소리에 놀라는) 어떻게 안 거야… |
| 순혜 | (한 회장에게 얼굴 바짝 들이대고) 가아~~!!!!! |
| 한 회장 | (뒤로 주춤하는데) |
| 지용 | (담담히) 그렇게 하시죠, 아버지. |
| 순혜 | (당황하는) |
| 지용 | (순혜 일견하고) 제가 모실게요. 저도 그게 편해요. (주 집사 보면서) 주 집사님, 이제 저희 집으로 가시죠. |
| 순혜 | ???? |
| 메이드들 | (당황하는) |
| 주 집사 | (상황 파악하고 순혜 눈치 보는) |
| 순혜 | 너 뭐하잔 거야? |
| 지용 | 아버님이 계신 곳이 이제… 메인 하우스예요. 그럼 당연히 주 집사님은 그쪽에 있어야 맞죠. |
| 순혜 | 주 집사를 왜 니 맘대로 데려가? |
| 지용 | 주 집사님… 가시죠. |
| 주 집사 | (지용이 거북한 데다 순혜 눈치도 보이고 미칠 노릇인데) |
| 지용 | 미스터 김, 아버님 좀 버기카로 모셔주세요. |
| 성태 | 네, 대표님. |
| 순혜 | (전반적으로 미쳐버릴 거 같다) |

지용과 한 회장, 주 집사, 성태가 후루룩 빠져나간다. 문이 닫힌
다. 속절없이 당한 순혜, 미치기 일보 직전이다. 주저앉아 울기
시작한다. 아아아아~ 정 셰프가 순발력 있게 찬물 한 잔 바로 대
접한다. 꿀꺽 마시고 난 후 다시 울기 시작하는 순혜. "진호야

~~~~ 진호야~~~"


S#22      루바토 내 /D

문이 열린다. 지용이 한 회장과 함께 들어오자 하준이 쪼르르 뛰어온다. 그 뒤로 주 집사와 성태가 들어온다.


| | |
|---|---|
| 하준 | 할아버지~ |
| 한 회장 | (미소 가득 머금고 하준을 안아준다) |
| 지용 | 할아버지 아직 허리 아프셔, 하준아. |
| 한 회장 | 잘 있었니, 우리 하준이. |
| 하준 | 네, 할아버지. |
| 한 회장 | 엄마는… |
| 지용 | (말 돌리고) 들어가요, 아버지. (주 집사 향해) 거동 불편하시니 1층에 방을 다시 만들 생각이에요. 내일 사람 부르겠습니다. |
| 주 집사 | 네. |
| 한 회장 | 괜찮아. 운동 삼아 오르락내리락해야지. |
| 지용 | 안 돼요, 아버지. |
| 한 회장 | 됐어. (앞서 걷는다) |
| 성태 | (한 회장 부축해 2층으로 올라간다) |
| 지용 | (그런 한 회장 보다가 주 집사에게) 아버님만 전적으로 모실 수 있는 요양사 한 분 뽑아야 할 거 같아요. |
| 주 집사 | 네, 바로 알아보겠습니다. |
| 지용 | 하준이 튜터 내가 직접 알아보고 있어요. 면접도 내가 볼 거고요. |

| 주 집사 | (뭔가 서늘함이 느껴지는) 네. |
|---|---|
| 지용 | 수영 씨는 내일 해고시키세요. |
| 주 집사 | (놀라는) 네? 수영 씨는 사모님이 들인 사람이잖아요. 배우 생활 하실 때 매니저 일도 봐주셨던 분이고… |
| 지용 | 내가 나가라고 하면 나가야지. 더 얘기할 거 있어요? |
| 주 집사 | (얼어붙는) |
| 지용 | 당장 내보내요. (하고는) 윤 기사 차 대기시켜요. 회사 들어가야 되니까. |
| 주 집사 | 네. |

<br>
<br>

| S#23 | 효원E&M 사무실 /D |
|---|---|
|  | 서현, 커피 캔디를 먹으며 밀린 기획안들을 읽고 있다. 작업에 몰두 중인 서현. 이때 노크 소리 들리고 누군가(정 실장) 들어온다. 서현, 표정 변화 없이 그들 보는데. |

<br>

| 정 실장 | 안녕하세요, 회장님 비서팀 정운영 실장입니다. |
|---|---|
| 서현 | 아직 취임 전인데 벌써 회장이야? |
| 정 실장 | … |
| 서현 | 그런데? |
| 정 실장 | 효원E&M 사무실을 회장님께서 본사로 옮기라고 지시하셨습니다. |
| 서현 | 그런 걸 나랑 의논도 없이 결정했다고? |
| 정 실장 | 그건 저도 잘. 회장님께서 그리 정하셨습니다. |
| 서현 | 아니, 난 옮길 생각 없다고 전해요. 여기서 일할 거라고. |

| 정 실장 | (곤란한 표정인데) |
|---|---|
| 서현 | 말 옮기기 좋게 내가 액션이라도 취해줘요? |
| 정 실장 | (그 반응에 당황하는) |
| 서현 | (일어나 보던 기획안 탁자에 확 놓으며) 한지용! 까~~불지 마! 딱 이렇게 고대로 전해주세요. |
| 정 실장 | (서현의 서슬에 주눅 들어 인사하고 물러난다) |

서현, 남겨진 채 떠올린다.

| (인서트) | 플래시백 (6회 S#47 중 빠진 대사) |
|---|---|
| 지용 | 형수가 왜 형이랑 결혼했는지 난 알아요. |
| 서현 | … |
| 지용 | 형수가 이혼해도… 재혼을 안 할 것이란 것도 알아요… |
| 서현 | … |
| 지용 | 한다고 해도… 그 상대가 남자가 아니란 것도… |
| 서현 | (그제야 놀라는) |
| 지용 | 성소수자… 그게 어때요? 응원해요. 다만… 형과 세상을 속인 게 문제죠. 뻔뻔하게… 그런 점에서 우리 둘 다 죄의 무게감이 다를 게 없으니 서로 공격하는 일은 없어야 하지 않을까요? 어떻게 생각하세요? |

서현, 인상에 금이 간다. 그렇게 전화를 건다.

| 서현 | 최 변호사님… 한지용… 끌어내려야겠어요. 최대한 빨리… 전자, 호텔, 베이커리 제외한 메인 여섯 개 계열사 대표단 오찬 회 |
|---|---|

동 콜 해주세요. 한지용만 빼고. (표정, 눈빛)


S#24        지용의 집무실 /D
            서현을 만나고 온 정 실장이 들어온다.


지용        사무실 옮기고 있어 지금?

정 실장     (곤란한) 정서현 이사님이… 회장님께 옮기기 곤란한 워딩을 하
            시면서 사무실 이전하지 않겠다고 하셨습니다.

지용        곤란한 워딩 뭐?

정 실장     (곤란한) 그대로 전해달랬습니다만.

지용        괜찮아 해봐!

정 실장     한지용 까~불지 마! 라고… 전해달라고 하셨습니다.

지용        (그 소리에 미친 사람처럼 웃는다) 하하하하 (그러다 표정 싸해져) 알았으
            니까 나가봐.

정 실장     (나가자)

지용        다들 미쳤네. 정신을 못 차렸어. (분노)


S#25        투견장 밖 /D
            불안한 발걸음으로 걷고 있는 두 여자~ 희수와 자경이다. 투견
            장의 그 어둡고 음습한 게이트 앞에 선 희수와 자경. 진호에게
            받은 도어록 번호를 핸드폰으로 확인하고 도어록 키를 여는 희
            수. 문이 열린다. 텅 빈 투견장 안. 들어가보는 희수와 자경. 희수
            의 눈에 시뮬레이션되는.


224 × 225

| (인서트) | 동 투견장 /D |
|---|---|

링 안에서 사내들이 피를 흘리며 싸우는. 그리고 지용이 황제 의
자에 앉아 즐기는. 장면은 이내 사라지고 희수의 눈가 공포로 굳
어져 움직이지 않는. 자경, 한 걸음 뒤에서 아연실색한다. 그런
두 여자의 모습에서.

| S#26 | 카덴차 내 메이드 집합소 /D |
|---|---|

짐들이 옮겨져 휑한 한 회장 서재. 메이드들 정리를 끝낸 듯 내
려와 메이드 공간에 모인다. 메이드 1·2·4·5 모두 모여 있는.

| 메이드 1 | 주 집사님이 루바토로 가면 어떻게 되는 거야? |
|---|---|
| 메이드 5 | 여긴 도대체 누가 사령탑이야? 누구 말을 들어야 해? |
| 메이드 2 | 그러니까요. 자기들끼리 사이가 안 좋으니까 중간에서 우리만 죽어나요. |
| 메이드 1 | 큰사모님 말을 들어야지. |
| 메이드 4 | 아니지. 이제 한지용 대표님이지. |
| 메이드 2 | (한숨) 한진호 대표… 아니 전무님이 이제 집안일 자기가 다 알아서 하겠다고 했잖아요. |
| 메이드 5 | 그럼 카덴차에는 우리 둘(메이드 4 가리키며)만 남는 거야? (하는데) |
| 성태(V.O) | 나와보세요. |

메이드 일동, 모두 밖으로 나가면 다름 아닌 주희(메이드 3)가 예
뻐지고 더 환해져서 서 있다. 성태가 데리고 들어왔다. 그런 주
희를 보는 메이드들의 표정.

| | |
|---|---|
| 주희 | (손을 흔들며) 저 컴백했어요. (미소) 잘들 계셨어요? |
| 메이드들 | (그런 주희 벙! 해서 보는데서) |

S#27    수혁이 머무는 별장 /D

수혁, 유연과 별장을 청소하고 있다.

| | |
|---|---|
| 유연 | 수혁 씨… 5년 뒤에 뭐하고 싶어? |
| 수혁 | (멈추고 생각하는) 5년 뒤? 글쎄… 생각을 안 해본 거 같아. |
| 유연 | 니네 아버지가 그러더라. 자기 손으론 한 푼도 못 버는 자식이라고. 이미지 쇄신 좀 하지? |
| 수혁 | (다시 일에 집중하는) 그건 아버지도 마찬가지일 텐데? |
| 유연 | 그러니까 같은 사람이 되면 안 된다고. |
| 수혁 | 걱정 마. 세상에 뛰어나가 부딪혀볼 거야. 너 땜에 그러고 싶어졌거든. |
| 유연 | 네 의견을 정확하게 피력해. 집안에, 그리고 회사에… 하지만 안 해도 되는 고생까지 할 필요는 없지 않을까? |
| 수혁 | ?? |
| 유연 | 어차피 자기가 가지고 있는 그라운드에서 합리적으로 최선을 다하는 게 좋지 않겠나 싶어. |
| 수혁 | 생각 중이야. 어차피 이 별장도 내 힘으로 노력해서 얻은 게 아니잖아. 집을 나와도 이렇게 도피할 곳이 있는 게 나란 인간인데… 근데 넌… 5년 뒤 꿈이 뭐야? 꿈 있지? |
| 유연 | 당연히 있지. 꿈이 부잣집 메이드인 사람이 있겠어? |
| 수혁 | (피식) |

| 유연 | 일단 아버지 빚 갚고 이사 가고 나면, 5년 뒤에 사회복지 관련 공부를 더 할 거야. 그리고 12년쯤 뒤에… 난 사회사업을 할 거야. 어린이 쉼터를 만드는 게 꿈이야. |
| --- | --- |
| 수혁 | 멋지네. |

초인종 (E)

-현관-

수혁 문을 열면 서 있는- 다름 아닌 서현이다.

| S#28 | 동 별장 밖 테라스 /D |
| --- | --- |
| | 풍광 좋은 테라스에서 대화를 나누는 두 사람. |

| 수혁 | 그냥 청소 도와주려고 온 거예요. |
| --- | --- |
| 서현 | (미소) 너 유연이 좋아하는 건 확실하지? |
| 수혁 | 네. 좋아해요. 같이 있으면 맘이 정말 편해요. |
| 서현 | 그럼… 정식으로 어른들께 인사드리고 제대로 사귀어. |
| 수혁 | (그런 서현 보는) |
| 서현 | 내가 도와줄게. |
| 수혁 | 정말이에요? |
| 서현 | 응. 사람과 사람이 만나서 서로 사랑하는 게 얼마나 기적 같은 일인데… 그 일만큼은 정말 순수해야 돼. 태어나서 죽을 때 그 추억 하난 가지고 가야 되는데… 나도 너도… 순수할 수 없는 운명이잖아. 난 비록 (눈망울이 뜨거워지고) 실패했지만 넌 니가 원 |

하는 삶을 살아봐.

수혁  (서현의 진심을 느끼는)

서현  수혁아.

수혁  (보는)

서현  할아버지 만나.

수혁  (멈칫해서 보는) 아무리 그래도 저는 그 자리 싫어요.

서현  어차피 네가 서른이 돼야 후계자가 돼. 시간이 많이 남았어.

수혁  …

서현  넌 그때 생각이 바뀔 수도 있어. 예전의 나는 틀리고 지금의 내가 맞다고 할 수 있어. 인생은 그런 변덕과 선택, 그리고 후회로 얼룩져 있어. 특히 니 나이 땐 그래. 지금 아는 걸 그때 알았다면… 그런 생각이 들 수 있단 소리야.

수혁  …

서현  아직 한지용이 정식 회장으로 취임하기 전이야. 지금이 골든타임이야. 한지용을 끌어내려줘.

수혁  삼촌이 적임자라고 생각해요, 전.

서현  언젠간 너도 알게 될 거야, 그 사람 실체를. 효원을 맡겨선 안 될 사람이야. 차라리 외부에서 전문 경영인을 들이더라도 그 사람에게 효원을 맡길 순 없어.

수혁  (그런 서현 보다가) 제가 할아버지가 지목한 후계자란 이유로 다른 사람을 지목할 자격은 없어요.

서현  아니, 너한텐 의결권이 있어. 네가 증여 받을 주식! 내 거랑 우호 지분까지 합치면… 그것만으로 권리 행사가 가능해. 그럼 이사들도 니 의견에 귀를 기울일 거야.

수혁  그 자리에… 누가… 올라야 한다고… 생각하는 거예요?

| 서현 | … (눈빛, 표정) (*엔딩에서) |

S#29　　　어딘가 /D

희수와 자경, 지용의 실체를 접하고 가득 어두워진. 그렇게 먹먹하게 앉아 있다.

| 희수 | (말문을 여는) 하준이를 데리고 미국으로 가요. |
| 자경 | !!! |
| 희수 | 부탁해요. 한시라도 빨리 하준이 데리고 이곳을 떠나요. |
| 자경 | (놀라는데) |
| 희수 | 하루라도… 그런 아빠 옆에 하준이를 두는 거… 안 될 일이에요. |
| 자경 | 어쩔 생각이에요? |
| 희수 | (단호한) 이제 다 끝이에요. 한지용의 민낯을 세상에 공개하고 심판 받게 할 겁니다. |
| 자경 | (놀라는) |
| 희수 | (단호하게) 하준이를 부탁해요. 난 여기서 내가 할 수 있는 걸 할게요. 그 사람이 어떤 인간인지 세상이 알게 되면… 하준이를 내가 키우는 것도 쉬워지니까… 모든 건 심플해져요. |
| 자경 | 그것만큼은 끝까지 하지 않으려고 하셨잖아요. 하준이를 위해 하준 아빠를 흠집 내는 건 안 하겠다고 했잖아요. |
| 희수 | 그럼 나더러 한지용의 추악한 실체를 알면서 이대로 덮고 가란 건가요? (단호한) 하준이를 그런 사람의 아들로 살게 할 순 없어요. 떠나요… 그 사람에게서… 나머진… 내가 알아서 할 테니까… |

| | |
|---|---|
| 자경 | (그런 희수 보는데서) |

S#30    카덴차 정원 내 노덕이 새장 /D

허무하고 서글픈 표정의 순혜가 새장 앞에 서서 노덕이와 교감한다.

| | |
|---|---|
| 순혜 | 노덕아… 넌 내 심정 알지? 하긴 니가 뭘 알겠어. 너도 수놈인데. 나 남은 인생이 (한숨) 정말… 캄캄해. 남의 자식 끼고 키운 것도 서러운데… |

하는데 순혜의 표정이 묘해진다. 순혜 한 발 한 발 노덕이의 새장 가까이 다가간다. 그러고는 목에 걸린 돋보기를 써본다. 순혜, 들여다보는데- 새의 알로 보이는 알 하나가 둥지에 놓여 있다. 순혜, 눈이 커져서… 허어억~~ 순혜, 바들바들 떤다. "저… 저게 뭐야? 알… 알이잖아…" 순혜, 그대로 호출기 눌러 주 집사와 성태를 부른다. 벌벌벌거리는 순혜.

**CUT TO**

주 집사와 성태의 눈이 커진 상태에서. 기가 막힌 세 사람.

| | |
|---|---|
| 주 집사 | 어머… 누가 알을 낳고 갔네요. 누구 알이야, 대체? (기가 막힌) |
| 성태 | (헉) 그래서 돌아왔나 봐요. 부잣집에서 키우려고. |
| 주 집사 | 노덕이 수놈인데… 눈 맞은 암컷이 여기 낳고 간 건가요? |

| | |
|---|---|
| 순혜 | (기함한다) 무슨 소리야, 대체? (기함을 넘어서 흥분이 시작) 아니… 사람도 모자라서 이제 새도 내 집에서 남의 새끼를… (성태 앞으로 밀며) 너 저 알 당장 치워. 버려… 재수없어. 집터가 문제 있나 봐. 아이구… (뒷목 잡는) |
| 성태 | (곤란한) 아무리 그래도 존엄한 생명체인데… |
| 순혜 | 치워 치워 치워~ 당장 당장 당장!!! |
| 성태 | 누가 낳은 알인지도 모르는데… 그냥 버릴 순 없잖아요. 나중에 문제될 수 있잖아요. |
| 순혜 | (뒷목 잡기 직전으로) 아니 문제가 되다니… 에미가 찾아와서 따지기라도 한단 거야 뭐야? |
| 성태 | 강자경 선생님처럼… 돌아와서… 내 알 내놔 할 수도… (하다가 눈치 보는) |
| 순혜 | 당장 치워, 당장! 당장 당장! (하고 성태 종아리를 깐다) |
| 성태 | 아악! (하고는 할 수 없이 다가가려는 순간) |

노덕이가 알을 보호하듯 꼬리를 화악~~ 찬란하게! 편다. 장엄하고 숭고하게 펼쳐진 노덕이의 꼬리 깃털… 어느 때보다 블링하다. 양순혜, 주 집사, 성태, 그 황당한 장관에 뜨악! 하는 표정에서.


S#31    곽현동의 입원실 /D
곽현동이 여전히 의식불명 상태로 누워 있다. 누워 있는 동생을 망연자실한 채 보고 있는 곽수창. 진호가 문을 열고 들어온다. 그런 진호를 보는 곽수창의 얼굴에서.

S#32    입원실 밖 일각 /D

진호, 곽수창에게 단도직입적으로 얘기한다.


진호     내일 여기로 기자가 올 거예요.

곽수창   (놀라서 보는)

진호     걱정 마요. 당신 신원은 철저하게 보호될 테니까. 그냥 한지용이
        한 짓만 폭로해요.

곽수창   그럴 순 없습니다.

진호     왜 그럴 수 없어?

곽수창   난 다시 전과자가 되고 감옥에 가야 될 테니까…

진호     내가 당신 감옥에 안 들어가게 해준다고. 내 동생을 당신 동생처
        럼 박살 내고 싶잖아!!

곽수창   … (이글거리고)

진호     내가 시키는 대로 해. 그 새끼 조지자고 같이!!

곽수창   (눈빛, 표정)



S#33    성당 안 /D

엠마 수녀, 조용히 묵상 기도 중이다. 심각하게 눈이 떨리고 불
안한 육감에 휘감기는 엠마 수녀. 엠마 수녀, 불안이 몰려드는
가운데 더욱 두 손을 꽉 쥐고 기도에 집중한다. 눈에 눈물이 가
득 맺힌 엠마 수녀.


엠마     (가슴에서 우러나온 절통한 심정으로) 지용아~~~

S#34    동 신문사 (윤 기자가 근무하는) /D

신문사에 앉아 근무 중인 기자들에게 날아오는 DM들. 다들 눈이 커진다. 그 가운데 앉아 있는 윤 기자, 눈이 커져서 자신의 핸드폰 보면. '효원 1인자 한지용의 무서운 두 얼굴'이란 제보글이 올라온다. 윤 기자, 기가 막힌 표정이다가 주변 둘러보면 자신의 사수인 데스크 본부장도 심각한 표정으로 앉아 있다. 신문사가 폭격을 맞은 듯 다들 놀라는 가운데.


S#35    서현의 차 안 /N

뒷좌석에 앉아 생각에 젖어든 촉촉한 눈빛의 서현. 초조하게 시간을 확인하는 서현. 차는 달리고… 서현은 다시 한번 시간을 확인한다. 그러다 결국…


서현    최 기사님… 공항으로 차 돌려주세요.


그런 서현의 눈빛과 표정에서.


S#36    인천공항 밖- 안 /N

주차장에서 내려 공항으로 달려가는 서현. 공항 안으로 들어간다. 전광판 스케줄을 확인하는 서현. 탑승 게이트를 찾아 빠른 걸음을 걷는 서현. 그렇게 수지최를 찾는데. 그때 들리는.


수지최(소리)    (하다가) 서현아!

서현, 돌아보면 저만치 수지최가 서 있다. 두 사람 엄연한 거리를 두고 서서 서로를 바라본다. 서현, 수지최에게 빠르게 다가간다.

| | |
|---|---|
| 서현 | 너한테… 한 번도 하지 않은 이야긴데… 너무 고마워… (울컥하지만 참아내며) 내 인생에 나타나줘서. |
| 수지최 | (눈가 붉어진다) |
| 서현 | 행복해야 돼… 날 위해서… 그래야 돼. |
| 수지최 | (울컥한 마지막 고백) 내 행복을 너한테 줄 수 있다면 다 주고 싶어. |
| 서현 | (그런 수지최 보다가) 왜 인터뷰에서 아무 얘기도 하지 않았어? |
| 수지최 | 세상 사람들이 다 알 필요 없으니까. 우리가 사랑했단 사실은… 너랑 나랑… 우리 둘만 알아도 충분하니까. |
| 서현 | … (울컥하는) |
| 수지최 | 내가 원한 건 세상 따위의 인정이 아니야. 니가… 용기를 내주길 바랐어. 그러니까 이제 됐어. 어디에 있든 오늘 니 얼굴을 기억할 거야. 참지 못하고 결국 나한테 달려온 오늘 니 모습 니 얼굴… 그러면 됐어. |
| 서현 | 아니… |

서현 롤링된 그림을 건네고 수지최 그림을 펴본다. 완성된 날개가 있는 그림이다. 그걸 보고 눈물이 차오르는 수지최.

| | |
|---|---|
| 서현 | 조금만… 기다려줘. |

서현, 수지최에게 손 내밀고, 수지최 그런 서현의 손을 잡는데,

234 × 235

서현이 그런 수지최를 끌어안는다. 뜨겁게 안고 눈물을 흘리는 두 사람의 모습에서.


S#37            하준의 방 /N

하준의 손을 잡고 유학 얘기를 건네는 희수. 그런 희수 보는 하준.


희수        선생님이랑 먼저 가 있어. 엄마 열 밤만 자고 갈 테니까…

하준        아빠는? 아빠는 몇 밤 자고 와?

희수        아빠는 바쁘시잖아.

하준        나… 아빠 보고 싶을 거 같은데.

희수        …

하준        (해맑게 웃는) 아빠가 할아버지 회사 최고 짱이 됐대. 아빠 완전 멋지지?

희수        (표정)

하준        나… 아빠 세상에서 젤 존경해.

희수        (말문이 막히지만 물어보는) 존경? 왜? 아빠라서?

하준        아니… 아빠 매일 신문 5개씩 읽고 뭐든 열심히 하시잖아. 모든 사람들이 아빠 다 좋아하잖아. 그래서 수혁이 형도 아빠 말을 큰 아버지 말보다 더 잘 듣잖아. 우리 아빠 너무 멋있어.

희수        (미치겠다)

하준        난 아빠가 내 아빠인 게… 자랑스러워. (미소) 난 커서 아빠 같은 사람이 될 거야.

희수        (억장이 무너진다)

S#38    루바토 밖-안 /N

지용이 퇴근하고 집 안으로 들어간다. 문 앞에 서 있던 주 집사. 냉랭한 표정으로 지용을 맞이한다. 지용, 주 집사 따위에는 관심도 없다.


지용      아버지 어디 계세요?

주 집사    서재에 계십니다.

지용      (끄덕이며 올라간다)

주 집사    (그런 지용에게 불쑥) 상무님…

지용      … (보면)

주 집사    저한테 어떤 말씀이 있으셔야 하는 거 아닌가요?

지용      (다가와서는) 무슨 말요?

주 집사    상무님이 하라는 대로 했습니다. 근데 그걸 큰사모님이 아셨습니다.

지용      (담담히 끄덕이며) 당연하죠. 내가 얘기했으니까.

주 집사    (미간 뭉개지며) 인간에 대한 기본 예의는 있으셔야 하지 않나요? (눈빛이 돌변해) 그렇게 씹다 뱉은 껌처럼 버릴 거면… 씹힌 껌은 어째야 하는 건가요? 신발 바닥에 붙어 성가시게라도 하고 싶어지는 법이거든요.


주 집사, 상상에서 벗어난다.


지용      불렀으면 말을 하세요.

주 집사    저 여기 계속 있어야 합니까, 대표님?

지용      네, 제게 어떤 지시가 있기 전까진 그러세요. (그대로 올라간다)


236 × 237

남겨진 주 집사, 지용의 동선을 차가운 시선으로 계속 뒤쫓는다.


S#39        지용의 서재 /N

지용, 자신의 서재로 들어간다. 한 회장, 서재에서 돋보기를 쓰고 책을 읽고 있다. 지용, 들어와 인사한다.


지용        식사는 하셨어요, 아버지?

한 회장      (멈추고 지용 보며) 그래, 모처럼 입에 맞는 식사를 했다.

지용        정 셰프님 이 집으로 부를까요?

한 회장      그럴 필요 없다. 황 실장 솜씨 나쁘지 않더구나.

지용        네. 아버님 계실 1층 방 다 치워놨습니다.

한 회장      니 어머니를 이해해주려무나.

지용        …

한 회장      내가… 널 낳아준 그 사람을 진심으로 사랑했다. 빈껍데기인 날 데리고 긴 세월 살아준 것이 고마워… 니 어머니에게 블루다이아 목걸이를 선물하려고 했어.

지용        (끄덕이는) 그러셨군요.

한 회장      그런데 내가 그날 쓰러졌고… 니 어머니는 그 사람과 내가 따로 만나던 집 안의 비밀 공간을 결국 찾아냈어. 그 분노는 상상 이상이었을 거다.

지용        (지하 벙커의 존재에 당황하는, 놀라는)

한 회장      난 그 분노가 뭔지 알 거 같아서… 니 어머니가 날 이렇게 쫓아낸 게 화가 나지 않아.

지용        …

| | |
|---|---|
| 한 회장 | 널 낳아준 그 사람이 내 씨가 아닌 다른 남자의 아이를 가진 건 생각보다 참기 힘든 일이었다… 내가 그 사람을 많이 힘들게 했어. (참회하듯 떨구는) 그 사람에게도 너에게도… 내가 나빴어. 그리고 네 어머니에게도… |
| 지용 | … |
| 한 회장 | 하준이를 낳아준 사람, 키워준 희수… 감사하며 살아라… 그 누구도 상처 주지 말고. 네가 잘못한 일이니까. |
| 지용 | … (대꾸 없이) 쉬세요, 아버지. (방을 나간다) |
| 한 회장 | (남겨진 채 쓸쓸한 표정) |

 

**S#40**　　　서현의 차 안 /N

서현, 착잡한 맘으로 생각에 잠겨 있는데 희수로부터 문자가 온다. 확인하는 서현. 다름 아닌 투견장 내부를 찍은 사진들이다. 놀라는 서현, 이때 희수로부터 전화가 온다.

| | |
|---|---|
| 서현 | 여보세요? 이게 뭐야? |
| 희수(F) | (낮고도 울림 있는 음성으로)… 한지용의 두 얼굴이에요. |
| 서현 | !!! |

 

**S#41**　　　동 저택 주차장 /N

서현, 수지최와 헤어지고 착잡한 기분을 담은 채 차에서 내리면 진호가 기다리는 채 서 있다.

| | |
|---|---|
| 서현 | 나 기다린 거예요? |
| 진호 | 당신한테 얘기할 게 있어. |
| 서현 | … |
| 진호 | 지용이 문제야. |
| 서현 | 알고 있어요. |
| 진호 | (또 알아?) 알아? |
| 서현 | 당신이 알아냈다고요. 당신의 분노가 날 도울 때도 있네요. 수고했어요. (빠른 걸음으로 걸어가는데서) |
| 진호 | (남겨진 채) |

S#42        지용의 서재 밖 /N

지용, 서재를 나와 걷고 있다. 주 집사와 마주친다.

| | |
|---|---|
| 지용 | 주 집사님. |
| 주 집사 | 네. |
| 지용 | 카덴차… 비밀 공간… 아시죠? |
| 주 집사 | (놀라서 그런 지용 보는데) |

인기척 들리고 메이드 1이 서현을 들인다. 지용이 2층에서 서현을 내려다본다. 주 집사는 그런 지용의 표정 살피고. 서현은 쌔한 표정으로 당당하게 2층으로 올라온다.

| | |
|---|---|
| 서현 | 아버님께 드릴 말씀이 있어서요. (하고는 그대로 서재로 향한다) |
| 지용 | (그런 서현이 불안하기만 하다) |

주 집사        …지금 그곳으로 모실까요?

지용          (경각되어) 네, 그러세요.


두 사람, 그렇게 함께 카덴차로 향하는데서.



S#43        동 저택 정원 /N

성태의 버기카가 지용과 주 집사를 태우고 카덴차로 향한다. 그
런 세 사람, 그중 지용을 보고 있는 어떤 깊은 시선이 있다. 다름
아닌 희수다. 주차장에 차를 대고 나와서 루바토로 들어가는 길
이다. 지용을 빤히 보는 희수의 차갑고도 화난 표정. 결국 표정
을 단정히 하고 루바토로 들어가는 희수의 모습이 멀어지면서.



S#44        카덴차 내 한 회장 서재 /N

주 집사가 마그네틱으로 비밀 금고 문을 연다. 긴장한 지용. 문
이 열리자 보이는 발광하는 금궤와 보석들. 그대로 비밀 벙커로
들어가는 주 집사와 지용. 벙커 문은 열려 있는 상태다.



S#45        지하 벙커 안 /N

지용, 들어온 순간 느껴본 적 없는 복잡한 감정이 몰려온다. 내
면 깊이 존재했지만 애써 외면해온 애증의 코어인 자신의 친모
사진 앞에 서는 지용. 주 집사, 조용히 밖으로 나가준다.

| (인서트) | 벙커 밖 /N |
|---|---|

벙커를 나와 지하 금고 문을 닫는 주 집사. 한 회장 책상 위에 올려둔 마그네틱을 손에 쥐고 그 닫힌 문을 의미심장하게 보는. 주 집사의 차가운 표정. 카메라 그 꽉 닫힌 문에 타이트하게 줌인 한다.

-다시 벙커 안-

지용 굳어진 채 미자의 사진을 보고 있다. 그러다 미자의 소품들이 하나하나 눈에서 심장으로 연결되는 감정적 시선들이 이어진다. 지용, 깊은 들숨 날숨 후 자리에 앉아 마음을 다스린다. 지용의 시선이 되어 벽에 걸린 미자의 사진이 화면 가득해지고 지용의 눈가가 눈물로 그렁해지기 시작한다. 그런 지용의 모습 위로.

| 미자(소리) | 지용아… 엄마가… 미안했어. |
|---|---|

지용의 눈에서 눈물이 흐른다.

| 지용 | 늦었어요… 나한테… 왜 그랬어요… 왜!! |
|---|---|

지용, 그 울음이 깊어지고 괴로워하는 지용의 모습.

| S#46 | 하준의 방 /N |
|---|---|

하준의 자는 모습을 보는 희수. 희수의 검지 손가락을 꼭 잡고

자는 하준의 모습을 가슴 아리게 보는 희수의 모습 위로.

엠마(소리)    세상이 다 자신을 버려도… 자신을 믿어주는 단 한 사람만 있으면 우린 살아갈 수 있습니다.

(인서트)    흐느끼는 지용의 모습 위로/N

엠마(소리)    그에겐… 그 한 사람이 없었습니다. (가슴 아픈 음성으로)


S#47    희수의 서재 -일각(교차) /N

희수, 하준과의 대화 후 갈등으로 미칠 거 같다. 이때 윤 기자에게서 전화가 온다. 전화 받는.


윤 기자    어차피 기사는 안 나갈 거예요. 문제는 제보자인 곽수창이란 사람이 SNS나 다른 서브 채널을 이용해서 이걸 결국은 폭로할 거 같다는 거지요.

희수    (결심한 듯) 막아주세요!

윤 기자    (당황하는)

희수    부탁드립니다. 하준이가 알아선 안 돼요.

윤 기자    정말… 아드님 생각밖에 안 하시네요. 해보는 데까지 해볼게요. 근데 정말 쇼크예요. 한지용 회장이 그런 사람인 건…

희수    (무너지는 표정)


S#48    루바토 내 한 회장 서재 /N

서현, 서 있고 한 회장 앉아서 이제껏 서현의 얘기를 다 들은 듯. 참담한 표정으로 눈을 감고 있다.

| | |
|---|---|
| 서현 | 아버님이 빠른 시일 내에 선택과 결정을 해주셔야 해요. |
| 한 회장 | … (눈을 감는) |
| 서현 | (인사) 쉬세요, 아버님. (나가는데서) |

S#49      동 저택 내 2층 홀 - 1층 일각 /N

서현은 한 회장 서재를 나와 희수의 서재로 향한다. 1층 일각에서 그런 서현을 보고 있는 주 집사의 표정. 서현이 시선에서 사라지자 집을 나서는 주 집사.

S#50      동 저택 정원 /N

성태의 버기카에 올라타는 주 집사. 버기카는 카덴차로 향한다.

| | |
|---|---|
| 주 집사 | 전무님은 오셨어? |
| 성태 | 아직요. |
| 주 집사 | 너 들어가서 자. |
| 성태 | 지용 대표님 루바토로 모시고 가야죠. |
| 주 집사 | 하지 마. |
| 성태 | ? |
| 주 집사 | 그냥 거기 둬. |
| 성태 | 거기 두다뇨? 어디요? |

| | |
|---|---|
| 주 집사 | 지금 벙커에 있어. 회장님 벙커. |
| 성태 | 헐… |
| 주 집사 | 문 닫힌 채로 있어. |
| 성태 | (놀라는) 혼자 못 나오는데? |
| 주 집사 | 내 알 바 아니지. |
| 성태 | (당황해서 보는) |
| 주 집사 | 나도 밟으면 꿈틀해. 모욕감이 뭔지 아니, 너? |
| 성태 | 여기서 일하면서 그걸 모르면 사람이 아니죠. |
| 주 집사 | 그럼 좀 공감해. 그리고 내 말 들어. |
| 성태 | (차마 대답 못 하는) |
| 주 집사 | (버럭) 대답 안 해!!!? |
| 성태 | (움찔) 네. |

| | |
|---|---|
| 희수(소리) | 아버님한테 다 말씀하셨다고요? |

S#51     희수의 서재 /N

희수와 서현 마주 앉아 대화 중이다.

| | |
|---|---|
| 서현 | 아버님께 다 말씀드렸어. 난 효원을 지켜야 돼. 그래서 한지용을 만천하에 까발릴 수 없어. |
| 희수 | 하준이를 지켜야 돼요. 전 그 생각밖에 없어요. 하준이 유학 보내요. 이혜진 씨가 데리고 나갑니다. |
| 서현 | 그래… 잘 생각했어. |
| 희수 | 미칠 거 같아요. 하준이 생각만 하면… 끔찍해요. (얼굴을 손으로 싸 |

매며) 이러지도 저러지도 못 하겠어요, 정말. 난 이 결혼을 끝내야 하는데… 하루라도 빨리 탈출해야 하는데… 하준이를 그런 아빠에게서 떼어놓아야 하는데… 아이에게 세상에서 가장 멋진 아빠의 모습을 망가뜨릴 수가 없어요. 하준이가 하준 아빠의 실체를 알면 씻을 수 없는 트라우마를 가질 거예요. 이 끔찍한 딜레마 때문에… 하루에도 열 번씩 생각이 바뀌고… 저 정말 미쳐버릴 거 같아요.

서현     자책하지마, 동서. 동서는 지금 세상 누구도 경험해선 안 될 딜레마에 빠졌어. 그 누구도 동서보다 나은 결정을 할 수 없어. 나도 뭐라고 조언해줄 수도 없고. 그런 힘든 감정… 당연해. 근데 나도 이런 딜레마에 빠진 적이 있었어. 그때 누굴 찾아갔는지 알아?

희수     (보면)

서현     엠마 수녀님.


희수, 엠마 수녀 얘기에 작게 끄덕이다 서서히 표정이 묘해진다.


희수     형님… 이 집에서 엠마 수녀님께 상담 받지 않은 사람이 단 한 사람 있어요.

서현     …

희수     (왜 이제야 깨닫지) 한지용!!

서현     …그야 그럴 수 있지. 임계점을 넘은 인간이(잖아… 하려는데)

희수     아니요. 엠마 수녀님이 이 집안 사람들 중 가장 먼저 알고 지낸 사람이에요. (표정, 눈빛)

서현     (무슨 말이야? 하는 표정으로 보는)

| 희수 | (의심 가득한 눈동자로) 수녀님은 아주 오래전부터 하준 아빠를 알고 있었어요. |
|---|---|
| 서현 | …어떻게? |
| 희수 | 하준 아빠를 낳아준 분과… 아주 가까운 사이였어요. (생각이 많아지는) 수십 년 전부터… 깊은 인연이 있는. |
| 서현 | (놀라는) |
| 희수 | 그런데 왜… 한지용과 수녀님은… 서로… 모른 척… 해온… 걸까요? |

희수, 그제야 맞이한 놀라운 사실에 굳어지고… 서현도 새롭게 마주한 사실에 표정이 단단해진다. 그런 두 여자의 모습에서.


S#52        주 집사 방 /N

주 집사, 칼로 사과를 깎아 베어 먹으면서 모니터로 한 회장의 빈 방을 보고 있다.


(인서트)     동 벙커 안 /N

지용, 나가려고 하는데 문이 막혀 있다. 당황하는 지용.


| 지용 | 이봐 문 열어… 거기 사람 없어? |
|---|---|

주 집사, 비죽이는 웃음에서.

| S#53 | 카덴차 현관 /N |
|---|---|

진호가 퇴근하고 그런 진호 맞이하는 주희. 주희 진호가 반가운 듯 환하게 웃지만, 진호 주희에게 관심도 없이 휙 올라간다. 엥~ 하는 표정으로 진호 보는 주희. 진호는 오로지 지용 생각뿐.

| S#54 | 메이드 집합소 /N |
|---|---|

주희가 들어오면 메이드 4·5가 앉아서 과일을 먹고 있다.

| 주희 | 근데 수혁 도련님은 언제 와요? |
|---|---|
| 메이드 4 | 도련님 집 나갔어. |
| 주희 | (놀라는) 집을 나가다니? |
| 메이드 5 | 여기 메이드로 온 여자애랑 눈이 맞아서… 한바탕 사달이 나서… 여자애도 쫓겨나고 도련님도 집 나갔어. |
| 주희 | 뭐예요? (갑자기 미치겠다) 여기 메이드로 들어온 애가 도련님을 꼬셨단 소리예요? |
| 메이드 5 | 꼬신 거 아니야. 둘이 좋아한 거지. |
| 주희 | 아아아앙… 말도 안 돼… 아, 그런 게 어딨어. (다리 뻗고 징징댄다) 이러는 게 어딨어… 감히… 나쁜 년… |
| 메이드 4/5 | (어이없는데) |
| 주희 | (징징대다가 씩씩) 나보다 이뻐요? 아아아아~ |
| 메이드 4/5 | (주희 대책 없게 보는데서) |

| S#55 | 진호의 서재 - 일각(교차) /N |
|---|---|

진호, 서재에 들어와 문을 잠근다. 자리에 앉아 깊은 심호흡 후 곽수창과 통화하는.

곽수창   (말없이 전화 받는) 네.

진호   계획대로 잘되고 있어요. 오늘 밤 몸조심하고 잘 숨어 있어요. 지용이 만만한 놈 아니니까…

곽수창   (눈빛, 표정) 알았습니다.

진호   (전화 끊는, 만족스럽게 일이 돌아가는 듯, 미소) 한지용 너 이제 끝났어, 새끼야.


S#56   희수의 서재 /N

생각이 많은 희수다. 이때 기다리던 윤 기자 전화가 온다. 희수, 전화 받는.

희수   네, 윤 기자님.

윤 기자   저희 쪽 기사는 막았는데… 내일 TBO 뉴스라인 장희원 기자가 그 제보자를 만나기로 했답니다.

희수   (미치겠다) … 안 돼…

윤 기자   문제는… 이 사실을 한지용 씨가 안단 거예요.

희수   !!!


S#57   카덴차 내 여러 곳 - 한 회장 서재 /N

성태, 유리 압착기를 들고 결국은 한 회장 서재로 들어간다.

248 × 249

| 성태 | 불쌍해… |
|---|---|

그렇게 한 회장 서재로 들어가 압착기로 문을 열어주는 성태.

| (인서트) | 주 집사 방 /N |
|---|---|

그 상황을 영상으로 보고 있는 주 집사. 인상 뭉갠다.

| 주 집사 | 저 새끼가… |
|---|---|

| S#58 | 희수의 서재 앞 - 1층 홀 /N |
|---|---|

희수가 서재에서 나오면 현관에서 들어오는 지용. 두 사람, 눈이 마주치고 날 선 채 서로를 보고 있다. 지용이 한 발 한 발 계단으로 올라와 희수에게 다가온다.

| 희수 | 수영이 내보냈다고, 너무나 함부로 무례하게. |
|---|---|
| 지용 | 내 편 아닌 사람들 하나하나 치울 생각이라서. |
| 희수 | 나 드라마 다시 해. 방해할 생각 하지 마. |
| 지용 | 니 뜻대로 되는 건 없을 거야! |
| 희수 | 눈에는 눈 이에는 이! 할까? |
| 지용 | ?! |
| 희수 | 너 사람들 싸움시키는 취미가 있더라? |
| 지용 | !! |
| 희수 | (참담) 너의 끔찍함은 도대체 어디까지야? |
| 지용 | (피식) 너도 이제 더 이상 나한텐 보호 대상이 아니야. 내 새끼를 |

가지고 있지 않은 여자니까. (눈빛, 표정)

희수      비겁하게 뒤에서 구경하지 말고 정정당당하게 싸워보는 건 어때? 그러기 위해선 말이야… 우리 하준이는 이 싸움… 구경시키지 말자. 그래서 얘긴데… 하준이 유학 보낼 거야.

지용      뭐?

희수      니가 어떤 인간인지 세상이 아는 건 시간문제라서. 하준이만큼은 니가 어떤 인간인지 끝까지 몰라야 하니까!!!

지용      (그런 희수 보며 비웃는) 내 자식이야. 니 맘대로 아무것도 못 해!

희수      사람을 돈으로 사서 투견장에서 싸움을 시키고 그걸 즐기는 아빠가 있어… 그런 아빠의 실체를 알게 되면 아이가 어떨 거 같아? (미치는) 그 아이가 왜!! 하준이어야 하냐고 왜!! 왜!!

지용      (이를 악다물고 눈빛이 나빠지는데)

희수      멈춰, 여기서! (다가와서는) 너 여기서 안 멈추면… 내가 너 죽여!

지용      … (감정이 요동치는)


S#59      지용의 서재 안 /N

지용, 기분을 추스르고 있는데 핸드폰이 울린다. 지용, 전화 받는.


지용      여보세요? 네, 이사님… (여유 있게 미소) 이 밤에 어쩐 일이세요?

이사(F)      한 상무 대표이사 재신임건이 발의될 거 같아. 알려는 줘야 할 거 같아서.

지용      (끊어진) 여보세요? 이사님? 여보세요… (불안하다)

S#60    지용의 차 안 (저택 내 차고 안) /N

지용 2G폰을 꺼내 투견인 사내들 사진을 휙휙 넘겨보다 어느 사내의 사진에서 탁 멈춘다. 사내의 사진에 C.U하면 너무나 험악한 표정의 사내다. 더 험악한 지용의 표정에서.

S#61    투견장 복도 - 투견장 안 /N

걷고 있는 누군가의 발걸음. 틸트업하면 보이는 모자를 눌러쓰고 제2의 인격으로 변신한 지용이다. 그렇게 투견장 안으로 들어가면. 링 안에 서 있는 누군가 2G폰에서 봤던 5회에 첫 격투 신에서 본 거구의 험상궂은 인상의 투견인이다. 지용이 오라는 손짓을 하자 다가오는 그 사내(이하 범구). 지용이 자신의 폰을 꺼내 폰 속에 저장된 누군가의 사진을 보여준다.

지용    (끄덕이는) … 죽여!
범구    (무표정해서 오히려 섬뜩한. 그렇게 끄덕인다)

지용, 옆에 둔 배낭을 그대로 범구에게 던진다. (*15회에 확장 신이 나온다) 그렇게 투견장을 빠져나가는 지용.

S#62    편의점 - 어두운 골목 일각 /N

곽수창, 편의점에서 담배 사온다. 그렇게 어디론가 걷고 있는 곽수창. 그런 곽수창을 쫓는 시선이 있다.

-어느 후미진 골목 일각-

곽수창이 멈춰 선다. 시선 들면 보이는 검고 큰 덩어리 하나가 앞을 막는다. 그 피사체의 어두움과 정체 모름이 공포스럽다. (범구다)

(인서트 1)  정원 일각 /N

지용, 전화를 받고 있다. 끄덕이며 듣고 있는 지용의 뒷모습. 그러다 지용 표정 보여주면 묘한 미소를 짓고 있다.

(인서트 2)  지용의 서재 /N

한 회장, 번민과 갈등에 사로잡힌 표정으로 앉아 있다.

서현(소리)  그 사람에게 효원을 맡기면 안 됩니다, 아버님. 감정적으로 처리하실 일이 아니에요. 그 사람은 파괴자예요!!

곽수창이 피를 흘리며 쓰러져 있다. 죽었다!!! 디졸브.


S#63  동 저택 전경 (몽타주성) /D

-서현의 서재 -

서현이 모닝커피를 마시며 신문을 읽고 있다. 눈이 커지는 서현.

-루바토 하준의 방-

희수가 하준의 등교 준비를 한다. 교복을 입히고 가방을 메주는.

그렇게 하준의 손을 잡고 밖으로 나가는데서.

-양순혜의 방 -

순혜, 화려한 착장을 하고 주 집사와 노덕이의 불륜 문제를 성토 중. "근데 그 알의 애비가 노덕이란 증거가 있냐고?" "새도 유전자 검사가 가능한가요?"

-루바토 일각-

지용의 차가 출발하고 저택을 빠져나간다.


| S#64 | 동 저택 드레스룸 /D |
| --- | --- |

진호, 양복으로 갈아입고 외출을 준비하는데 전화가 울린다. 받아보는.

| 진호 | 네. |
| --- | --- |
| 경찰(F) | 안녕하세요. 광운경찰서 황형수 경웝니다. |

-이하 교차 -

진호에게 곽수창의 신원을 알려준 그때 그 경찰이다.

| 진호 | 네, 안녕하세요. |
| --- | --- |
| 경찰 | 어젯밤에 곽수창 씨가 변사체로 발견됐습니다. |
| 진호 | (눈빛, 표정) |
| 경찰 | 근데 죽기 전 마지막 통화를 하신 분이 한진호 씨네요. |

| 진호 | …!! |
|---|---|
| 경찰 | 서에 좀 나오셔야 할 거 같은데요. |

진호 멍! 하게 서 있다. 망연자실한데 서현이 들어온다. 서현, 진호 앞에 신문을 내려놓는다. 신문 헤드기사 '효원 한진호 전무 후계 순위에서 밀린 이유- 알코올중독자…' 진호 그냥 멍하다. 서현, 깊은 심호흡 심각한데.

| S#65 | 어느 거리 /D |
|---|---|

하준의 손을 잡고 걷는 희수. 맘이 복잡하고 불안하다. 횡단보도를 건너려고 서 있는 희수와 하준. 희수, 하준의 눈높이에서.

| 희수 | 한하준, 너 오늘 핸드폰으로 인터넷 같은 거 절대 보면 안 돼. |
|---|---|
| 하준 | 왜? (하는데) |

희수의 폰이 울린다. 희수, 전화 받는다.

| 희수 | 여보세요? 네, 윤 기자님. (듣는, 곽수창의 사망 소식) 네… (표정) 죽… 었다고요… 네… (전화 끊는. 얼굴에 핏기가 사라지는) 허… |
|---|---|

하는데 하준이 희수 손을 놓고 횡단보도를 건너려고 하는데 차가 휙 지나간다. 얼른 하준을 당겨 안는 희수. 하준을 꽉 안고는 한참을 그렇게 얼어 있는 희수.

| 희수 | (하준을 보며) 한하준! 세상에 널 지킬 수 있는 사람은 너 자신이야! (눈을 딱 보면서 단호하게) 강해져야 돼. 알았지? 어떤 일이 있어도 엄마가 니 뒤에 있을 거야. 그러니까 아무것도 겁내지 마. (눈시울 붉어진) |
|---|---|

| S#66 | 진호의 서재 /D |
|---|---|
| | 진호, 눈빛이 흰자위를 가득 띤 채 앉아 있다. 문이 열리고 성태가 들어온다. |

| 성태 | 부르셨어요? |
|---|---|

| S#67 | 양순혜의 방 /D |
|---|---|
| | 순혜, 이제껏 본 적 없는 무서운 표정으로 앉아 있다. 순혜, 손에 쥐고 있는 신문. |

| S#68 | 희수의 집 거실 /D |
|---|---|
| | 희수가 앉아서 누군가 기다리고 있다. |

| (인서트) | 지용의 서재/D |
|---|---|
| | 지용, 출근 전 한 회장에게 인사 후 나가는데. 한 회장, 남겨져 표정 어두운. |

2층에서 내려오는 지용. 거실 소파에 꼿꼿하게 앉아 있는 희수. 두 사람 날 선 대립. 지용, 싸하게 희수를 외면하고 나가려는데.

희수　　기다려. 하준이 데리고 유학 갈 튜터 인사는 하고 가야지? (하는데)

문이 열리고 메이드 1이 누군가를 데리고 들어온다. 다름 아닌 자경이다.

자경　　(지용에게 깍듯하게 목례하는) 안녕하세요. 하준이 튜터 이혜진입니다.

지용의 눈빛엔 살기가 가득하고. (*14회에 확장 신이 이어짐)

S#69　　진호의 서재 /D

성태, 놀라는 표정에서. 진호의 책상 위에 올려진 블루다이아 목걸이.

진호　　지용이… 죽여라… (매섭게 그런 성태 보는)

성태, 천식에 걸린 사람처럼 가쁜 호흡을 하는. 성태의 시선으로 보이는 발광하는 블루다이아 목걸이.

S#70          동 저택 게이트 /D

효원의 대표단 6인의 차가 게이트로 들어온다. 차에서 내려 안
으로 들어가는 중년 남자들. 그들을 안내하는 주희와 주 집사.


S#71          다이닝 홀 /D

상석에 앉아 대표단을 기다리는 서현의 장엄한 표정 위로.


(인서트)       플래시백 (동회차 S#28 확장) /D

수혁    그 자리에… 누가… 올라야 한다고… 생각하는 거예요?

서현    … (눈빛, 표정) 내가 할게!

수혁    !! (놀란 얼굴로 서현을 보는)

서현    내가 효원을 반드시… 지킬게. (눈빛, 표정)


카리스마 넘치는 서현의 눈빛과 표정이 현재로 이어지며. 상석
에 여유롭게 앉아 있는 서현. 입꼬리가 살짝 올라간다. 마치 욕
망을 드러내듯… 그렇게 미소 짓는데서. (그 욕망은 정의가 기저에
깔린)


S#72          엔딩 /D

희수·자경·서현, 그 세 사람의 모습이 교차되면서.


S# Epilogue   동 수녀원 /D

화면 가득 보이는 끓고 있는 양철 커피포트, 기포가 가득한 물이 끓어오른다. 수증기 기포가 가득한 물이 따라지는 찻잔 위로.

엠마(소리)  그렇게 세 사람은 같이 한집에 있게 됐죠. 그러지 말았어야 했는데.

<12회 엔딩>

# 13

## 모두가 거짓말을
## 하고 있다

They All Lie

음악(ON). 홀리[holy]한 <상투스>가 흐르는 위로,

1회 S#1~S#3이 연결되면서 시점은 현재에서 시작되는.

S#오프닝1　　성당 안 /N

두 손을 모으고 뜨거운 마음을 침잠된 표정 속에 숨긴 채 무릎을 꿇은, 그러나 허리는 받쳐 들고 기도 중인 엠마 수녀의 모습.

엠마　　…저희를 유혹에 빠지지 않게 하시고… 악에서 구하소서…

(인서트)　　효원가 메인 저택 (흑백화면) /N

어둠 속, 섬광처럼 스치는 진한 핏물이 가득한 저택 바닥.

-다시 성당 안-

떠올리자 괴로운 듯 눈꺼풀이 심하게 흔들리던 엠마 수녀, 그렇게 눈을 뜨는데. 결심한 듯한 그녀의 표정과 단단히 다문 입술.

S#오프닝 2    성당 밖 - 효원가 메인 저택 (교차) /N

걷고 있는 엠마 수녀, 그 발걸음이 점점 빨라지기 시작한다. 그
녀의 빠른 발걸음과 교차되며 인서트되는 사건 현장.


(인서트)    효원가 메인 저택 /N

S#오프닝 1의 인서트가 확장되는- 사람의 손인 듯 보이는 실루
엣, 피가 점점 새어 나온다.


-다시 성당 밖-

아름답고 고요하던 음악이 베르디의 <레퀴엠>과 오버랩됨과
동시에 그녀의 발은 뛰기 시작한다. 헐떡이며 뛰고 있는 엠마 수
녀. 그녀의 거친 숨소리 교차된다. 긴박하고 속도감 있게 교차되
는 와중, 눈을 뗄 수 없게 인서트되는 선혈이 흘러나오는 대저택
의 홀 바닥이 피로 물들고. 엠마 수녀의 거친 숨소리.


S#오프닝 3    태정경찰서 /N

경찰서 전경 보이지 않고. 엠마 수녀, 문을 휙 열자 음악도 끝이
난다. 땀범벅이 된 엠마 수녀의 그로테스크한 표정, 그리고…


엠마    제가 봤습니다. 피를 흘리며 죽어 있는 걸… 살인 사건입니다.


**F.O**

S#1      동 수녀원 (12회 에필로그에서 시작) /D d+7

화면 가득 보이는 끓고 있는 양철 커피포트, 기포가 가득한 물이 끓어오른다. 끓고 있는 물이 따라지는 찻잔 위로.


엠마(소리)   그렇게 세 사람은 같이 한집에 있게 됐죠. 그러지 말았어야 했는데.


엠마 수녀가 차를 손에 들고 처연한 표정으로 얘기 중이다. 화면 확장되면 그런 엠마 수녀의 얘기를 듣고 있던, 드디어 등장한 백 형사.


백 형사   일단 사건 접수했으니까… 현장에 있었던 모든 사람들 다… 만나보겠습니다.

엠마      아마… 진실을 알아내기 힘들지도 몰라요. 그들 모두가 거짓말을 할 테니까요.


엠마 수녀의 진지하고도 어두워지는 표정에서. 타이틀 인.
'모두가 거짓말을 하고 있다.' 암전된 화면. 그 위로.


희수(소리)   아무것도 기억나지 않아요.



S#2      동 경찰서 /D d+8

희수의 얼굴이 화면 가득 등장한다. 맘도 뜻도 알 수 없는 희수의 표정과 얼굴. 백 형사, 그녀의 맞은편에 앉아 있다.


264 × 265

| 희수 | 그날 있었던 일뿐 아니라… 한지용을 만난 이후의 모든 것이 제 기억 속에 없어요. 전… 아무것도 기억하지 못합니다. |
|---|---|

그런 희수의 아픈 눈망울 속으로 C.U하면 보이는 사건 현장에서.

| S#3 | 카덴차 내 사건 현장 /N d+0 |
|---|---|

죽어 있는 지용. 흥건한 바닥의 피. 엠마 수녀의 놀란 눈 그런 엠마 수녀의 시선 따라가면 계단에 서 있는 여인- 서서히 드러나면 희수다. 핏줄이 터질 듯이 공포스러운 희수의 눈동자에서 줌아웃되면서.

| 서현(소리) | 사건 당일의 충격으로 아무것도 기억 못 하게 된 거죠. |
|---|---|

| S#4 | 서현의 효원E&M 집무실 /D d+8 |
|---|---|

서현과 마주 앉아 있는 백 형사. 서현의 진술을 듣고 있다.

| 백 형사 | 담당 주치의의 사망 진단서에는 심장마비로 되어 있던데… 목격자 진술상으로는 피를 흘리고 쓰러져 있었다고 했거든요, 한지용 씨가? |
|---|---|
| 서현 | … |
| 백 형사 | (의심의 눈빛 가득해) 추락사 아닌가요? |
| 서현 | 심장마비가 오는 바람에 추락한 거죠. 그게 담당 의사의 소견입 |

니다. 저희는 절차대로 장례식을 했을 뿐이고요.

백 형사　　현장에는 총 세 사람이 있었어요. 서희수 씨, 고인이 된 한지용 씨… 그리고 나머지 한 사람… 그게 누굴까요?

서현　　모르죠, 그게 누군지는.

백 형사　　서희수 씨는 기억을 못 한다고 하니… 사라진 그 사람을 찾아야 돼요. 그 사람은 모든 걸 다 알고 있을 테니까요.

서현　　(눈빛, 표정) 누군지 찾아주세요. 저도 너무나 궁금하니까!


S#5　　동 경찰서 사건 취조실 / D d+8

**C.U** 녹음 파일이 돌아가고 있다. 심각한 표정의 진호와 맞은편에 앉아 있는 백 형사. 진호의 진술을 기다리는 백 형사. 진호, 드디어 말문을 연다.


진호　　(담담히) 인과응보예요. 누가 죽여도 죽였을 겁니다.

백 형사　　(그런 진호를 심각하게 보는데서)


시간은 드디어 12회 S#64 지점으로 넘어간다.


S#6　　동 저택 드레스룸 (사건 전) / D d-7

진호, 양복으로 갈아입고 외출을 준비하는데 전화가 울린다. 받아보는.


진호　　네.

| 황 경위(F) | 안녕하세요. 광운경찰서 황형수 경윕니다. |
|---|---|

-이하 교차-

진호에게 곽수창의 신원을 알려준 그 경찰이다.

| 진호 | 네, 안녕하세요. |
|---|---|
| 황 경위 | 어젯밤에 곽수창 씨가 변사체로 발견됐습니다. |
| 진호 | (눈빛, 표정) |
| 황 경위 | 근데 죽기 전 마지막 통화를 하신 분이 한진호 씨네요. |
| 진호 | …!! |
| 황 경위 | 서에 좀 나오셔야 할 거 같은데요. |

진호 멍! 하게 서 있다. 망연자실한데 서현이 들어온다. 서현, 진호 앞에 신문을 내려놓는다. 신문 헤드기사 '효원 한진호 전무 후계 순위에서 밀린 이유- 알코올중독…' 진호, 그냥 멍하다. 서현, 깊은 심호흡 심각한데.

| S#7 | 광운경찰서 (사건 전) / D d-7 |
|---|---|

진호, 진술서에 도장을 찍는다. 보고 있는 황 경위. 진술이 마무리되는 듯 보인다.

| 황 경위 | 수사 협조 감사합니다. 그리고 여기 이 사람들(진호가 캡처해서 넘긴 지용의 2G폰 속 투견인들) 바로 조사할 겁니다. |
|---|---|
| 진호 | 사람을 시켜서 죽였을 거예요. 분명히… 한지용이 죽인 거예요! |

(분노로 일그러져) 오늘 아침에 뉴스 기자가 곽수창을 취재하기로 약속했어요. 그러고 나서 바로! (피식) 곽수창이 죽었습니다. 진단 나오지 않아요?

황 경위  (그런 진호 보는)

진호  (미칠 거 같은) 이보세요, 형사님… 그 자식 막으세요. 또 누굴 죽일지 몰라요.

황 경위  (그저 빤하게 진호를 보는)

진호  왜? 재벌이라 겁나요? 나~ 내가 효원가 진짜 혈통이에요. 그 새끼 가짜라고!!!!!! (벽에다 얘기하는 듯 답답한) 하아… 그 새끼 소환해서 조사해봐요. 이렇게 불법 투견장에서 인간을 개처럼 싸우게 한 것도 범죄잖아.

황 경위  …

진호  (이거 뭐야?) 당신 혹시 이미 내 동생한테 뇌물 먹은 거 아니지?

황 경위  이보세요. 말조심해요.

진호  (버럭) 그러니까!! 그 새끼 잡아넣으라고.

황 경위  뭐 소환은 할 건데… 일단 이 살인 사건에서 시작해야 돼요. 인근에 CCTV도 없고 단서가 하나도 없어요. (답답한)

진호  얼마나 철두철미한 새낀데… 아… 그 죽은 사람 동생 병원에 가봐요.

황 경위  이미 다녀왔는데… 아직 의식이 없습니다.

진호  (답답한 표정이다가 이내 책상을 꽝, 미칠 거 같은)


S#8  다른 병원 (원래 곽현동이 입원한 병동이 아닌) (사건 전) /D d-7

곽수창의 동생(곽현동)이 베드에 누워 있다. 곽현동, 눈꺼풀이 움직인다. 눈을 뜬다. 심장 박동기가 미친 듯이 뛴다. 그런 곽현동의 모습에서. (곽현동이 눈을 뜨고 다른 병원으로 베드를 옮김)

S#9    루바토 내 지용의 서재 (사건 전) /D d-7

한 회장과 최 변호사가 함께 심각한 이야기를 나누는 가운데 문이 획 열리고 진호가 들어온다. 진호, 흥분한. 지용의 서재 책상 위에는 '효원 한진호 전무 후계 순위에서 밀린 이유– 알코올중독…' 기사가 헤드로 박힌 신문이 놓여 있다.

진호      (다짜고짜) 아버지… 지용이 자식 짓이에요. 야비하고 비열한 새끼예요. 아버진 뱀을 키운 거예요. 완전히 속았다고요!

한 회장    그만해라~

진호      세상에다 한지용의 실체를 알릴 거라고요!! 근데 그 새끼가 죽였어요!

한 회장    (분노) 내가 그래서 널 신뢰하지 않는 거야!! 회사를 생각해야 해! 니 개인의 감정보다!

진호      (씩씩대고 있는데)

한 회장    수혁이가 다녀갔다.

진호      수혁이가 아버지를 만났어요?

한 회장    자신이 경영 일선에 나서기엔 경험이 부족하니 시간을 좀 더 달랬어.

진호      (혼잣말하듯) 그 새낀 그런 결정을 왜… 나한테 묻지도 않고.

한 회장    니가 원하는 게 뭔지 잘 안다. 허튼짓하면 다 끝이야. 내가 뭔가 결정할 때까지 넌 그냥 조용히 있어!

| 진호 | (맞는 말이긴 한데 너무나 열 받고 화난다) |
|---|---|
| 한 회장 | 수혁이는 그 자리에 자신이 아닌 다른 사람이 앉아야 된다고 하더구나. |
| 진호 | 누구요? |
| 한 회장 | … |
| 진호 | 그게 누구든 한지용만 아니면 됩니다. (돌아서서 나간다) |

S#10　　　지용의 서재 밖 (사건 전) /D d-7

진호, 심각한 표정으로 나와 고개 들면 보이는, 다름 아닌 지용이 한 회장에게 출근 인사를 위해 기다리고 있다. 진호와 지용, 강렬하게 눈이 마주친다. 진호, 살의 가득해 지용을 노려보는.

| 진호 | 니가 그러고도 아무 일 없이 살아갈 수 있을거 같아? 니가 곽수창… 죽였지? |
|---|---|
| 지용 | 왜 그렇게 생각해? |
| 진호 | 이 새끼 안 놀라는 거 봐. 맞네~ 맞아. |
| 지용 | 이봐… 한진호. 한석철 회장님의 진짜 핏줄… (진호 가슴팍을 손으로 툭툭 치면서) 허튼짓하지 말고 그냥… 조용히 찌그러져 있어. 내가 어떤 인간인지 알았으면 겁이란 걸 좀 내야지. |
| 진호 | (죽이고 싶다. 눈빛이 이글거리는) |
| 지용 | 이방원과 이방간이 왕권을 놓고 피 터지게 싸웠지… 근데 이방원이 이방간은 죽이지 않았어. 왠지 알아? 친형이었거든. (눈빛, 표정) |
| 진호 | (미칠 거 같다. 얼굴이 터질 듯이 지용을 노려보지만) |

| | |
|---|---|
| 지용 | (이내 외면하고 그대로 표정 다시 단정히 해 자신의 서재로 들어간다) 아버지… 저 들어갑니다. |

S#11     동 저택 밖 (사건 전) /D d-7

진호, 그대로 밖으로 나오면. 저 멀리 걸어 들어오는 누군가 다름 아닌 자경이다. 진호도 자경을 보고 자경도 진호를 본다. 두 사람 서로에게 걸어가다 어디쯤에서 가까워진다.

| | |
|---|---|
| 자경 | 몸조심하세요. |
| 진호 | 여길 왜… |
| 자경 | (차갑게) 죽는 거보단… 죽이는 게 낫겠다 싶어서. (하고 그대로 집으로 들어간다) |
| 진호 | !! (그런 자경을 보는, 그러다 카덴차로 향하는데서) |

S#12     카덴차 다이닝 홀 (12회 S#71에서 연결) (사건 전) /D d-7

서현과 대표이사 6인, 심각한 표정으로 앉아 서현의 얘기를 집중해서 경청 중.

| | |
|---|---|
| 서현 | 여기 대표님들의 결정에 비토veto권을 쥐고 있는 효원의 최종 결정권자 한지용은 그런 사람입니다. 사람을 자신의 유희 도구로 이용하는… 그런 한지용의 행각을 증언할 단 한 사람이 어젯밤에 살해당했습니다. |
| 대표단 | (표정이 그대로 굳어지는) |

| 서현 | 이미 스테이지는 다른 단계로 넘어갔습니다. 효원은 지금 굉장히 중요한 기로에 서 있습니다. 이사진도 이 사실을 다 압니다. 대표이사 선임은 새로 하는 걸로 결론이 났습니다. |
|---|---|
| 대표단 | (놀란다) |
| 서현 | 그 대표이사는… 지분 확보도 끝난 상황이고요. |
| 대표단 | (서현의 말을 기다리는) |
| 서현 | 제가!! 이 모든 사태를 책임지고 효원을 맡겠습니다. |
| 대표단 | !!! |
| 대표1 | 회장님도 알고 계시는 사안입니까? |
| 서현 | 회장님이 뜻을 함께하지 않으셨다면 지분 확보도 힘들었겠죠. 효원이 뜨거운 엔진으로 돌아갈 수 있도록 어느 때보다 더 확실하고 흔들림 없이 움직여주셔야 됩니다. |
| 대표1 | 최선을 다하겠습니다. |
| 대표2 | 그럼요. |
| 서현 | (미소) |

- 다이닝 홀 밖에서 차마 안으로 들어가지 못한 채 이제껏 그들의 대화를 들어온 진호의 표정.
- 그런 진호를 보는 서현의 시선.
- 시간 경과되어 비어 있는 다이닝 홀.

| 진호 | (서현에게) 나 모르게 무슨 일을 꾸미고 있는 거야? (나만 소외되고 젠장, 모두 나 모르게…) |
|---|---|
| 서현 | 당신은 가만있어요. 괜한 먹잇감 주지 말고. (일어나 나가다) 한지용을 죽일 거 아닌 이상… (나간다) |

진호         (분노로 눈동자가 일렁인다)


S#13        동 저택 메이드 집합소 (사건 전) /D d-7
            주 집사, 서슬 퍼래 앉아 있고 맞은편에 죄인처럼 서 있는 성태.


주 집사      내가 분명히 금고문 열어주지 말라고 했지?

성태         …

주 집사      넌 내가 시키는 대로 해야 한다고 했어, 안 했어? (버럭)

성태         아무리 그래도 사람이 안에 있는데 어떻게 그래요? 계속 그렇게
            있으면 숨 막혀 죽을 수도 있는데.

주 집사      숨 막혀 죽으면 죽는 거지!

성태         !!

주 집사      넌 자존심도 없어? 너 왜 그 블루다이아 훔쳐서 도망갔어?

성태         사람답게 살고 싶어서 그랬어요! (버럭)

주 집사      (더 버럭) 그러니까! 사람답게 살고 싶어서 사람 같지 않은 짓 한
            거잖아!!

성태         (눈빛, 표정)

주 집사      난 이 집안의 모든 일을 다 알아. 다들 숨기느라 정신 못 차리지
            만… 난 다 안다고!!

성태         …

주 집사      하준 아빠가 어떤 인간인지 알아? 한지용은 죽어도 싸!

성태         (당황) 세상에 죽어도… 싼 사람은 없어요.

주 집사      아니! 그 인간은 죽어도 싸! 천사의 얼굴을 하고 뱀의 혀로 사람
            을 농락하는 인간이야. 그래, 지들끼리 속고 속이는 건 괜찮아.

근데 내 마지막 자존심은 밟지 말았어야지.

성태      무슨… 자존심요…?

주 집사      날… (눈시울) 영혼으로 무시했어. 내 뺨을 때린 수혁 아빠도, 날 가슴 깊이 업신여긴 큰사모도, 날 쥐 잡듯 잡는 왕사모도 참을 수 있어. 근데!! 한지용은 용서 못 해. 나도 분노하고 증오할 수 있다는 걸 보여줄 거야. 넌 앞으로 내가 시키는 대로 해. 안 그럼 너도 끝이니까! (하고 나간다)

성태      (남겨져서 벙! 하는데 호출기 울린다. 밖으로 나가는데서)


S#14      진호의 서재 (사건 전) /D d-7

12회 S#66과 S#69가 합쳐진.
진호, 눈빛이 흰자위를 가득 띤 채 앉아 있다. 문이 열리고 성태 가 들어온다.


성태      부르셨어요?


진호의 책상 위에 올려진 블루다이아 목걸이.


진호      지용이… 죽여라… (매섭게 그런 성태 보는)


성태, 천식에 걸린 사람처럼 가쁜 호흡을 하는. 성태의 시선으로 보이는 발광하는 블루다이아 목걸이.


진호      팔아먹을 수 있게 내가 도와줄게. (영혼이 나가버린 사람처럼 읊조

274 × 275

린다)

| 성태 | (사람 죽이란 말을 너무 담담하게 하는 진호를 보고 있자니 입술이 바짝 탄다) |
| :-- | :-- |
| | **농담하시는 거죠?** |
| 진호 | **내가 왜 이런 농담을 해?** |
| 성태 | (사태의 심각성을 알고) 아무리 그래도 어떻게 사람을 죽여요… |
| 진호 | **사람 아니야, 그 새끼.** |
| 성태 | … |
| 진호 | **200억은 족히 받을 거야.** |
| 성태 | !! (시선이 자연스레 블루다이아 목걸이로) |
| 진호 | **죽이고 모나코로 가라. 거기 살기 좋아. 도와줄게, 자리 잡는 거. 그리고 다신 돌아오지 마.** |

그 불온하고 황홀한 제안에 흔들리는 성태와 발광하는 블루다이아가 교차되는 위로.

| 백 형사(소리) | **누군가 한지용 씨를 죽였을 수도 있단 소립니까?** |
| :-- | :-- |
| 진호(소리) | **모르죠, 그건. 죽이고 싶은 사람이 한둘 아니었거든.** |

| S#15 | 태정경찰서 (동회차 S#5) /D d+8 |
| :-- | :-- |

백 형사와 마주 앉아 있는 진호. 표정이 불안정하고 거침 없는 가운데.

| 백 형사 | **혹시 집 안에서 일하는 메이드들과 한지용 씨 관계는 어땠나요?** |
| :-- | :-- |
| 진호 | (눈빛이 묘하게 떨리다가 이내 정돈하는) **모르죠, 메이드들 맘까지는.** |

| 백 형사 | 집안 메이드들 인사 문제도 다 한 전무님이 신경 썼다던데. |
|---|---|
| 진호 | 그랬죠. 그래 봤자 메이드는 메이드라서… 그 사람들 맘을 내가 다 알 수는 없어요. 알 필요도 없고. |
| 백 형사 | 한지용 씨가 죽은 사건 당일… 현장을 발견한 엠마 수녀님이 현재로선 유일한 목격자예요. |

| (인서트 1) | 카덴차 사고 현장 (9회 프롤로그 중- 확장) /N d+0 |
|---|---|
| | 핏물이 가득한 저택 안. 엠마 수녀가 들어와 그 현장 앞에 서 있다. 바들바들 떨고 있는 엠마 수녀. 그 시선 따라가면 쓰러져 죽어 있는 검은 그림자. 그 그림자, 서서히 실체가 보인다- 다름 아닌 지용이다. 놀란 엠마 수녀 시선 따라가면- 지용의 옆에 누군가 쓰러져 있다. 무심코 시선 돌리면 계단 쪽에 보이는 검은 실루엣. 그 장소에 총 세 명의 사람이 있다. (여기까진 9회 프롤로그) 엠마 수녀, 경악을 금치 못하고 당황해서 뒷걸음질치다 밖으로 나간다. 화면은 피가 흐르는 바닥에 쓰러진 지용의 모습에 서서히 줌인하는. |

| 백 형사(소리) | 목격자 진술에 따르면 사고 현장을 목격하고 너무 놀라서 밖으로 뛰쳐나가 누군가에게 도움을 요청하려고 했대요. 그러다 결국 다시 현장으로 왔을 땐… |

| (인서트 2) | 동 현장 /N d+0 |
|---|---|
| | 화면 확장되면 지용 옆에 쓰러져 있던 사람이 사라지고 없다!! |

| 백 형사(소리) | 한지용 씨 옆에 쓰러져 있던 사람은 사라지고 없었다고 하네요. |

엠마 수녀, 거친 호흡을 지속하며 한 발 한 발 다가가는데. 계단에 턱 서 있는 피사체. 다름 아닌 희수다!!!! 엠마 수녀의 충격 받은 표정에서.

(인서트 3)     카덴차 현관 앞 /N d+0

엠마 수녀, 문을 닫고는 믿을 수 없는 상황에 넋이 나간 듯 어찌할 바를 모르는데. 그때 그런 그녀 앞에 다가오는 누군가.

엠마          안… 안에… 쓰러져… 있어요… 도와주세요…

하는데 그런 엠마 수녀 앞에 서 있는 누군가. 다름 아닌 성태다.

엠마          **빨리 구급차…**
성태          (끄덕이며) 네. (하고 안으로 들어가는)

엠마 수녀, 남겨진 채 가슴을 부여잡고 미동도 않은 채 시선만 분주하다.

백 형사(소리)   엠마 수녀님이 구급차를 부르라고 했을 때 그 사람은 조금도 놀라지 않았답니다. 마치 한지용 씨가 그 안에서 쓰러져 있는 걸 알고 있는 사람처럼…

-다시 현재-

진호 진술이 이어지는.

| 진호 | 그건 그 친구한테 직접 물으셔야지 왜 나한테 묻습니까? |
|---|---|
| 백 형사 | 한진호 씨가 김성태 씨한테서 그 투견인들 사진을 받았다고 진술했잖아요. (책상 위에 둔 투견인 사망 관련 진술 파일 들어 보이며) |
| 진호 | 그랬죠. 지용이 서재에서 2G폰을 발견했고, 그 속에서 그 사람들 사진을 봤다고 하더라고요. |
| 백 형사 | 집 안의 메이드가 누가 시키지도 않았는데 그런 짓을 스스로 알아서 했다? |
| 진호 | 그건 나한테 묻지 말고 성태 직접 찾아내서 물어요. 경찰이 그런 거 하는 사람 아닙니까? |
| 백 형사 | (눈빛, 표정) 하필 한지용 씨가 사망한 다음 날 모나코로 출국했지 뭡니까… 용의자도 아닌데 인터폴로 수배할 수도 없는 노릇이고. |

진호, 그런 백 형사 묘한 미소 짓고 보는데 백 형사의 핸드폰이 울린다. 전화 받는 백 형사.

| 백 형사 | 여보세요 (듣는) 네. (끊고. 진호 보는) 수색영장 발부됐다네요. 가정 방문 한번 하겠습니다. |
|---|---|
| 진호 | … |
| 백 형사 | 아 참… 한지용 씨 사망 당일 한진호 씨는 왜 다른 병원에 가 있었습니까? |
| 진호 | (그런 백 형사 보는 표정에서) |

S#16    어느 병원 (사건 당일) /D d+0

정도의 얼굴만 화면 가득 잡힌다. 하염없이 눈물을 흘리고 있는 정도. 휴지로 눈물을 훔치는 처량한 정도의 얼굴 위로.

진호(소리)　매제 입원한 병원에 갔어요. 사건 당일 매제가 교통사고가 났거든요.

화면 드디어 정도의 얼굴에서 줌아웃하면 다리에 철심 박고 팔에 깁스하고 병원 환자복 차림으로 목발 짚고 쩔뚝대며 걷고 있다.

진호(소리)　공교롭죠. 뺑소니를 당했어요.

정도의 모습에서 자연스레 진희의 서사로 넘어간다.


S#17　　하원갤러리 (사건 전) / D d-7

서진경이 걸어 들어온다. 미주가 걸어 들어온다. 재스민이 걸어 들어온다. 모두 풀착장한 상태다. 그리고 엠마 수녀가 마지막으로 들어와 환하게 웃으며 그들 앞에 앉는다.

(짧은 시간 경과)

다과가 차려져 있는 일신회 성경 모임의 고즈넉한 분위기. 차를 마시는 그녀들.

미주　근데 희수 씨 없으니까 허전하다.

| 재스민 | 맞아요! |
|---|---|
| 엠마 | 안 그래도 오늘 새로 멤버가 오세요. (손목시계 확인하는) 시간 지키랬는데… 또 늦네. (못마땅) |

하는데 누군가 등장한다. 다름 아닌 진희다. 일동 그런 진희 보는.

| 엠마 | 왔어요? 이리 앉아요. (자리 내주는) |
|---|---|
| 일동 | (그런 진희 묘하게 본다) |
| 서진경 | (그런 진희 보고는 피식) 니가 성경 공부를 하겠다고? |
| 재스민 | 일신회 멤버 아니잖아요. |
| 엠마 | 기부에 동참해주셨어요. 앞으로 뜻을 함께하기로 했답니다. |
| 서진경 | (그런 진희 귀엽다는 듯이 본다) 노력이 가상하네. |
| 미주 | 근데 얼굴이 되게 낯이 익은데? |
| 서진경 | (미소) 맞아. 효원베이커리 크림빵~ 갑질로 유명했던 한진희. 서희수 씨 시누이. |
| 진희 | 안녕하세요. (다소곳이 서서 간증하듯) 저는 세상을 참 겁 없이 살았습니다. 그러다가 수녀님을 만나고 이제야 세상을 조금 알게 되었어요. 내가 세상을 존중해야 나도 존중받는다는 진리를… 앞으로 잘 부탁드리겠습니다. |
| 엠마 | 자, 박수로 우리 말썽쟁이 어린 양을 맞아줍시다. |
| 일동 | (대충 박수 치는) |
| 엠마 | 자, 그럼 오늘 성경 공부 시작할까요? 오늘 말씀은 마태오 복음서 9장 22절 딸아 용기를 내어라~ (니 믿음이 너를 구원하였다. 바로 그때에 그 부인이 구원을 받았다) … |

| S#18 | 동 갤러리 밖 (사건 전) /D d-7 |
|---|---|

성경 공부가 끝난 네 여인들. 명품으로 휘감고 걸어 나온다.

| 서진경 | 새로 멤버도 왔으니까 카페 가서 톡 오버 커피라도 할까? |
|---|---|
| 재스민 | 네버 베러Never better. |
| 진희 | (굴리며) 와우Wow! 어썸Awesome. |
| 서진경 | (앞서가는 둘을 보며 작은 한숨) 캐릭터 겹치네. |

그렇게 카페로 향하는 네 여인의 뒷모습이 멀어지면서.

| S#19 | 어느 카페 (화사하고 페미닌한) (사건 전) /D d-7 |
|---|---|

각각 다른 컬러의 컬러풀한 에이드가 네 여인들 앞에 놓여 있다.

| 진희 | (미주에게) 아나운서 10년 하고 이렇게 콕 숨어 놀면 지루하지 않아요? |
|---|---|
| 미주 | 놀긴요. 얼마나 바쁜데. 아나운서 생활할 때보다 더 바빠요. 서희수 씨도 그럴걸요. 집안 행사에 품위 유지에 보이는 게 다가 아니죠. 하긴 안 보여야 돼서 더 바쁜 거도 있고요. |
| 재스민 | 근데 서희수 씨 이혼한다던데… 키우던 애 진짜 엄마랑 법정 싸움했는데… 서희수 씨가 이겼다던데? |
| 미주 | 이혼 쉽지 않죠. 이제… 남편이 효원의 황제가 될 텐데… |
| 서진경 | 남의 뒷담, 불편한 진실, 객관적으로 입증 안 된 의혹들… 입밖으로 내지 말자. 그리고 (진희 보며) 얘한테 뭐 묻지 마. 미끼 확 물고 말실수하니까. 실수한 사람보다 실수하게 만드는 어시스트 |

가 더 나빠.

진희 　어휴… 책도 안 읽으면서 똑똑해, 우리 숙모님. 근데… 숙부님이 남긴 그 어마무시한 유산 어디다 뭐하실 거예요?

서진경 　돈은 아무리 많아도 어디다 뭐하시게… 란 말은 안 맞아. 돈처럼 생명력 넘치는 게 세상에 없잖아.

미주 　근데 언니는 재혼 생각 없어요?

서진경 　남자가 내 재산을 원하는 건지 날 원하는 건지 그 판단을 할 필요가 없어질 정도로 정신 못 차리게 멋있는 남자가 나타나면 할 거야.

하는데 재스민의 핸드폰이 울린다.

재스민 　여보세요? (미소, 반색) 자기야… 나 지금 언니들이랑 티 타임~~ (교포스러운 재스처로)

진희 　(그거 조롱하듯 흉내 내며) 자기야~~ 티 타임~~

재스민 　끝나고 전화할게. 따랑해, 자기~ (전화 끊는)

서진경 　성경 모임에서 그렇게 좋은 말씀 듣고 불륜남이랑 전화하고… 둘 중 하나는 안 하는 게 맞지 않니, 재스민?

재스민 　불륜 아니야. 로맨스~ 위 러브 이치 아더.

미주 　골프 치다 만났다고 했지? 골프장에 사기꾼이 얼마나 많은지 알아? 그 사람 신원, 자세히 알아봐. 재스민.

재스민 　히 이즈 퍼펙트! 그 사람도 나랑 똑같아. 지옥 같은 메리지 라이프!

진희 　왜 지옥 같은데요?

재스민 　와이프가 타이거 퓨마 치타 멍키 (손가락 돌리며) 크레이지 우먼!!

| 진희 | (끄덕이는) 근데 왜 그런 크레이지 우먼이랑 이혼 안 하고 산대요? |
|---|---|
| 재스민 | 크레이지 우먼이 이혼을 안 해준대. 크레이지 우먼이 자기 남편 크레이지 러브한대요. |
| 진희 | 그럼 You는 그 사람이 그 크레이지 우먼이랑 이혼하고 You랑 결혼하길 원하는 거예요? |
| 재스민 | 노 네버… 난 이혼 안 해. 왜 이혼해? |
| 진희 | 그럼… 이혼이 쉽나. (자기 감정에 취해) |
| 재스민 | 근데 난 그 남자가 자꾸 이혼하고 나랑 같이 살기를 원하는 거 같아서 부담스러워. |
| 서진경 | 허… 불륜 커플 서로 뜻이 안 맞으면 엉망진창되는데… 지옥 같은 결혼보다 더 난장 나는 불륜 커플 나 여럿 봤다? |
| 진희 | 그럼 재스민은 그냥 가볍게 즐기고 싶은데 남자는 시리어스하단 거잖아요. |
| 재스민 | 예스. |
| 진희 | 그 크레이지 우먼 너무 안됐다. |
| 재스민 | 뭐가 안됐어요? |
| 진희 | 그 크레이지 우먼 남편은 재스민을 사랑해서 이혼을 꿈꾸는데… 크레이지 우먼은 그런 바보 같은 남편을 사랑하고 있으니까. |
| 재스민 | Not my business. |
| 진희 | (괜히 감정이입해) 그 크레이지 우먼이 알면 You're gonna die. |
| 재스민 | 어떻게 알아요? 알 수 없지. |
| 미주 | 우리한테 이렇게 얘기 다 했으면 이미 비밀은 아닌데… 누군가는 곧 알겠네. 말조심해, 재스민. |
| 재스민 | 아무도 몰라… 언니들밖엔. 바이블 스터디하는 사람들이 설마 |

그런 얘기 옮기겠어요?

서진경 (어이없게 보면서) 바이블 스터디하면서 불륜하는 너 같은 애도 있

    는데 우리는 홀리<sup>holy</sup>할 거라고 생각해? 뇌 구조 독특해.

재스민 노 불륜 로맨스.

진희 노 로맨스 저스트 불륜.

재스민 노 노… 유 네버 노…

진희 아이 노…


    진희와 재스민의 설전 보면서.


서진경 (그런 둘 보면서 혼잣말) 이 모임 좀 피곤해질 거 같은 강렬한 예감이

    들어.


진희(소리) 모르죠. 그때 지용이 옆에 쓰러져 있던 사람이 누군지…


S#20  카덴차 티 가든 /D d+8

    취조 중인 백 형사. 맞은편에 앉아 있는 진희.


진희 한 10시쯤 됐나? 그때 남편 사고 났다고 병원에서 저한테 연락

    이 왔고, 오빠가 남편 병원에 갔어요. 난 그냥 카덴차 정원에 있

    었어요. 와인을 거의 한 병 마셨거든요. 근데 우리 오빠는 그날

    술을 안 마시더라고요. 한 모금도 입에 대지 않았어요.


    진희의 소리 위로 당시 파티 현장이 플래시백으로 인서트된다.

동 저택 정원 /D d+0

효원가 사람들 다 모여 있는. (정도만 빠져 있고) 서진경, 미주, 재스 민도 참석했다. 효원가 사람들, 파티룩 차림이고. 집안 어른들로 보이는 여러 사람들. 그리고 저택 내 모든 메이드들. 수혁은 양 복을 입고 있고, 유연은 드레스를 입고 있다. 수혁·유연의 약혼 파티다. 오케스트라 8인이 음악을 연주하고.

(인서트 2)          노덕이 새장 /D d+0

노덕이가 지키고 있는 둥지의 알에 금이 간다.

(시간 경과)

진희는 술에 취해 있고, 진호는 전화 받고 급히 자리를 뜨고, 파 티에 참석한 사람들은 모여서 다정하게 얘기 중이다. 지용·자 경·희수·서현·엠마 수녀는 보이지 않고, 수혁과 유연은 서로 다 정하게 쳐다보는 그런 상황 위로.

백 형사(소리)   한지용 씨랑 한진호 씨 사이가 안 좋았죠? 한진호 씨가 한지용 씨를 죽이고 싶을 정도로 미워했다는데…

-다시 동 가든-

진희   설마 우리 오빠 의심하시는 거예요? 형사님, 지용이는 우릴 감 쪽같이 속인 애예요. 심지어 내 동생도 아니었다고요. 오빠가 지 용이에 대한 분노가 있는 건 당연한 거예요. 죽일 정도로 미워했 겠지만 죽이진 못해요. 그럴 위인이었음 그렇게 피 한 방울 안 섞인 지용이에게 그 자릴 뺏기지 않았겠죠.

백 형사　지금 말씀하시는 거 보니까 한진희 씨도 한지용 씨를 누군가 죽였다고 생각하는 건가요?

진희　글쎄요… 근데 이 집안에 한지용 안 죽이고 싶은 사람이 있었을까요? 가장 죽이고 싶었던 사람은 (하다 문득 어딘가 시선 두는) …저기 있네요.

진희, 시선 저만치 멀리 두고. 그 시선을 따라가는 백 형사. 다름 아닌 정원에서 산책 중인 희수다.

S#21　　루바토 내 정원 /D d+8

희수가 걷고 있다. 기억을 잃은 희수의 처연하고 어두운 낯빛. 그런 희수에게 다가오는 누군가. 다름 아닌 자경과 자경의 손을 잡은 하준이다. 하준을 알아보지 못하는 듯한 희수의 건조한 눈빛. 희수를 보는 하준의 그렁한 눈망울.

자경　하준이 데리고 체스 레슨 다녀올게요.

희수　네, 선생님.

하준　엄마…

희수　(건조하게 하준 보며) 잘 다녀와.

하준　엄마… 엄마… 정말… 나 기억 못 해?

희수　노력할게… 기억 찾도록. (하준을 보는 시선에 애틋함이 없고)

자경, 안타깝게 희수 보면서 하준의 손을 잡고 대기 중인 차에 올라탄다.

-카덴차 티가든-

| 백 형사 | (시선 희수 쪽 두면서) 남편은 죽었는데 이혼을 강력하게 원하던 사람이 왜 아직 이 집에 있는 거죠? |
|---|---|
| 진희 | 의사 소견이 그랬대요. 환경을 바꾸지 말고 지내던 곳에 있어야 기억이 돌아오는데 도움이 된다고. 그렇게 하준이라면 끔찍하던 사람이… 하준이를… 못 알아봐요. |

백 형사, 걸음을 옮겨 희수에게 다가간다.

-루바토 정원-

희수에게 다가가는 백 형사. 백 형사, 희수에게 목례를 한다.

| 백 형사 | 오늘 기분은 어떠세요? |
|---|---|
| 희수 | 안녕하세요. 그날은 가르마가 오른쪽 아니었나. 검정 점퍼에 청바지, 감색 운동화… |
| 백 형사 | 맞아요. 기억 잘하시네. |
| 희수 | 제가 그랬잖아요. 한지용을 만난 이후부터 사고 당일까지가 기억이 안 난다고. 기억력 용량이 남아돌아 그런지 다른 기억은 더 선명하거든요. |
| 백 형사 | 아드님, 기억 안 나세요? 너무나 사랑하셨다는데… |
| 희수 | 그랬다네요. (쓸쓸한) |
| 백 형사 | (그런 희수 보는) |
| 희수 | 수사 제대로 해주세요. 저 너무나 궁금하거든요. 제 남편을 누가 |

죽인 건지… 아니면 정말 심장마비였는지…

백 형사       네… 그러겠습니다.


저만치 걸어가는 희수를 보는 백 형사의 표정. 걸음을 재촉해 카
덴차로 향한다.



S#22        카덴차 안 /D d+9

백 형사, 들어가서 영장을 보여주는데서. 안으로 들이는 주 집
사. 백 형사, 안으로 들어와 살피면– 다이닝 홀에서 고기를 먹고
있는 순혜. 백 형사를 보는 순혜의 표정– 표독스럽다.

주 집사       형사님이세요, 왕사모님.
순혜         (투명인간 취급하며 먹고 있는)


-2층 난간-

백 형사, 2층의 난간 칼럼을 손으로 만져본다. 튼튼하다. 자신이
떨어질 수 있는 상황을 연출해보는. 그리고 2층을 둘러보는 백
형사. 그런 백 형사를 1층에서 기분 나쁜 시선으로 보고 있는 주
집사.


-한 회장 서재-

문을 열어보는 백 형사. 서재를 걷고 있는. 백 형사 발은 딱 지하
벙커 위를 밟고 있다. 지하 벙커가 발 아래 펼쳐지고, 백 형사, 둘
러보고는 밖으로 나간다.


288 × 289

-서재 앞-

백 형사가 나가자 바로 문 앞에 서 있는 순혜. 헉! 놀라는 백
형사.

| 순혜 | 내 집에서 나가, 당장. |
|---|---|
| 백 형사 | 협조해주셔야 아드님 죽음이 헛되지 않아요. |
| 순혜 | 심장마비로 죽었다는데 왜 수녀 나부랭이 말만 듣고 이 난리 야!!! 그 수녀가 거짓말했을 거란 생각은 안 해봤어? 지용이랑 얼마나 오랫동안 내통했는데! |
| 백 형사 | ? |
| 순혜 | 그 수녀가 지용이 친모랑 형님 아우 하던 사이였어. 그런 걸 감 쪽같이 속이고 있었던 사람이라고! 왜 그 거짓말쟁이 수녀 말 만 듣고 내 집을 함부로 휘젓고 다녀. 당장 나가!!! 나가 나가 나 가!!!! |
| 백 형사 | (당황해서 보다가 얼른 2층에서 내려온다) |

| S#23 | 동 정원 일각 /D d+9 |
|---|---|
| | 희수, 산책이 끝난 듯 수영장 일각 어딘가에 앉아 있다. 희수의 답답한 표정. 이때 메이드 2(경혜)가 다가온다. |

| 경혜 | 사모님, 김 닥터님 오셨어요. 오늘 검진 받으시는 날이세요. |
|---|---|
| 희수 | 알았어요, 경혜 씨. 곧 가요. (먼저 자리를 떠 루바토로 향한다) |
| 경혜 | (가려다 순간 멈칫! 어~) 내 이름을… |

S#24          동 저택 밖 /D d+9

　　　　　　백 형사, 걸어 나오면 서 있는 이- 다름 아닌 진호를 수사해온 황
　　　　　　경위다.


황 경위　　　광운서 황형수-ㅂ니다.

백 형사　　　아… 안 그래도 연락 받았어요. 서에서 기다리시지 여기까지…

황 경위　　　(저택 쪽 시선 두면서) 나도 안에 한번 들어가보려고 그랬지.

백 형사　　　(피식) 사고난 지 1주일이나 지난 현장, 봐봤자죠.

황 경위　　　누가 현장 본대요? 재벌 집 구경하는 거지.

백 형사　　　재벌 집 별거 없어요. 커서 그런가… 온기가 없고 춥더라고
　　　　　　요, 좀.

황 경위　　　(백 형사 따라붙으며) 아무튼 잘해봅시다. 청장님 특별 지시잖아요.
　　　　　　이 사건 서끼리 경쟁하지 말고 공조하라고.

백 형사　　　갑시다. 광운서로… 일단 곽수창 사건 파일이나 좀 보게.


앵커(소리)　　효원그룹 한지용 상무이사가 사망한 지 1주일 만에 경찰이 수사
　　　　　　에 나섰습니다.



S#25          지용의 회장실 /D d+9

　　　　　　'회장 한지용' 명패가 쓸쓸히 비춰지고. 텅 빈 의자, 텅 빈 책상,
　　　　　　텅 빈 방 위로.


앵커(소리)　　고 한지용 상무는 지난 3일 회장 취임을 승인 받는 주주총회 당
　　　　　　일 향년 39세로 경기도 성남 자택에서 심장마비로 사망, 유가족

의 뜻에 따라 가족장으로 치러졌으나, 사망 당시 현장에 있던 한 목격자의 증언으로 경찰이 수사에 착수했습니다. 고인은 효원 그룹 한석철 회장의 차남으로, 2018년 효원전자의 스마트TV로 미국 시장에서 50% 이상의 판매율을 달성해 경영 능력을 인정 받았고, 국내 최연소 재벌 총수의 서막을 알렸으나 안타깝게 사 망했습니다.

| S#26 | 효원E&M 서현의 사무실 /D d+9 |
|---|---|

서현의 복잡한 표정. 그런 서현의 모습 위로.

| 앵커(소리) | 경찰은 조만간 수사를 확대하여 고 한지용 상무 사망 사건을 새 롭게 조사한다는 방침을 전했습니다. |
|---|---|

서현, 떠올리는 사건 당시 상황.

| (인서트 1) | 저택의 정원 /N d+0 |
|---|---|

수혁·유연의 약혼 파티가 스케치되는 가운데… (동회차 S#3 연동) 정원을 가로질러 김 닥터가 저택 안으로 들어간다.

| (인서트 2) | 동 정원 일각 /N d+0 |
|---|---|

서현이 다급하게, 모처럼 사이좋게 앉아 있는 한 회장과 순혜에 게 다가간다. 서현, 패닉 상태다.

| 서현 | (목소리 떨리고 감정 격앙된) 아버님… 서방님이… |
|---|---|

| | |
|---|---|
| 한 회장/순혜 | (보자) |
| 서현 | 2층에서 추락⋯했습니다. |
| 한 회장 | (충격 받는) |
| 순혜 | (놀라는) |
| 서현 | 그 자리에서 사망했습니다. 혈관이 터졌답니다. |
| 한 회장 | ⋯ (굳어져 있다 침착하게) 김 닥터 불러라. |
| 서현 | 이미 와 있습니다. 제가⋯ 처리하겠습니다. |
| 한 회장 | !! |
| 순혜 | (굳어진 채) |

서현, 돌아서 가는데 서현의 팔에 피가 묻어 있다. 서현의 팔과
손에 묻은 피를 발견하는 순혜. 순혜의 표정, 더욱 단단히 굳고.
그렇게 걸어가는 침착한 서현의 모습에서.


| S#27 | 광운서 /D d+9 |
|---|---|

곽수창 사건 파일을 넘겨보고 있는 백 형사, 맞은편에 앉아 있
는 황 경위. 황 경위는 백 형사가 찍어온 사건 현장 사진을 보고
있다.

| | |
|---|---|
| 황 경위 | 근데 왜 목격자는 살인 사건이라고 단정한 걸까요? |
| 백 형사 | 바닥에 피 묻은 흉기 같은 게 있었답니다. 두 번째 들어왔을 때 한지용 옆에 쓰러져 있다 사라진 사람과 함께 그 흉기도 사라졌 대요. |
| 황 경위 | 흉기요? |

| 백 형사 | (끄덕이는) 어떤 물체가 분명히 있었대요. (답답한, 자조하듯) 수사가 힘들어요. 현장도 없어지고… 회사 수색도 불가능하고… 한지용은 회사 폰을 써서 정보 조회도 안 되고… |
| --- | --- |
| 황 경위 | (카덴차 사고 현장 사진을 보며) 높이가 5미터라… 떨어졌다고 바로 죽을 높이는 아닌데. |
| 백 형사 | 그렇지만 누가 밀어서 뇌진탕이면 즉사가 가능한 높이죠. |
| 황 경위 | 밀어서 떨어뜨리려면 적어도 한지용이 대항력 없는 수준의 힘이 있어야 된단 얘긴데… 여자가 아닐 수도 있겠네. |
| 백 형사 | 당시 집 안에 남자라곤 김성태라는 메이드뿐이었어요. 한진희 남편 박정도는 그날 밤 교통사고가 나서 파티에 불참했고, 장남 한진호는 그 매제 병원에 갔고요. |
| 황 경위 | 그 부분이 젤 이상해요. 아들 약혼식인데 매제 병원엘 갔다고요? |
| 백 형사 | 약혼식 중에 연락 받고 갔어요. 아들과 사이가 안 좋았고, 매제랑은 사이가 좋았다네요. 수녀님 진술이에요. (하다가 황 경위 보던 사진에 시선 주며 설명하는) 찾아야 될 사람은 단 한 사람! 서희수, 한지용이 아닌 저 바닥에 함께 떨어진 제2의 인물. |
| 황 경위 | 같은 높이에서 떨어져서 하나는 죽고 하나는 멀쩡하게 살아났다… 적어도 살아난 사람은 분명 병원 기록이 있어야 하잖아요. |
| 백 형사 | (끄덕) 그날 파티에 참석한 모든 사람들 의료 기록을 추적했는데 (의료 기록 자료 황 경위에게 건네는) 골절 등으로 병원에 다녀간 사람은 한 사람도 없었어요. (이해 안 된다는 표정에서) |

S#28    카덴차 내 거실 - 다이닝 홀 /N d+9

카메라 사고 현장에서 시작해서 다이닝 홀로 다가가는. 우울한 분위기의 효원가 사람들, 식사 중이다. 한 회장, 순혜, 진호, 서현, 진희, 그리고 마지막으로 보이는 희수가 함께 식사를 하고 있다. 정 셰프와 주 집사, 그리고 메이드 2와 주희가 식사 서빙을 하고 있는.


| 희수 | 하준이와 하준이 엄마, 다시 미국으로 보내야 되지 않을까요? |
|---|---|
| 서현 | 하준이 엄마는 동서야! |
| 희수 | … |
| 서현 | 하준이 정신적 안정이 중요해. 아빠도 사망하고 엄마도 자신을 알아보지 못하는 상태에서 애를 타지에 있게 하는 게 맞을까? |
| 희수 | 그 아이도 상황을 빨리 받아들여야죠. 시간이 해결할 문제 아닐까요? 그리고 하준이 낳아준 이혜진 씨요, 그 사람이 엄마죠. |
| 일동 | (그런 희수에게 집중하는, 놀라기도 하고) |
| 희수 | 하준이 아빠는 죽었고… 전 하준이랑 아무 관계도 아니잖아요… |
| 서현 | (그런 희수를 깊은 시선으로 보는) |
| 순혜 | 하준 애비 핏줄이야. 우리 집에서 키운다. |
| 희수 | (아무것도 기억 못 하는 표정으로) 여기 계신 분들… 하준이와 남이잖아요. 하준이와 친혈육 관계인 건 하준이 아빠와 그 튜터뿐이에요. 하준 아빠가 죽은 마당에… 그 사람이 없는 이 집에 저 아이가 있을 필요가 없죠. 저도 곧 나가야 되고요. |
| 일동 | (그런 희수 보는) |
| 진희 | 아… 정말. (한숨) 저 아이? 저 아이? 하준이라면 불 속에라도 뛰어들 것처럼 그러던 올케가… 어쩜 이럴 수 있냐. |
| 한 회장 | 여기서 희수, 니가 하준이 키워… 그 튜터 내보내고. |
| 일동 | (한 회장의 그런 결정 또한 의아하다) |

| 희수 | 저한테… 하준인… 낯선… 아이예요… 제가 키울 수 없어요. |
|---|---|
| 일동 | (기가 막히다) |
| 서현 | 일단 동서 기억 돌아오는데 집중해. 기억이 돌아온 후에 다시 얘기해. 동서 인생에서 하준이는 전부였어. |
| 희수 | (눈시울) 참 귀여운 아이예요. 어디 가서든 사랑 받을 거예요. 친엄마가 키우게 해주세요. 아이를 위해서 그게 맞아요. |
| 서현 | 기억 돌아올 거야. 내 말대로 해. |
| 희수 | 돌아올까 봐… 겁나요. 돌아오지 않았음 좋겠어요. |
| 일동 | (그 소리에 희수를 보는, 심각한) |
| 희수 | 제가 그날 본 게 뭐였길래 얼마나 충격이길래… 이렇게 새까맣게 머리가 깡통이 됐을까요… 얼마나 기억하고 싶지 않길래… |
| 일동 | (보는) |
| 희수 | 형사 말처럼 하준 아빠를 누가… 죽인 걸 수도 있잖아요. (눈빛. 조용히 수저를 놓고 일어나 나가는) |
| 일동 | (남겨진 채 한숨) |

서현, 그런 희수의 뒷모습을 의미심장하게 보는데서.


S#29    루바토 내 하준의 방 /N d+9 정관장 에피

쓸쓸한 표정의 하준. 침대에 앉아 있다. 보약을 하준에게 주는 자경.


| 자경 | 이거 먹자. 튼튼하고 건강해야지. 엄마도 그걸 바라실 거야. |
|---|---|

하준, 고민하다가 홍이장군을 씩씩하게 (맛있게) 다 먹는다. 하준을 쓰다듬는 자경.

하준    엄마한테 해줄 얘기가 있어요. 엄마랑 약속한 게 있거든요.

(인서트)    플래시백 (10회 S#26 중) /D
희수    엄마 몰래… 운 적 있어?
하준    응.
희수    엄마랑 비밀 안 만들었음 좋겠는데.
하준    알았어. 비밀 안 만들게.
희수    약속.
하준    (손가락 건다) 그래도 지금은 말 안 할래. 나중에 할래.
희수    (피식) 알았어. 나중에 꼭 해줘.


하준의 눈이 슬퍼져서는.

하준    선생님이 나타나고 나서… 엄마가 떠날까 봐… 울었어요.
자경    (눈시울 붉어지는)
하준    엄마가 떠나는 게… 세상에서 제일… 싫어요, 난.
자경    (그런 하준을 쓰다듬는다)
하준    근데 더 싫은 게 생겼어요… 엄마가… 날 기억 못 하는 거예요… (우는)
자경    (그런 하준 안아주며) 예전의 엄마로 분명 돌아오실 거야.
하준    아빠도 없는데… 엄마도 날 기억 못 하면… 난 이제 어떡해요.
자경    (운다) 아니야… 하준이에겐… 엄마도 있고… 나도 있어…

| S#30 | 하준의 방 밖 /N d+9 |
|------|------|

그런 자경과 하준의 모습을 문밖에서 보고 있는 희수의 표정. 희수, 뒤돌아 나가는데서.

| S#31 | 희수의 차 안 /N d+9 |
|------|------|

운전대에 앉아 시동을 건다. 그렇게 차를 출발시키는 희수.

| S#32 | 정도의 병실 /N d+9 |
|------|------|

정도, 세상 무너진 얼굴로 앉아 있는데 진호가 들어온다. 서로를 불쌍하게 보는 두 사람.

| 정도 | 경찰이 수사 시작했다면서요. |
|------|------|
| 진호 | 응. (자리에 앉는) |
| 정도 | 형님 집안 비밀, 제가 모르는 거 또 있죠? 있으면 털어놓으세요. |
| 진호 | (보는) |
| 정도 | 한진희는 장인어른 딸이 맞는 거예요? |
| 진호 | 짜식이 진짜… |
| 정도 | (한숨) 이건 무슨 저주일까요… 어떻게 나한테 이런 일이… 1년 동안 물리 치료하고… 잘못하면 저 못 걷는대요. |
| 진호 | 걸을 수 있을 거야. 넘 걱정 마. |
| 정도 | 아아아… (미치겠는데) |
| 진호 | 그러니까 왜 진희랑 싸워서 파티에 안 오고 그 시간에 딴짓을 하냐고… 도대체 널 차로 친 사람은 누구야~~ 야! 너! 무슨 일 |

이 있었던 거야?

정도     (그 소리에 부르르, 그런 정도의 표정 위로)


S#33    인적 없는 어딘가 (사건 전) /D d-5

정도가 차를 대기하고 신나는 음악을 틀어놓고 날라리 같이 앉아 있으면 누군가 걸어온다. 다름 아닌 재스민이다.

재스민    자기야 안녕~~~
정도      (윙크한다. 재스민을 태우고 차를 출발시킨다)


S#34    정도의 차 안 (사건 전) /D d-5

정도, 운전 중, 재스민과 어디론가 향하는데…

정도      오늘 변호사 만났어. 내가! 이혼 소송하기로 했어. 못 기다려.
재스민    (정색해서) 왜 이혼해. 참고 살아, 오빠.
정도      (정색해서) 싫어! 너 나 사랑하는 거 아니야?
재스민    사랑하지. 그렇지만 난 남편이랑 이혼 안 해.
정도      (차 끽 멈추고 재스민 보며) 그러니까 뭐야… 너 나 엔조이 상대니?
재스민    이혼해서 오빠랑 같이 살아봐야 우리 둘 다 또 바람 날 거야.
정도      뭐?
재스민    우린 둘 다 자유로운 영혼이야. 그냥 이렇게 만나. 이혼하지 말고.
정도      (그런 재스민 원망스레 보는)

| 재스민 | 와이프를 가족이라고 생각하라고… 여자로 보지 마. |
|---|---|
| 정도 | 지금 그 얘기를 하는 게 아니잖아. 우리 둘 관계에 집중해. 너 나한테 이러는 거 아니지. |
| 재스민 | Don't be stupid honey! |
| 정도 | 너 내가 영어 섞어 쓰지 말랬지. 딱 싫다고! |
| 재스민 | 아, 그랬지. 깜빡했다. |

전화벨 (E)

S#35       정도의 병실-현재 / N d+9

정도, 전화 받는. 누구의 전화인지 모른다.

| 정도 | 여보세요? (듣는) 아파, 아직. 괜찮아… 이따가 전화할게. |
|---|---|
| 진호 | (그런 정도 보는) 누구야? |
| 정도 | (대답 없는, 전화 끊는다. 진호 보면서) 처남 안됐어요. |
| 진호 | … |
| 정도 | 죽은 거야 그렇다 치고… 집안에 자기 편이 아무도 없었잖아요. |
| 진호 | 난 뭐 있는 줄 알아? 우리 집 식구들 다 외로워. 불쌍해 전부. 안 외로운 사람 없다고. (착잡한 진호의 표정에서) |

S#36       동 수녀원 밖 - 안 / N d+9

문이 열린다. 엠마 수녀의 눈이 촉촉하다. 그런 엠마 수녀의 시선 따라가면 다름 아닌 희수다.

| 희수 | 들어가도 될까요, 수녀님? |
|---|---|
| 엠마 | (문을 열어 안으로 들인다) |

-안-

희수, 들어와 자리에 앉는다.

| 엠마 | (따뜻하게 보며) 용케 자매님이 늘 앉았던 자리는 찾아 앉네요. 몸이 기억하나 봐요. |
|---|---|
| 희수 | 저한테 수녀님… 아주 특별한 사람이었나 봐요. |
| 엠마 | 네. 희수 자매님도 저한테 아주 특별했답니다. |
| 희수 | 수녀님과 나눈 문자 메시지를 다 읽는데 하루가 꼬박 걸리더라고요. |
| 엠마 | 그랬을 거예요. 우리 두 사람, 문자로 대화를 많이 나눴죠. |
| 희수 | 수녀님에게 보낸 제 마지막 문자 메시지가 이거였어요. (핸드폰 문자 메시지 확인하는) 수녀님… 하준 아빠와 따로 만나오셨죠? 저한테 모든 걸 솔직하게 얘기해주세요. |
| 엠마 | (눈빛 떨리고) |
| 희수 | 거기서 문자가 끝났더라고요. 수녀님이 문자를 읽고도 답장을 안 주셔서… 지금 주세요. 그 질문에 대한 답. |
| 엠마 | …난 지용이를 늘 맘 아프게 생각했어요. (눈가 그렁해) 나한텐 너무나 아픈 영혼이었으니까. |
| 희수 | … |
| 엠마 | 난 그 아이가 태아였을 때부터 인연이 된 사람이에요. 태어나고 자라는 과정을 멀리서 지켜봤지만… 잘 살아가고 있는 줄 알았어요. 지용이가 그 집에 마음 둘 곳이 없단 걸 진작에 알았으 |

면… (말을 못 잇는)

엠마 수녀의 이야기를 듣고 있는 희수의 표정, 엠마 수녀의 얼굴
이 회상 신으로 오버랩된다.
자막 '10년 전.'


S#37      회상 - 김미자 산소 일각 (10년 전) /D
          오버랩되는- 지금보다 젊은 엠마 수녀, 김미자의 산소를 처연히
          보고 있다. 이때 산소에 빨간 장미 한 송이를 헌화하는 누군가의
          손- 엠마 수녀 보면, 다름 아닌 20대 후반의 지용이다.


엠마       니 엄마 하늘나라 간 지도 15년이구나. 이렇게 변함없이 사랑해
          주는 아들이 있어서 니 엄마는 행복하시겠다.

지용       제가… 엄마를 사랑해서 매년 온다고 생각하세요?

엠마       ??

지용       혹시라도 잊힐까 봐…

엠마       …(영문 모를 얼굴로 지용을 보는데)

지용       엄마가 제게 한 짓이… 그것조차 오늘이 마지막이지만. (걸어
          가는)

엠마       (당황해 뒤따르는)


          -묘지 일각-

          엠마 수녀와 지용, 앉아 있다. 두 사람 이야기를 이어 나가는. 지
          용, 바지를 걷어 자신의 오른쪽 종아리를 엠마에게 보여주는데,

길이 8센티 정도의 깊은 자상 흉터가 새겨져 있다. 엠마 수녀, 그런 지용의 얼굴과 다리의 흉을 교대로 보는데.

지용     내가 아홉 살 때 엄마가 화가 나서 유리를 깨서 던졌어요.

엠마     (너무나 놀라는)

지용     엄마는 당신 불행의 근원이 나라고 여겼어요. 내가 내 친부랑 너무 닮아서 미워했어요. (피식) 내 잘못이 아닌데… 근데… 개 같은 게 뭔지 아세요? 날 학대한 엄마가 내 유일한 혈육이라… 이 얘길 할 사람이 그 집에 아무도 없었어요.

엠마     (미치겠다. 딱하고 안타까운) 미안하다, 지용아… 내가 진작 너를 찾아서 만났어야 했는데…

지용     날 믿어주고 사랑해주는 사람이 한 사람만 있었어도 난 달라졌을 거예요.

엠마     (지용의 손을 잡고) 이제라도 안 늦었어. 내가 네 엄마가 돼서 널 치유해줄게… 딱하기도 하지.

지용     (눈시울 붉어진) 이미… 늦었어요.

엠마     !!

지용     난 이미 악마가 돼버렸어요.

엠마     무슨 말이야, 지용아?

지용     수녀님… 나 아무도 모르게… (눈빛, 표정) 나쁜 짓 되게 많이 하고 살아요. (사이코 같은 표정으로)

엠마     누구나 나쁜 짓 해.

지용     그 수준 아닌데… 사람도… 죽여봤는데.

엠마     (정신이 번쩍 들어 그런 지용 보는)

지용     (공포스럽게 미소를 지으며 엠마 보는)

| 엠마 | …너 농담하는 거지? |
|---|---|
| 지용 | 하하하… 그럼요. 농담이죠. (다시 정색해서) 그치만 곧 죽일 수도 있어요. |
| 엠마 | (사태의 심각성 깨닫고 지용의 어깨를 딱 잡고 다그치듯) 엄마에게 학대 받고 사랑받지 못한 사람이 다 나쁜 사람이 되는 건 아니야. 그럼에도 자신을 극복하고 착하게 살아가는 사람들이 세상에 더 많아. 너 자신의 악행을 그렇게 합리화하지 마. 절대 용서 받지 못해. |
| 지용 | 누가 날… 용서하고 말고 해요? 세상 누가? 나한테 그럴 자격 있는 사람… 없어요. (위를 보며) 신이라고 얘기하지 마세요. 안 믿 으니까. |

무너지는 엠마 수녀의 표정에서.


S#38    동 수녀원- 현재 /N d+9

| 엠마 | 그 후로 늘 지용이 근처에 머물렀요. 그 아이가 나빠질까 노심초 사하면서… 그러다 희수 자매님과 각별해졌고요. |
|---|---|
| 희수 | 한지용이… 불쌍하다고 생각하세요? |
| 엠마 | 그럼요. 불쌍한 영혼… 그 영혼이 가여워 가슴이 찢어질 거 같 아요. 그를 막지 못한 내 죄를 죽는 날까지 회개하며 살 생각이 에요. |
| 희수 | 수녀님이 그날 사고 현장에서 저를 봤다고 했죠? |
| 엠마 | …네. |
| 희수 | 정말 제가 맞나요? |

| | |
|---|---|
| 엠마 | …네 …분명히 희수 자매님이었어요. |
| 희수 | …근데 왜 바로 신고하지 않으셨어요? |
| 엠마 | …사실 희수 자매님을 의심했어요. 상황이 그랬으니까. 그래서… 주님께 기도했어요. 내가 어째야 하는지… |
| 희수 | … |
| 엠마 | 그러다 희수 자매님이 기억을 잃었단 걸 알게 됐어요. 그제야 생각이 났어요. 그래… 거기 한 사람이 더 있었지… 어쩌면 희수 자매님도 피해자일지 모른다는… 생각이 들었어요. |
| 희수 | (그런 엠마를 묘한 표정으로 보며) 저를… 믿으세요? |

엠마, 그런 희수 보는데서.


| | | |
|---|---|---|
| S#39 | 순혜의 방 /N d+9 | |

순혜와 진희, 앉아 있다. 둘 다 기운 없이 쓸쓸한 표정이다.


| | |
|---|---|
| 진희 | 너무 맘 아파 하지 마. 엄마 잘못 아니야. 지용이 운명이 그런 건데. |
| 순혜 | 그거 땜에 그런 거 아니야. 경찰 왔다 갔다 하는 거 찜찜해서 그래. |
| 진희 | (의심 가득해) 엄마 뭐 아는 거 있지? 나한테 말 다 안 한 거 있지? |
| 순혜 | … |
| 진희 | 헐, 있구나. |
| 순혜 | 누가… 죽였어, 지용일… |
| 진희 | (헉) |

| | |
|---|---|
| 순혜 | (불안한) 지용이랑 같이 떨어진 사람이 누굴까… |
| 진희 | 수녀의 일방적인 진술이잖아. |
| 순혜 | 아니야! 그 진술… 맞아. |
| 진희 | 그럼 올케 말고 다른 한 사람이 누구 같은데? |
| 순혜 | 그건 나도 몰라. 전부 다… 의심스러워. (문득 진희 보며) 넌 아니지? |
| 진희 | 무슨 소리야… (하다가) 혹시… 엄마는 아니지? |


S#40   주 집사의 방 / N d+9

주 집사, 나가려고 하면. 경혜(메이드 2)가 들어온다.


| | |
|---|---|
| 주 집사 | 뭐야? 할 말 있어? |
| 경혜 | 헤드님은 아시죠? |
| 주 집사 | 뭘? |
| 경혜 | 성태 새끼 어디로 갔는지. |
| 주 집사 | 몰라. |
| 경혜 | (분통 터진다) 나쁜 새끼… 혼자 도망갔어. |
| 주 집사 | 너 걔 사랑했니? |
| 경혜 | 몰라요. |
| 주 집사 | 그런 엄청난 도둑질을 감행하고 이렇게 주저앉아 사는 거 쉽지 않을 텐데 대견하다. 욕심은 버렸나 보지? |
| 경혜 | 난 애초에 훔칠 생각 없었어요. 그 자식이 훔쳐서 도망가자고 했지. |
| 주 집사 | 성태 얘긴 다르던데? |

| | |
|---|---|
| 경혜 | … |
| 경혜 | 헤드님… 성태가… (눈빛 표정) 혹시 성태가… 지용 상무님 죽인 거예요? |
| 주 집사 | ! |
| 경혜 | (긴장된 눈빛으로) 그런 거죠? 이상하잖아요. 왜 하필 지용 상무님 그런 일 있은 다음 날 바로 여길 그만두고 외국으로 가버린거냐고요. 나한테 한마디 말도 없이. |
| 주 집사 | (비죽이며) 난 그걸 너한테 물어보고 싶었는데… 니가 나한테 묻네… 니가 알고 있는 거 아니야? |
| 경혜 | 아니에요… 나 전혀 몰라요. 걔 나 배신했다고요. |
| 주 집사 | 난 이제 이 집 사람 아무도 안 믿는다. |
| 경혜 | … (나가려는데) |
| 주 집사 | 너 수면제 그만 먹어. 잘못하면 큰일나. |
| 경혜 | 내가 먹는 거 아니에요!! |

주 집사, 보는데서.


S#41     루바토 저택 앞 (다음 날) /D d+10

자경이 누군가를 기다리고 있다. 이때 저만치서 걸어오는 희수.
희수와 자경, 서로 바라보며 서 있는.

| | |
|---|---|
| 희수 | 나 기다렸어요? |
| 자경 | 네. |
| 희수 | (들어가려는데) |

자경, 희수에게 뭔가 건넨다. 다름 아닌 줄넘기다. 희수, 그 줄넘기 받아드는.

| | |
|---|---|
| 희수 | 제 건가요? |
| 자경 | 네. 힘들 때 늘 줄넘기하셨거든요. (희수 보면서) 정말 이것도 기억 안 나세요? |
| 희수 | (그 줄넘기 생경하게 보면) |
| 자경 | 빨리 기억이 돌아와야 해요. 우리 둘이 해야 할 이야기가 참 많 잖아요. (의미심장하게 보는) |
| 희수 | (그런 자경을 보는) |

그런 두 여자의 모습이 담기면서.


S#42　　　서현갤러리 /D d+10

서현과 마주 앉아 있는 두 사람. 다름 아닌 조희빈과 채영이다. 서현, 수표를 꺼내 두 여자에게 사인한 후 건넨다. 수표 받아 드는 희빈과 채영.

| | |
|---|---|
| 서현 | (희빈을 향해) 서래마을 빌라는 명의 이전해줄게. 관련 세금도 우리 쪽에서 부담하고. 대신 앞으로 절대 한진호 앞에 나타나지 마. |

옆에 있던 서 비서, 희빈에게 서류를 건넨다. 희빈, 서류 펼쳐 읽어본다.

| 서현 | 거기다 사인해. 한진호와 관련된 어떤 얘기도 발설하지 않는 조건이야. |
|---|---|
| 희빈 | (대충 읽어보고는 사인하는) |
| 채영 | (수표 보고 환하게 웃으며) 저는 사인할 거 없어요? |
| 서현 | 총 네 번 만났다면서? |
| 채영 | 네. |
| 서현 | 그건 본인이 숨겨야 할 일 아닌가? 어린 나이에 안 창피해? 돈 있는 기혼 남자랑 얽힌 과거… 각서를 나더러 써달라고 부탁해야 정상 아니야? 입 다물어달라고. 요즘 애들은 다 이렇게 부끄럼을 모르는 거야? |
| 희빈 | (채영 꼴쳐보며) 내 말이요. 창피한 줄 알아야지. |
| 서현 | (어이없게 희빈 보며) 여자 망신 그만 시키고, 이제… 자존감 있게 살아봐. 말해봐야 듣지도 않겠지만… |
| 희빈 | 근데 사모님… 한 전무님 또 다른 여자 만날 거예요. |
| 서현 | 그렇겠지. 난 그냥 임대차 기한이 끝나 정리하는 거야. 또 다른 임차인이 나타나겠지. |
| 희빈 | 저를 지금 셋방살이에 비유하신 거예요? |
| 서현 | 닥치고… 인간답게 살아. 궁전 같은 셋방살이 말고 단칸방이라도 니 집에서 살라고. (일어나는데서) |

S#43     희수의 케렌시아 /N(E) d+10

대본이 진열된 책장을 훑는 희수. 수많은 대본들 하나하나 만지고 있는 희수의 손가락.

(인서트)　　　동 경찰서 / N d+10

희수가 보고 있던 그 대본들의 필모그래피가 화면에 떠 있다. 노트북을 통해 배우 서희수의 필모그래피를 보고 있는 백 형사의 진지한 표정. 그리고 어딘가에서 클릭하던 손이 멈춘다. 눈이 커지는 백 형사의 표정에서.


-다시 케렌시아-

희수 낡은 대본집 하나를 빼 든다. 이때 벨 소리 나면 희수 돌아본다.


S#44　　　케렌시아 현관 밖-안 / N d+10

희수, 문을 열면 자경과 하준이 서 있다.


하준　　　엄마!!!

희수　　　여길 어떻게…

자경　　　하준이가 보고 싶다고 해서요. 여기 계실 거 같았거든요. (희수 표정 살피는)


희수가 자경과 하준을 안으로 들인다.


하준　　　엄마 나 라면 끓여줘.

희수　　　라면…?

하준　　　엄마랑 나랑 여기서 라면 끓여 먹었잖아. 기억 안 나?!

희수　　　…

| 자경 | (그런 희수 보다 하준에게) 내가 끓여줄게. |
|---|---|
| 하준 | (막무가내다) 우리 치킨도 시켜 먹기로 했잖아!! |
| 자경 | (그런 하준을 안타깝게 보며 달래려고 하자) |
| 하준 | (뿌리치며) 라면은 뚜껑에 먹어야 된다고 가위바위보도 했잖아. 왜 기억을 못 해? 왜 왜!! (하고는 희수에게 와락 안기면) |
| 희수 | (손에 들고 있던 <기억의 밤> 대본을 떨어뜨린다) |

카메라 C.U 하는 <기억의 밤> 대본.


S#45     동 경찰서 /N d+10

뭔가를 찾아낸 듯 눈빛이 영롱해진 백 형사. 기사 검색한다. 그 기사 작은 소리로 읽어 나가는 백 형사. 화면에는 그 기사와 서 희수의 배우 시절 사진이 지원되고.


| 백 형사 | 배우 서희수의 데뷔작은 놀랍게도 독립영화 <기억의 밤>이다. 그 영화는 남자 주인공 진시한의 성 스캔들로 개봉되지 않았다. 하지만 그 영화에서 서희수는 기억상실증 연기를 기가 막히게 해냈다. 신인이라는 게 믿어지지 않는 연기력이었다. (이럴 수가, 육감) |
|---|---|

백 형사, 희수가 모든 것을 기억할지 모른다고 생각한다.


| 백 형사 | (황 경위에게 전화 거는) 서희수 의료 기록 조회 한번 해봐주세요. 기억을 정말 못 하는게 맞는지… 어쩌면 다… (눈빛) 연기일지도 모 |
|---|---|

르니까.


S#46    카덴차 밖 /D d+11

한 회장의 세단이 준비되어 있다. 건강 상태가 많이 나아졌다. 서현이 그런 한 회장을 부축해 함께 걸으며 대화를 나눈다.


한 회장    계열사 대표들이 너에 대한 신임이 대단하더구나.

서현    회사를 움직이는 건 자본만으로 되는 게 아니잖아요. 실제 회사를 움직이는 리더들을 존중하고 바로 세워야죠. 힘을 합쳐야 해요. 각개전투 절대 용납 못 합니다, 전.

한 회장    (그런 서현 듬직하게 보며) 널 믿는다. 오늘 수혁이 오는 날이지?

서현    네, 아버님.

한 회장    오면 회사로 불러라.

서현    네.

한 회장    그리고 내 벙커 말이다… 없애줘.

서현    …

한 회장    유품들… 다 태워라. 그래서 지용이 묘 옆에… 두거라.

서현    네…


한 회장의 차가 떠난다. 그런 한 회장 차에 시선 두던 서현. 저 멀리서 희수가 주차장에서 나와 걷는 모습이 보인다.


서현    동서. (부르지만)

희수    (대답 없이 걸어가는데)

| 서현 | 서희수! (하자) |
|---|---|
| 희수 | (돌아본다) |

(짧은 시간 경과)


서현과 희수, 걷고 있다.


| 서현 | 동서, 오늘 미술품 옥션 참석하는데 같이 갈래? 머리 식힐겸… |
|---|---|
| 희수 | 어쩌죠, 형님? 저 오늘 친구들이랑 약속 있는데. |
| 서현 | 약속? |
| 희수 | 네. 배우 시절 친했던 옛날 친구들이랑 브런치하기로 했거든요. |
| 서현 | 잘했어. 사람 만나. 피하지 말고… |
| 희수 | 그럼요. 그럴 거예요. |
| 서현 | (그런 희수 보는 시선. 이때 전화기 울린다. 전화 받는) 네, 정서현입니다. |
| 백 형사(F) | 태정서 백동훈입니다. |
| 서현 | 네. |
| 백 형사(F) | 오늘… 계신 곳으로 찾아뵐까 하는데… |
| 서현 | 지금 시간 있어요. 한 시간 정도. 집으로 오세요. (전화 끊는. 희수 보며) 집요하네… 이 사람들… |


희수, 그런 서현 보는데서.



S#47     어느 브런치 카페 /D d+11

희수와 친구들 모여 반갑게 수다 떨고 있는. 너무나 밝고 명랑한 희수의 모습.

| 희수 | 너 기억나지? 그때 촬영장에서 왜… 코디랑 너 막 싸웠잖아. |
| 여자1 | 언제 얘길 하는 거야? |
| 희수 | 2004년 8월 한참 더울 때… 니가 물파스를 협찬 받은 옷에다 묻혔다고… 코디가 난리쳐서… |
| 여자1 | 와, 기억력 쩔어… 그걸 아직도 기억하다니? |
| 여자2 | 서희수 기억력은 유명하지… 대본도 젤 빨리 외웠잖아. |
| 희수 | 그럼! 난 지금도 대사 거의 기억나. |

환하게 웃는 희수의 모습에서.


S#48    카덴차 일각 /D d+11

진호, 다이닝 홀에 앉아 있다. 상석에는 순혜가 서 있다. 그 옆에는 관상가가 앉아 있다. 손을 모으고 서 있는 한 사내(성태 대타 메이드)를 면접 중인 진호. 이력서 보고 있다. 사내의 피지컬이 과하게 좋다.

| 진호 | (그런 사내 마뜩잖게 본다) 몸이 필요 이상으로 좋은데… 일할 수 있겠어요? |
| 남자 | 이 좋은 몸 부서지게 일하겠습니다. |
| 진호 | 뭐 그렇게 부서질 만하게 힘든 일은 안 시켜요. |
| 관상가 | (그 사내를 꼼꼼히 살핀다) |
| 진호 | (이력서를 관상가에게 건넨다) |

| 관상가 | 3월 9일 축시 태생이라… |
|---|---|
| 진호 | 우린 몸 무거운 사람보다 입 무거운 사람이 필요해요. |
| 관상가 | 그건 염려하지 마십쇼. |
| 순혜 | 알았으니까 가봐요. 따로 연락할 겁니다. |
| 남자 | (무겁게 인사하고 나간다) |
| 순혜 | 너 왜 저런 사람들을 집으로 불러들이고 그래? 밖에서 뽑아서 채용 확정되면 들여야지. |
| 진호 | 가능하면 채용하려고 그런 거지… 하 사장한테 소개받은 사람이니까 뭐… (관상가 향해) 어때요? |
| 관상가 | (끄덕이는) 목과 토가 많고 수가 부족한 사주지만 입은 무겁고 시키는 일은 잘할 겁니다. 채용하세요. |
| 순혜 | 수가 부족하면 … 물을 많이 마시면 되는거유? |
| 관상가 | (끄응~) |


S#49    자경의 집 /D d+11

하준의 손을 잡고 들어오는 자경. 하준, 그런 자경을 영문 모르게 보는.


| 자경 | 하준아… 이 집 맘에 들어? |
|---|---|
| 하준 | … (맘에 들 리 없다) |
| 자경 | 니가 살던 집보다는 안 좋지? 그래서 말인데… 선생님이… 곧 좋은 집으로… 이것보다 훨씬 큰 집으로 이사 갈 거거든. |
| 하준 | … |
| 자경 | (단호하게) 너랑 같이 살 거라서. |

314 × 315

| | |
|---|---|
| 하준 | 왜 제가 선생님이랑 살아요? |
| 자경 | 하준아, 이제부터 나랑 함께 살아야 돼. |
| 하준 | (눈물 가득한) |
| 자경 | 내가… 니… 엄마야. |
| 하준 | 아니… 절대 아니야… 우리 엄마 아니야!! |
| 자경 | (하준이 안타깝다) 미안해… 하준아… 내가 시간을 줬어야 하는데… (그런 하준을 안는다) 미안해… 알았어… 우리 시간을 가지자. (눈시울 붉어진) |

S#50       동 저택 정원 /D d+11

서현과 백 형사, 마주 앉아 있다. 두 사람에게 차를 내주는 주 집사.

| | |
|---|---|
| 백 형사 | 서희수 씨가 정말 기억을 잃은 게 맞을까요? |
| 서현 | … |
| 백 형사 | 그때 한지용 씨랑 같이 쓰러져 있던… 엠마 수녀님이 다시 돌아갔을 때는 사라졌다는 그 사람은 누굴까요? |
| 서현 | 왜 그걸 저한테 물으시는지… |
| 백 형사 | 아마 많이 다쳤을 거예요, 그 사람. |
| 서현 | … |

그리고 백 형사, 어느덧 서현의 팔에 시선이 간다. 긴 소매 블라우스 사이로 보이는 큰 반창고.

| | |
|---|---|
| 백 형사 | 죄송한데… 팔 좀 걷어봐주실래요. |

서현, 그런 백 형사 보는. 두 사람의 강렬한 텐션이 이어지는 가운데 서현이 서서히 소매 커프스 단추를 푸는데. 백 형사의 핸드폰이 울린다. 긴장이 깨지고 백 형사 전화 받는.


-이하 교차 - 동 저택/병원 (교차)

| | |
|---|---|
| 황 경위 | 백 경감님… 하… 서희수예요. |
| 백 형사 | ?? |
| 황 경위 | 서희수 씨… 늑골을 심하게 다치고 골반 뼈도 금이 갔어요. 머리를 심하게 다쳐서 MRI도 찍었고요. 사고 당일 응급실 진료 기록이 있어요. 다음 날, 그다음 날 정형외과 치료도 받았습니다. (다급한) 한지용과 쓰러져 있던 사람이… 서희수예요!! |

백 형사, 전화 끊고 서현의 소매는 걷어져 있다. 팔목에 감고 있는 파스.


| | |
|---|---|
| 서현 | 제가 운영하는 뮤지엄 조각 전시품 옮기다 팔목을 삐끗했어요. 메탈이라 좀 무거워서… |
| 백 형사 | (서현에게) 한지용과 쓰러져 있던 사람… 서희수 씨예요. |
| 서현 | … (별로 놀라지 않는) |
| 백 형사 | 알고 계셨습니까? |
| 서현 | 아뇨… |
| 백 형사 | 근데 별로 안 놀라시네요. (의심스레 보는) |
| 서현 | (그 시선 맞받아 보는) |

| 백 형사 | 그렇게 추락했으면… 서희수 씨가 기억 못 하는 건 사실일 가능성이 크겠네요. |
|---|---|
| 서현 | 그렇겠네요. |
| 백 형사 | (서현을 보자) |
| 서현 | (백 형사 똑바로 보며) 그럼… 계단에 서 있던 사람은 누굴까요? |
| 백 형사 | (뭔가 생각하다) 잠시 댁에 들어가겠습니다. |
| 서현 | 그러세요. |
| 백 형사 | (안으로 들어간다) |
| 서현 | (남겨진 채, 표정) |

S#51    동 저택 / D d+11

차고에서 차를 주차하고 나온 희수, 루바토로 들어가려는데. 갑자기 늑골이 아픈 듯 멈춰 서서 늑골을 부여잡고 아파하며 고통을 참는다. 그런 희수를 보고 있는 어떤 시선. 다름 아닌 자경이다. 희수를 보는 자경의 의심 가득한 표정. 아파하던 희수, 고개를 들면 자신을 쳐다보는 자경과 마주선 채 바라본다. 무언의 대화를 나누는 두 여자의 무거운 눈빛들.

S#52    동 저택 정원 / D d+11

백 형사가 들어가고 혼자 남겨진 서현, 생각을 정리하는 와중. 그런 서현의 시선에 원거리에서 보이는 희수와 자경의 모습. 그런 두 여자를 보는 서현의 표정에서.

S#53              카덴차 홀 /D d+11

백 형사 들어온다. 사고 현장을 둘러본다. 심각한 표정의 백 형사.

(인서트)          사고 현장(어둠 속) 시뮬레이션

지용이 떨어지고 곧 누군가 떨어진다. 지용, 피를 흘린다. 그 옆에 쓰러져 있는 사람… 다름 아닌 희수다. 그리고 희수의 머리 위로 (피 묻은 휴대용 소화기가 놓여 있다- 소화기 형체 보이지 않아야 함) 그리고 계단 위에 서 있는 누군가. 다가가면. 자경의 얼굴… 그러다 서현의 얼굴… 그리고… 다시 희수의 얼굴… 그런 세 여인의 모습이 미친 듯이 오버랩되며 그로테스크하게 교차되는 위로.

순혜(소리)        그 수녀가 거짓말했을 거란 생각은 안 해봤어?
백 형사           (혼잣말로) 모두가 거짓말을 하고 있어…


디졸브.



S#에필로그        앞 신과 다른 진짜 사고 당시 상황 /N d+0

지용과 희수가 추락한다. 지용, 눈을 뜬 채 죽어 있다. 희수의 손이 움직인다. 희수가 눈을 뜬다. 희수의 눈에서 눈물이 흐른다.

&lt; 13회 엔딩 &gt;

# 14

# 보이지 않는
# 것과의 싸움

Fighting in the Dark

S#1　　　카덴차 사건 현장 /N d+0

희수가 사건 현장에 쓰러져 있다. 그런 희수를 마주 보며 죽어 있는 지용. 희수의 눈에서 눈물이 흐르고. 죽은 듯 보이는 희수의 손가락이 곧 움직인다. 이때 누군가 그런 희수에게 다가와 희수를 일으켜 세운다. 누군지 보이지 않는. 어두운 카덴차 홀이 멀어지는 위로.
여자의 힐 굽 소리(E). 또각. 또각.

(인서트)　　　경찰서 복도를 걷고 있는 자경의 강렬한 표정.

백 형사(소리)　이혜진 씨가 하준이 튜터로 들어간 날부터 이야기를 시작해볼까요?

S#2　　　자경의 집 엘리베이터 밖+안 (사건 전) /N d-8

엘리베이터 문이 열린다. 마스크 쓰고 택배 잠바를 입은 사내가 타고 있다. 자경, 경계심 없이 엘리베이터에 올라탄다. 자경, 뒤에서 느껴지는 묘한 불쾌감. 슬쩍 고개를 티 안 내고 돌려 남자

일견하면, 남자의 손에 굵은 화상 흉터가 있다. 엘리베이터가 지하에 도착한다. 자경 내리고, 남자도 내린다. 자경, 기분이 찜찜하다. 남자가 먼저 주차장으로 향하는 것을 확인하고 뒤늦게 주차장으로 향한다.


S#3            어딘가 - 자경의 차 안 (사건 전) / N d-8
자경, 어딘가에 차를 세우고 희수와 통화한다.

자경            저예요. 저 지금 누군가에게 쫓기고 있어요.

누군가 차창을 노크한다. 곁눈질로 노크하는 사람의 신원을 보려고 하는데, 다시 노크하는 남자의 손 화상 흉터가 보인다. 자경, 자신을 미행했음을 직감하고 잠금 장치를 눌러 차 문을 잠그려는데. 남자가 간발의 차이로 문을 열고 자경을 끌어내리려고 한다. 남자의 우악스러운 힘에 자경 결국 끌려 나가고, 문을 잡고 사력 다해 버티던 자경, 남자를 발로 차고 문을 닫고 잠근다. 식은땀이 나 얼굴에 머리카락이 엉겨붙은 자경, 떨리는 손으로 시동 켜고 차를 달리는데. 범구가 바위처럼 그렇게 자경을 노려본다. 눈에서 멀어질 때까지.


S#4            희수의 방 (사건 전) / N d-8
희수, 하준의 짐(출국용)을 정리하고 있다. 걱정 가득한 희수의 표정. 다시 희수의 전화가 울린다. 희수, 얼른 전화 받는.

| 희수 | 갑자기 전화가 끊어져서. 지금 어디예요? |
|---|---|
| 자경(F) | (다급한) 누가 날… 미행해요. |
| 희수 | 정말이에요? |
| 자경(F) | 한지용, 내 집에도 쳐들어왔었어요. 예감이 불안해… |
| 희수 | 과천 별장에 가 있어요. 내 기사 보낼 테니… 일단 인근 경찰서로 들어가요. 지금 당장. 그리고 침착해요. 별일 없을 거예요. (전화 끊는, 정신이 불안해지기 시작한다) |

| 자경(소리) | 그래서 과천 별장에 있었어요. 제가 아이를 데리고 효원가를 들어가서 1주일을 지냈던 곳이었죠. 그리고 그다음 날 아침 연락을 받았습니다. |

| S#5 | 카덴차 내 드레스룸 (12회 S#64 이후 상황) - 희수의 방 (교차. 사건 전) /D d-7 |

진호가 밖으로 나간다. 서현의 눈빛이 매섭고 차갑다. 서현, 희수에게 전화한다.

| 서현 | 동서… 그 사람… 죽었어. 뉴스 기자랑 오늘 인터뷰하기로 한 사람. 살해당했어. |
|---|---|
| 희수 | (이미 들었다. 기자에게)… |
| 서현 | 한지용 짓이야. 분명해! (손에 신문 들고 확 탁자 위에 놓으며) |
| 희수 | …멈추게 해야 할까요…? 아니면 피해야 할까요? |
| 서현 | 멈추지도 못할 거고… 피하지도 못할 거야! |
| 희수 | 이혜진 씨가 미행을 당했어요. |
| 서현 | 한지용, 무슨 짓을 할지 몰라. 이미 고장 난 브레이크야. |

| | |
|---|---|
| 희수 | 강자경! 아니 이혜진! 다시… 이 집에… 들이겠습니다. 이번엔 제가요!!!! 그 사람을 지켜야 해요. |
| 서현 | 그렇게 해. (전화 끊는) |

S#6    루바토 밖 - 거실 (회상 - 12회 S#68 변주, 사건 전) /D d-7

자경이 루바토로 걸어 들어온다. 불안하고 초조한 표정이다. 문이 열리고 메이드 1이 깍듯하게 인사하며 자경을 들인다. 거실에 있던 지용, 그런 자경을 보고 눈빛에 날이 서고.

| | |
|---|---|
| 자경 | (지용에게 깍듯하게 목례하는) 하준이 튜터 이혜진입니다. |

지용의 눈빛엔 살기가 가득하고. 자경과 희수를 번갈아 보고는 그대로 밖으로 나간다.

S#7    동 저택 차고 (사건 전) /D d-7

지용, 차에 올라탄다. 분노를 삭이고 차를 출발시키려는데 누군가 차를 막아선다. 다름 아닌 자경이다.

| | |
|---|---|
| 자경 | (다짜고짜 차에 타는) |
| 지용 | (그런 자경 노려보자) |
| 자경 | (차분히) 그 사람 당신이 죽였어? |
| 지용 | …응. |
| 자경 | 나도… 죽이려고 한 거야? |

| 지용 | (이제 정말 다른 사람이 된 듯, 담담하고 섬뜩하게) 응. |
|---|---|
| 자경 | !! |
| 지용 | 너 내가 죽이겠다고 한 말… (눈빛 정말 무섭게) 그냥 하는 소린 줄 알았니? |
| 자경 | … |
| 지용 | 평온한 죽음을 맞지 못하는 사람은… 전적으로 자기 잘못이야. 왜 자신의 운명을 스스로 단축하는 거지? |
| 자경 | 여기서 멈춰! |
| 지용 | 뭘 멈춰? 내가 뭘 했다고. |
| 자경 | (분노) 니가 안 멈추면… 누군가… 널 죽일 거야. |
| 지용 | 우리 시간을 돌려보자. 예전 여기 튜터로 들어왔던 처음으로 돌아가봐. 그때의 강자경으로. |
| 자경 | 한지용… 미친 소리 그만해. |
| 지용 | 너 살고 싶지? 그럼… 서희수를 죽여. |
| 자경 | (충격 받는다) |
| 지용 | 그럼 니 말대로 니가 내 옆에서 하준이 키울 수 있잖아. 그게 원래 니가 원했던 거 아니야? |
| 자경 | (이젠 두렵다. 그의 파멸이) 한지용… 당신… 미쳤어. |
| 지용 | 둘 중 하난 죽어야 돼! 엄마가 둘일 순 없으니까. |

자경, 그런 지용을 기가 막히고 심장 무너지는 눈빛으로 보는 표정과 지용의 무덤덤하고 담백해서 더 섬뜩한 표정이 교차되는 위로.

| 자경(N) | 그 사람의 눈빛에서 섬뜩함을 느꼈습니다. 또 다른 한지용이었 |
|---|---|

어요. 정말 누군가를 죽일 것 같았습니다. 그의 눈빛에서 피 냄새가 진동했어요.


S#8     곽현동이 입원한 병실(13회 S#8의 병실 아님, 사건 전) /D d-6
**곽현동을 다른 이동식 베드에 옮기고 병실을 빠져나가는 그림자. 곽현동이 누워 있던 베드가 비어 있다.**


S#9     지용의 회장실 (사건 전) /D d-6
**지용, 전반적으로 기분이 몹시 언짢다. 손에는 희수가 보낸, 법원에서 온 이혼소장을 들고 있다. 이때 노크 소리 들리고 최 변호사가 들어온다. 최 변호사, 예를 갖추고 지용에게 인사하는.**

지용     (이혼소장 최 변호사에게 건네며) 알고 있었죠? 제 아내가 이런 거 보낼 거?

최변     …

지용     우리 회사 법무팀에서 잘린 황보인 변호사 소개한 것도, 아버님 유언장 함구하고 이사회 일정 형수님과 짜고 잡은 것도 다… 최 변호사님이잖아요?

최변     (표정 관리하는)

지용     다음주 OLED(올레드) 공정거래 리스크 모니터링 그것만 마무리하시고 효원에서… 나가주셔야겠습니다.

최변     !!

지용     새 술은 새 부대에 담아야 해서.

S#10 서현의 갤러리 (사건 전) / D d-6

서현, 최변에게 전화로 보고 받고 있다. 끄덕이고 있는 서현.

서현    예상했던 일이잖아요. 애쓰셨어요, 최 변호사님. 말씀하신 자료
만 잘 킵해두고 계세요. 그리고… 몸조심하셔야 됩니다. 한지용,
무슨 짓을 할지 몰라요. (전화 끊는)

서현, 심각한 표정으로 앉아 있다. 그런 서현의 표정 위로 떠오
르는.

(인서트)    플래시백 (카덴차 내 티가든- 11회 S#53) / D

서현    효원 일가 누군가에게 우리가 가진 지분을 몰아줘야 해.
희수    제 지분… 행사하고 싶은 사람이 있어요!
서현    누군데?
희수    정서현!!

-다시 서현갤러리-

서 비서가 서현에게 다가온다.

서 비서    홍보팀장이랑 취재부장 밖에서 기다리십니다. 들어오라고 할
까요?
서현    (생각이 깊어지는) 서 비서… 내일 이 시간에 다시 오라고 전해줄
래? 터트리기 전에… 먼저 알려야 할 사람이 있어서…
서 비서    알겠습니다, 대표님.
서현    (전화 들어 전화 거는) 나예요. 지금 좀 만나요.

S#11    희수의 서재 (사건 전) / D d-6

희수와 마주 앉아 있는 자경. 사뭇 진지하고 심각한 두 사람의 표정들이 엇갈리다가. 희수, 뭔가 시그널을 보내는 눈빛으로 끄덕이면 자경이도 알겠다는 듯 끄덕인다.

희수    잘할 수 있죠?
자경    그럼요.
희수    잘 마무리하고 갈게요. 잘 부탁해요.
자경    네.


S#12    곽현동이 원래 있던 병원 (사건 전) / D d-6

조 비서, 들어오면 병실이 비어 있다. 조 비서의 난감한 표정에서.


S#13    지용의 회장실 (사건 전) / D d-6

지용, 조 비서의 전화를 받고 놀란다.

지용        뭐야? 없어져? (듣는) 담당 의사한테 물어봐.
조 비서(F)  빼돌린 거 같아요. CCTV도 꺼져 있고. 담당 의사는 아무것도 모르고 있어요.
지용        하… (미칠 거 같다. 불안하기도 하고) 병원에 CCTV가 얼마나 많은데 못 찾는 게 말이 돼?

하는데 노크 소리 들리고 누군가 들어온다. 그 누군가를 보고 놀라는 지용의 얼굴.


S#14　　효원 전용 레스토랑 (사건 전) / D d-6

서현과 마주 앉아 있는 진호, 고급스러운 식사 서빙을 하는 매니저. 인사 후 나간다. 긴장된 서현의 모습, 진호는 모처럼의 부부 식사에 어색한.


진호　　할 말이란 게 뭐야?

서현　　한지용… 하루 빨리 끌어내려야 해요.

진호　　그 소리라면 더 할 것도 없어. 정 안 되면 내가 죽여버릴 거니까.
　　　　(흥분해서 툭 튀어나온 본심)

서현　　진심 같아서… 난감하네요.

진호　　응, 진심이야.

서현　　(보다가 말 돌리는) 나 내일… 중요한 인터뷰를 할 생각이에요.

진호　　(보면)

서현　　당신에게… 미리 얘기하는 게 예의 같아서요. 어쨌든 우리… 부부잖아요.

진호　　무슨 중요한 인터뷰? 언론에 기대지 마. 내 패착도 그거야. 지용이 자식을 그냥 경찰에 신고부터 했어야 했어. 그랬음 그 투견인… 안 죽었을 거야. 괜히 인터뷰한다 어쩐다 한 게 그 자식 귀에 들어간 거라고. (하고 정신줄 놓고 흥분해 떠드는데)

서현　　나! 성소수자예요.

진호　　(흥분된 수다를 딱 멈추고 스테이크를 입에 넣으려다 멈춘다) 뭐?

| | |
|---|---|
| 서현 | 잊지 못하는… 내가 유일하게 사랑한 사람이… 여자예요! |
| 진호 | (벙! 멍! 헐!) |
| 서현 | …미안해요. 미리 얘기하지 않은 거. 원하면… 이혼해줄게요. 하지만 지금은 시기적으로 좋지 않아요. 내가 한지용을 끌어내릴 때까지 기다려줘요. |
| 진호 | (애써 숨 고르고 안정하며) 결혼생활 내내 그 여자… 만났어? |
| 서현 | 아뇨. |
| 진호 | (난감한 표정으로) 나랑 살…면서… 그 여…자랑… 잤…어? |
| 서현 | 아뇨. |
| 진호 | 그럼 불륜은… 아니란… 소리네. |
| 서현 | 아니에요. |
| 진호 | (애써 표정 관리 하며) 나보단 낫네, 뭐… |
| 서현 | 하지만 당신을 속이고 결혼한 거잖아요. 이혼 사유죠, 충분히. 당신이 어떤 결정을 해도 받아들일게요. |
| 진호 | (한참 고개 숙이고 물만 마시고 멘탈 수습하는) |
| 서현 | (그런 진호 보는데) |
| 진호 | 근데… 남자가 있다… 이 소리보다 훨씬 나은 거 같아. |
| 서현 | ?? |
| 진호 | 난 늘 당신과 서 비서를 의심했거든… 나 정말 똥촉인가 봐. |
| 서현 | 이 사실을 한지용이 알아요. |
| 진호 | (수저 탁 놓고) 도대체 이 집안에선 왜 나만 모르고 니들끼리 다 알고 니들끼리 다 해먹냐? |
| 서현 | 미안해요! 내 정체성을 그 누구한테도 사과할 이유는 없지만… 당신한테는 미안해요. 속였으니까요. |
| 진호 | …어쩔 수 없었겠지. 그게 본인 맘대로 되는 게 아니잖아. |

| | |
|---|---|
| 서현 | (그런 진호 대답에 맘이 동요된 듯 진호를 본다) |
| 진호 | 나같이 심플하게 사는 사람한테 왜 이런 해결 데이터가 없는 어려운 문제가 생기냐. |
| 서현 | 그러게요. 그 또한 미안해요. |
| 진호 | 살면서 당신한테 미안하다 소리도 다 듣고… 프레시하다. 알다시피 나 알코올중독으로 신문에 났어. 당신이 내일 그런 인터뷰하면 국제 뉴스로 번질 거야. 나는 망신을 당하고 당신은 욕을 먹고… 세상 사람들에게 큰 즐거움을 줄 거야. 인터뷰하지 마! |
| 서현 | 나… 떳떳하게 밝히고 시작하고 싶어요. |
| 진호 | 뭘 시작해? |
| 서현 | 내가! 대표이사 자리에 앉을게요!! |
| 진호 | (그런 서현 보는) |
| 서현 | 한지용을 밀어내고 누가 그 자릴 치고 올라가야 하니까! 그렇게 내가 한 일에 대한 책임, 내가 질게요. 수혁이를 후계자로 키웠지만 실패했어요. 아직 절반의 실패지만. 그 바람에 결국 한지용이 그 자리까지 올라가게 한 책임! 내가 질게요! |
| 진호 | (한참을 그렇게 보다가) 당신이 해~ 나도 밀어줄게! |
| 서현 | !! |
| 진호 | 남편인 내가 상관없다는데… 그걸 꼭 세상에 알려야겠어? 대표이사 능력이랑 당신 성정체성이 무슨 상관이야. |
| 서현 | (진호의 반응이 다소 놀랍고 작게 감동도 된다) |
| 진호 | 이혼은 안 할 거야. |
| 서현 | … |
| 진호 | 쪽팔리잖아… |
| 서현 | … |

332 × 333

| 진호 | 먹자… 한번 잘 먹어보자… 모처럼 부부 외식인데… |

그런 두 사람, 조용히 소리 없는 식사가 이어지면서.

S#15    진호의 차 안 (사건 전) /D d-6

진호, 차에 올라타고 쾅! 한다. 서현의 커밍아웃에 멍하다.

| 진호 | 하… 여자라니… (혼자 멘탈 수습 중) |

S#16    지용의 집무실 (사건 전) /D d-6

지용이 보고 있는 사람은 다름 아닌 희수다. 두 사람 아무 말 없
이 서로를 노려보고 있다.

| 희수 | 자수해. 스스로 모든 죗값 치러. |
| 지용 | (어이없다는 듯 웃는) 자수? 내가 무슨 잘못을 했다고? 순도 높은 카타르시스를 즐겼을 뿐이야. |
| 희수 | (침착하게) 당신과 6년을 부부로 살았어. 당신이 이렇게 된데… 내 잘못은 없나 신에게 기도하며 물어도 봤어. 6년의 시간 동안 속절없이 당신한테 속은 게 분했는데… 어느 순간부터… 당신이 불쌍하단 생각이 들었어. 그리고 궁금했어. 어쩌다 저런 괴물이 됐을까… |
| 지용 | (그 소리에 눈빛 흔들린다) |
| 희수 | 내가 당신한테 주는 마지막 기회야! |

| 지용 | …잘난 척하지 마. 넌 그냥 나를 빛내주기 위해 내 옆에 존재하는 액세서리 같은 존재였어. 아버지가 크리스티 경매장에서 돈 주고 산 블루다이아 목걸이 같은… 하지만 나 이제 그거 필요 없어졌어. |
|------|-----|
| 희수 | (눈시울 붉어진) 제발 하준이를 생각해. |
| 지용 | (폭발하듯) 하준이는 내 거야. 감히 손대지 마! |
| 희수 | (분노하는) 하준이는 당신 소유가 아니야! 하준이는 당신 거도 내 거도 이혜진 거도 아니야. 그냥 이 세상에 필요한 사람이 되기 위해 우리가 영혼을 다해 도와줘야 할 존재일 뿐이야! 내가 정신과 육체가 건강한 아이로 키워서… 세상에 돌려놓을게. 행복이 뭔지 아는 아이로… 선악을 판단하는 제대로 된 인격체로 키울게. (먹먹한) 당신 같은 사람이 되지 않게… 도와줘 제발. |
| 지용 | (반성의 기미가 없다) 안 돼, 절대. 하준인 내 거야. |
| 희수 | (구제불능이다 싶다) 하준이 내일 밤에 보스턴으로 떠나. |
| 지용 | !! |
| 희수 | 당신이 어떤 인간인지 오늘 만천하에 공개될 거라고 생각했어. 그 사람이 그렇게 죽게 될 줄은 상상도 못 했으니까. |
| 지용 | !!! |
| 희수 | 그래서 급하게 앞당긴 거야. 한국에서 뉴스 터지면… 하준이도 알게 될 테니까. |
| 지용 | (버럭) 내 허락 없이 아무 짓도 하지 말라고 했지, 내가? |
| 희수 | 하준이 생각을 해! 애 아빠라면 제발!! |
| 지용 | 아무 일도 일어나지 않아! 세상은 나한테 아무짓도 못 해! |
| 희수 | 아니~ 그럴 수 없을 거야! |
| 지용 | (분노하는 눈빛으로 보는) |

| 희수 | 하준이 유학 후에… 자수하지 않으면 내가 터트릴 거야, 모든 걸. 그리고 언론이 선별적으로 보도하도록 데미지 컨트롤할 거야. 난 하준이 지켜야 하니까. |
|---|---|
| 지용 | 내가 뭘 잘못했다고 그래? 증거라도 있어? |
| 희수 | 니가 죽인 곽수창 동생 곽현동… 어디 있는지 알아? |
| 지용 | !!! |
| 희수 | 이혜진 씨가 하준이가 아팠을 때 왜 효원 게이트로 들어왔는지 알지? 이 리그에는 대한민국 최고 의사, 최고 의료시설이 있잖아? |
| 지용 | !!! |
| 희수 | 그 사람… 살아났어! 최고의 의료진이 붙어서… 당신이 한 짓을 증언할 거야. 그리고 곧 형의 죽음을 캐겠지! |
| 지용 | (미치겠다) |
| 희수 | 당신은 빠져나갈 수 없어. 다 끝이야! (하고 나간다) |

<br>

| S#17 | 서현의 서재 (사건 전) / D d-6 |
|---|---|
| 서현 | (조경철- 투견 브로커의 사진을 손에 들고) 조경철? |
| 최변 | 효원케미칼 하청업체 청운브레이커스에 컨설팅 계약이 돼 있어요. 백그라운드를 조사하니 사기횡령 전과 2범입니다. 그런 사람과 무슨 컨설팅 계약을 한 건지 모르겠습니다. |
| 서현 | 한지용답지 않네요. 손에 피 묻힌 사람은 따로 있을 거예요. |
| 최변 | 지난번 해임 구속된 김 대표가 핸들링한 걸로 만들어났어요. |
| 서현 | 김 대표가 한지용 사람이었죠, 애초에. |
| 최변 | 네. (하고는 USB 건넨다) 제가 모은 자룝니다. |

| 서현 | 오래 걸리지 않게 하겠습니다. 멀리 가 계시지 말고 제주도 정도에서 쉬고 계세요. |
| 최변 | 알겠습니다. (꾸벅) |

S#18    카덴차에 모이는 효원가 사람들 (사건 전) /D d-5

- 진희, 정도가 성태의 버기카를 타고 카덴차로 오고 있다.
- 희수가 걸어서 카덴차로 오고 있다.
- 서현이 걸어서 루바토로 향하고 있다.
- 노덕이 보고 있던 순혜도 시간 확인하고 들어간다.
- 진호와 진희, 정도가 카덴차 다이닝 홀에 들어와 자리에 앉는다.
- 메이드들, 효원가 사람들을 위한 만찬을 준비하는 모습들이 컷 처리되면서.
- 게이트 문이 열리고 수혁의 차가 들어온다.

S#19    루바토 내 일각 (사건 전) /D d-5

주 집사와 마주 선 어느 여인(새로 온 간병인- 느낌이 불온한 40대 여인)의 모습에서.

| 간병인 | 저는 한지용 대표님이 하라는 것만 하면 된다고 알고 들어왔습니다. |
| 주 집사 | 그러니까 회장님 전담 간병인이시란 거죠? |
| 간병인 | 네. 그렇습니다. 지금 회장님 어디 계시죠? |

| 주 집사 | 1층에서 목욕하고 계세요. |
|---|---|
| 간병인 | 그럼 가서 수발들게요. |
| 주 집사 | 회장님 때문에 24시간 상주하는 남자 간호사가 있습니다. 지금 욕실에 함께 있어요. 목욕 마치시고 정식으로 인사드리세요. |
| 간병인 | 제가 말씀드렸죠. 저는 대표님 말씀만 듣겠다고. |
| 주 집사 | (미간 뭉개는) |
| 간병인 | 그 간호사 오늘 내보낸다고 하셨거든요. |
| 주 집사 | (어이없다) |

이때 서현이 들어온다. 주 집사, 조아리고 곤란한 표정으로 서 있는데. 애매한 동선의 간병인이 눈에 들어온 서현. 그런 서현의 시선 눈치채고 주 집사 얼른.

| 주 집사 | 한 상무님의 전권으로 들인 회장님 전용 간병인입니다. 조직 체계와 상관없이 상무님 오더만 듣겠다고 하네요. |
|---|---|
| 서현 | (그런 두 사람에게 다가가 간병인을 위아래 훑어보는) |
| 간병인 | (서현의 포스에 일단 인사한다) 안녕하세요, 고보희입니다. |
| 서현 | (말 채 끝나기 전에) 저희 집에서 나가주세요. |
| 간병인 | (당황하는) |
| 서현 | 아버님 간병인을 이렇게 함부로 들일 수 없습니다. 한지용 상무를 통해 들어온 분이라면 더욱더 신뢰할 수 없어요. |
| 간병인 | 저는 한지용 대표님이 하라는 것만 하… (하는데) |
| 서현 | 당장 나가라잖아! (버럭) 가택 침입으로 경찰 불러야 나갈 겁니까? 난 그쪽을 절대 믿을 수 없어요. 또 다른 이유가 필요한가요? 나가요 당장!! |

| 간병인 | (당황해서 우물쭈물하다 프레임 아웃) |
|---|---|
| 서현 | (그대로 2층 지용의 서재로 올라간다) |
| 주 집사 | (따르며) 서재로 모시겠습니다. |
| 서현 | 주 집사님은 카덴차로 가세요. 아버님은 안 가시겠다네요. |
| 주 집사 | 네. |

S#20        카덴차 내 다이닝 홀 (사건 전) /D d-5

순혜가 상석에 앉아 있다. 정도, 진희, 진호, 그리고 희수가 침착하게 앉아 있으면 수혁이 들어온다. 그런 수혁을 못마땅하게 보는 진호. 희수, 수혁을 향해 미소 짓는다. 순혜에게 다가가 인사하는 수혁.

| 순혜 | (수혁 보고는 울컥해 일어나 안아준다) 잘 들어왔다, 내 강아지. |
|---|---|
| 수혁 | (자리로 가 앉는다) |

이때 메뉴판을 그들 앞에 놓아주는 정 셰프. 순혜, 그 메뉴판 마뜩잖게 본다.

| 순혜 | 70년을 먹었더니… 이제 안 먹어본 새로운 음식이 없어. (메뉴판 던지는) 우주인이 먹는 음식이 궁금하다, 요새. |
|---|---|
| 희수 | 형님 오시기 전에… 말씀드릴 게 몇 가지 있어요. 형님은 이미 다 알고 계신 사항이라… |
| 일동 | (집중하는) |
| 희수 | 저 이혼소송 중입니다. |

| | |
|---|---|
| 일동 | (헐) |
| 희수 | 이혼소송에서 제가 이기려면 한지용 씨가 저지른 만행들을 만 천하에 공개해야 하는데… 그건 하준이를 위해 할 수 없는 짓이 잖아요. 그래서 고민이 깊었습니다. (눈빛이 점점 강렬해지며) 그런 데… 이제 제가 다른 고민을 해야 할 거 같아요. 하준 아빠… 경 찰 수사를 받게 될 거 같아요. |
| 순혜 | … (놀라는) |
| 희수 | 살해 용의자로요! |
| 진호 | (담담한) |
| 진희/정도 | (눈이 튀어나올 지경인데) |
| 희수 | 그래서 전 하준이를 지켜야 돼요. 내일 하준이 출국합니다. 아 버지에 대한 뉴스들을 하준이가 여기서 보게 할 수 없어요. 그래 서 하준이 튜터였던 이혜진 씨가 데리고 나갑니다. |
| 일동 | (병!) |
| 희수 | 효원의 제대로 된 후계자로 키우고 싶습니다. 물론 제가 하준이 양육할 겁니다. |
| 일동 | !!! |
| 순혜 | (버벅댄다, 어이없어서) 아니… 너 지금 그게 말이 된다고 생각해? |
| 진희 | (멍!) 그전에 지용이가 살해 용의자란 건 무슨 소리야? |
| 순혜 | (정신이 하나도 없다) |
| 진호 | 그건 나중에 다시 얘기해. 회사 차원에서 방어해야 할 문제도 있 어서… 여러 가지로 고민해봐야 해요. (수혁 보며) 그나저나 수혁 이 너 마지막으로 묻는다. 너, 할아버지 뜻 정말 안 받아들이는 거지? |
| 수혁 | 네. 저보다 더 능력 있는 분이 그 자리에 있어야 된다고 생각 |

해요.

진호　그럼 전 그 자리에 정서현을 추천해요. 저는 제 지분 그 친구에게 밀어줄 겁니다.

진희　(기함한다) 오빠!

순혜　뭐?!

희수　저도 아직 이 집안 며느리잖아요? 제가 가진 지분, 형님에게 행사하겠습니다.

수혁　저도 그러겠습니다.

진희　뭐야? 이미 다 말을 맞춘 거야?

진호　너도 협조해야 돼. 지용이가 되는 거보단 낫잖아. 엄마도!


S#21　동 정원 (사건 전) /D d-5

성태의 버기카에 타고 카덴차로 가고 있는 주 집사. 두 사람 사뭇 진지하고 분위기 무겁다.


성태　(벼르고 별러서) 하준 아빠를 왜 미워하세요?

주 집사　…회장님과 독일 루움메디카에 지병 치료차 동반했을 때(5회 S#33에 언급된) 친자 수혈 문제로 수혁 아빠, 하준 아빠, 그리고 진희 아가씨 동의서를 받아야 했어. 그때 알았어. 하준 아빠가 회장님 핏줄이 아닌 거!

성태　(그 소리에 놀라 그대로 버기카 작동 멈추는)

주 집사　(눈빛, 표정) 지랑 내가 뭐가 달라?

성태　!

주 집사　어차피 이 집안 핏줄 아닌 건 지랑 나랑 같잖아! 근데 지가 감히

340 × 341

날 무시해!!?

성태, 주 집사의 근원 있는 모멸감과 증오를 알아내고는 자신도 심경이 복잡해지는 표정.

주 집사          (눈빛 묘해져) 다른 사람은 몰라도… 걔는 날 무시하면 안 돼!


S#22           루바토 내 지용의 서재 (사건 전) /D d-5
               한 회장은 앉아 있고, 서현은 서 있다. 두 사람 역시 무거운 분위 기 속에.


한 회장          내가 지용이에게 잘못한 게 많다. 죽음의 고비에서 다시 살아나 보니… 내 잘못이 보였어. 내 핏줄이 아니란 이유로 용렬하고 빈 곤한 맘으로 그 아이를 키웠다. 내 죄를 속죄하고 싶었어. 그래 서 지용이에게 기회를 준 거다.

서현            네. 이사진도 이미 돌아섰습니다. 계약사 대표단도 동의했어요. (표정) 한지용이 대표이사 되면 안 된다는 사실에!

한 회장          (통절한 한숨)

서현            하지만… 아버님, 이 사실을 한지용이 알아선 안 됩니다. 자신을 지키기 위해 효원도 흠낼 수 있는 사람입니다.

한 회장          (눈시울 붉어져) 정말… 지용이가… 사람을 죽일 만큼… 나쁜 아이 란 거냐…

서현            …더한 짓도 할 사람입니다. 죄송합니다. 아버님. 이렇게 얘기하 는 이 순간, 저 역시 가슴이 아픕니다.

| 한 회장 | (눈을 질끈 감는) |
|---|---|
| 서현 | 한지용이 대표가 된다는 기사가 이미 나갔습니다. 취임식도 예정되어 있고요. 예정된 취임식 날 수혁이가 사귀는 아이랑 약혼을 알리는 파티를 할 생각입니다. 세상의 관심을 수혁이 약혼에 돌려야 합니다. 그리고… 한지용은 그때까진 몰라야 합니다. 다만 며칠이라도 자신이 황제라고 생각하고 살게 둘 겁니다. 제가 해줄 수 있는 마지막 배려입니다. |

머리 숙여 인사하고 나가는데 한 회장 눈시울 붉어진다.


S#23    지용의 회장실 (사건 전) / D d-5

산더미 같은 파일들을 집중해서 읽고 있는 지용. 곧 조 비서와 팀원으로 보이는 남자들이 들어온다.

| 지용 | 곽현동을 찾아. 효원 의료재단 쪽엔 없어. 내가 다른 병원들 리스트 줄 테니까… 빨리 찾아서 내 앞에 데려와. 빨리!!! |
|---|---|
| 자경(N) | 그렇게 한지용은 점점 불안해하고 있었어요. |


S#24    동 저택 다이닝 홀 (사건 전) / D d-5

효원가 사람들의 심각한 표정들… 에피타이저가 제공된다. 아무도 음식에 손을 대지 못한 채…

| 순혜 | 회장님은 안 오시고 우리끼리 결정하면 되는 일이야? |
|---|---|
| 서현(V.O) | 혼자 시간을 가지고 싶어 하십니다. |

서현이 다이닝 홀로 들어온다. 서현 자리에 앉고, 정 셰프와 메이드들 테이블을 세팅하고 에피타이저를 서빙한다.

| 서현 | 아버님 지분 승계 결정은 끝났습니다. 최 변호사가 주주총회에서 밝힐 거예요. 예정된 취임식 전날 주주총회를 열 생각입니다. 한지용은 몰라야 합니다. 어떤 비열한 플랜을 짤지 모르니까… |
|---|---|
| 진호 | (듣다가 결국) 엄마한테 이 자리에서 얘기할 게 있어. 엄마가 알아야 돼. |
| 순혜 | 배고파… 나 더 스트레스 주지 마. 밥 먹고 얘기해. (먹기 시작한다) |
| 진호 | 지용이… 아버지 아들 아니야. |
| 순혜 | (먹다 주르르) ??? |
| 진호 | 아버지 핏줄 아니라고! |
| 진희/정도 | (허걱! 놀라는) |
| 진호 | 지용이 친모가 다른 사람 애를 임신한 상태에서 아버지와 연을 이어간 거야. |
| 순혜 | (기가 막힌) 뭐야? |
| 진호 | 나도 최근에 알았어. |
| 순혜 | 그러니까… 니 말은 지용이가 니 아버지 씨가… 아니란 소리야? |
| 진희 | 오 마이 갓! (눈이 튀어나올 거 같은) |
| 진호 | (순혜 걱정돼 밖을 향해) 주 집사님… 좀 들어오세요. |
| 주 집사 | (얼른 들어온다) |
| 순혜 | (벌벌거리다 벌떡 일어나) 아아아아아!! 미친 영감탱이!! |

| | |
|---|---|
| 일동 | (그런 순혜 보고 당황하는) |
| 순혜 | 왜! 왜! 왜!!! (식탁 쾅) 지 새끼도 아닌 걸 내가 키우게 했냐고! 왜왜 왜!! 남들은 내가 막 키웠다고 하겠지만… 내 새끼 아닌 걸 키우는 게 쉬운 건 줄 알아? |
| 희수 | … |
| 서현 | … |
| 순혜 | 내 자식도 건사하기 힘든데… 왜 나한테… 엉엉엉… 한석철!! 죽어 죽어 죽어버려!!! |

순혜를 아무도 말리지 못한다. 주 집사가 순혜를 자리에 앉힌다. 순혜 씩씩댄다. 주 집사 정 셰프에게 시그널 주면 왜건에 메인디시가 서빙되고, 이때 진호의 핸드폰이 울린다. 진호 전화 받는.

| | |
|---|---|
| 진호 | 여보세요? (듣는) 아 네, 형사님… 현장요? 제가 알죠. 현장 주소 줄 테니까 거기서 봅시다. (끊는) |
| 일동 | (그런 진호 보는) |
| 진호 | (그들 시선 느끼고 담담히) 지용이가 남자들 불러모아놓은 격투장. 거기 현장을 형사가 보겠대서. |
| 희수 | (표정) |
| 서현 | (표정) |
| 진희 | 오늘 뭐야 도대체… 하나도 못 알아들을 얘기뿐이야. |
| 정도 | 처남이 격투를 했다고요? |
| 진호 | 돈 주고 싸우게 하고 구경했어. 예전 로마 황제들처럼. |
| 정도/진희 | (벙) |
| 순혜 | (눈물이 뚝 멈추는) |

진호   그 새끼 사람 아니에요.

그런 효원가 사람들, 각자의 감정이 담긴 모습의 다이닝 홀이 점점 멀어지면서. 그토록 화려하고 고급진 다이닝 홀에 불행의 바이브가 가득하다.


S#25   지용의 회장실 - 투견장 (교차, 사건 전) /D d-5
조 비서, 지용 앞에 서 있다. 불안한 지용의 낯빛과 눈동자.


조 비서   병원 어디에서도 곽현동을 찾을 수 없습니다.
지용   (미칠 거 같은) 다른 곳에 은둔하고 있을 거야.

불안이 몰려오는 지용에게 내선전화가 울린다.


비서(F)   대표님, 광운서 황형수 형사란 분한테서 전화가 왔습니다. 연결해드릴까요?
지용   …(생각하다) 연결해줘. (듣는)


    -투견장-
황 경위   한지용 씨죠? 곽수창 사망 사건과 관련해 참고인 조사에 응해주셔야 할 거 같습니다.
지용   …
황 경위   곽수창 씨 아세요?
지용   아뇨, 모릅니다.

| 황 경위 | 중동구 사천길 장수건물 지하에 자주 오지 않으셨어요? |
|---|---|
| 지용 | …갔든 안 갔든… 그건 제 사생활인데… 제가 거기에 왜 대답을 해야 하죠? 아무튼 저는 조사에 응할 이유가 없어요. |

하는데 옆에 있던 진호가 전화를 바꿔서는 격앙된 톤으로.

| 진호 | 여기 니가 돈 줘가며 개처럼 사람 때리고 인권 유린한 현장이야. |
|---|---|
| 지용 | !!! |
| 진호 | 너 빠져나갈 생각하지 마! 니가 그 사람 죽인 거 다 알아! |
| 황 경위 | (전화 뺏어서 전화 받는데) 여보세요? (전화 끊어진. 진호에게) 그렇게 다 짜고짜 흥분하시면 어떡합니까? |
| 진호 | 근데 여기서 사람 때리고 싸운 건 입건 안 돼요? 불법이잖아. |
| 황 경위 | 처벌할 만한 법이 없어요. |
| 진호 | 하아… 말도 안 돼. 뭔 법이 그래? |
| 황 경위 | (끄덕) 한지용 씨 법대 나왔던데… 법을 아주 잘 아는 양반이에 요. 합의하에 이뤄진 폭행건은 죄가 성립되지 않아요. 참관꾼들 이 있었던 것도 아니니 도박죄도 아니고. |
| 진호 | (답답한) 돌겠네, 젠장… |
| 황 경위 | 그런데 왜 동생분이 곽수창을 죽였다고 생각해요? 뭐가 무서 워서? |
| 진호 | (씩씩대다) 명예! 디그니티의 훼손! 우리 같은 사람은 그게 젤 두려 운 법이거든! |

하는데 황 경위의 핸드폰 울린다. 전화 받는 황 경위.

| | |
|---|---|
| 황 경위 | 여보세요? (갑자기 벌떡 일어나는) 네. (높은 사람)… (듣는) 네, 알겠습니다. (전화 끊는. 난감한) 효원 건들지 말라네요. |
| 진호 | (흥분해) 그런 게 어딨어요? 재벌이라고 봐주고 이런 거 하지 말라고! 성역 없는 수사, 공정 수사 실천! 지금 세상이 어떤 세상인데… 아 진짜… (하다가) 검찰이에요, 경찰이에요, 연락 온 데가? |

황 경위, 어이없게 그런 진호 보는데서.


S#26    하준의 학교 앞 (사건 전) /D d-5

자경이 기다리고 있으면 하준이 하교한다. 그런 하준에게 다가가려는 자경. 이때 검은 세단에서 내리는 지용의 경호팀원들로 보이는 사내 2명(S#23에 있었던)이 하준에게 다가간다. 자경과 하준 사이를 막는 두 사내.


| | |
|---|---|
| 자경 | 뭐예요? 당신들 누구야? |
| 사내1 | (하준에게 인사하고) 도련님 저희가 모시겠습니다. |
| 자경 | 누구냐고 묻잖아요. |
| 사내들 | (그런 자경, 투명인간 취급하고 하준의 손을 끌고 가는데) |
| 하준 | (그대로 사내들에게 잡혀 가며 자경을 보는) |
| 자경 | (뒤따르며) 하준아… |
| 하준 | 선생님~ 선생님~ |
| 자경 | 하준아~~ (하며 그대로 쫓아가자) |

사내들, 하준을 안고 그대로 차에 태운다. 하준이 뒷좌석에서 무

서워하는 눈동자로 자경을 보는 모습이 차창에 보이자 이성을 잃는 자경.

자경         하준아… 하준아!!!! (차를 막아서려고 해보지만)

차는 그래도 떠나고, 자경 사력을 다해 뛰지만 차는 이미 저만치 사라진다. 자경, 정신이 아득해지고 핸드폰을 꺼내 급하게 전화를 건다.

(인서트)     곽현동이 머무는 별채 (사건 전) /D d-5
희수, 심각한 표정으로 곽현동이 건넨 핸드폰을 보고 있다. 곽수창이 곽현동에게 보낸 다잉 메시지(16회에 나옴- 자세히 나오지 않아야 함)를 보고 있는 떨리는 눈동자. 한쪽에 놓아둔 희수의 핸드폰엔 자경에게서 계속 전화가 오고 있다. 하지만 무음이라 모르는 희수.

-다시 학교 앞-
희수가 계속 전화를 받지 않자 손이 바들바들 떨리는 자경. 핸드폰 전화번호부 스크롤하면 보이는 '정서현'. 자경 그대로 전화 거는데서.

S#27       서현의 서재 - 동 장소 (교차) (사건 전) /D d-5
서현이 컴퓨터 보면서 회사 업무를 보고 있다. 이때 핸드폰이 울린다. 서현, 자경(하준 튜터)임을 확인하고 전화 받는.

| 서현 | 여보세요? |
|---|---|
| 자경 | 도와주세요. |
| 서현 | !! |
| 자경 | 하준이를… 데려갔어요. |
| 서현 | 누가요? |
| 자경 | 누군지 모르겠어요. 한지용이 시킨 사람들이겠죠. 제발 찾아주세요. |
| 서현 | 내가 찾아볼 테니까… 기다려요. (전화 끊고, 바로 서 비서에게 전화거는) 서 비서, 한지용 상무 비서팀장 빠른 시간 내로 나한테 데려와. (듣는) 아니, 내 서재로 데려와. (그런 서현의 표정에서) |

S#28 　　동 별채 (사건 전) / D d-5

처연히 누운 채 망연자실한 표정으로 있는 곽현동. 희수, 그런 곽현동을 보고 있는.

| 곽현동 | 당신 남편… 죽여버릴 거예요. |
|---|---|
| 희수 | … (복잡하고 거지 같은 심정 속에) 미안해요. |
| 곽현동 | (그런 희수 보며) 미안하면 당신이 나 대신 죽이든가… |
| 희수 | (곽현동을 보는 눈빛) |

S#29 　　동 별채 밖 일각 (사건 전) / D d-5

고민을 거듭하던 희수. 결국 결심이 선 듯 전화기 들어 전화하는.

| 희수 | 수녀님… 이리 좀 오셔야겠어요. 꼭 와주셔야 합니다. (듣는) 제가 차 보내겠습니다. 네. (끊는 표정이 싸해진다) |
| --- | --- |

S#30    서현의 서재 (사건 전) / D d-5

서현, 앉아 있으면 노크 후 서 비서가 조 비서를 데리고 들어온다. 서 비서, 목례 후 나가고 남겨진 조 비서 잔뜩 긴장하는데.

| 서현 | 내가 왜 불렀는지 알아요? |
| --- | --- |
| 조 비서 | 아뇨, 모릅니다. |
| 서현 | 내가 왜 회사가 아닌 내 사적 공간에서 조 비서를 보자고 했겠어요? |
| 조 비서 | … |
| 서현 | 조 비서는 아주 일을 열심히 하는 사람이잖아요. 한지용 상무가 시키는 모든 일을 회사일로 생각해 최선을 다하는 거… 잘 알고 있어요. 그래서 회사를 벗어나야 제대로 판단할 거 같아 이리로 불렀어요. |
| 조 비서 | (그런 서현 여전히 긴장해서 보는) |
| 서현 | 회사원 조 비서가 아닌 인간 조용기가 돼서 자신의 앞날을 한번 생각해봤으면 해서… |
| 조 비서 | ?? |
| 서현 | 효원에서 살아남고 싶어요, 아님 한지용에게서 살아남고 싶어요? |
| 조 비서 | … |
| 서현 | 내가 선택과 집중을 할 수 있게 한마디만 해줄까 해요. 한지용 |

끝났어! (눈빛, 표정)

조 비서    !!

서현    조 비서 지금 언제 터질지 모를 다이너마이트를 안고 있거든?
한지용의 수족으로 살았으니… 내 말 무슨 말인지 알지?

조 비서    !!!

서현    내 뒤에… 서! 그럼 당신 안 죽어!


조 비서, 마른침 삼키며 그런 서현 보는데서.



S#31    일각 (사건 전) / N d-5

하준을 데려간 가드가 차에서 하준을 내려준다. 그러자 자경에
게 뛰어오는 하준. 그런 하준을 끌어안는 자경. 그렇게 한참을
안고 있는 자경과 하준.


(짧은 시간 경과)


두 사람 특별한 말 없이 그렇게 걷다가.


자경    (몸을 숙여 하준에게 눈 맞추고) 하준아… 너… 내일… 미국에 가야 될
거 같아, 선… 생님이랑.

하준    …

자경    아, 다행이다. 우리 하준이 안 놀라네.

하준    엄마한테… 들었어요.

자경    괜찮겠어, 하준아?

| 하준 | (끄덕이는) 엄마가 곧 오신대요. 그럼 괜찮아요. 난 엄마만 같이 있음 돼요. |
| 자경 | (서운하면서도 안도하는 복잡한 감정으로 하준 보는) 하준이는 그런 (눈시울) 엄마가 있어서 좋겠다. |
| 하준 | (그런 자경 한참 본다) |
| 자경 | (그런 하준의 머리카락을 아프게 만지며 보자) |
| 하준 | 감사합니다… (눈동자가 촉촉해져서) |
| 자경 | … |
| 하준 | 낳아주셔서… |
| 자경 | (가슴으로 미친 듯 울음이 터지지만 눈물을 자제하며) 아니야… 잘… 자라줘서… 고마워… |


S#32   지용의 회장실 (사건 전) /N d-5

지용 퇴근하려는데 조 비서가 들어와 상황을 얘기한다.


| 조 비서 | 하준이 튜터가 위치 추적을 해서 하준이 있는 곳을 알아냈습니다. |
| 지용 | (발끈) 뭐? |
| 조 비서 | 죄송합니다. 하준 도련님 핸드폰을 끄게 하는 건 할 수가 없었습니다. 그리고 도련님이 계속 울기만 해서… (지용의 눈치를 살피는) |
| 지용 | (짜증 내며 소리치는) 젠장!! |


S#33   동 저택 안 (사건 전) /N d-5

지용의 차가 루바토 앞에 정차하고 기사가 차 문을 열어주면 지용이 내린다. 집 안으로 들어가는 지용. 그런 지용 앞에 누군가 선다. 다름 아닌 주 집사다.

| | |
|---|---|
| 주 집사 | 회장님이… 상무님을 카덴차로 좀 모시고 오라십니다. |
| 지용 | (보다가) 간병인 왜 내보냈어요? |
| 주 집사 | (무덤덤하게) 회장님 간병인은 회장님이 이제껏 직접 선택하셨어요. 누군지도 모르는 사람을 함부로 들일 수 없습니다, 상무님. |
| 지용 | (어이없다) 함부로? 내가 고용한 사람에게 함부로란 말을 해요, 감히? |
| 주 집사 | (담담히 표정 변화 없이 서 있는) |
| 지용 | 잘해주면 권리인 줄 안다더니… |
| 주 집사 | (용기 내서) 저도 해고하실 건가요? |
| 지용 | (어이없게 그런 주 집사 보는데) |

자경이 그런 지용에게 다가온다. 자리 비켜 밖으로 나가는 주 집사.

| | |
|---|---|
| 자경 | 하준이를 그렇게 데려가서 어쩌려고 한 거야? |
| 지용 | 일단 니들 두 여자에게서 떼어놓으려고… 서희수가 이혼하면서 하준이를 데리고 나간대. (어이없다는 듯) 말도 안 되는 소리지. 애를 내가 데리고 있어야 그 가능성이 없어진대서. |
| 자경 | (비웃는) … 네가 정말 하준이 아빠 맞아? |
| 지용 | (그런 자경을 노려보는) |
| 자경 | 내일 하준이 떠나. |

| 지용 | (짜증 나는) |
|---|---|
| 자경 | (의미심장하게) 넌 이제 하준이 영원히 못 볼지도 몰라. 그러니까 작별 인사 해둬. (휙 지나쳐 가는데) |
| 지용 | 하준이는 내 자식이야. 너도 서희수도 하준이에겐 반쪽짜리야. |
| 자경 | 닥쳐! 넌 반쪽조차 아니니까. |

S#34   카덴차 내 지하 벙커 (사건 전) / N d-5

한 회장 혼자 쓸쓸히 앉아 있다. 한 회장의 시선이 돼서 보이는 미자의 사진.

S#35   카덴차 내 다이닝 홀 (사건 전) / N d-5

그 큰 다이닝 홀에서 혼자 식탁에 가득 차려놓고 아기처럼 턱받이하고 게걸스레 음식으로 화를 풀고 있는 양순혜. 갖은 산해진미가 가득한 식탁 위. 모두 다 떠나고 진희와 순혜만 남아 있다. 양순혜의 포효 소리 "크억~~!" 순혜, 화가 나 먹고 있던 그릇을 집어 던진다! 앞에는 진희가 심각한 표정으로 앉아 있다.

| 순혜 | 김미자!!! (또 다른 그릇 집어 던지며) 한석철!!!! |
|---|---|
| 진희 | (그런 순혜를 보며) 그러지 마, 엄마. 지금 깨부술 타이밍이 아니야. |

S#36   동 저택 정원 (사건 전) / N d-5

성태가 운전하는 버기카에 올라타고 카덴차로 향하는 지용. 성태, 묘하게 지용의 눈치를 본다. 불안하고 초조한 성태. 지용, 그런 성태를 일견하면 흠칫하는 성태.

| | |
|---|---|
| 지용 | 나한테 뭐 할 말 있어요? |
| 성태 | 아뇨… 그런 거 없는데… |
| 지용 | 혹시… 내 방 서재 뒤진 적 있어요? |
| 성태 | (숨넘어갈 듯 긴장하는) 아뇨. |
| 지용 | 도대체 누가… 내 서랍을 뒤져서 내 폰을 만졌을까요? |
| 성태 | … |
| 지용 | 누가 그걸 한진호에게 넘겼고… |
| 성태 | 저라고… 생각하시는 거예요? |
| 지용 | (자연스레 끄덕이는) 네. |
| 성태 | 왜 그렇게 생각하세요? |
| 지용 | 형이랑 친하잖아요. 같이 목욕도 자주 하고. |
| 성태 | (허걱) 어떻게 아세요? |
| 지용 | 난 모르는 게 없어요. 이 집 안에서 일어나는 일… 다 알아요. |
| 성태 | … |
| 지용 | 이 집 안에서 누가… 나를 제일 미워하는 거 같아요? |
| 성태 | … |
| 지용 | 괜찮아요. 말해봐요. |
| 성태 | …그걸 제가 어떻게… |
| 지용 | 성태 씨한테 물어보면 알 거라던데… |

버기카가 도착하고 지용이 내린다. 그런 지용의 뒷모습을 뱅!해서 보는 성태. 버기카에서 내려 지용을 따른다. 지용이 카덴차

보이지 않는 것과의 싸움 Fighting in the Dark

문을 여는 순간.

| | |
|---|---|
| 성태 | 잠깐만요… 거기 말고 다른 문이 있어요. |
| 지용 | … |

**CUT TO**

성태와 지용, 지하 벙커로 들어가는 비밀의 문 앞에 서 있다. 문을 열어주는 성태. 안으로 들어가는 지용. 문이 닫힌다. 잠금 장치가 가동되는 문에 카메라 C.U하면. 의미심장하게 그 문을 보고 있는 성태의 갈등 가득한 표정.

S#37   성태의 공간 (사건 전) /N d-5

성태, 방으로 들어와선 문을 잠그고 깊이 심호흡한다. 자신의 서랍 속 작은 금고 문을 연다. 그 안에 든 블루다이아 목걸이를 꺼내는 성태. 발광하는 블루다이아를 보는 성태의 갈등 가득한 표정. 숨이 가쁘다. 노크 소리 들리자 그대로 금고 문을 닫고 숨기는. 문을 열면 다름 아닌 주 집사다.

| | |
|---|---|
| 주 집사 | (의심의 눈초리로) 근무 아직 안 끝났는데 뭐해? |
| 성태 | 그냥 잠깐… 들어왔어요. |
| 주 집사 | 하준 아빠, 회장님 밀실에 있어? |
| 성태 | (끄덕이는) |
| 주 집사 | (뒤돌아서는. 뒤에 남겨진 성태가 묘하게 이상한데, 표정) |

| S#38 | 동 지하 벙커 (사건 전) / N d-5 |
|---|---|

지용이 들어오면 한 회장이 소파에 앉아 있다. 한 회장, 지용에게 시선 주기보다 다른 곳에 시선 두며.

| 한 회장 | 지용아. |
|---|---|
| 지용 | 네, 아버지. |
| 한 회장 | 오늘부터 내가 니 진짜 아버지가 돼볼까 한다. |
| 지용 | … |
| 한 회장 | 니 엄마 앞에서 맹세할까 해. 난 지금이라도 널… 내 아들로 생각하고 애비로서 해야 할 일을 하고 싶구나. |
| 지용 | … |
| 한 회장 | 내려놓거라, 다… 잘못한 일이 있으면 사죄하고 용서 구하고 새 사람으로 살아라… |
| 지용 | … |
| 한 회장 | (지용의 답을 구하듯 지용을 보면) |
| 지용 | (시선 피하고 표정 굳어진다) |
| 한 회장 | (비통이 섞인 분노를 표출하는) 아직 시간이 많아. 넌 충분히 다시 시작할 수 있다. 모두가 너에게 기회를 주려 할 때… 돌아와야 해. 애비로서 부탁이다. 다 버리고… 다 씻어내라. (하고 대답을 기다리듯 지용 보는) |

그렇게 무언의 대화를 눈빛으로 나누는 지용과 한 회장. 서로를 후회와 원망이 얽힌 시선으로 보는데.

| 지용 | (결국) 그럴 수… 없어요. |
|---|---|

지용, 시선 외면하고 밖으로 나가는데, 한 회장, 남겨진 채 가슴으로 후회의 통곡을 하고 있다.

S#39  동 별채 앞 (사건 전) /N d-5

희수가 기다리고 있으면 희수의 차에서 엠마 수녀가 내린다. 그런 엠마 수녀를 보는 희수의 표정.

엠마  (희수에게 웃으면서 다가오는) 오늘 우리 상담 날도 아닌데… 근데 여긴 어디예요? (의아한 엠마 수녀의 표정에서)

S#40  동 별채 안 (사건 전) /N d-5

희수가 앞장서고 엠마 수녀가 뒤따르며 걷고 있다. 결연한 희수의 표정, 엠마 수녀의 다소 경직된 표정이 교차되다가 도착한. 문을 연다. 의사 1인이 곽현동에게 주사를 놔주고 있다. 곽현동, 누워 있다. 희수, 의사에게 목례하고 의사 나간다. 엠마 수녀, 당황하는 기색이 역력한 위로.

희수  한지용의 취미가 남자 둘을 투견장 링 안에서 싸우게 하는 거였어요. 돈 때문에 남자들은 서로를 때려야 했어요.

엠마  !

희수  그러다 이 사람이 죽음의 문턱까지 갔어요. 이 사람을 이렇게 때린 건 이 사람 친형이래요. 근데 그 형이 이틀 전 밤에 살해당했습니다. 그 사람이… 다음 날 한지용의 비리를 뉴스에 폭로하려고 했거든요.

엠마          (동공에 지진이 일어날 정도로 당황해서 흔들린다)

희수          한지용이 이 사람을 미친 듯이 찾고 있어요. 지금…

엠마          …

희수          (결연한 표정으로) 수녀님… 선택하세요. 이 사람이 여기 있다는 걸
            한지용에게 알려서 그의 죄를 덮든지… 아니면… 한지용을 설
            득해… 자수하고 죗값을 치르게 하든지… 수녀님께… 칼자루
            드리겠습니다.


            누워 있는 곽현동의 모습을 보고 있는 영혼이 부대끼는 엠마 수
            녀의 모습 위로.


자경(소리)    나와 서희수 씨는 한지용에게 기회를 주고 싶었어요. 그의 끝
            간 데 없는 추락에 브레이크를 밟아줘야 했습니다. 왜냐고요. 그
            는… 하준이 아빠였으니까요.


S#41         하준의 방 (사건 전) / N d-5

            하준이 누워서 블루투스로 힙합을 듣고 있다. 문이 열리고 지용
            이 들어온다. 하준, 얼른 숨기듯 음악을 끈다. 지용, 하준의 침대
            에 걸터앉는다. 하준을 따뜻하게 보는 지용의 눈동자. 하준의 머
            리칼을 쓸어넘긴다.


지용          한하준.

하준          (보면)

| 지용 | 유학 가서 첨에 영어 잘 못한다고 기죽으면 안 돼. 누구나 첨은 다 서툴러. 넌 내 아들이야. 최고가 돼야만 해. |
|---|---|
| 하준 | (대답 대신 그런 지용을 빤히 보고만 있다) |
| 지용 | 아빠가… 바쁜 일 해결하고 자주 자주 네가 있는 곳으로 갈게. |
| 하준 | 아빠. |
| 지용 | 응. |
| 하준 | 나 없어도 잘 있어야 해? |
| 지용 | 응. |
| 하준 | 아빠… 사랑해. |
| 지용 | (그 소리에 한참 굳어진 채 눈시울 붉어진다) |

하준, 지용을 안아준다. 하준, 지용을 한참 그렇게 안고 쓰다듬
는다. 지용에게서 볼 수 없었던 슬픈 눈망울.


-하준의 방 밖-

문을 열고 손잡이를 쥔 채 두 사람의 모습을 보고 있는 자경의
모습 위로.


| 자경(소리) | 내가 본 한지용의 마지막 모습이었습니다. 한지용은 하준이를 온전한 자기 거라고 생각했어요. 그게 하준이를 사랑하는 유일한 방법이었겠죠. |
|---|---|


| S#42 | 동 저택 게이트 (사건 전) /N d-5 |
|---|---|

게이트 문이 열리고 초조한 표정의 엠마 수녀가 서 있다. 시큐리

360 × 361

티, 무전으로 "엠마 수녀님 오셨습니다."

엠마          지용이 만나러 왔습니다.

시큐리티       (지용이란 말을 못 알아듣고) 지용이요? (뒤늦게) 아 네… (하고는 무전기로) 루바토로 모셔주세요.


곧 성태의 버기카가 도착하고 엠마 수녀가 버기카에 탄다.


S#43         지용의 서재 (사건 전) /N d-5

지용이 사냥총을 닦고 있다. 지용의 서재 문을 살짝 열고 그런 지용의 모습을 보고 있는 자경.


S#44         동 저택 정원 + 성태의 버기카 안 (사건 전) /N d-5

성태와 엠마 수녀, 둘 다 각자의 심경이 드러난 우울한 표정으로 루바토로 향한다. 저택의 가로등이 하나하나 켜진다.


성태          죄를 짓고… 회개하면 예수님은… 용서해주시죠?

엠마          (그런 성태 보는)

성태          세상은 어차피 권선징악이 안 통해요. 살아보니 그래요. 인과응보 랜덤이에요.

엠마          그렇지 않아요, 형제님. 죄의 끝은 있습니다.

성태          죄 없는 예수님은 십자가에 못 박혀 죽으시고 대신 악랄한 살인자 바라바를 살렸다고요. (중언부언 정신이 불안한) 그게 예수님 마인드예요. 이미 대신 죽었어요. 모든 죄인들을 대신해… 그러니 분명 죄를 지어도 용서하실 거예요.

엠마　(그런 성태 의아하게 보면서) 아뇨… 신은 용서도 하지만 심판도 하십니다. 죄인 줄 알면서 죄를 짓는 자는… 용서받지 못합니다. 범죄한 천사들을 용서치 아니하시고 지옥에 던져 어두운 구덩이에 두어 심판 때까지 지키게 하셨어요!!

성태　(화난다. 버럭) 그런 게 어딨어요!! 예수님이 그럼 안 되지!

엠마, 당황해서 그런 성태 보는데서.

S#45　루바토 현관 (사건 전) / N d-5

문이 열린다. 문을 사이에 두고 서 있는 두 사람- 엠마 수녀와 자경이다. 서로를 바라보는 복잡한 눈빛. 어색하게 인사 나누는 두 사람.

S#46　루바토 내 여러 곳 - 지용의 서재 (사건 전) / N d-5

자경이 엠마 수녀를 안내해 지용의 서재 앞에 다다른다. 엠마 수녀, 노크하고 안으로 들어간다. 문이 닫힌다. 문 앞에 선 자경의 착잡한 표정.

-안-

엠마 수녀, 그대로 지용의 발 앞에 꿇고 오열을 시작한다.

자경(N)　　　그날 수녀님이 어떤 결정을 하셨는지 저는 모릅니다.


S#47　　　　하준의 방 (사건 전) /N d-5

희수가 하준을 내려다보고 있다. 그리고 하준이 옆에 누워 손을
꼭 잡고 안아준다. 하준, 희수를 느끼고 그대로 희수의 품에 안
긴다. 그런 두 사람의 모습에서.


S#48　　　　카덴차 정원 (사건 전) /N d-5

서현, 최 변호사와 통화중이다.

서현　　　　주주총회, 조용히 움직여야 해요. 이사들도 몰라야 합니다. 모두
가 한지용을 버렸지만… 어리석은 자는 무리 중에 반드시 존재
하니까.

최변(F)　　　정기 주주총회라 아무도 눈치 못 챌 겁니다.

서현　　　　남은 5일을 잘 버텨야 해요! 우리 모두!

최변(F)　　　네, 알겠습니다.


서현, 전화 끊고 돌아서는데 누군가 그런 서현 앞에 서 있다. 다
름 아닌 자경이다. 자경이 먼저 서현에게 목례한다.


자경　　　　여러 가지로 고마웠습니다.

서현　　　　하준이… 잘 부탁해요. (가려는데)

자경　　　　한지용은… 어떻게 하실 건가요?

서현          (돌아보며) 신이 우리 모두를 도울 거예요.

그 말만 남긴 채 그렇게 카덴차로 돌아가는 서현. 그런 서현의
모습을 보고 있는 자경에서. 디졸브.


S#49        태정서 취조실 - 현재 /D d+11
이제껏 진술을 마친 듯한 자경. 그런 자경 앞에 앉아 있는 백
형사.

백 형사       사고 당일 서희수 씨를 병원에 데려간 게 누굽니까?
자경          … (동공이 떨리는)
백 형사       서희수 씨 차량 블랙박스는 그날 전원이 꺼져 있었어요. 병동 내
            모든 CCTV에는 서희수 씨 혼자였고. 그 몸으로 보호자 없이.
자경          글쎄요…
백 형사       엄연히 주치의가 있는 재벌가에서 일반 병원 응급실을 간 것도
            의문인데… 구급차가 아니라 서희수 씨 차량이 그 시간 병원 주
            차장에 들어온 걸로 조사됐어요.
자경          !
백 형사       누군가 서희수 씨 차를 운전해줬단 얘기겠죠? 그 몸으로 운전할
            순 없었을 테니… 누굴까요…
자경          그래서… 제가 서희수 씨 차 운전이라도 했단 말인가요? (피식)

(인서트 1)    국과수 영상연구실 /D d+11
황 경위, 화면 속 한 여인이 다른 여인(희수)을 부축해서 걸어가

364 × 365

는 장면을 보고 있다. 너무 어두운 데다 오디오도 없다. 그렇게
걸어가는 두 여인의 실루엣만 보인다.

| | |
|---|---|
| 백 형사(소리) | 인근 차량의 블랙박스를 수배해 함께 온 사람이 누군지 찾고 있어요. (눈빛, 표정) |
| 황 경위 | (CCTV 영상 속 피사체가 가장 크게 보이는 부분에 스톱시키고) 얼마나 걸려요, 얼굴 확인하는데? |
| 연구원 | 노이즈 더 줄이고 분석 들어가야 해서… 내일까지 해볼게요. |

-다시 태정서-

| | |
|---|---|
| 자경 | 저는 그날 그 현장에 없었어요. 사고 당일 저는 하준이와… 보스턴에 있었어요! |
| 백 형사 | 거짓말하지 마요. 당신 출입국 기록 다 확인했는데 무슨 소리야. 당신 미국에 가지도 않았잖아!! |
| 자경 | (어이없게 웃으며) 어이가 없네. 다시 확인해보세요. (일어나며) 필요한 수사 있음 집으로 오세요. 전 지금 바빠서요. 이만. |
| 백 형사 | (자경이 몹시 의심스럽다) |

자경 나가고, 백 형사 사건 수첩을 펴서 엠마 수녀의 진술대로
시뮬레이션한 그림을 머릿속에서 실현시켜본다.

| | |
|---|---|
| (인서트 2) | 카덴차 사건 현장 /N d+0 |
| | 지용이 희수의 목을 조르다 계단 난간에서 넘어뜨린다. 그것을 본 자경이 지용을 총으로 쏘고 지용이 추락해 쓰러진다. 계단에 서 있는 사람은 자경이다. 이때 엠마 수녀가 들어오고… 엠마 수 |

녀, 놀라서 그대로 뒷걸음질쳐 밖으로 나간다. 뒤이어 어둠 속 누군가 사건 현장으로 들어온다. 그 누군가는 남자인지 여자인지도 자세히 안 보인다. (백 형사의 추측 속에선 남자에 가깝다) 뒤이어 그 사람의 안내로 닥터 김이 은밀히 들어오고, 닥터 김 끄덕이며 사라지고, 그 사람이 지용의 시신을 치운다. 홀 내 불이 켜지고, (불을 켜는 사람은 백 형사다) 눈이 부신 듯 인상을 쓰는 그 실루엣 정체- 다름 아닌 성태다.

-다시 태정서 (취조실 아닌 동 경찰서 내 백 형사 자리)-
앞 신의 성태 얼굴에 오버랩된- 백 형사, 손에 성태의 사진을 들고 있다.

백 형사      남자뿐이야. 시신을 치울 수 있는 사람~ (눈빛) 김성태~~~

이때 황 경위 다가온다.

황 경위      김성태, 연락이 안 돼요. 로밍을 안 한 건지… 모나코가 인터폴 가입국도 아니고 피의자 신분도 아니라서… 접촉 방법이 없어요, 지금은.

백 형사      김성태 진술이 꼭 필요해요. 키를 쥔 사람이에요. 아 참, 이혜진 씨… 자긴 사건 당일 미국에 있었대요. 출입국 명단 확인했죠?

황 경위      이혜진요? (누군지 모르겠단 표정인)


S#50        하원갤러리 /D d+11

어떤 그림을 보고 이야기 중인 서진경과 미주- 그 그림 위로.

| | |
|---|---|
| 미주(소리) | 작가 프로필과 프로비넌스는 다 봤어요. |
| 서진경(소리) | 미늉갤러리 대표 프라이빗 소장품이야. 레어하기는 슈퍼 스프림급! |
| 미주(소리) | 할인해줘요. |
| 서진경(소리) | 알았어. 12억. 더 이상은 안 돼. |
| 미주 | 오케이. 인보이스 보내주세요. |
| 서진경 | 법인으로 할 거야, 개인으로 할 거야? |
| 미주 | 개인으로요. |
| 서진경 | 집에 걸 거지? 보관할 거 아니지? |
| 미주 | 걸 거예요. |

서진경과 미주, 성경 공부를 위해 늘 모이는 자리에 앉는.

| | |
|---|---|
| 서진경 | 엠마 수녀님이 성경 공부 시작한 이후 이렇게 쉬신 거 첨인데… |
| 미주 | 그러게요. 책임감 엄청나신 분인데… |
| 서진경 | 아무래도 희수 남편 사망한 거랑 관계가 있는 거 같아. |
| 미주 | 들리는 얘기가 그 사람 살해당했을 수 있다던데… (조심스레) |
| 서진경 | (자기도 아는 얘기라 놀라지 않는데) |

재스민이 우울한 얼굴로 그들에게 다가온다. 그런 재스민 보는 두 여인.

| | |
|---|---|
| 서진경 | 오늘 성경 공부 모임 캔슬됐단 문자 못 받았니? |

| 재스민 | 그래도 언니들 보러 갤러리 온단 문자 못 받았니? |
|---|---|
| 서진경 | (그 소리에 문자 확인하고는) 아… 그러네. |
| 미주 | 재스민, 얼굴이 왜 이래? 무슨 일 있구나. |
| 재스민 | (갑자기 눈가 붉어지다 울음을 터트린다) |
| 서진경/미주 | (당황하는) |

(짧은 시간 경과)

재스민 울면서 코를 풀고 있고 재스민의 사연을 기다리고 있는 미주와 서진경. 시간 경과 나타내듯 그녀들 앞엔 간단한 음료와 다과가 놓여 있다.

| 재스민 | 우리 자기… 교통사고 났어요. |
|---|---|
| 서진경 | 어머나. |
| 미주 | 어째. |
| 재스민 | 죽으라는 남편은 안 죽고 그 남자가 사고 났어요. 근데… 잘못하면 영원히… (우는) 못 걸을 수 있대요. |
| 서진경 | 아이고. |
| 재스민 | 나 때문이에요. |
| 미주 | 그게 왜 재스민 때문이야. 같이 있다 그랬어? |
| 재스민 | (고개 절레) |

| (인서트) | 어딘가- 재스민의 차 안(회상) /D d-5 |
|---|---|

정도, 운전하면서 시끄러운 음악을 틀어놓고. 재스민, 영어로 된 노래를 마구 따라 한다.

| 정도 | 야~ 자기 차 잘 나가네… |
|---|---|

재스민, 한 손으로 오케이 표시하며… 다른 손에는 테이크 아웃 커피를 들고 있다. 정도, 그런 재스민을 사랑스럽게 보다 일각에 차를 세운다. 그리고 재스민에게 다가가 키스를 하는데. 재스민, 들고 있던 커피를 정도의 옷에 실수로 쏟는다.

| 재스민 | 어머 자기 어떡해… 슈퍼 쏘리… |
|---|---|
| 정도 | 아… 씨… |
| 재스민 | (뭔가 생각난 듯 차에서 내려 차 트렁크로 간다) |
| 정도 | (옷에 묻은 커피를 휴지로 닦아내고 있는데) |
| 재스민 | (비닐 속에 포장된 블랙 추리닝을 꺼내 정도에게 건넨다) 이거 입어. |
| 정도 | (받아 들고 보는) |
| 재스민(소리) | 남편에게 선물했던 블랙 추리닝… 새벽마다 입고 뛰라고. 그래서 차에 치어 죽으라고… 선물한 그 추리닝을 그 남자한테 줬거든요. |

| S#51 | 어느 길 (사고 당일 밤) / N d+0 |
|---|---|

정도가 그 추리닝을 입고 밤에 조깅을 하고 있다. 귀에 블루투스를 켜고. 그리고 퍽~! 차에 치이고 정도, 쓰러진다. 차는 그대로 달아난다.

| 재스민(소리) | (거의 울면서) 그 블랙 추리닝을 입고 밤에 운동을 나갔다가… 어어엉~ |
|---|---|

| S#52 | 하원갤러리 /D d+11 |

재스민은 울고 있고, 서진경과 미주는 그 얘기를 멍!한 표정으로
듣고 있다.

| 서진경 | (조심스레 달래듯이) 그러게 왜 남편이 죽길 바랬어, 재스민. 괜히 |
| | 그 불륜남만… (하는데 확 다가오는 이상한 느낌과 표정 위로) |
| 진희(소리) | (우는 소리로) 지용이 죽은 그날… 남편이 교통사고가 났다고요. |
| 서진경 | 재스민! 자기 불륜남 말이야… 혹시 이름이… 박정도니? |
| 재스민 | (울고 있다가 눈이 동그래져 보는) 헉! 어떻게 알았어요? |
| 미주 | 헉! |
| 서진경 | 맙소사! 어떻게 이런 일이! 어떻게… 하아… |

| S#53 | 정도가 입원한 병원 물리치료실 /D d+11 |

진희가 적성에 안 맞는 표정으로 정도를 보고 있다. 정도, 물리
치료를 끝내고 땀범벅이 되어 있다.

| 진희 | (그런 정도에게) 이혼해줄게. |
| 정도 | (황당한) 뭐? |
| 진희 | 니 소원이었잖아. |
| 정도 | 누나! 이건 아니지! 사람 이렇게 힘든데 버리는 거 아니지. |
| 진희 | 하아… 나 정말 까마귀 날자 배 떨어지는 이 시추에이션… 아무 |
| | 도 안 믿겠지만… 나 이혼해주려고 했어. |
| 정도 | 아니… 못 해! 나 걸을 수 있을 때까지 내 옆에 있어. |
| 진희 | (기가 막힌) 너 웃긴다. 다리 멀쩡할 땐 그렇게 도망가려고 하더니 |

다리 부러지니까 나랑 살겠다고?

정도        누나야말로 인간성 바닥 다 보이네!

진희        뭐가 바닥이야! 이혼을 원한 건 너잖아!!!


하고 격렬하게 싸우는데 물리치료사 다가와서.


치료사     저기 좀 조용해주세요. 여기서 이렇게 싸우시면 안 돼요.

진희        (개의치 않는다) 이혼해!

정도        (버럭) 안 돼!!! 못 해! 절대 안 해! 내가 좀비가 될 때까지 내 옆에
             서 살아야 돼!

진희        아아아아악!!!!


S#54        루바토 내 티가든 /D d+12

백 형사, 티가든에서 기다리고 있으면 희수가 나온다. 희수, 백
형사에게 단정하게 인사한다.


백 형사    한하준 군에게 좀 물어보고 싶은 게 있어서요. 아이에게 상처 될
             만한 말은 조심하겠습니다. 그냥 간단하게 조사할 게 있어서…

희수        (그런 백 형사 보다가 끄덕인다) 그러세요.

백 형사    어머니 동반하에 조사해야 돼서요. 함께 와주세요.

희수        하준이 곧 영어 수업 마쳐요. 그리로 가요, 같이.


S#55        어느 도로 /D d+12

하준이가 교복이 아닌 평상복 차림으로 학원에서 나오면 맞은 편에서 서 있던 희수가 하준을 보고 미소 짓는다. 희수, 함께 있는 백 형사에게 "제가 데리고 올 테니 여기 계세요." 하준, 모처럼 보인 희수의 미소에 홀린 듯 그대로 횡단보도를 뛰는데 트럭이 다가온다.

-느린 화면-

하준이 뛰고 트럭이 다가온다. 그 상황 보던 희수, 눈이 커지고, 희수, 그대로 하준이 쪽으로 뛰어가 하준을 안고 그대로 뒹굴어 하준을 보호한다. 희수, 하준을 품에 안은 채 쓰러지고, 트럭은 스키드마크를 내며 끼익! 그런 희수를 의미심장한 눈빛으로 보고 있는 백 형사

-동 도로-

| | |
|---|---|
| 희수 | (품에 있는 하준에게) 엄마가 뭐라 그랬어? 차가 눈에 보이면 절대 움직이지 말라고 수십 번도 더 얘기했잖아. |
| 하준 | (예전의 엄마로 돌아온 듯이 희수 보는) 엄마~!! |
| 희수 | (일으켜 세우며) 한하준! 세상에서 널 지킬 수 있는 사람은 너 자신 뿐이라고 엄마가 얘기했지!! (12회 S#65에서 하준에게 희수가 한 말) |

S#56    동 경찰서 /D d+12

영상 분석이 끝난 그림을 보고 있는 황 경위의 눈이 커진다. 그런 가운데 전화가 온다. 전화 받는 황 경위.

| 황경위 | 네… 어떻게 됐어요, 이혜진 출입국 기록? (듣는, 놀란다) 그래요? 알았어요. (전화 끊고는 바로 백 형사에게 전화하는) |
|---|---|

| S#57 | 동 거리 /D d+12 |
|---|---|

희수가 하준의 손을 잡고 백 형사 앞에 선다. 백 형사 희수를 의심 가득해 보는데, 황 경위에게서 전화가 울린다.

-이하 교차 (태정서)-

| 황경위 | 이혜진 씨 사고 당일 미국에 있었던 거 맞아요. 아 그게… 수사 파일에 튜터 이름이 강자경으로 되어 있는 바람에 혼선이 있었어요. |
|---|---|
| 백 형사 | !!! (시선은 희수에게 둔다) |
| 황경위 | 그리고 서희수 씨 병원에 데려다준 사람 얼굴 떴어요. 지금 보낼게요. |

백 형사, 전화 끊으면 핸드폰에 복원된 희수와 또 다른 사람- 다름 아닌 서현의 사진이 뜬다. 희수를 병원에 데려간 사람이 서현임을 알게 되는 백 형사의 굳은 눈동자 안으로 쑥 들어가면.

| (인서트) | 사건 현장 /N d+0 |
|---|---|

계단 위에 서 있던 여인이 자경에서 서현으로 오버랩되면서 바뀐다.

S#58    동 저택 서현의 서재 - 거리 (엔딩) / D d+12

서현, 책상에 앉아 서류 검토를 하고 있다. 서현, 만년필을 떨어 뜨린다. 서현, 만년필을 줍기 위해 몸을 숙이는데. 그런 서현의 시선으로 보이는. 책상 아래서 어둡게 반짝이는 휴대용 소화기!

(인서트)    사건 현장 / N d+0

사건 현장에 떨어져 있는 피 묻은 바로 그 소화기!!

-동 거리-

희수를 의심 가득해 보는 백 형사. 희수, 그런 백 형사를 또렷하고 당당하게 쳐다본다.

-동 서재-

아무 일 없었다는 듯 만년필을 주워 사인하는 서현. 그리고 우아하게 서재를 나서는 서현의 모습.

희수와 서현의 모습이 교차되면서.

<14회 엔딩>

15

# 심판자들

The Judges

루바토 내 여러 곳 - 지용의 서재 (14회 S#46에서) (사건 전) /N d-5

자경이 엠마 수녀를 안내해 지용의 서재 앞에 다다른다. 엠마 수녀, 노크를 하고 안으로 들어간다. 문이 닫힌다. 문 앞에 선 자경의 착잡한 표정.


-안-

엠마 수녀, 그대로 지용의 발 앞에 꿇고 오열을 시작한다.

| | |
|---|---|
| 엠마 | 지용아… 절대 하면 안 되는 짓을 했어… 왜 그랬어… |
| 지용 | 난 이제 다 이뤘어요. (덤덤히) 신이 빼앗아간 모든 걸… 내가 내 힘으로 다 찾은 거라고요. 내가 그토록 아프고 외로웠던 것도… 다 내가 힘이 없어서 그랬던 거예요. 이제 난 힘이 생겼어요. 이 세상에서 내 힘으로 못 할 건 없어요. 그러니까… (비죽이며 신에게 대들듯) 수녀님… 날 위해 기도하지 마세요, 대신! |
| 엠마 | 지용아… |
| 지용 | (무릎 굽혀 엠마 수녀의 가녀린 어깨를 양손으로 잡고) 서희수를 막아줘요. (눈빛 이글대며) 날 망가뜨리려 하는 서희수를 멈추게 해요. |

| 엠마 | (절대 부인하듯 고개를 흔든다) |
|---|---|
| 지용 | (그런 엠마 수녀를 확 패대기치는) 그럴 생각 아니면 여기서 나가요! (버럭) 아, 당장 나가라고요!!! |
| 엠마 | 주님이 너를 사랑하신다. 너무나 깊게 사랑하심을 잊어선 안 돼. 그래서 나를 너에게 이렇게 보내셨어. |
| 지용 | (피식) 신에게 얘기하세요. 날 버리라고! |
| 엠마 | (마지막 희망이 꺼진 듯 눈을 질끈 감는데) |

(* 동회차 S#51 인서트1에서 엠마 수녀의 이어지는 대사가 나옴)

마치 지용의 그 소리에 화가 난 듯 천둥 번개 소리 콰과광!!

S#2 　　　동 저택 밖 (사건 전) / N d-5

엠마 수녀가 기력 없이 루바토에서 터덜터덜 걸어 나온다. 비를 온몸으로 맞으며 눈물인지 빗물인지 모를 엠마 수녀의 절통한 모습에서.

S#3 　　　동 저택 정원 / N d-5

천둥 번개가 파지직 묵직한 파열음을 내면서 폭우를 동반한다.

S#4 　　　동 저택 발코니 (사건 전) / N d-5

희수와 서현, 창밖으로 쏟아지는 비를 깊은 시선으로 보고 있다.

| 서현 | 한지용… 사람을 죽인 인간이야. 그런 인간과 대적하려면 최후의 방법까지도 생각해봐야 해. |
| --- | --- |
| 희수 | 최후의 방법요? |

그런 희수의 표정 위로 타이틀 인.


| S#5 | 진호의 서재 (사건 전) / N d-5 |
| --- | --- |

진호, 술 먹으면서 초조와 불안으로 미친다. 결국 다시 복권을 긁기 시작한다. 책상 위엔 이미 긁은 복권이 잔뜩이다. 진호의 불안하고 분노하는 표정. 그때 울리는 전화. 진호, 전화 받는.


| 진호 | 여보세요? |
| --- | --- |
| 황 경위(F) | 광운서-ㅂ니다. |
| 진호 | 네, 황 경위님… |
| 황 경위(F) | 조범구가 잡혔어요. |
| 진호 | !! |
| 황 경위(F) | 죽은 곽수창의 살해 용의자로 특정된 사람요. |
| 진호 | !!! (미치겠다) 정말이죠? (부르르 하며) 한지용 x됐어. (격앙돼) 한지용이 사주한 겁니다. 한지용이 범인이야! |
| 황 경위(F) | 잠깐 서로 나와주셔야겠어요. |
| 진호 | (여전히 분노와 불안 등이 합쳐져) 한지용 구속 수사해요, 빨리… 그 새끼 무슨 일을 저지를지 모른다고~ |

| S#6 | 성태의 방 (사건 전) / N d-5 |
|---|---|

성태, 블루다이아를 손으로 만지며 자신의 방에 둔 엄마 사진을
덮어버린다. 천둥소리에 놀라 순간 귀를 막는다.

| S#7 | 주 집사의 방 (사건 전) / N d-5 |
|---|---|

주 집사, 생각이 많은 표정으로 앉아 있다. 천둥소리에 1도 동요
됨이 없다.

| S#8 | 광운서 (회상- 지용 사망 전) / D d-4 |
|---|---|

황 경위 앞에 앉아 있는 범구, 투견인들 사진을 보여줘도 모르겠
다는 표정이다. 지용의 사진을 보고는 더 모르겠단 표정인. 묵비
권 행사 중인 범구의 싸늘한 표정 위로.

| (인서트) | 동 투견장 (12회 S#61 확장 신) |
|---|---|

지용      만일 걸려서 니가 날 불어봐야 형량이 줄지 않아. 그냥 원한으로
죽였다고 해. 그게 너한테 좋지 않겠냐? 감옥 안에서 돈 버는 거
야~ 니가 밖에서 아무리 고생해도 평생 만질 수 없는 돈!

범구의 시선은 어느새 지용이 건넨 돈 가방으로 향한다. 돈 가방
안에 보이는 수북한 현금 뭉치. 10억은 족히 되어 보인다.

-동 경찰서 안-

황 경위    조범구 당신! 사건 당일 곽수창 집 인근에서 네 시간 이상 배회

한 동선이 확보됐어!!

범구의 동물적인 무표정 위로.

진호(소리)    조범구는 곽수창 살해 현장에 어떤 DNA 증거도 남기지 않았어
             요. 근데 의외로 살해 자백은 쉽게 했더라고요. 정황 증거밖에
             없었는데. 끝까지 한지용이 사주했다곤 하지 않았대요. 그저 개
             인의 원한이라고 했지. 뭐 돈을 더럽게 많이 받았겠죠?


S#9          광운서 밖 어딘가 (회상) (사건 전) / D d-4
             진호와 황 경위, 사뭇 진지하고 심각하다.

황 경위       대포폰이에요. 대포폰 소유자는 을지로 지하철 63세 노숙자
             고요.
진호         그럼 그 대포폰만 찾으면 되는 거네요?

             눈 반짝이며 마치 찾아주겠다는 진호의 표정 위로.

진호(소리)    그 대포폰을 찾을 순 없었어요. 한지용이 그걸 벌써 처리했을 테
             니까.

(인서트)      어딘가 / D d-5
             지용이 망치를 들고 있다. 그 2G폰을 망치로 깨부순다.

S#10   지용의 집무실 /D d-4

지용, 책상에 앉아 있지만 불안이 가득한 표정이다. 지용만큼 불안한 표정의 조 비서가 옆에 서 있다. 불안한 지용, 깊은 심호흡. 눈가 떨리는 모습 위로.

진호(소리)   근데… 결정적 증거가 드러났죠. 조경철… 그 투견인 브로커와 한지용의 거래 내역이 한지용의 발목을 잡은 거예요. 그게 발각되니까… 어쩔 수 없이 조범구가 자백한 거고… (피식 웃는) 사면 초가지~ 그렇게 한지용은 무너지기 시작한 겁니다.

지용의 내선전화가 울린다.

지용   (전화 받는) 여보세요? (듣는) 뭐… 뭐요? 대표이사 결정을 유보한다고요? (터져 나오는 감정을 최대한 억누르며) 박 이사님… 이러시면 안 돼죠. 그 정신 나간 여자 동영상 하나 가지고 제가 이룬 성취가 이렇게 홀대 받아선 안 되는 일이에요. 효원의 미래를 생각하라고요. (전화 끊어진 듯) 여보세요? 여보세요?

진호(소리)   그리고 결정적 약점이 잡혔던 거 같아요. 누군가에게… 극도로 불안해했어요. 죽기 며칠 전부터…

S#11   희수의 서재 /D d-2

희수가 대본을 읽고 있는데 문을 벌컥 열고 들어오는 지용. 희수, 그런 지용 일견하고 대본을 보는데.

| | |
|---|---|
| 지용 | 서희수, 정서현… 니들이 날 망칠 수 있을 거라고 생각해? 이혜진이 그런 영상을 만들어 이사들에게 돌린 것도 다… 니들 짓이잖아!! |
| 희수 | (그런 지용을 단단한 표정으로 맞보고 있을 뿐) |
| 지용 | 내 앞길 막는 인간은 그게 누구든 다… 죽일 거야! |
| 희수 | (빤히 보다가) 그 영상은… 그저 당신이 효원의 대표가 되는 걸 막았을 뿐이야. (핸드폰 들어 보이며) 그게 다가 아니야! |
| 지용 | ! |
| 희수 | 니가 인간 실격이란 증거가… 이 안에 있어. (눈빛, 표정) 니가! 사람을 죽인 증거! |
| 지용 | !! |
| 희수 | 내일 경찰에 조사 받으러 가지? |
| 지용 | (미치겠는데) |
| 희수 | 효원 법무팀은 널 도와주지 않을 거야, 이제. 하준이를 위해… 아빠로서 할 수 있는 최선의 마무리를 해줘. |
| 지용 | 최선? |
| 희수 | 스스로 모든 죄를 자백하고 인정해. (폰 들어 보이며) 그러겠다면 이걸 니가 직접 경찰에 제출할 기회를 줄게. |
| 지용 | (희수의 폰을 뺏으려고 흥분하자) |
| 희수 | (탁 핸드폰을 빼면서) 허튼 짓 하지 마. 니가 날 죽여도 이 동영상은 경찰 손에 넘어가. |
| 지용 | 혼자 죽지 않아, 절대. 날 망가뜨리고 넌 하준일 차지하고, 정서현은 효원을 차지하고 싶은 거지? 둘 다! 절대 그럴 수 없어. 왜? 효원도 하준이도 둘 다 내 거니까! |
| 희수 | 니 거? |

| 지용 | 하준이와 피 한 방울 섞이지 않은 너! 성소수자인 정서현!! 둘 다 |
| --- | --- |
| | 내 걸 가질 수 없어, 절대!! |
| 희수 | (서현이 성소수자임을 알고는 놀라는데) |
| 지용 | (한 번 더) 절대 안 될 거야! (눈빛, 표정) 내가…!! 죽기 전엔!!! (격앙된 |
| | 감정 그대로 밖으로 나가는데) |
| 희수 | (남겨진 채 깊어진 눈동자, 표정) |

<br>

| S#12 | 카덴차 정원 /D d-2 |
| --- | --- |
| | 희수, 걸으며 생각에 잠긴다. |

<br>

| (인서트) | 회상 (동 장소) /D (과거 어느 날) |
| --- | --- |
| | 희수와 서현이 팔짱을 끼고 정원을 걸으며 대화 중이다. |

<br>

| 희수 | 형님, 형님도 결혼 전에 연애해보셨죠? |
| --- | --- |
| 서현 | …응. |
| 희수 | 형님 남자 친구는 어떤 사람이었어요? |
| 서현 | …남자 친구는 없었지만… 애인은 있었어. |
| 희수 | 남자 친구… 애인… 그게 그거 아닌가… |
| 서현 | (묘한 미소 지으며 걸어간다) |
| 희수 | (그런 서현을 따라가는데) |

<br>

-다시 현재-

희수, 회상에서 깨어나며 그때 그 말이 무슨 말인지 깨닫는다.

희수, 그렇게 걷고 있는데 서현이 주차장에서 카덴차로 들어오고 있다. 그런 서현을 보는 희수.

| 희수 | 형님! |
|---|---|
| 서현 | (미소) |
| 희수 | (따뜻하게 서현 보며 웃는) 지금 오세요? |
| 서현 | 응. (그런 희수 따뜻하게 보며) 동서… |
| 희수 | 형님… 약혼 파티 드레스 도착했대요. 루바토로 가요. 제가 형님 드레스 골라드릴게요, 이번엔… |
| 서현 | (미소) 알았어. |

S#13      루바토 거실 /D d-2

화려한 파티 드레스들이 행거에 걸려 있다. 많은 드레스 중 서현의 드레스를 골라 서현에게 대보는 희수. 희수의 모습을 서현이 따뜻한 눈빛으로 본다.

| 희수 | 이게 이쁜데요? 딱 우리 형님 이미진데? |
|---|---|
| 서현 | 그래… 이걸로 할게… |
| 희수 | (밝게 웃는다) |
| 서현 | (그런 희수가 짠하다) 동서… |
| 희수 | (보면) |
| 서현 | 힘내. |
| 희수 | … |
| 서현 | 동서가 사랑이라고 믿었던 사람이 동서의 믿음을 무너뜨렸다고 동서의 자존감이 낮아져선 안 돼. 동서 잘못이 아니야 그건. |

| | |
|---|---|
| 희수 | (뭉클해서) 가만 보면 우리 형님, 키다리 언니야… 늘 날 지켜주려 고만해. |
| 서현 | (미소) |
| 희수 | 형님… (하고는 서현을 따뜻하게 안아준다) |
| 서현 | (그 느닷없음에 당황하지만 그런 희수의 따뜻함에 맘이 찡하다) |
| 희수 | 누가 뭐라 해도 저는 형님 편이에요. 형님이 저랑… 달라도… 그건 틀린 게 아니라 그저 다른 거라고 생각해요. |
| 서현 | (희수 말의 행간을 알아듣고 눈시울 붉어진다) |

희수, 서현의 얼굴을 보며 따뜻하게 웃는다.

| | |
|---|---|
| 희수 | 형님… 뭐든 형님 하고 싶은 대로 하세요. 내가… 지켜줄게… |
| 서현 | (처음으로 자신이 기댈 사람을 찾은 듯 울컥한다) 고마워… 든든하다. |

그런 희수와 서현, 서로를 바라보는 눈망울들이 깊고도 깊어진다. 그때 메이드 1이 들어온다.

| | |
|---|---|
| 메이드1 | 큰사모님 카덴차에 케이터링 샘플들 도착했다고 합니다. |
| 서현 | 알았어요. 나갈게요. |

서현과 희수, 루바토에서 나간다. 그런 두 여인의 모습이 멀어지면서. 디졸브.

파티 음악 (ON)

S#14    사건 당일 동 저택 정원 /D d+0

효원가 사람들 다 모여 있는. (정도만 빠져 있고) 서진경, 미주, 재스민도 참석했다. 효원가 사람들, 파티룩 차림이고. 집안 어른들로 보이는 여러 사람들, 그리고 저택 내의 모든 메이드. 수혁은 양복을 입고 있고, 유연은 드레스를 입고 있다. 수혁, 유연의 약혼을 알리는 파티다. 힙하고 캐주얼한 음악이 연주된다.


백 형사(소리)    왜 그렇게 약혼식을 서둘러 하신 거죠?


S#15    다시 현재 - 태정경찰서 취조실 /D d+12

백 형사 맞은편에 앉아 있는 수혁.


수혁    새어머니의 제안이었어요. 집안 어른들에게 저와 유연이 관계를 정확하게 못 박자고 하셨어요. 정식으로 인정받고 사귀란 거였죠.

백 형사    공교롭게도 한지용 씨가 사망한 날이네요.

수혁    (백 형사의 의심의 눈초리에 언짢은) 무슨 의심을 하시는지 모르겠지만 후계자 승계를 거부한 건 제 의사였어요. 새어머니는 제 결정을 반대하셨습니다. 작은아버지랑 후계자 구도로 라이벌을 형성한 게 아니에요. 저를 지키기 위해 그런 결정을 하신 겁니다.

백 형사    …

수혁    약혼식이기도 했지만 새로운 효원의 출발을 알리는 축하 파티이기도 했습니다. 새어머니가 효원의 새로운 수장이 됐으니까!

백 형사    죽은 한지용 씨에겐 절망의 날이었겠네요.


388 × 389

| | |
|---|---|
| 수혁 | 안타깝게도 그랬겠죠. |

S#16    효원E&M 대표이사실 /D d+12

서현이 책상에 앉아 있다. 백 형사, 책상과 떨어진 소파에 앉아서 서현에게 희수와 서현이 희수 병원 주차장에 함께 온 블랙박스 속 영상을 핸드폰으로 보여준다. 서현, 눈동자의 변화 없이.

| | |
|---|---|
| 서현 | 네… 그날 동서가 다쳐서 제가 병원에 데려갔어요. |
| 백 형사 | 왜… 병원 안까지 안 가시고 주차장까지만 데려간 거죠? |
| 서현 | 형사님! 그 시간 저희 집안은 파티가 마무리되지 않은 상황이었어요. 거기다 사람이! 죽었습니다. 제가 동서만 케어하고 있을 상황이 아니지 않았겠어요? |
| 백 형사 | 서희수 씨를 병원에 데려갔단 얘기를 진작 해주셨으면 좋았을 텐데… |
| 서현 | 저한테 물어보셨었나요? |
| 백 형사 | … |
| 서현 | 묻는 거엔 다 대답을 해드린 거로 아는데… |
| 백 형사 | (할 말 없는, 말 돌리듯) 서희수 씨를 처음 봤을 당시 상황을 말씀해주시죠. |

(인서트 1)    사건 현장 (플래시백) /N d+0

서현, 놀란 표정으로 자신의 서재에서 나와 아래를 내려다보면-
쓰러진 지용과 (희수).

| | |
|---|---|
| 서현(소리) | 누군가 쓰러져 있었습니다. |

서현, 그대로 내려가 쓰러진 사람을 확인하는. 놀라는 서현.

| | |
|---|---|
| 서현(소리) | 한지용이었어요. |

-다시 효원E&M 대표이사실-

| | |
|---|---|
| 백 형사 | 사고 당시 본인의 서재에서 회사 법무팀장과 통화 중이셨다고요. |
| 서현 | 네. |
| 백 형사 | 그러니까 통화 끝나고 파티 장소로 돌아가는 길에 한지용 상무가 쓰러져 있는 걸 발견하셨다? 그래서 어떻게 하셨어요? |
| 서현 | 바로 주치의에게 전화했습니다. |
| 백 형사 | 서희수 씨를 발견하셨을 당시 어떤 모습이었죠? |
| 서현 | 당시 상황이 충격적이었고 어두워서 잘 보이지 않았어요. 아래로 내려가서 봤어요, 동서를. |

| | |
|---|---|
| (인서트 2) | 동 사건 현장 (플래시백) /N d+0 |

넋이 나간 채 희수가 계단에서 가슴을 움켜쥔 채 서 있다.

| | |
|---|---|
| 서현(소리) | 계단 위에 서 있었어요. 많이 고통스러워했어요. 그래서 제가 병원에 데려갔습니다. |

-다시 현재-

| | |
|---|---|
| 백 형사 | 한지용 씨와 서희수 씨 외에 다른 사람은 당시에 없었던 거죠? |

| | |
|---|---|
| 서현 | 네. 두 사람뿐이었어요. |
| 백 형사 | (답답한데) |
| 서현 | 그리고 한 사람이 집 안으로 들어왔습니다. |

(인서트 3)   동 사건 현장 / N d+0
효과음 터지며 등장하는 성태! 서현 앞에 서 있다.


| | |
|---|---|
| 서현(소리) | 우리 집 메이드 김성태였어요. |

-다시 효원E&M 대표이사실-

| | |
|---|---|
| 백 형사 | 엠마 수녀님이 사건 현장을 보고는 놀라서 그대로 밖으로 나갔다가 첨 만난 사람이 그 남자 메이드였다더군요. |
| 서현 | 네. |
| 백 형사 | 서희수 씨를 병원에 데려가셨을 때… 어디로 나가셨습니까? 앞게이트로 빠져나오는 걸 파티 참석자들 아무도 본 사람이 없는데? |
| 서현 | 저희 집 안에는 (눈빛, 표정) 비밀의 문이 몇 개 있습니다. |
| 백 형사 | !! |
| 서현 | 한지용 상무 사망 후, 경찰이 조사를 시작하면서 회사 주가가 폭락하고 있어요. 저는 효원에 관련된 어떤 네거티브도 막아야 할 사람이라… 형사님이 원하는, 한지용 상무가 살해 당했을 거란 정황 증거는 하나도 드릴 수 없어요. 설령! 진짜로 누가 죽였다고 해도 말입니다. |
| 백 형사 | !!! |
| 서현 | 하지만 저희 가족 그 누구도 그 사람을 죽이지 않았어요. |

| | |
|---|---|
| 백 형사 | 그럼… 스스로 목숨을 끊었다고 생각하시는 겁니까? |
| 서현 | … (대답을 아끼다 결국) 네! |
| 백 형사 | (그 대답에 당황하다 이내 침착해) 자살을 원하는 사람이 추락사로 택할 수 있는 높이는 아니던데… |
| 서현 | 아니죠, 절대. 안전을 최고 중요한 부분으로 설계한 집인데… |
| 백 형사 | … |
| 서현 | 다른 방법으로 죽었겠죠. 추락은 페이크고! |
| 백 형사 | !! |
| 서현 | 한지용은 코너에 몰리고 있었잖아요. 사람을 죽였고, 회장 자격은 박탈되고… 명예는 바닥을 쳤으니! 제 말 안에 답이 다 있어요, 형사님. 그렇게 완벽하게 추락하고 있는 사람을 왜 누가 일부러 죽였겠어요. 한지용 본인이 본인을 죽였다는 게 가장 설득력 있지 않겠어요? |

이때 서 비서가 노크 후 들어온다. 백 형사 향해.

| | |
|---|---|
| 서 비서 | 대표님 회의가 있으십니다. |
| 백 형사 | (일어나면서) 다음에 보충 진술 필요하면 연락드리겠습니다. |
| 서현 | (일어나며) 얼마든지요. |

| | |
|---|---|
| S#17 | 동 회사 복도 일각 /D d+12 |

서현, 회의실로 가면서 서 비서에게 보고받고 있다.

| | |
|---|---|
| 서 비서 | 그 형사 지금 본사 전무님 방으로 갔답니다. |

| 서현 | …회의 끝나는 대로 최 변호사 내 방으로 오라고 해. |
|---|---|

S#18     진호 집무실 /D d+12

진호, 누군가(성태)와 은밀한 통화 중이다.

| 진호 | 그냥 다 생까라고! 너 절대 못 찾으니까 그냥 편하게 지내면 돼. (듣는, 표정 놀라는) 뭐? 정말이야? (하는데) |
|---|---|

노크 소리 들리며 백 형사 들어온다. 백 형사 보고 얼른 전화 끊는 진호.

**CUT TO**

진호와 마주 앉아 있는 백 형사.

| 백 형사 | 사고 다음 날 출국한 김성태 씨랑 통화를 해야 합니다. 협조 부탁드립니다. |
|---|---|
| 진호 | 협조를 제가 어떻게 해요? 저도 몰라요. 모나코에 있단 건 말고는. |
| 백 형사 | 한진호 씨가 출국을 도와줬다고 하던데요. 항공사 녹취록 다 확인했어요. 비행기 티케팅도 한진호 씨가 알아봐주셨더라고요, 몸소… |
| 진호 | (그 소리에 동공 다소 흔들리는) 네… 뭐… 그랬죠. |
| 백 형사 | 왜… 하필… 그 타이밍에 그렇게 멀리 해외로 보낸 겁니까? |

| 진호 | 걔 소원이 모나코에서 사는 거였어요. |
|---|---|
| 백 형사 | 집안 메이드 소원이라 들어주신 거다? |
| 진호 | (자신의 숨통을 조여오는 백 형사의 눈빛에 쪼인다) |
| 백 형사 | 솔직하게 다 얘기해주셔야 합니다, 한진호 씨! |
| 진호 | … |
| 백 형사 | … |
| 진호 | (번뜩 머리에 전구가 들어온다) 나 (얼버무리다가) 성소수자예요! |
| 백 형사 | …?! |
| 진호 | 걔랑 내가 목욕탕에 자주 들락날락거리다가 소문이 나서~ |
| 백 형사 | (황당하게 보는) |
| 진호 | 어쩔 수 없이… 보냈습니다. |
| 백 형사 | (그런 진호 안 믿기는 표정으로 빙!해서 보다) 그러니까 김성태 씨랑 사귀었다, 뭐 이런 소…리세요? |
| 진호 | (에라 모르겠다) 네, 귀엽잖아요. 제 스타일인데…? |

백 형사 어이없이 진호 보고 있으면, 진호 담담히 화제를 돌린다.

| 진호 | 한지용은 죽기 전에… 이미 모든 걸 잃었어요. 다 털린 신세가 됐어요. 난 그 자식을 잘 알아요. 방법이 없었을 겁니다. |
|---|---|
| 백 형사 | ! |
| 진호 | (의미심장하게) 스스로 죽는 거 말고는. |
| 백 형사 | (서현과 같은 소리를 한다. 그런 진호 보는데서) |

394 × 395

엠마 수녀가 들깨 칼국수를 끓이고 있다. 서진경이 먼저 들어온다.

서진경   수녀님 도와드려요?

엠마     예쁜 숙녀 양들 오면 문이나 열어주세요.

하는데 벨 소리 들리고, 서진경, 문 열어주면 미주가 들어온다.

-밖-

문 앞에 동시에 서 있는 진희와 재스민. 서로 아메리칸 스타일로 영어 인사 나누는 진희와 재스민. 문이 열리고 진희와 재스민 들어간다. 문이 닫힌다.

(짧은 시간 경과)

진희와 재스민, 미주, 서진경, 소박한 칼국수를 앞에 두고 묵상으로 식사 기도를 한다.

엠마     자, 드세요.

서진경   근데 수녀님, 손수 저희를 위해 식사 준비까지 해주시고, 오늘 무슨 날이에요? 감사해서 몸 둘 바를 모르겠어요.

엠마     한 번도 내 손으로 자매님들께 따뜻한 밥을 해 먹여본 적이 없더라고요.

일동     감사합니다./잘 먹겠습니다.

먹기 시작하는, 그 맛과 풍미에 감탄하는 표정인.

엠마   은퇴한 수녀님들이 연안에서 들깨 농사를 작게 하거든요. 정성
      으로 지은 농사라 들깨 풍미가 특별해요.

서진경  그러게요. 너무 맛있어요, 수녀님.

미주   정말요. 진짜 제대로예요.

진희   Awesome!

재스민  Great!


서진경, 그런 진희와 재스민을 위태롭게 보는 시선.

**CUT TO**


식사가 끝나고 성경 공부를 시작하는 여인들과 엠마 수녀.

엠마   사실… 오늘이 저와 자매님들이 나누는 마지막 성경 공부가 될
      거 같아요.

일동   (그 소리에 놀라는데)

엠마   저는 이제 수녀복을 벗고… 자연인으로 돌아갑니다.

일동   …

엠마   늘 지켜봐오던 어린 양의 실족을 막지도 못했고, 그가 지은 죄를
      사하시겠다는 주님의 음성도 듣지 못했거든요.

일동   (숙연해지는)

엠마   저를 이어서 바오로 신부님이 이 성경 모임을 계속 이어 나가주
      실 거예요.

| | |
|---|---|
| 서진경 | 수녀님 꼭 그렇게 하셔야겠어요? |
| 엠마 | (미소) 들깨 농사 잘 지어 세상 사람들과 나누는 일도 귀한 일입니다. 그간 고마웠어요, 자매님들. 자, 그럼… 우리 오늘 마지막 공부 시작해볼까요? 마태오 복음서 25장 14절에서 15절 말씀 읽겠습니다. |
| 일동 | (함께 읽는) 하늘나라는 어떤 사람이 여행을 떠나면서 종들을 불러 재산을 맡기는 것과 같다. 그는 각자의 능력에 따라… (오디어 줄어들면서 시간 경과~ 한 사람에게는 다섯 달란트, 다른 사람에게는 두 달란드, 또 다른 사람에게는 한 달란트를 주고 여행을 떠났다) |

(짧은 시간 경과)

| | |
|---|---|
| 엠마 | 지난번 우리 자매님들께 자매님들만의 내 거…는 뭐가 있는지 생각해보라고 했었어요. |
| 그녀들 | … |
| 엠마 | 자매님들은 참 많은 걸 가진 분들이십니다. 여러 채의 집, 건물, 돈, 채권, 증여 받은 주식들, 요트, 비싼 차들… 이 열 손가락으로 셀 수 없는 것들을 다 가지고 계시죠. 이렇게 자매님들이 세상에 있을 때 소유하던 것들은 자매님들이 죽는 날에는 다른 사람의 소유가 됩니다. 알고 보면 진짜 내 건 아니었던 거예요. |
| 그녀들 | … |
| 엠마 | 자매님들이 살면서 한… 말과 행동, 그리고 지켜온 삶의 가치를 우리가 이 세상 떠날 때 가져가게 되죠. |
| 그녀들 | (숙연하고 눈빛 젖어 있다) |
| 엠마 | 이제 남은 인생, 진짜 내 게 뭔지 찾길 바라요. |

희수가 차분하게 상담을 받고 있다.


| | |
|---|---|
| 의사 | 요즘 잠은 좀 잘 주무세요? |
| 희수 | 잘 못 자요. 몸에서 힘이 빠지지 않아요. 몸이 늘 긴장 상태예요. |
| 의사 | 수면제 같이 처방해드릴게요. |
| 희수 | 아뇨. 수면제에 의지하고 싶진 않아요. 스스로 한번 해볼게요. |
| 의사 | 뭐가 젤 힘드세요? |
| 희수 | 아무도 믿을 수 없어진 거요. 제가 이 트라우마를 극복할 수 있을지 모르겠어요. 이젠… 제 인생에서 누굴 다시 사랑하는 건 힘들 거 같아요. |
| 의사 | (그런 희수 보는) |
| 희수 | 밤마다 악몽을 꿔요. 꿈에서 그 사건을 봐요. |
| 의사 | … |
| 희수 | 남편이 죽은 날. |
| 의사 | 생생히 기억이 나세요? |
| 희수 | 너무 생생해서… 잠을 잘 수 없어요. 남편이 나를 보던 눈동자가 잊히지 않아요. 죽는 순간… 나를 보고 있던 그 눈동자가. |
| 의사 | (끄덕이며 보는) |
| 희수 | (눈빛, 표정) 빨리… 새롭게 시작하고 싶어요! 제 인생을… 리셋하고 싶어요! |


그런 희수의 눈빛과 표정에서.

S#21        희수의 차 안 /D d+13

희수, 차에 올라타서 숨을 가다듬는다. 희수 차의 백미러로 보이는 누군가 미행하는 듯한. 희수, 알아채고는 차에서 내린다.


S#22        거리- 황 경위 차 안 /D d+13

희수가 걸어서 희수를 감시하고 있는 황 경위 차 쪽으로 향한다. 황 경위, 바나나 우유와 카스테라를 먹다 희수의 등장에 당황한다.

희수        저 감시하는 거예요? 아니면 보초 서시는 거예요? 아무래도 감시가 맞겠죠?

황 경위     아니… 그게 아니라… (하는데)

희수        백 형사님이 시키셨나요?

황 경위     (들킨 듯) 서희수 씨 말고는 그날 일을 진술해줄 사람이 없어서 말이죠.

희수        … (그런 황 경위 보는)

황 경위     정신과 치료는 언제부터 받으셨어요?

희수        제가 배우 생활할 때부터… 쭉 상담 치료 받아온 선생님이세요.

황 경위     엠마 수녀님한테는 더 이상 상담을 안 받으시나요?

희수        글쎄요. 뭐든 한 사람한테 의지하는 건 그렇게 좋은 게 아니잖아요? 형사님이나 나나~

황 경위     ??

희수        현장에 있던 사람이 나라서… 나만 감시한다고 뭐가 나오겠냐고요.

| 황경위 | (그런 희수 보는) |
|---|---|
| 희수 | (미소 짓고는 자신의 차 쪽으로 향한다) |

S#23  효원 E&M 대표이사실 /D d+13

서현과 최변의 만남. 최변, 서현에게 가볍게 인사하며.

| 최변 | 효원 법무팀장으로 복귀했습니다. 업무 보고 드립니다. |
|---|---|
| 서현 | 네, 애쓰셨어요. 잘해봐요. |
| 최변 | 제게 보여주신 신뢰에 보답 드리겠습니다. |
| 서현 | 저도 더 믿고 의지할 생각입니다, 앞으로. |
| 최변 | 사고 조사도 빨리 끝내도록 조치하겠습니다. |
| 서현 | 아뇨… 두세요. 작은 액션 하나에 큰 리액션이 터질 가능성이 큰 상황이라… 어차피 아무것도 알아낼 수 없을 겁니다, 경찰은. |
| 최변 | 대표님… (망설이다) 그날… 한지용 상무 사망 전날… 주주총회 끝나고… 한지용 상무와… 어떤 얘길 나누셨나요? |
| 서현 | (보는) |
| 최변 | 제가 알아야 대비할 수 있어서요. |

최변의 질문에 더해지는 서현의 표정 위로.

(인서트)  효원그룹 내 주총실 밖 (회상- 사고 당일 전) /D d-1

주주총회가 끝난 듯 보이는. 서현과 지용, 마주 선 채 있다. 지용, 거의 멘탈이 나갔다. 정서적으로 불안하고 분노와 감정 조절 등이 컨트롤 밖인 듯 보이는. 그런 지용에 비해 담담하고 차분한 서현.

| | |
|---|---|
| 서현 | 다… 끝났어! |
| 지용 | !! |
| 서현 | (먹이듯) 네 방 빼고 경찰서 가. (지용의 어깨를 툭, 가려는데) |
| 지용 | (이성을 잃은) 내가 가만히 두고 볼 거 같아? 난 니들 같은 것들하곤 달라. (눈시울) 잡놈이잖아. |
| 서현 | !! |
| 지용 | 나 개새끼잖아!! 나 같은 새낀… 뺏기면 물어! (다가와) 그리고 죽이는 게 아무렇지도 않다고 이제!! (눈알이 터질 듯 서현을 노려보며) 하나 하나 끝장내줄게!! |
| 서현 | (그런 지용의 협박에 눈 하나 깜짝하지 않고 싸늘하게) 살려는 두려고 했는데… |

-다시 현재-

서현의 복잡한 눈동자 위로.

| | |
|---|---|
| 최변(V.O) | 백 형사가 닥터 김을 만났답니다. |
| 서현 | (신경 쓰인다는 듯 최변을 보는) |
| 최변 | 걱정 마십시오. 도착했을 당시 한지용 상무는 이미 심정지로 사망했고, 낳아준 모친도 심장 계통 질환으로 운명을 달리했기 때문에 유전적 부분도 있을 수 있다. 유족들이 조용한 장례를 원했다… 이 정도로 얘기했다고 합니다. |

끄덕이는 서현의 표정에서.

| S#24 | 동 경찰서 백 형사 자리 /D d+13 |
|---|---|

백 형사, 사진과 함께 관계도가 정리된- 사건 정리한 화이트보드를 바라보며.

| 백 형사 | 자살이라… |
|---|---|

백 형사, USB 연결해 지용의 장례식장 장면을 노트북으로 보기 시작한다.

| (인서트 1) | 화면- 지용의 장례식장 /D d+2 |
|---|---|

| S#25 | 지용의 장례식장 /D d+2 |
|---|---|

자연스레 실제 장례식장으로 연결되는. 눈물 흘리는 하준. 검은 상복 차림이다. 하준의 목에는 자경이 건넨 말편자 목걸이가 걸려 있다. 그런 하준의 모습 뒤로 보이는 엠마 수녀의 비통한 표정. 검은 상복 차림의 희수, 그리고 자경, 서현, 진호와 진희, 수혁의 모습도 보인다. 침통하다.

| S#26 | 동 장례식장 /D d+2 |
|---|---|

엠마 수녀와 다른 수녀들, 장례식 찬양을 부르고 있다. 희수, 울지 않고 무표정하게 서 있다. (지용에 대한 기억이 없는 사람이기에) 그런 희수의 표정에 줌인하는.
자경은 눈물을 흘린다. 그녀의 젊은 시절을 정의했던 사랑했던

남자. 배신과 증오, 그리고 슬픔이 얽힌 애증 속에서 울고 있는 자경.

서현, 담담하지만 숙연하고. 진희, 손으로 눈물을 훔치고. 진호, 맘을 알 수 없는 표정이고, 수혁도 참담하게 숙이고 있다.

하준, 눈물이 뚝뚝 흐른다. 아빠 잃은 아이, 그 슬픔으로 울고 있다. 그런 하준을 다가가 안아주는 이. 다름 아닌 수혁이다. 수혁, 하준을 안아주며 함께 울어준다. 재벌가 아이들이지만 누구보다 상실을 알아버린 두 사람의 슬픈 공감. 그런 하준을 보는 희수.


| S#27 | 동 경찰서 - 현재 /D d+13 |
|---|---|

백 형사, 장례식 영상 중 무표정한 희수의 부분으로 돌아가 지속적으로 돌려본다. 그러고는 백 형사 짧게 떠올리는.

| (인터컷) | (14회 S#55) 희수가 하준을 보호하기 위해 안고 구르는 모습. |
|---|---|

| 백 형사 | (혼잣말로) 정말 기억상실이든 아니면 연기를 하는 거든… |
|---|---|

희수의 무표정한 모습이 정지화면으로 뜬다. 그런 희수 표정 보면서.

| 백 형사 | (의심스러운 표정으로) 남편이 죽었는데… 저렇게 하나도 안 슬퍼? |
|---|---|

이때 황 경위로부터 전화가 온다. 전화 받는 백 형사.

| 백 형사 | 네. 어떻게 됐어요? |
|---|---|
| 황 경위(F) | 서희수 씨가 다 알던데요? 백 형사님이 자기 의심하는 거? |
| 백 형사 | 그래요? (피식) 계속 서희수 씨 좀 지켜봐요. 저는 한 번 더 만나 봐야 될 사람이 있어서… (전화 끊는. 표정) |

S#28    동 저택 다이닝 홀 /D d+13

쓸쓸해 보이는 순혜, 눈가가 젖어 있다. 식탁 위 메뉴판 옆에는 정 셰프가 차린 산해진미가 있다. 순혜, 예전과 달리 먹지 못한다. 옆에 서 있는 주 집사에게.

| 순혜 | 지용이 죽고 나서부터 이상하게 입맛이 없어. |
|---|---|
| 주 집사 | (그런 순혜 보는) |
| 순혜 | 못 믿겠지만… 정말… 그래… (일어나는) |
| 주 집사 | (정말 못 믿겠다는 식으로 본다) |
| 순혜 | 주 집사가 먹어, 대신. 차려준 정셉 생각해서. |

순혜, 밖으로 나가고. 주 집사 벙!한 채 서 있다가 차려진 음식을 무표정하게 본다.

S#29    동 저택 정원 /D d+13

걷고 있는 순혜. 그리고 발길이 다다른 곳은 노덕이 새장. 순혜의 시선이 되어- 줌인되는 노덕이와 알에서 깨어난 아기 새 딱따구리. 공작새 노덕이 옆에서 그렇게 앉아 있는 총천연색 딱따구리 아기 새. 품격 있는 노덕이와 너무나 콘트라스트되는 상스럽고 평민스러운 딱따구리 아기 새. 그 두 새를 한참 그렇게 보고 있는 순혜의 눈이 서서히 슬퍼진다.

순혜     (울컥해서는) 노덕아… 니 새끼 아닌데… 괜찮겠어? 너… 그럼…
         제발… 잘 …(목이 메는) 키워…

자기도 모르게 복잡한 심경으로 울기 시작하는 순혜.


S#30     한 회장의 지하 벙커 /D d+13
         한 회장, 처연히 앉아서 지하 벙커에 놓인 지용의 사진을 보고
         있다. 눈시울이 붉어진 한 회장, 울음을 가득 참은 채 회한의 한
         마디를 토해낸다.

한 회장   미안하다… 다음 생에… 진짜 내 아들로… 태어나줘. (운다)


S#31     동 저택 다이닝 홀 /D d+13
         주 집사, 너무나 맛있게 순혜의 산해진미를 대신해서 먹고 있다.


S#32     성경 모임 아지트 카페 /D d+13
         서진경과 미주가 티타임을 가지고 있다.

| | |
|---|---|
| 미주 | 집에 걸어뒀는데 작품 너무 근사해요. 그 작가 그림 컬렉션할까 봐. 시어머님도 드디어 제 안목을 칭찬! |
| 서진경 | 컬렉션 도와줄게. (하다가 고민 끝에 결심한 듯) 자기한테는 얘기해야겠어. |
| 미주 | ?? |
| 서진경 | 정말 드라마 같은 얘긴데… 재스민 불륜남이… 내 조카사위야. |
| 미주 | (못 알아듣고) 무슨 말이에요? (하다가 정리해본다. 눈이 커져) 그러니까 크림빵 남편이랑 재스민이 바람이 났단 거예요? |
| 서진경 | 응, 그거~ |
| 미주 | 어머 말도 안 돼. 요새 드라마도 그렇게 쓰면 욕 먹어요. 개연성 없다고. |
| 서진경 | 그러니까 나도 애들 말로 개황당했다니까. 정도 개는 여자 취향이 한결같나 봐. 영어 섞어 쓰는 여자가 취향인가? 하아~ |
| 미주 | 크림빵 조카 지금 어딨어요? |
| 서진경 | 남편 병원에 갔어. 수녀님 말씀 듣고 맘을 고쳐먹었나 봐. 남편을 거두기로. |
| 미주 | (갑자기 화들짝) 맙소사. 안 돼! |
| 서진경 | 왜? |
| 미주 | 오늘 재스민, 그 불륜남 병…문안 갔댔거든요? |
| 서진경 | (헐) 뭐야?!! |

서진경과 미주, 눈 마주치자마자 그대로 자리에서 일어나 후다닥 밖으로 뛰어나간다.

| | |
|---|---|
| 진희(소리) | 골로새서 3장 13절~ |

406 × 407

| S#33 | 정도가 입원한 병실 /D d+13 |
|---|---|

정도는 모든 의욕을 상실한 듯 동공 풀린 채 베드에 삐딱하게 누워 있다. 그런 정도에게 성경을 읽어주는.

진희　누가 누구에게 불평할 일이 있더라도 서로 참아주고 서로 용서해주십시오. 주님께서 여러분을 용서하신 것처럼 여러분도 서로 용서하십시오~

정도　그만해… 그만!!

진희　나 이제 자기 용서할래.

정도　(짜증 나는)

진희　그리고 소유하지 않을래. 니가 못 걷는대도 너의 발이 되어줄게.

정도　(더 짜증 나는) 그딴 소리 하지 마! 지금 재활 죽어라고 하는 사람한테… 나 반드시 1년 후에 필드 나갈 거야. 채도 새로 싹 바꿨는데 젠장…

진희　니가 이제 골프를 칠 수 있겠어? 잘됐지 뭐… 농약 잔뜩 뿌린 골프장에서 미세먼지 마시며 골프 쳐서 뭐할래? 신앙에 귀의해.

정도　(기묘하게 보면서) 처남 죽고 정신적 충격이 컸어?

진희　(개무시하고) 뭐 먹고 싶은 거 없니?

정도　(어쨌든 생각해보는) 소 여사가 해줬던 칼라마리 먹고 싶다.

진희　소 여사 그만뒀어.

정도　왠지 오래 있다 했네…

진희　칼라마리는 당장 힘들고, 밑에 병원 일식당에 가서 한치 좀 튀겨 달랠게.

정도　웬일이야? 불안하게… 왜 친절해?

진희　먹고 싶은 거 먹어야지. 있어봐. (하고 나간다)

정도, 남겨진 채 허공을 향해 한숨을 용트림하듯 내뿜는다.


S#34     정도의 병실 밖 /D d+13

과일 바구니 들고 정도의 병실을 찾고 있는 재스민. 진희가 병실에서 나와 복도를 걷고 있다가 그런 재스민을 보자 반가운 듯 재스민에게 다가가는.


진희      재스민?

재스민    하이! 웬일이세요?

진희      재스민이야말로 웬일이에요?

재스민    사실… 제가 그때 말한 남자 친구가 병원에 입원했어요.

진희      (눈 커져) 정말요?

재스민    네… 근데… 여긴 웬일?

진희      남편이… 입원…했어요, 다쳐서.

재스민    아… 저런… 몰랐어요. 그런 일이 있으신지.

진희      안 좋은 일이 연거푸 터지네요.

재스민    (다가와 손잡아주며) 힘내세요.

진희      고마워요. (하고 재스민 안아주며) 남자 친구 위로 잘해줘요.

재스민    네.


진희, 엘리베이터 쪽으로 향한다. 걷다 보니 뭔가 이상하다. 갸우뚱하고 뒤를 돌아보면 이미 재스민은 보이지 않는데…

S#35        정도의 병실 /D d+13

정도, 누워 있는데 노크 후 들어오는 재스민을 보고 기함하고 일
어난다. 걷지 못하는지라 누운 채 얼굴 터질 듯 놀라는 정도.


정도        연… 연락도 없이… 이렇게 오면 어떡해?

재스민      (눈시울 붉어져) 걱정이 돼서…

정도        (당황) 그럼 연락을 하고 왔어야지.

재스민      그냥 이 얘기만 하고 가려고 왔어. 미안해. 내가 자기한테 준 그
           블랙 추리닝… 사실은 남편 주려고 산 거였어.


(인서트)     병실 밖 /D d+13

병실 문을 빼꼼히 열고 엿듣고 있는 진희, 휴화산처럼 벌벌벌 마
그마가 내면 깊숙한 곳에서 서서히 용솟음치려고 꿈틀댄다.


재스민(V.O)  죽으라는 남편은 안 죽고… 자기가 이렇게 다쳤잖아.

정도(V.O)    가… 우리 와이프 와~ 빨리 가… 알았으니까 나중에 얘기해.

재스민      나 용서 받을래. 자기한테… 그리고 주님에게도… (하는데)

진희(V.O)    나한텐 용서 안 받아도 되니?


진희의 등장에 놀라는 재스민, 허걱! 하는 정도.


진희        (어이가 없다) 하아… 그러니까 니가 말한 그 크레이지 우먼이 나?
           (하면서 자기에게 손가락질 하는)

재스민      (정도 보면서) 와이프?

정도        (당황) 둘이 알아?

| 진희 | (아기를 업은 폼으로 걷고 있다. 분노를 삼키는 연습 중) |
|---|---|
| 정도/재스민 | (그 모습을 어이없게 보는데) |

S#36        동 병원 복도 /D d+13

서진경과 미주, 빠른 걸음으로 병실을 찾아 걷고 있다.

| 서진경 | 걔 분노조절장애야… 재스민 지금쯤 옷이고 머리고 닭 탈모기 속에 들어간 닭 꼬라지일 거야. 머리털 다 뽑히고… (하다 방을 찾는) 이 방이야. |
|---|---|

서진경과 미주, 그대로 병실 문을 여는데.

S#37        동 병실 안 /D d+13

진희와 재스민, 차분하게 앉아 있다. 서진경과 미주, 의외의 조용한 상황에 놀란다.

S#38        동 병실 밖 로비 /D d+13

진희와 재스민, 마주 앉아 있다. 재스민, 진희와 눈을 못 마주치고.

| 진희 | 너 어쩔 생각이야? |
|---|---|
| 재스민 | 뭘… 어쩔 생각이야. 안 만날 거예요 다신… 진짜예요. |

| 진희 | 아니지… 내 남편 저렇게 만든 게 너잖아. |
|---|---|
| 재스민 | … |

서진경, 그런 진희가 불안해 옆에 다가가 만일의 경우에 팔을 잡을 생각을 한다.

| 진희 | 내가 니 남편 만날게. |
|---|---|
| 재스민 | What? |
| 진희 | 만나서 싹 다 얘기해야지. 여기 성경 공부 모임 사람들 증인도 있어. |
| 재스민 | 언니… 진짜 다시 안 만날(게 하는데). |
| 진희 | 내 남편 니가 데리고 살아. |
| 재스민 | 네? |
| 서진경/미주 | (당황) |
| 진희 | 니가 A/S하면서 살라고. |
| 재스민 | 아니, 난 남편 있어. 이혼 안 할 건데? |
| 진희 | 아, 속시원하게 깨부시게 만드네! 하나님 만나서 다 봐주고 살려고 했더만. |
| 서진경 | (달랜다) 그래… 하나님 만났으면 다 감싸 안아야지. 야, 참아. (하는데) |
| 진희 | (그간 참아왔던 분노 게이지가 임계점을 넘어) 뭐 이런 미친년이~~~~ (하고 그대로 재스민의 싸닥션을 날린다) |
| 재스민 | (철썩 소리 나게 맞고는 벙!) |
| 진희 | (재스민 머리채 쥐어잡고 발악이 시작된다) 아아아아앙!!! |
| 서진경 | 왜 이래… 둘이 다 같이 바람난 건데 왜 여자만 잡아! |

| 진희 | 저 새끼 지금 환자잖아. 나으면 죽여버릴 거야. |
|---|---|

재스민을 죽어라 때리는 진희. 재스민도 진희를 공격하기 시작하고, 말리는 서진경과 미주. 난장이 난 병원 로비. 사람들 사진 찍고 난리다.


S#39          동 저택 주방 / N d+13

성태 대타로 대신 온 근육질 남자 메이드(이하 아쿠아맨) 2리터 생수를 벌컥벌컥 그대로 들이마신다. 그런 아쿠아맨을 어이없게 보는 주희.

| 주희 | 맨날 물만 마시네… 아쿠아맨. |
|---|---|
| 아쿠아맨 | 제 사주에 수가 부족하다고 왕사모님이 하루에 10리터 무조건 마시랬어요. |
| 주희 | (끼 부리듯 그런 아쿠아맨에게 묘한 눈빛으로 흘린다) |
| 아쿠아맨 | 근데요, 주희 씨… (작은 소리로) 제가 방에서 되게 이상한 걸 발견했거든요? |
| 주희 | 이상한 거 뭐요? |
| 아쿠아맨 | (낮은 목소리로) 따라와보세요. |


S#40          예전 성태의 방 / N d+13

아쿠아맨과 주희, 눈이 커져 뭔가 보고 있다~ 다름 아닌 독가스 액체가 들어 있는 빈 병 두 개다.

412 × 413

| 아쿠아맨 | 여기 저 오기 전에 일한 남자 메이드가 쓰던 방이죠? |
|---|---|
| 주희 | (끄덕) 성태 오빠 방이었죠. 근데 이 병에 대체 뭐라고 적힌 거예요? |
| 아쿠아맨 | 제가 검색해보니까… 이거… 포스겐이라고 독가스 원료예요. (다른 병 들고) 이건 염화수소고. 이게 왜 이 방에 있을까요? |
| 주희 | 그러게요. |
| 아쿠아맨 | 이거 얘기해야 하지 않을까요? |
| 주희 | (머리 굴리다 병 딱 뺏는) 이 집 안에선 함부로 나대면 날아가요. 저도 날아갔다 다시 컴백했잖아요. |
| 아쿠아맨 | (순둥순둥 어리둥절) |
| 주희 | 저한테 맡기세요. (하고 나간다) |

<br>

**S#41**     주 집사 방 / N d+13

주 집사, 보고 있는 그 두 개의 독가스 원료 병. 옆에 서 있는 주희. 주 집사, 그 병 두 개를 그대로 획 압수하고 주희를 노려본다.

<br>

| 주 집사 | 너 이 얘기 어디 가서 발설하면 끝인 거 알아 몰라? |
|---|---|
| 주희 | 왜 끝이에요? 이게 뭐길래? |
| 주 집사 | 너는 한번 내쫓겨보고도 겁이 없냐, 애가? |
| 주희 | 아니… 헤드님… 이게 왜 성태 오빠 방에 있었을까요? 성태 오빠 모나코로 간 거 맞아요? (의심의 끝이나 헛다리) 누가… 죽인 거 아니죠? |
| 주 집사 | (버럭) 입 안 다물어!! |

그런 주 집사와 주희의 대화를 이제껏 밖에서 몰래 들어온 경혜, 의뭉스러운 표정에서.

S#42     루바토 내 다이닝 홀 - 일각 / N d+13

희수가 와플을 구워 하준에게 건넨다. 하준과 희수의 눈빛이 마주치는. 희수, 하준을 보고 환하게 웃고, 하준, 맛있게 와플을 먹는. 떨어진 곳에서 보고 있는 자경의 표정. 희수를 보는 눈빛에 의심이 가득하다. 그런 자경과 눈이 마주치는 희수. 희수, 자경이 있는 곳으로 다가간다.

자경     하준이가 와플을 참 좋아한다고. 절 첨 만난 날 그 얘길 하셨는데.

희수     그랬나요?

자경     네.

희수     (끄덕이는) 와플 기계가 있길래… 구웠는데. 가서 하준이랑 같이 먹어요.

자경     (남겨진 채 의심)

S#43     희수의 서재 / N d+13

희수, 들어와 문을 닫고는 표정 단정해져 생각에 잠긴다.

(인서트)     사건 장소(플래시백) / N d+0

누군가(보이지 않는) 지용의 머리를 소화기로 강타하고 지용이 추

414 × 415

락한다. 뚝 떨어지는 소화기.

-다시 현재-

희수, 괴로운 듯 눈을 질끈 감는다.


S#44    동 다이닝 홀 /N d+13
        하준이 와플을 먹고 있으면 맞은편에서 그런 하준을 보고 있는
        자경.


자경    맛있어?
하준    네. 엄마가 만들어준 와플은 언제나 최고예요.
자경    (그런 하준 보는데)
하준    엄마 기억 돌아왔어요.
자경    !!
하준    어제 차에서 데쓰맨 랩 가사도 따라 불렀는데? 우리 엄마 기억
        력 원래 짱 좋거든요.
자경    (예상대로다. 놀라는 표정에서)


S#45    카덴차 내 복도/N d+13
        경혜, 걷고 있다. 성태에 대한 의심과 불안이 섞인 표정 위로.


(인서트)    지용의 서재 (회상) /D d-6
           지용에게 스파이 짓을 하고 있는 경혜.

| | |
|---|---|
| 경혜 | 분명해요. 성태가 상무님 서랍 뒤졌을 거예요. 상무님 서재에 들어가는 거 봤거든요. |
| 지용 | …누가 시켰을까요? |
| 경혜 | 전무님 끄나풀 된 지 오래됐습니다. 같이 목욕도 하고… |

지용, 끄덕이며 경혜의 말을 듣는.

| | |
|---|---|
| 지용 | 아 참… 내 부탁 하나 들어줘요. 나 대신 병원을 다녀줘요. |
| 경혜 | ?? |
| 지용 | 불면증 약 처방 받아줄래요? (하고 현금 500만 원 뭉치를 여러 개 건넨다) |
| 경혜 | (알아듣는) 네, 상무님. |

경혜, 밖으로 나가면- 어딘가에서 걸어오는. 다름 아닌 자경. 경혜, 흠칫 놀란다. 자경, 그런 경혜를 의심 가득해 보는. 경혜, 그렇게 스치고 지나듯 자경을 지나간다.

- 그렇게 회상에서 벗어나는데 누군가 그런 그녀 앞에 나타난다. 헉하고 놀라는 경혜, 다름 아닌 자경이다. 회상했던 사람이 현실에 나타나자 더욱 놀라는 경혜의 표정.

| | |
|---|---|
| 자경 | 얘기 좀 해요. |
| 경혜 | (여전히 놀란 채) |

| S#46 | 메이드 집합소 /N d+13 |
|---|---|
| 자경 | 그러니까 수면제를 하준 아빠가 부탁해서 계속 줬다는 건가요? |
| 경혜 | 네. 제가 불면증 처방을 대신 받아왔습니다. |
| 자경 | 얼마나 많은 수면제를 줬어요? |

| (인서트 1) | 앞 신 연결 /D d-5 |
|---|---|
| 지용 | 좀 세게 처방해달라고 하세요. |

| 경혜 | 많이… 줬어요… |

| (인서트 2) | 앞 신 연결 /D d-5 |
|---|---|
| 지용 | (표정) 먹고 죽어도 상관없어요. |

| 경혜 | 죽어도 상관없댔어요. |

자경, 놀라서 그런 경혜 보는 표정에서.

| S#47 | 저택 내 소각장 /N d+13 |
|---|---|

김미자의 유물을 불태우는 아쿠아맨과 진호. 타오르는 화염을
보면서 S#18을 떠올리는 진호.

| (인서트) | 플래시백 (동회차 S#18의 변주) /N |
|---|---|
| 성태 | 내 맘이 불편해서 죽을 거 같다고요. |
| 진호 | 그냥 다 생까라고! 너 절대 못 찾으니까 그냥 편하게 지내면 돼. |

| 성태 | (버럭) 내가 죽인 거 아니에요!! 난 문을 열어줬다고요. |
|---|---|
| 진호 | (표정 놀라는) 뭐? 정말이야? |
| 성태 | 다른 사람이 죽였다고요!! (뿜어내듯) 내가 죽인 거 아니에요. |

-다시 현재-

| 진호 | (혼잣말로, 의심 가득해) 누구야 그럼? |

S#48    서현의 서재 /N d+13

서현, 앉아 있는데 주 집사 손 안에 두 개의 병을 꽉 쥔 채 다가온다.

| 주 집사 | 이걸… 미스터 장이 발견했어요. (하고 그 약병 두 개 서현의 책상 위에 올려둔다) |
|---|---|
| 서현 | (보는) |
| 주 집사 | 성태가 남기고 갔어요. 경찰이 보면 안 되는걸… (눈빛, 표정) |

그 병들을 보는 서현의 (놀라지만 침착한) 표정. 그런 서현을 보는 주 집사의 표정. 그리고 그 병들에 줌인하면서.

(인서트)    메이드 집합소 (회상) (사건 전) /D d-1

수거한 메이드들 핸드폰 중 성태 핸드폰을 집어 드는 주 집사. 성태가 검색한 연관 검색어들이 화면 터치하자 보인다. 시안화 카코딜, 포스겐, 염화수소, 사린, 라돈… 주 집사 표정, 묘하면서도 날카로워진다.

CUT TO


성태 들어오면, 주 집사 싸늘하게 성태를 노려본다.


| 주 집사 | (핸드폰 내밀며) 설명해봐. 이거 뭐야. |
|---|---|
| 성태 | (핸드폰 화면 보고) !!! |
| 주 집사 | 독가스 원료, 배합 방법… 이런 걸 왜 검색해? |
| 성태 | (핸드폰 빼앗으며) 왜 남의 핸드폰을!! 뒤지고 그러세요!!! |
| 주 집사 | 시안화카코딜, 포스겐, 염화수소, 공업용 원료 쇼핑몰을 니가 왜 들어가며, 시약 전문 온라인 몰에서… 너 무슨 일을 꾸미고 있는 거야? |
| 성태 | … |
| 주 집사 | 김성태!!!! |
| 성태 | (부르르 떨고 있다) |


-다시 현재-

| 주 집사 | 알고 계셔야 할 거 같아서 말씀드려요. |
|---|---|
| 서현 | (병들을 보면서) 이 병을 본 사람 또 누가 있어요? |
| 주 집사 | 주희도 같이 봤습니다. |
| 서현 | 두 사람 내 서재로 오라고 해요. |
| 주 집사 | 네, 알겠습니다. (나가는) |
| 서현 | (새로운 의심이 싹트는 표정에서) |


S#49    동 메이드 집합소 / N d+13

| | |
|---|---|
| 자경 | 그럼… 하준 아빠가 자…살을 했다고 생각하는 거예요? |
| 경혜 | (대답을 못 한 채 두려움의 눈동자가 가득한) |
| 자경 | (대답 기다리는) |
| 경혜 | 아뇨… 그렇게 생각하지 않아요. |
| 자경 | 그럼… 누가 하준 아빠를 죽였다고 생각해요? |
| 경혜 | (들숨 날숨 뭔가 말하려는데) |

문이 탁 열리고 주 집사 들어온다. 긴장 무너지고 각자의 감정
실린 시선으로 서로를 보는.

| | |
|---|---|
| 주 집사 | (자경에게) 여기 무슨 일이에요? |
| 자경 | 확인할 게 있어서요. |
| 주 집사 | 이 집 안에서 메이드에게 확인할 게 있으면 나를 거쳐야 합니다. 나한테 물어봐요. |
| 자경 | (가까이 다가와 주 집사 보면서) 내가 얘기했을 텐데… 나한테 이래라 저래라 하지 말고. (하고 나간다) |
| 주 집사 | (남겨져 경혜 보며) 너 무슨 얘기했어? |
| 경혜 | 사실대로 얘기했어요. 상무님이 제가 처방 받아준 수면제를 먹 어왔다고… |
| 주 집사 | 형사한테도 그렇게 진술했어? |
| 경혜 | 네. |
| 주 집사 | (보다가) 알았어. 아무튼 할 말 안 할 말 제대로 분별해. |
| 경혜 | (벼르고 별러서) 상무님 그 수면제랑 상관없잖아요! 누군가 상무님 죽인 거잖아요! |
| 주 집사 | 누가… 죽였다고 생각하니? (눈빛, 표정) |

| 경혜 | 바보 같은 성태를 사주할 수 있는 사람!! (얼굴이 터질 거 같은) |
|---|---|
| 주 집사 | (그대로 경혜의 뺨을 때린다) 도둑년 주제에! |

경혜, 맞은 채 억울해서 주 집사 보는데서.


S#50    서현의 서재 /N d+13

서현 앉아 있고 주희와 아쿠아맨 나란히 서 있다.


| 서현 | (아쿠아맨에게) 성태 방에서 뭘 발견했다고? |
|---|---|
| 아쿠아맨 | 그게~ 이상한 약병 같은 걸… (그 분위기에 진땀이 날 지경인) |
| 서현 | (주희 보며) 그래서 그걸 주 집사에게 준 거야? |
| 주희 | (눈치 보는) 네… |
| 서현 | (차분하게) 그걸 정말 성태 방에서 발견한 게 맞아? |
| 주희/아쿠아맨 | ?? (무섭다) |
| 서현 | (아쿠아맨 보며) 미스터 장이라고 했지? |
| 아쿠아맨 | 네, 사…모님. |
| 서현 | (차분하게) 성태 방에서 발견한 건지… 아님 미스터 장이 가지고 있던 건지… 그 누가 알아? |
| 아쿠아맨 | !! |
| 서현 | (그 두 개의 병을 건네며) 이거… 둘이서 깨끗하게 처리해… 안 그럼… 두 사람 인생… 이상하게 꼬일 수 있어. (쐐기 박듯) 아주 괴롭게. |
| 주희/아쿠아맨 | (입술이 바짝 타들어가는데) |
| 서현 | 이 집에 들어올 때 도장 찍은 계약서 조항 한 글자 한 글자… 잘 |

읽어봐. 한 줄 한 줄 다시! (주희 보며) 이주희 씨는 두 번이나 도장을 찍었으니까… 더 잘 알 거라고 생각해.

주희　(알아듣고 얼른) 명심하겠습니다.

서현　(아쿠아맨 보는)

아쿠아맨　네, 읽어보겠습니다.

서현　(무섭게 시선 맞추다가 편안한 미소) 나가봐.

주희/아쿠아맨　(바짝 질려 나간다)


S#51　　수녀원 /N d+13

엠마 수녀와 마주 앉아있는 백 형사. 엠마 수녀, 찻잔을 빙빙 돌리며 백 형사를 마주하고 있다.


백 형사　사고 현장에 쓰러져 있던 사람이 서희수 씨였어요.

엠마　네. (끄덕이는) 들었습니다. 서희수 씨에게 어제.

백 형사　서희수 씨와 꾸준히 연락은 하고 지내시나 봐요.

엠마　제가 연락했어요. 곧 수녀원을 떠날 거 같다고.

백 형사　… (끄덕이는) 사망한 곽수창의 동생 곽현동이 어디에 있는지 서희수 씨에게 듣고… 수녀님의 결정은 무엇이었나요?

엠마　(찻잔 돌리던 손이 딱 멈춘다. 한참을 망설인다)


(인서트 1)　동회차 S#1에서 이어지는 대사 /N d-5

엠마　(울분을 삼키며) 자수하지 않으면… 내가… 경찰을… 그 사람 있는 곳에 데려갈 거야! 자수해!!!

| 백 형사 | 그랬더니… 한지용 씨는 뭐라고 했나요? |
|---|---|
| 엠마 | (울컥해서는) …나를 …죽이겠다고 …했습니다. |
| 백 형사 | (그런 엠마 수녀 보는) |
| 엠마 | 차라리… 내가 죽어서… 그 아이가 구원받을 수 있다면… (눈을 감는) |
| 백 형사 | 수녀님! |
| 엠마 | (서서히 눈을 뜨고 힘없이 그런 백 형사 보는) |
| 백 형사 | 왜 파티 중에 카덴차 홀에 들어가신 겁니까? |
| 엠마 | 지용이를 찾았어요. |
| 백 형사 | ??? |
| 엠마 | 파티가 있던 날 아침 지용이에게 전화가 왔었습니다. |

(인서트 2)  동 수녀원- 사건 당일 /D d+0

엠마 수녀, 나가려는데 핸드폰이 울린다. 확인하면 '지용'이다.

| 엠마 | 여보세요. |
|---|---|
| 지용(F) | 이제… 다 끝났어요. 저… 그냥… 떠날 거예요. |
| 엠마 | (무슨 뜻인지 알고) 지용아. |

딸깍 전화가 끊어진다. 엠마 수녀의 표정이 불안하다.

-다시 현재-

| 엠마 | 그 전화가 뇌리에서 떠나질 않았어요. 효원가의 모든 사람이 모인 그곳에서 지용이만 보이지 않았어요. 그래서 물었어요. 지용이가 지금 어딨는지. |

| (인서트 3) | 사건 당일 파티 현장 /N d+0 |
|---|---|
| 엠마 | 어딨어요? 한지용 형제 지금? |

| 엠마 | (눈빛, 표정) 카덴차에 있다고… 했습니다. |
|---|---|
| 백 형사 | 누가 그 소릴 했나요? |

| (인서트 4) | 화면에 등장하는 이는- 화면 가득 떠오르는. 성태다. /N d+0 |
|---|---|

| S#52 | 백 형사의 차 안 + 모나코 어딘가 /N d+13 |
|---|---|

백 형사 심각한 얼굴로 운전 중인데… 핸드폰이 울린다.

| 백 형사 | (전화 받는) 여보세요? |
|---|---|
| 성태(F) | 한지용 사건 담당하는 형사분 맞으시죠? |
| 백 형사 | 누구시죠? (하다가, 전화번호 확인하고 놀라며) 혹시… 김성태 씨?! |

-교차-

| 성태 | (심호흡 후- 화면 가득 얼굴만) 난 죽이지 않았어요. 난 지하 벙커 문을 열어줬다고요. (하고 끊는) |
|---|---|
| 백 형사 | 여보세요? 김성태 씨? 성태 씨?! |
| 성태 | (전화 끊고 속이 후련한지 깊은 심호흡) 하… 속 시원해. |
| 백 형사 | (무슨 소리지 싶어 생각한다) 지하 벙커? |

백 형사, 그대로 속도를 높여 어딘가로 향하는데.

S#53 　 동 저택 정원 / N d+13

희수가 서현을 만나러 가기 위해 (16회 S#3 연결) 걷고 있는데, 누
군가 그런 희수를 끌어당기는 손- 다름 아닌 자경이다. 두 사람
사이의 긴장.


자경　　　그날 일… 나한테만 솔직히 얘기해줘요.

희수　　　…

자경　　　누가 한지용을 죽였는지… 알죠?

희수　　　…

자경　　　서희수 씨!! 당신 기억 잃지 않았잖아!!!

희수　　　!!!

자경　　　다 속여도 하준이를 보는 당신 눈빛은 속일 수 없어요. 내가 무
　　　　　너지게 된 바로 그 진짜 엄마 눈빛은… 당신의 연기로도 숨길
　　　　　수가 없거든? 왜 당신은 내가 모르는 연기를 또 하고 있는 거
　　　　　죠? 무슨 사연이 있는 거냐고요!!

희수　　　그냥 모른 척하고 지나가! 그래야 당신도 편해. 때론 몰라야 될
　　　　　걸 안다는 자체가 형벌이니까.

자경　　　당신이… 죽인 거예요?

희수　　　왜 내가 그 사람을 죽였을 거라고 생각해요?

자경　　　한지용이 당신을 죽이고 싶어 했으니까! 당신을 죽이면 자신의
　　　　　마지막 명예는 지킬 수 있다고 생각했으니까.

희수　　　(눈빛, 표정) 난!! 한지용을!! 죽이지 않았어요!!!

자경　　　(눈빛, 표정) 그럼… 누가 그 사람을… 죽…였나요?

희수　　　…

자경　　　…

| 희수 | 난 하준이를 지켜야 해요. 그것 말곤 아무것도 해줄 말이 없어요. 당신도 나와 뜻이 같다면, 여기서 당신이 궁금한 모든 걸 머리에서 지워요. |
|---|---|
| 자경 | 한지용이 수면제 없이 잠을 못 잔 거… 알아요? |
| 희수 | … |
| 자경 | 수면제를 먹고 자살한 거로… 이 집안이 몰아가고 있어요. |
| 희수 | … |
| 자경 | 적어도 난 그날의 진실을 알고 싶다고요. |
| 희수 | 알면 뭐가 달라져요? 한지용이 살아나지도 않는데? 그 사람이… 살아 있길 바라요? |
| 자경 | (눈가 떨리고 대답을 못 하다가 힘주어) 당신이 죽였대도… 상관없어요. 난… 아이 아빠의 마지막을 알고 싶을 뿐이니까! |

희수와 자경, 팽팽하게 서로를 보는 긴장된 모습에서.


S#54    동 저택 게이트 앞 / N d+13

백 형사, 게이트 문을 두드린다. 시큐리티가 무전기로 연락하는 모습 보이고 게이트 문이 열린다.


S#55    카덴차 내 / N d+13

주 집사가 나와 문을 열어준다. 백 형사 들어가면.


(인서트)    다이닝 홀 - 동 저택 홀 / N d+13

서현이 인기척에 반응해 보는. 맞은편에 희수와 함께 마신 찻잔이 있고, 희수는 없다. (*16회에 이전 상황이 묘사됨) 서현, 나온다. 백형사, 가볍게 목례한다.

| | |
|---|---|
| 서현 | 이렇게 늦은 시간에 수사 협조를 해야 하나요? |
| 백 형사 | 윗선에서 오늘로 수사 종결하라는 지시를 받았어요… (시간 확인하고) 오늘 두 시간 남아서… 결례 무릅쓰고 이렇게 왔습니다. 지하 벙커… 확인할 수 있나요? |
| 서현 | (눈빛, 표정) |
| 백 형사 | 한지용 씨가 죽기 전에 있던 곳요. |

긴장된 분위기 속에 주 집사, 서현, 그리고 뒤늦게 2층에서 내려오는 진호.

| | |
|---|---|
| 진호 | 수색영장 있어요? 이렇게 남의 집에 함부로 들어오면 안 되지? 심지어 지하 벙커는 아버지 개인 공간인데. |
| 서현 | 아뇨, 괜찮아요. 보세요, 얼마든지. 주 집사님… 형사님 벙커로 안내해주세요. |
| 주 집사 | 네. (하고 앞선다) 따라오세요. (하고 2층으로 향한다) |
| 진호 | (기분 찝찝하고) |
| 서현 | (싸한 표정으로 일관하는) |

S#56    2층 한 회장의 서재 / N d+13

비밀 금고를 마그네틱으로 여는 주 집사. 황당한 표정으로 안으

로 들어가는 백 형사. 주 집사, 이미 벙커 불이 켜져 있고 사람이
있다는 사실에 놀란다.

주 집사      (혼잣말로) 누가 있는 거지? (몸을 숙여 안을 들여다보고는 놀라는데)


S#57       동 지하 벙커 안 /N d+13
           미자의 유물은 치워지고 지용의 사진들(승마 하던 사진 등등)이 전
           시되어 있다. 백 형사 안을 들여다보는데…

희수(V.O)    이 방이… 우리 집에서 가장 산소질이 좋대요. 지하라서 특히…
           설계할 때 산소 투입관을 크게 만들었다나요?


           놀라는 백 형사 보면. 희수가 흔들의자에 앉아 있다. 흔들흔들
           여유 있는 희수.

백 형사      이 시간에 왜 여기 계세요?
희수        얘기했잖아요. 산소 마시러 왔어요.
백 형사      (그런 희수 봤다가 지하 벙커를 둘러본다. 그러다 희수를 본다)
희수        (백 형사를 본다)
백 형사      서희수 씨… 당신! 다 기억하지…?
희수        (담담히 그런 백 형사 본다)
백 형사      이 집안 사람들… 모두가 짜고 한지용을 자살로 몰고 가려는
           거죠?
희수        … (눈빛 표정)

S#58    동 저택 내 발코니 / N d+13

서현, 혼자 생각에 잠겨 있다. 그런 서현의 표정 위로.


S#59    엔딩 / N d+13

백 형사    (그런 희수 보며) 서희수 씨… 당신이 한지용을 죽였지?

희수    (그런 백 형사 빤히 보며) 그래요. 내가… 죽였어요!


-동 발코니-

서현, 그때(S#58)처럼 창밖을 보며 생각에 잠겨 있다.


-동 벙커-

희수의 당당한 표정.


그런 두 여자의 모습이 교차되면서.


<15회 엔딩>

# 마인,
# 빛나는 그녀들

Glorious Women

S#1     카덴차 외경 /N d+13

밤이 되면서 등이 켜지는 저택의 외경.
버기카에 타고 마지막 점검 중인 아쿠아맨.


S#2     노덕이 새장 /N d+13

노덕이와 딱따구리 아기 새 딱순이가 나란히 앉아 있다.


S#3     카덴차 다이닝 홀 /N d+13

서현과 희수, 마주 앉아 차를 마시고 있다. (15회 S#55 이전 상황) 서
현, 먼저 말문을 튼다.

서현    하준 아빠 생모 유품 다 태웠어. 아버님 명이셨거든.
희수    네.
서현    그리고 그곳에 하준 아빠 유품을 두길 원하셨어.
희수    …

434 × 435

| 서현 | 남은 인생 그곳에서 참회하며 살고 싶으시대. |
|---|---|
| 희수 | 아버님이 하준 아빠에게 많이 잘못하셨나 보죠? |
| 서현 | (그런 희수 의미심장하게 보다가) 동서! 다 기억하고 있지? |
| 희수 | ! |
| 서현 | 사고 당일의 모든 거 다 기억하잖아! |
| 희수 | !! |

희수와 서현. 눈빛으로 긴장된 자신들의 감정을 무언의 대화로 나누고 있다.

| 희수 | 지금은 말할 수 없어요… |
|---|---|
| 서현 | 동서가 지켜야 할 게 있는 거지? |
| 희수 | 네. 형님도… 그런 건가요? |
| 서현 | 응… 나도… 내가 지켜야 할 게 있어. |
| 희수 | …그럼 우리 둘 다 여기서 멈춰요. |
| 서현 | … |
| 희수 | 형님… 저 이제 이 집 떠나요. |
| 서현 | … |
| 희수 | 그리고 하준이랑 이혜진 씨도 이제 이 집 떠납니다. 두 사람 함께 유학 갑니다. 이제 루바토에 거주할 사람은… 아무도 없겠네요. |
| 서현 | (그런 희수 진하게 보다가) 그렇겠네. |
| 희수 | 형님… 때가 되면 말씀드릴 테니 기다려주세요. |
| 서현 | …응, …기다릴게. |
| 희수 | 가볼게요. (일어선다. 등 보인 채, 눈빛, 표정) 오늘 마신 차… 형님이랑 |

제가 처음 만난 날, 형님이 저한테 웰컴 티로 주신 차였어요.

서현      !!

희수      형님이 그러셨죠. 에스프레소보다 진하고 홍차보다 깊어서 좋아하신다고…

서현      (희수가 기억을 잃은 게 아님을 이렇게 밝힌다. 표정)

희수      이 레몬그라스 향… 유독 깊네요. 형님을 향한 제 마음처럼요…

서현      …


희수, 그렇게 다이닝 홀 빠져나간다. 남겨진 서현, 픽 웃음이 새어나온다. 복잡한 감정이다.


S#4      다이닝 홀 밖 / N d+13

희수, 카덴차 복도를 지나가는데 주 집사와 마주친다. 주 집사, 목례하자 그런 주 집사를 보며 묘하게 미소 짓고 지나가는 희수. 그렇게 지나가는 희수의 뒷모습을 긴장하며 바라보는 주 집사.


S#5      동 저택 홀 / N d+13

희수가 걸어 나오면 경혜가 보인다.


희수      저 지하 벙커 안내 좀 해주세요.

경혜      네, 작은사모님.


그렇게 2층으로 올라가는 두 사람.

S#6        지하 벙커 안 /N d+13

희수, 둘러보고 있다. 자신의 서재에 있던 지용의 사진들이 진열
되어 있다. 복잡하고 참담한, 그리고 어지러움이 몰려오는 희수.
그런 희수, 흔들의자에 앉는다. 희수의 슬프지만 단단한 표정
에서.
딩동(E) 벨소리 들리고.


S#7        카덴차 내 (15회 S#56 신 이후) 여러 곳 /N d+13

주 집사가 한 회장 서재 벙커에 백 형사를 안내한 후 밖으로 나
온 상황. 주 집사, 불안과 초조함이 가득해 자신의 방으로 들어
간다. 닫힌 주 집사의 방.


S#8        동 지하 벙커 (15회 S#57 이어서) /N d+13

미자의 유물은 치워지고 지용의 사진들(승마하던 사진 등등)이 전
시되어 있다. 백 형사, 안을 들여다보는데…

희수(V.O)   이 방이… 우리 집에서 가장 산소질이 좋대요. 지하라서 특히…
           설계할 때 산소 투입관을 크게 만들었다나요?


           놀라는 백 형사 보면. 희수가 흔들의자에 앉아 있다. 흔들흔들
           여유 있는 희수.

백 형사     이 시간에 왜 여기 계세요?

| 희수 | 얘기했잖아요. 산소 마시러 왔어요. |
|---|---|
| 백 형사 | (그런 희수 봤다가 지하 벙커를 둘러본다. 그러다 희수를 본다) |
| 희수 | (백 형사를 본다) |
| 백 형사 | 서희수 씨… 당신! 다 기억하지…? |
| 희수 | (담담히 그런 백 형사 본다) |
| 백 형사 | 이 집안 사람들… 모두가 짜고 한지용을 자살로 몰고 가려는 거죠? |
| 희수 | … (눈빛 표정) |
| 백 형사 | (그런 희수 보며) 서희수 씨… 당신이 한지용을 죽였지? |
| 희수 | (그런 백 형사 빤히 보며) 그래요… 내가 죽였어요. 아무리 생각해도 내가 죽인 것 같은데… 아무것도 기억을 못 하니 어쩌죠? 도움을 드릴 수가 없네요… |
| 백 형사 | (그런 희수 보는데, 벨이 울린다) 여보세요? |
| 황 경위(F) | 효원 사건 종결하라고 청장님 지시가 내려왔어요. 그 집 메이드가 와서 치사량 이상의 수면제를 처방 받았다고 진술했어요. 어차피 증거도 없고 정황상 자살입니다. |
| 백 형사 | … (그 소리 들으며 희수 보면) |
| 희수 | (눈을 감은 채 산소를 마시고 있다) |

S#9    동 저택 밖 /N d+13

백 형사, 착잡하다. 게이트를 등지고 점점 멀어지는 백 형사의 모습이 장엄한 저택 게이트와 대조적으로 작아지는 위로.

백 형사(소리)   살인에 관련된 결정적인 증거를 찾지 못했으므로 한지용 사망

438 × 439

사건 수사를 종결합니다.


S#10  다시 동 벙커 / N d+13

그 소리를 비웃듯 의자에 앉아 흔들흔들 하고 있는 희수. 그런 희수의 모습 위로.


(인서트)  동 지하 벙커(회상- 사건 당일) / N

지용이 소파에 앉아 있다. 자신의 핸드폰에 알림음 울려서 보면 희수의 메시지다. 확인하면 앞 인서트의 곽수창 다잉 메시지다. 지용, 눈알이 터질 듯 당황하고 혼란스러운데.


희수(소리)  자수해. 안 그러면 내가 이걸 경찰에 제보할 거야.


화면은 자연스레 오버랩되어 현재의 희수로. 지용의 사진을 물끄러미 바라보는 희수. 완전했다고 생각했던 자신과 지용의 인연에 눈가 그렁해 울컥한다.


S#11  동 저택 홀 / N d+13

살금살금 걷고 있는 발- 틸트업하면 주 집사다. 트렁크를 끌지도 못하고 손에 든 채 야반도주하는 주 집사, 그렇게 문을 열려는 순간.


서현(V.O)  어디 가는 거예요?

주 집사, 허억~~ 사시나무 떨듯 놀라는데서.


S#12    서현의 서재 /N d+13

서현 앉아 있고, 주 집사 죄인처럼 서 있다.

서현      (싸늘하게) 아침 해를 보지 않고 이렇게 몰래 도망가야 하는 이
        유… 다 얘기해요… 하나도 숨김없이… 보내줄 테니까…

주 집사   (얼어붙어 있는)


        (시간 경과)


        서현, 주 집사에게 모든 사건의 정황을 들었다. 주 집사는 서
        재에 없고, 서현은 고민이 깊어진다. 그런 서현의 표정에서. 디
        졸브.


S#13    저택 전경 /D d+14

스프링클러 물이 정원에 뿌려지고 하루가 시작된다. 아름다운
클래식 음악이 정원 스피커에서 흘러나온다.


S#14    진호의 서재 /D d+14

진호, 불안과 초조함, 허탈함. 여전히 복권을 긁고 있다. 여러 장
의 꽝 복권이 쌓인다. 한숨 쉬는 진호, 결국 마지막 복권을 긁고

440 × 441

버리려는데 눈이 커지는 진호. 당첨되었다!! 헉!


S#15      동 저택 정원 / D d+14

진호, 나오면 저만치 보이는 아쿠아맨. 진호, 아쿠아맨에게 오라고 손짓한다. 아쿠아맨, 진호를 보자 얼른 진호에게 뛰어간다. 진호에게 꾸벅 인사하는 아쿠아맨. 진호, 아쿠아맨에게 당첨된 복권을 준다. 아쿠아맨, 그 복권 무심히 보다 당첨된 복권에 눈이 커진다.


진호        너 가져.

아쿠아맨    이걸 왜…

진호        18개월 동안 복권을 긁었더니 결국 이렇게 당첨은 되네. 역시 노력은 배신하지 않아.

아쿠아맨    …전무님이 왜 복권을…

진호        (피식) 내가 이 돈 어디다 쓰겠어.

아쿠아맨    (어쨌든) 아, 정말 감사합니다. 요긴하게 잘 쓰겠습니다.

진호        (그런 아쿠아맨 싱그럽게 바라보는)

아쿠아맨    (그런 진호 눈빛 느끼고) 저기… 근데… 이걸 주시면 전 전무님께 뭘… 드려야 하는지… 그러니까… 제가 해야 할…

진호        (고개 절레) 그런 거 없어. (하고 주차장 쪽으로 향한다. 그러다 멈추고 다가와) 그냥 나랑 한 번씩 목욕하자. 나 되게 외롭다. (하고 쓸쓸하게 웃고 뒤돌아간다)

아쿠아맨    (그 소리 대체 뭔가… 몸에서 식은땀이 난다)

카메라 복권 C.U하면 당첨금 500만 원, 황당한 아쿠아맨의 표정에서.


S#16    동 다이닝 홀 /D d+14

진호 다시 집으로 들어오다 다이닝 홀에서 나오는 서현과 마주친다.


진호    (보란 듯이) 나… 당첨됐어!! 복권 말이야…

서현    (어이없지만) 난생 처음 끈기와 성실함으로 스스로 돈을 벌어보네요. 축하해요. 수고했어요.

진호    그놈의 운이 뭔지 알고 싶었어. 사람들은 내가 운이 좋아 재벌로 태어났다고 하잖아. 그러곤 마치 내가 내 삶에서 이뤄낸 건 하나도 없는 사람처럼 취급하니까…

서현    이번 생… 당신이 운 좋았던 건 맞아요. (의미심장) 당신도 성태도… 결국 서방님을… 죽인 건 아니니까…

진호    (서현이 어떻게 알았지? 싶어 놀라는)

서현    (내려가려는데)

진호    어떻게… 안 거야?

서현    (멈추고 그저 등 보이고 있는)

진호    그… 그래애! 내가 성태한테 지용이 죽이라고 했어! 그땐 진심으로 그 새끼 죽여버리고 싶었으니까! (자책하듯 표정 어두워지는)

서현    (돌아보며, 눈빛) 벗어나요. 다 끝났으니까! (하고 내려가려는데)

진호    누구야 그럼…?! 지용이… 죽인… 사람…

서현    모르고 있는 게 나아요. 늘 그래 왔던 것처럼.


442 × 443

| 진호 | … (남겨진 채 생각하다) 하아… 그래… 모르자… (갈 길 가는) |

S#17    동 저택 주방 /D d+14

아쿠아맨 뛰어 들어와 2리터 생수를 기인처럼 그대로 들이켠다. 그런 아쿠아맨을 묘하게 보며 웃는 주희. 이때 현관문이 열리고 누군가 집으로 들어오는 듯한 소리가 들린다. 주희, 밖으로 나가는.

S#18    동 저택 현관 - 2층 홀 /D d+14

확 달라진 모습으로 들어오는 유연, 그런 유연을 맞이하는 메이드 4. 주희, 현관으로 나가서 유연을 본다. 메이드 4, 이제 유연을 메이드로 대하지 못하고 어정쩡 어색하게 인사한다. 유연, 인사 받고 2층으로 올라간다. 2층 홀에서 그런 유연을 팔짱 끼고 보는 서현. 유연, 서현에게 인사한다. 서현 올라오라는 듯한 시그널 보내고. 메이드 4는 주희에게 유연을 2층으로 안내하라는 듯한 눈치를 준다. 주희, 유연의 앞에 서서 유연을 2층으로 안내한다.

S#19    서현의 서재 /D d+14

서현, 먼저 와 앉아 있으면 유연이 들어온다.

| 서현 | 어머님은 차도가 좀 있으시니? |
| 유연 | 네… 배려해주신 덕분에 수술 무사히 마쳤습니다. 여러 가지로 |

|     | 감사드립니다. 사모… (하다가 멈추는) |
|-----|-----|
| 서현 | 메이드들한테 주지시킬게. 앞으로 넌 이 집안 며느리가 될 거니까… 그에 맞는 대접을 하라고… |
| 유연 | 그러지 않으셔도 됩니다. |
| 서현 | 대접 받고 배려 받고 존중 받는 것도 연습이 필요해. 일단 그에 걸맞은 품위를 가져야겠지? 넌 이제 예전의 김유연이 아니야. |
| 유연 | … |
| 서현 | 캐주얼한 삶이 니가 추구하는 라이프 스타일이었대도 여기선 그렇게 살면 안 돼. 니가 이 집 메이드였단 건 누구나 다 아는 팩트잖아. 자연스럽게 자리 이동을 해야지. 비난도 칭찬도 의식할 필요는 없지만 자리에 맞는 사람은 되어야 하잖아? |
| 유연 | 네. 명심하겠습니다. |
| 서현 | 개인교사를 붙일 테니 영어 공부부터 시작해. 미술, 요리 레슨도 받아. |
| 유연 | (그런 서현 보는) |
| 서현 | 선택의 여지가 있는 수준으로 니 자신을 끌어올리고 나한테 반항해. 받아줄 테니까. 무슨 말인지 알아들어? |
| 유연 | 네. 그럴게요. |
| 서현 | 수혁이 오면 같이 식사해. |
| 유연 | 네. |

S#20    루바토 내 하준의 방 /D d+14

하준의 방을 정리하는 자경. 트렁크에 하준의 짐을 싸고 있다.
하준이 걸어둔 말편자 목걸이를 보는 자경, 손에 쥔 채 짠한데.

| S#21 | 수녀원 엠마의 방 - 밖/D d+14 |

엠마 수녀 떠날 준비를 하듯 짐 정리를 하고 있다. 수녀복을 단정하게 개고 있는 엠마 수녀. 이제 촌부로 돌아가는 그녀, 자신의 젊은 시절 사진과 짐 등을 트렁크에 넣고 있다. 그러다 버킨백을 넣을 차례가 오자 넣지 않고 바라본다. 이때 막내 수녀가 들어온다.

| 막내 수녀 | 수녀님~! 밖에 나가보셔야겠어요. |

엠마 수녀, 일어난다. 그리고 자신의 버킨백을 막내 수녀에게 건넨다. 의아해서 보는 막내 수녀.

| 엠마 | 이 가방… 친한 언니가 내게 준 건데… 한 20년 됐네… 이제 그 인연을 이쯤에서 접어야 해서. 이거 아가사에게 줄게요. (가방장 가리키며) 이 안에 있는 가방들도 다… 그 언니가 준 건데… 다른 수녀들 주세요. |
| 막내 수녀 | (가방 뻔히 본다) |

엠마 수녀, 내려간다. 문을 열면 희수가 서 있다. 서로 바라보며 옅은 미소 짓는 두 사람.

| S#22 | 수녀원 인근 풍광 좋은 곳 /D d+14 |

바람을 맞으며 그렇게 걷고 있는 희수와 엠마 수녀.

| | |
|---|---|
| 희수 | 산다는 게 참… 어려워요. 답이 없는 것 같아요. 답을 찾았다 싶으면 어김없이 그 답이 오답이 되고… 저… 너무 많이 틀리고 살았어요. |
| 엠마 | 아뇨. 오답은 없어요. 인생에 정답은 없으니까. 그저 열심히 자기만의 답을 써 내려가는 거예요. |
| 희수 | …수녀님이 쓰고 계신 답은 뭐예요? |
| 엠마 | 나는… 오랜 세월 운명의 피해자로 살았어요. 운명 앞에서… 인간이 얼마나 나약한지… 그러니 내가… 애상각의 예인으로 엄청난 부와 인기도 누렸다가 수도원의 수녀였다가… 이렇게 파란만장 휩쓸리듯 살았죠. 근데 이젠 알겠어요. 그게 내가 스스로 만든 운명이라는걸… |
| 희수 | … |
| 엠마 | 매 순간 내가 가졌던 마음과… 내가 내린 결정들이 내 삶을 만들었어요… |
| 희수 | (마음이 울컥하는) 수녀님… 전… 제 삶과 마음까지 모두 잃어버린 거 같아요… 이제 제게 남은 건 아무것도 없어요. |
| 엠마 | (희수의 어깨를 잡아주며 따뜻하게) 그렇지 않아요. 다 가졌다 해도 가진 게 아니고… 다 잃었다 해도… 잃은 게 아니에요. (여운 있게 희수를 보며) 아무것도 잃지 않았어요. 다시 생각해봐요. |
| 희수 | (그 말을 울림 있게 받아들이는 눈빛과 표정) |

S#23    희수의 차 안 / D d+14

앞 신의 그 눈빛 그대로 여운 있는 눈빛으로 운전석에 앉아 있는 희수. 이때 희수의 폰이 울린다. 희수 전화 받는.

| 희수 | 여보세요? (환한 미소, 하준이다) 알았어… 엄마 지금 가~ (전화 끊는) |

S#24    동 수녀원 /D d+14

혼자 남겨진 막내 수녀. 엠마 수녀가 준 버킨백을 이리저리 살피지만 썩 맘에 들지 않는데. 적당한 곳에 두고는 핸드폰으로 사진을 찍기 시작한다. 그리고 '평화마켓'이라는 앱에 그 사진을 올리고 게시글을 쓴다. 글쓴이 '간디짱', 제목 '오래됐지만 가죽 상태가 좋아요.' 희망 가격란에서 고민하다가 이내 '3만 원'으로 해서 올린다. 올리고 나서 뿌듯해하는 막내 수녀. 그리고 바로 사겠다는 알림들이 액정에 가득 찬다. 이런 핫한 반응에 왜 그런지 모르겠는 순진한 표정의 막내 수녀.

S#25    어느 풍광 좋은 곳 (7회 S#53 동 장소)/D d+14

하준의 손을 잡고 걷고 있는 희수. 그때 그 느낌으로 그렇게 걷고 있는데.

| 희수 | 우리 아들 잘할 수 있지? 미국 가서도 씩씩하게? |
| 하준 | 응. 걱정 마. |
| 희수 | (미소 짓는데) |
| 하준 | 엄마… |
| 희수 | 응. |
| 하준 | 이제 정말 다 기억하는 거지? 데쓰맨 가사 말고도 다? |
| 희수 | (답을 하지 못하는데) |

| 하준 | 혹시 엄마가 기억을 잃었다면 내가 해줄 얘기가 있어. |
|------|------|
| 희수 | (멈춰 서서 하준 보는) |
| 하준 | 엄마가 얼마나 멋진 사람이었는지… 잊지 마. |
| 희수 | (눈가 그렁해진다) |
| 하준 | 엄마가 그랬잖아. 자신을 지킬 수 있는 건 자기뿐이라고… 어떤 문제가 와도… 엄마 자신을 지켜! 꼭 그래야 돼. 알았지? |
| 희수 | (감동해서 눈물이 날 지경이다. 끄덕인다) 알았어. 명심할게. 우리 아들 언제 이렇게 컸어? 멋지다… |
| 하준 | (그런 희수 보며 미소) 엄마 아들이잖아… |

그런 희수와 하준, 손을 잡고 걸어가는 모습이 점점 멀어지는 데서.


S#26    동 저택 다이닝 홀 /D d+14

주 집사와 정 셰프, 그리고 메이드 4·5, 왜건에 음식을 가져와 나르고 있다. 한 회장 상석에, 순혜와 진호 마주 보고 앉아 있다. 그 옆에는 서현이, 그리고 수혁과 유연이 마주 보고 앉아 있는. 그렇게 식사를 하고 있는 효원가 사람들.

| 한 회장 | 간 사람은 갔지만… 산 사람은 살아야 하고 들일 사람은 들여야 되니… 모두 새로운 맘으로 시작을 하자꾸나. 먹자. |
|------|------|

한 회장, 수저 들자 식사를 시작하는 효원가 사람들. 진호, 유연을 영 마뜩잖게 보고. 수혁은 유연에게 미소 짓는다. 그런 수혁

을 보게 된 서현, 작은 미소가 지어지는. 음식을 서빙하던 주희가 수혁에게 꼬리치듯 미소 흘리는 순간을 보게 된 유연. 유연의 시선은 주희에게 향하고.

| | |
|---|---|
| 순혜 | (유연에게) 행동 하나하나 말 하나하나 조심해서 해야 한다, 이제. |
| 유연 | 네. |
| 수혁 | (말 돌리듯) 하준이 유학 가더라도… 하준이 방은 루바토에 두었음 좋겠어요. 방학 때 하준이 귀국하면 꼭 여기서 지내게 해주세요. |
| 한 회장 | (그런 수혁 보는) |
| 수혁 | 하준이 제 동생입니다. |
| 서현 | (그런 수혁 대견해서 보는) |
| 수혁 | 제가… 끝까지 챙길 거예요. 그렇게 알아주세요. |
| 순혜 | 그래. 하준이는… 이 집안 자식이야. 나도 그렇게 생각해. |
| 한 회장 | 다들 그리 생각해주니 고맙구나. |
| 서현 | 그럼요. 하준이는 효원가 아이예요. 하준이 유학 보내는 이유도 넓은 세상에서 더 큰 걸 보고 배우라고 보내는 거예요. 돌아오면 효원그룹을 성장시킬 수 있는 인재가 될 거라고 생각해요. |
| 진호 | (마뜩잖다) |
| 한 회장 | 나 역시 그렇게 생각한다. |
| 서현 | 하지만 동서의 동의가 필요해요. 일방적으로 결정할 수 있는 사안은 아니어서요. 하준이는 엄연히 동서 아들이니까요. |
| 순혜 | 친엄마가 유학 따라가는 거 아니야? |
| 서현 | 튜터로 가는 겁니다. 엄마가 둘일 순 없어요. 하준이 엄마는 동서예요. |

일동, 부인도 시인도 없이 그저 식사하는.


하원갤러리 내 성경 공부 아지트 /D d+14

미주  어머, 그럼 그 집 아들은 친엄마랑 미국으로 간단 거예요?


서진경과 미주, 성경 공부 하는 그곳에 앉아서 차를 마시고 있다.


서진경  그렇대. 희수가 걱정이야. 작품 다시 한다던데… 새까맣게 기억을 잃었다니… 법정에서 온몸으로 막은 아들이며 결혼생활이며 싹 다 로스트 링크가 된 거잖아.

미주  희수 씨 다시 성경 공부 오면 좋겠는데.

서진경  야… 우리 이 성경 공부 해체해야 하지 않겠니?

미주  문제긴 해요. 수녀님도 그만두신 마당에 재스민이랑 진희 씨가 그 난리가 났으니… 둘이 근데 어떻게 결론 났대요?

서진경  (시간 확인하고) 이따가 오겠다고 했으니 기다려보자고… 지금쯤 결판이 났겠다.


S#28  동 카페 /D d+14

진희, 마주 앉아 있는 재스민. 지칠 대로 지친 듯한 두 여자. 작정하고 편하게 영어로 얘기하는 두 여자. (미드의 한 장면 같은 과격한 제스처와 표정들) (*자막 처리 되는)

| | |
|---|---|
| 재스민 | 난 그 남자와 더 이상 만나지 않을 거야. 우린 그냥 잠깐의 불장난이었을 뿐이었다고. 그 불은 꺼졌어, 이제! |
| 진희 | (한국식 삿대질하며) 넌 네가 한 짓에 대한 책임을 져야 해! 니 남편한테 모든 걸 폭로할 거야. 내 남편은 니 거야. 가져가, 제발. |
| 재스민 | 억지 부리지 마! 니 거야! 난 더 이상 그를 사랑하지 않아. |
| 진희 | What?!! You told me not 불륜 just 로맨스! 비열하고 치사한 인간아! 넌 지옥에 갈 거야. |

하는데 진희의 폰이 울린다. 주변 사람들 어이없어 구경한다.

| | |
|---|---|
| 진희 | 잠깐. 전화 받고 얘기해. (전화 받는, 한국말로) 여보세요… |
| 서진경(F) | 안 와? 빨리 와. |
| 진희 | 알았어요. (전화 끊고는 다시 영어로) 일단 여기서 멈추고 다시 얘기해. 바이블 스터디 가야 하니까… (일어난다) |
| 재스민 | (부르르 대며 일어나 나간다) |

S#29    동 갤러리 장소 /D d+14

미주와 서진경, 앉아 있으면 진희와 재스민이 씩씩대며 걸어온다. 적당한 자리에 앉는다. 서진경과 미주, 둘을 교대로 보는.

| | |
|---|---|
| 미주 | 아직 결론이 안 났어? |
| 서진경 | (쯧쯧) 정말 찌라시에 날 사연이다. 남자 서로 떠넘기기… 저기~ 안타깝지만 성경 공부는 여기서 마무리하자. 우린 성경 공부 할 자격이 없어. 신약 이제 시작했는데… 안타깝긴 하지만… |

| | |
|---|---|
| 재스민 | 이 여자만 나가고 난 계속할 거예요. 아이 러브 바이블 스터디! |
| 진희 | 닥쳐라! 너 같은 죄인이 성경을 공부한다는 게 말이 된다고 생각해? 넌 차라리 카마수트라 공부를 해! |
| 서진경 | 조용들 해. 여기 갤러리야. 근데 바오로 신부님이 오신대. 수녀님 뜻도 있고 해서 어쩔 수 없이 인사는 드리기로 했는데… 입이 안 떨어진다… |
| 미주 | (격정) 그러게요. 보자마자 그만둔다 소리를 어떻게 해요? |
| 서진경 | 오실 때가 됐는데… (하는데) |

-느린 화면-

음악(ON) 세르지오 실베스트리Sergio Sylvestre <오 해피 데이Oh Happy Day!>.

계단으로 올라오는 바오로 신부. 사제복을 입었으나 섹시함이 발발하는 중년의 멋있는 바오로 신부가 걸어온다. 일제히 얼어붙는 여인들. 시선은 바오로 신부에게 고정된 채.

| | |
|---|---|
| 서진경 | 아무래도 신약은 마치고 그만둬야겠지? |
| 미주 | 그럼요… 신약이 엑기스죠. |
| 진희 | 전 그만둔다고 한 적 없어요. |
| 재스민 | 아이 러브 바이블 스터디! |

바오로 신부, 도착해 그녀들 앞에 앉는다. 그녀들, 바오로 신부에게 시선 고정된 채.

| | |
|---|---|
| 바오로 | 안녕하세요. 바오롭니다. 엠마 수녀님께 말씀 듣고 성경 공부 도 |

와드리려고 왔습니다.

일동 　　　　　네.

여자들, 바오로 보면서 배시시. 바오로, 그들에게 대충 시선 주는 둥 마는 둥 그러다 점잖고 고고하게 성경책을 편다.

바오로 　　　저 보지 마시고 성경책 꺼내세요. 로마서 1장~

일동 　　　　(얼른 성경 꺼내 펼치는)

바오로가 성경을 읽고 함께 낭독하는 모습. 그리고 여인들의 모습이 멀어지는 위로.

엠마(N) 　　　산다는 게 인간의 예측대로 되면 인간은 신을 믿지도 않을 겁니다.

S#30 　　　동 수녀원 /E d+14

엠마 수녀, 백 형사와 통화 중이다.

엠마 수녀 　이렇게 끝나는 게 신의 뜻이라면 저는 따를 수밖에요. 수고하셨습니다.

엠마 수녀, 전화를 끊는다. 그리고 짐을 다 뺀 텅 빈 수녀원을 둘러본다. 공허한 그곳 벽에 걸린 십자가. 모든 죄를 떠안고 떠난 예수의 모습이 십자가로 걸려 있다. 엠마 수녀, 떠나기 전 그 십자가를 향해 마지막으로 성호경을 긋고 묵상 인사 올린다.

엠마          저희의 죄를 사하여주소서…

엠마 수녀, 그렇게 수녀원을 나가고 문이 닫힌다. 덩그렇게 텅 빈 수녀원 안.


S#31      카덴차 홀 /E d+14

오직 희수 혼자 카덴차 2층을 걸어가고 있다. 석양이 지기 시작한 저녁. 어둠이 내려앉은 큰 저택 안에 아무도 없다. 그때 괘종 시계가 정각을 알리며 울린다. 어둡고 텅빈 홀에 퍼지는 웅장하고 무거운 시계 소리. (동회차 S#44 지용을 만나기 전 상황. 당시의 소리와 분위기) 희수, 그 소리가 무의식적 트리거가 되어 눌러놓은 기억이 떠오른다. 계단을 내려가려던 희수, 괴로운 듯 눈을 질끈 감고 계단 난간을 꼭 붙잡는다. 그러곤 카덴차 저택 문에 시선을 두는 희수. 그날을 떠올리듯 저택 문을 응시한다. 그러자 저택 문이 열리면서 자연스레 사건 당일로 시간이 돌아간다.
음악(ON) 관현악 연주.


S#32      카덴차 메인 정원 /N (사건 당일)

정원에 파티가 준비되고 있다. 정 셰프는 케이터링 음식을 손수 만들고 있고, 메이드들은 접시를 세팅하고 있다. 화관들이 도착해 제자리를 찾는다. 관현악단 악사들은 리허설 연주를 하고 있

다. 주 집사, 파티 준비를 관리하면서도 뭔가 계속 다른 생각에
빠져 있는 듯.


S#33    희수의 드레스룸 /N (사건 당일)

희수, 아름다운 원피스를 입고 액세서리를 한다.


S#34    수혁의 방 /N (사건 당일)

수혁, 서현에게 선물할 목걸이를 보고 있다.


S#35    서현의 드레스룸 /N (사건 당일)

서현, 거울을 한참 보고 있다. 다짐하는 듯한 묵묵한 표정. 똑똑
수혁이 들어온다. 서현의 드레스룸엔 처음 들어오는 수혁. 머뭇
거리는가 싶더니, 서현의 화장대 앞에 목걸이함을 내려놓는다.

수혁    축하드려요.

서현    (열어보고 이게 뭔 선물이냐는 듯 본다. 목걸이다) 기분 좋구나… 아들한
테 선물이란 걸 받으니… (목걸이 둘러본다. 미소)

수혁    (미소) 예뻐요.

서현    (그 소리에 울컥해 눈시울 뜨거워진다. 선물인지 수혁의 마음인지) 그러게.
예쁘네… 고맙다.

수혁    유연이랑 저 잘 해내겠습니다. 그리고 효원의 대표 자격 충분하
세요. 그 자리 빛내주세요.

| | |
|---|---|
| 서현 | 날 대적할 만한 능력 있는 사람이 되면 언제든 그 도전 받아줄게. |
| 수혁 | … |
| 서현 | 나 역시 치열하게 노력할 거야. |
| 수혁 | …(끄덕이는) 네. |
| 서현 | (수혁의 어깨를 툭 하는데) |
| 수혁 | 고맙습니다. 저 잘 키워주셔서… (눈시울 붉어지는) 어머니… |

수혁에게서 난생 처음 어머니 소리를 들은 서현의 눈가가 떨린다. 그런 수혁을 보며 뭉클한 서현, 표정이 복잡하다.

S#36    동 저택 홀 밖 + 드레스룸 /N (사건 당일)

서현의 드레스룸에서 나와 걸고 있는 흐뭇한 표정의 수혁. 드레스룸에 남겨진 서현, 수혁이 준 목걸이, 그리고 수혁의 "어머니…"의 잔상을 곱씹고 있다.

S#37    카덴차 메인 정원 /N (사건 당일)

같은 테이블에 앉아 있는 한 회장, 양순혜, 서현, 진호, 희수. 지용은 이미 눈이 돌아가 있는 상태로 삐딱한 표정으로 파티에 참석하는. 희수가 고개를 돌리면, 미주와 서진경, 재스민도 다른 테이블에 앉아 있다. 그들에게 가볍게 목례하는 희수의 우아한 자태. 미소로 받아치는 그들.

| 미주 | 수녀님은 안 오세요? |
|---|---|
| 서진경 | 좀 늦으신데. 오늘 다움에서 새로운 애기 엄마들 환영하는 날이라서. |
| 미주 | (끄덕) 오늘이군요. 곧 바자회도 열리겠네요? |
| 서진경 | 그렇겠지. |

오케스트라 음악이 커지면서 드레스를 입고 한껏 아름답게 꾸민 유연이 정원 내로 살포시 걸어 나온다. 수혁, 다른 방향에서 양복을 입은 채 행복한 얼굴로 등장한다. 수혁과 유연, 손을 잡고 앞으로 향한다. 박수 소리가 이어지는 가운데,

(인서트)   성태 방 /N

성태, 손에 든 블루다이아. 벌벌벌 떨고 있는 성태. 결국 결심한 듯 독가스 원료가 든 병들을 손에 쥔다.

-메인 정원-

수혁과 유연이 케이크를 커팅하고 있다. 미소 지으며 바라보는 한 회장. 유연이 맘에 들진 않지만 아름다운 연인의 모습에 복잡한 표정의 순혜. 약혼식엔 관심 없는 듯 와인을 따르고 마시는 진희. 뭉클한 표정의 서현. 못마땅한 얼굴이지만 그래도 자리는 지키려는 진호. 진정 축하한다는 듯 바라보는 희수의 표정과 모든 것을 잃은 듯 절망적인 표정의 지용. 그런 지용을 일견하는 서현. 그런 지용을 보는 희수.

CUT TO

음악은 계속 흐르고, 자유롭게 이야기하며 케이터링에서 음식을 먹는 시간. 서현과 진호, 한 테이블에 서서 샴페인 잔을 들고 여인들 (9회 S#30 효원 레스토랑에서 함께 대화 나누던 재벌가 여인들)과 이야기를 나누는 중이다. 진호는 잔을 들지 않았다.

진호       (애써 미소 짓는데, 핸드폰 울린다) 실례하겠습니다. 말씀 나누세요.

진호, 무리에서 빠져나와 전화 받는다.

진호       어, 처남. (하며 눈으로 진희 찾는데, 술에 취한 채 시시덕거리는 진희 보는 사이) 네?! 뭐라고요…?!

진호가 지나가면 뒤로 테이블에 앉아 있는 지용, 진호가 가는 모습을 바라보며 술을 마시고. 희수는 그런 지용을 묘하게 보다가 시선 돌린다. 지용 앞에 성태가 잔에 와인을 따르고 지나간다. 긴장이 역력하다.

성태       전무님이… 카덴차 지하 벙커에서 보자십니다.
지용       … (날 왜, 성태 본다)
성태       (표정 변화 없이 서 있는)
지용       (주변을 보다가 희수와 눈 마주친다)
희수       (무시하듯 고개 다른 곳으로 돌린다)
지용       (일어나 카덴차로 향한다)

서현, 순혜, 주 집사, 멀리서 지용이 카덴차로 들어가는 걸 보는 시선이 얽힌다. 성태, 마른침을 삼키고 다짐한 듯 지용을 따라 들어간다. 서현, 그런 성태의 동선 살피는데 최 변호사로부터 문자가 도착한다.

최변(소리)　　대표님, 의논드릴 게 있습니다.

서현, 문자 확인 후 일어나 저택 쪽으로 걸어가는데서.


S#38　　　지하 벙커 앞 / N (사건 당일)
카덴차 지하 벙커로 들어간 지용. 멀리서 확인하는 성태. 성태, 결단한 듯한 표정.


S#39　　　지하 벙커 / N (사건 당일)
지용, 아무도 없자 진호에게 전화를 건다.

(인서트 1)　　진호의 차 안 / N
진호, 운전하며 병원 관계자와 통화 중이다.

진호　　　아 네, 박정도 처남입니다. 제가 지금 그리로 가고 있습니다. 많이 다쳤어요?!

-지하 벙커-
지용, 진호 통화 중이자 전화 끊고 나가려는데, 문이 안 열린다.

지용          (문 잠긴 걸 확인하고) 뭐야… 왜 안 열려… (문을 치며) 이봐!!

(인서트 2)    가스 주입실 /N

성태, 가스 주입기 밸브를 열면, 한 회장 벙커에 독가스가 주입
되기 시작한다.

-지하 벙커-

산소기에서 독가스가 뿜어 나오고. 아무것도 모르는 지용. 짜증
난 듯 주 집사 호출 버튼 누르지만.

(인서트 3)    동 파티장/N

주 집사, 호출기 불을 보는데… 표정 변화 없이 외면하는.

(인서트 4)    가스 주입실/N

성태          (거의 울상이 되어 안절부절못하며) 하아…

-지하 벙커-

지용, 작은 기침이 시작된다. "이봐~~ 문 열어!! 누구 없어?"

S#40          카덴차 일각 /N (사건 당일)

희수가 고민을 거듭한 끝에 곽수창의 다잉 메시지 영상을 지용
에게 보낸다.

-동 벙커-

460 × 461

소파에 앉아 있는 지용, 어지럽기 시작하는 와중에 희수에게서 영상이 도착한다. 확인하는 곽수창의 다잉 메시지를 보자 부르르 패닉이 된다. 지용, 그대로 희수에게 전화한다. 서서히 호흡이 거칠어지다가 급격히 숨이 가빠지는 지용.


-메인 정원/지하 벙커 (교차)-

| | |
|---|---|
| 희수 | …여보세요? |
| 지용 | (거친 숨소리) 허어… 허억…!! 허억…!! |
| 희수 | 여보세요… 여보세요??!! 지용 씨?! |
| 지용 | (숨을 가쁘게 몰아쉬면서도 의식을 잃지 않으려고 노력한다) |


(인서트 1)  가스 주입실 /N

성태, 독가스의 농도를 더 진하게 주입하고 있다.


(인서트 2)  지하 벙커 /N

지용, 컥컥대며 핸드폰을 바닥에 떨어트리고 쓰러진다. 핸드폰은 액정이 나가고 꺼진다. 쓰러지면서도 다시 핸드폰을 잡으려는 처절하고도 떨리는 손.


-메인 정원-

| | |
|---|---|
| 희수 | (갑자기 꺼진 핸드폰에) 지용 씨, 하준 아빠!! 무슨 일…!! (다급하게 일어나 지나가는 메이드 붙잡고) 하준 아빠 못 봤어요? |
| 메이드 1 | 아까 카덴차로 가시는 것 같던데요. |

희수, 급하게 카덴차로 향한다.

S#41  지하 벙커 /N (사건 당일)

지용, 하아 하아 숨쉬기 힘들어하고 문 앞까지 힘겹게 몸을 끌고 올라간다. 결국 점점 정신을 잃어가는데…

-가스 주입실 - 지하 벙커 뒷문 앞-

성태가 마음을 바꿔먹은 듯 밸브 잠그고 그대로 지하 벙커 입구 앞으로 뛰어간다. 비밀번호를 쳐보지만 문이 열리지 않는다. 성태, 온몸으로 문을 손으로 열어보려는데 꿈쩍도 안 하고.

성태  하, 미치겠네. 정말 죽겠네, 이거어!!! (다시 어디론가 가는)

-한 회장 서재, 지하 벙커 문 앞-

유리 압착기를 가져와 문을 여는 성태. 땀이 흐르는 성태.

S#42  카덴차 현관 /N (사건 당일)

희수, 카덴차 문을 열고 들어온다. 어두컴컴한 홀.

(인서트 1)  지하 벙커 - 동 서재/ N

성태가 문을 열고는 그대로 굳어져 앉아 있다. 지용, 문이 열리자 얼른 사다리에 몸을 붙이고 올라오려 하고. 성태, 지용이 밖으로 나오는 걸 도와준다. 성태 그러고는 그 현장을 외면해버리고 싶은지 도망치듯 벗어나는.
지용, 콜록대며 서재 바닥에 널브러져 있다가 힘겹게 일어난다. 겨우 일어난 지용은 일단 여길 빠져나가야만 한다는 생각에 계

462 × 463

속 기침을 하며 힘겹게 휘청대며 서재를 빠져나온다.


S#43      메인 정원 /N (사건 당일)

엠마 수녀, 지용이 아침에 보낸 메시지를 새삼 보면서 찝찝하다. '수녀님 다 끝났어요.' 엠마 수녀, 지용을 찾는데, 지용이 보이지 않는다. 그리고 누군가의 팔을 탁 잡는다. 보면 성태다. 성태, 표정이 굳은 채로 식은땀이 흐르고 있다.

| | |
|---|---|
| 엠마 | 어딨어요? 하준 아빠, 지금? |
| 성태 | (자기도 모르게 고백하듯 허덕인다) 카덴차… |
| 엠마 | ?!! |


S#44      카덴차 홀 /N (사건 당일)

어둠 속의 희수, 미세하게 콜록이는 소리를 듣는다. 예감이 안 좋은 희수. 2층 계단으로 올라가는데 콜록이는 소리가 점점 크게 들리고, 그 소리에 걸음이 빨라진다. 한 회장 서재 쪽에서 벌게진 눈으로 콜록이며 힘들어하는 지용이 나온다. 지용, 사력을 다해 자신을 유인한 진호를 찾고 있다. "한진호! 한진호! 나와!" 휘청거리며 진호를 찾고 있는 지용. 그렇게 헤매는 지용을 발견한 희수.

| | |
|---|---|
| 희수 | (지용을 보고 놀라) 무슨 일이야… |
| 지용 | (그대로 계단으로 올라 희수에게 다가간다) |

| | |
|---|---|
| 희수 | (당황해 그런 지용 보는) |
| 지용 | 너도 날 망치려고 한 거지? (하고 희수의 목을 조르려는데) |
| 희수 | (그대로 지용의 손을 잡고) 자수해, 제발!! |
| 지용 | (헉헉대며 숨 가빠하는) 내 정체가 드러나는 순간… 난 세상에서 버려져… 난… 내 걸 지켜야 해… |
| 희수 | (예사롭지 않은 듯) 하준 아빠… |
| 지용 | (마지막 절규다. 눈물과 콧물이 범벅된) 난 한 번도… 내 걸 제대로 가져본 적이 없었어. 이제 내 걸 다 찾았는데… 왜… 날… 망쳐 니가… 너도… 죽어, 그냥! (하고는 마지막 힘을 다해 희수의 목을 조른다) |
| 희수 | (지용의 손을 붙잡고 켁켁 숨을 쉬지 못한다) |
| 지용 | 죽어!!! (희수를 계단 난간에 허리가 활처럼 휘도록 압박해 목을 조른다) |

이때 누군가 그대로 지용의 머리를 뭔가로 내리친다. 지용, 그대로 추락하면서 희수도 함께 추락한다. 그 누군가의 정체가 드러난다. 다름 아닌 주 집사다. 주 집사, 벌벌… 손에는 홀에 비치했던 고급 은색 휴대용 소화기를 들고 있다. 놀란 주 집사, 그대로 소화기를 바닥에 떨어뜨린다. 툭 하고 바닥에 떨어지는 소화기. 저택 1층 바닥. 희수가 눈을 감은 채 쓰러져 있다. 그런 희수를 마주 보며 눈을 뜬 채 죽어 있는 지용. 지용의 눈에 눈물이 흐르고, 곧 코와 입에서 피가 흐르기 시작한다.

| | |
|---|---|
| (인서트 1) | 서현의 서재 /N |

서현, 최 변호사와 통화가 끝난 듯. "됐네요. 그럼 그 파일은 최 변호사님이 경찰에게 넘긴 거죠?" 하는데 밖에서 들리는 소음, 그리고 소화기가 퉁 하고 떨어지는 소리. 서현, 전화를 끊고는

밖으로 나간다. 불안한 예감.

(인서트 2)　　메인 정원 /N

엠마 수녀, 뭔가 불안한 예감에 사로잡히기 시작한다. 결국 일어나 파티장을 벗어나 카덴차로 빠른 걸음으로 걸어간다.

-카덴차 홀 계단-

서현, 계단에 서서 보이는 지용과 희수의 참혹한 상황- 서현, 패닉 상태가 되고.

(인서트 3)　　카덴차 현관 앞 - 카덴차 홀 /N

엠마 수녀가 카덴차 현관 앞에 다다른다. 문이 열린다. 엠마 수녀, 들어와 한 발 한 발 내딛다 그대로 얼음처럼 굳는다. 엠마 수녀의 시선에서 보이는 사건 현장. 바닥에 쓰러진 남자, 그리고 여자의 실루엣. 그리고 둔기. 벌벌 떨던 엠마 수녀, 시선을 계단에 두면 서 있는 여자의 실루엣(서현). 엠마 수녀, 그대로 뒷걸음질치다 밖으로 나간다. 문이 닫힌다. 엠마 수녀가 사라지자 서현, 계단을 내려와 가쁜 숨을 진정하고 침착하게 점점 다가가면. 지용은 죽어 있고 희수가 신음한다.

서현　　(희수의 몸을 일으키며) 동서… 동서… 괜찮아?

희수　　…(눈을 뜬다)

서현　　(안도하며) 일어날 수 있겠어? (하면서 보는)

서현의 시선에 들어오는 피 묻은 소화기, 그리고 머리를 맞고 죽은 지용. 피. 누가 봐도 희수가 지용을 죽인 거다. 서현, 희수를 일으킨다. 희수, 숨을 가쁘게 몰아쉰다. 금방이라도 죽을 듯이 아프다. 늑골이 부서진 듯 켁켁거리는 희수.

서현    밖으로 나가면 사람들 눈에 띄어서 안 돼. 2층 내 서재에 있어. 닥터 김 부를게.

서현, 희수를 데리고 2층에 올라간다. 희수 한 발 한 발 떼는.
- 자신과 멀어지는 희수를 보듯이 눈을 뜬 지용의 시신.

(인서트 4)    카덴차 현관 밖 /N

엠마 수녀, 현관 밖으로 나와 문에 기대 서 있다. 놀란 눈으로 숨을 고르며 고개를 절레절레하다 쓰러져 피 흘리는 사람이 지용임을 한 번 더 자각한다.

엠마    아… 안 돼!!

-다시 카덴차 계단-

서현, 희수를 부축하는 손에 안타까움과 결단이 담겨 있다. 그렇게 2층 계단 어딘가에 희수를 올려둔 서현. 바닥에 떨어진 피 묻은 소화기에 시선이 가자 일단 그것부터 치워야겠다고 느끼는 서현, 희수를 계단에 두고.

서현    여기 있어. 잠깐만. (하고 내려가 소화기를 치운다. 결국 손과 옷에 피가 묻는다)

-카덴차 홀-

서현, 소화기를 치우고 희수 쪽으로 가려는데 문 열리는 소리가 들린다.

서현       !!! (얼른 비밀 통로 쪽으로 가 몸을 숨긴다)


엠마 수녀가 천천히 어두운 복도에 들어온다. 엠마 수녀의 발에 다다르는 핏물. 핏물을 따라가면 죽어 있는 지용. 옆에 있던 시신이 사라졌다. 소화기도.

- 소화기를 품에 안고 긴장한 서현.

엠마 수녀, 바들바들 떨기 시작한다. 지용에게 다가간다. 지용이 죽어 있다. 엠마 수녀, 일어나 뒷걸음질치다 2층 계단에 서 있는 실루엣을 본다. 그대로 얼음처럼 굳는 엠마 수녀. 엠마 수녀, 한 발 한 발 다가간다.

엠마       (달빛에 비친 실루엣의 정체가 희수임을 확인하고) !!!


S#45      카덴차 현관 앞 /N (사건 당일)
          엠마 수녀, 급하게 뛰어나오며 아무나 누군가를 찾으려는데.

엠마       (충격에 숨을 헐떡이며 허공에) 크… 큰일났어요… 안… 안에… 쓰러져… 있어요… 빨리 구급차…

성태   (어디선가 다가오자)

엠마   (카덴차 가리키며) 사, 사람이 다쳤어요… 저 저기에…!! 빨리 구급
     차 부르세요, 얼른요!

성태   네. (가려다 다시 돌아보며) 여기 계세요. 따라… 들어오지 마시고요!


엠마 수녀, 놀란 숨을 천천히 들이쉬면서 카덴차로 들어가는 성
태 바라본다. 엠마 수녀, 얼음처럼 굳은 채 정신이 없다.


S#46   카덴차 홀 /N (사건 당일)

서현   (주 집사를 부르는 호출 버튼 누른다. 침착하게 핸드폰 들어) 선생님 빨리 카
     덴차로 와주셔야겠어요. 사곱니다.


서현, 핸드폰을 끊는데 그런 그녀의 앞에 탁 나타난 누군가. 다
름 아닌 성태다.


서현   닥터 김 곧 올 겁니다. 오는 대로 나한테 바로 전화해요.


주 집사가 달려온다. 주 집사, 상황 보고는 쿵쿵거리는 심장을
애써 가리고서 태연한 척 서현의 명을 기다린다. 성태, 바닥의
피를 닦기 시작한다. 계단에 넋이 나가 가슴을 움켜쥔 채 호흡을
힘들어하는 희수를 부축하는 서현.


서현   (희수의 심각한 상태를 보고서) 동서 데리고 병원 다녀올게요. 뒷일 부
     탁해요.

| 주 집사 | 네, 사모님…!!! |

서현, 힘들어하는 희수를 데리고 지하 1층으로 향한다.


S#47 　　동 정원 - 카덴차 현관 앞 /N (사건 당일)

엠마 수녀, 기도하며 성태가 어서 나오기를 기다린다. 저택의 상황과 대조적인 관현악단의 라벨의 <볼레로> 연주는 엠마의 심장 비트와 콜라보가 돼 엠마 수녀의 신경을 자극한다. 엠마 수녀, 한참 지나도 아무도 나오지 않자 다시 들어가려고 카덴차로 뛰어가 문을 열려고 하는 순간, 주 집사가 불쑥 나온다. 놀라는 엠마 수녀.

| 엠마 | (다급하게) 어떻게 됐어요?! 지용이… |
| 주 집사 | 집 안에서 일어난 일을 함부로 발설할 수 없습니다. 주치의 불렀으니 진정하시고 이만 조용히 돌아가주세요, 수녀님. |
| 엠마 | (주 집사의 손에 묻은 피를 보고) …!!! |

주 집사, 음악이 흐르는 메인 정원 쪽을 잠시 바라보더니 굳은 표정으로 엠마 수녀와 눈을 한 번 더 마주친 후 카덴차 현관을 굳게 닫는다. 남겨진 엠마 수녀, 어쩔 줄 모르고…


S#48 　　서현의 차 안 /N (사건 당일)

뒷좌석에서 신음하는 희수. 정신을 잃기 일보직전이다. 서현, 룸

미러로 희수를 보며 속도를 내 운전하는데 손과 팔에 피가 묻어 있다.


S#49    카덴차 현관 앞 /N (사건 당일)

엠마 수녀, 쉽사리 자리를 떠날 수 없는데, 김 닥터가 도착한다. 엠마 수녀, 김 닥터가 카덴차로 들어가는 모습을 본다. 패닉 상태인 엠마 수녀.


S#50    서현의 차 안 /N (사건 당일)

서현, 운전 중. 희수를 병원에 맡겨놓고 통화 중이다.

서현    동서… 집에 가서 수습하고 다시 갈게. 그리고! (희수가 죽였다는 생각에서 나오는) 걱정 마. 내가 다 알아서 할게. (전화 끊는)


S#51    동 병원 병실 /N (사건 당일)

희수, 누워 있는데 눈물이 흐른다. 전화를 내려놓은 희수의 손이 경련이 일어나듯 떨리는.


S#52    메인 정원 일각(13회 S#26 확장) /N (사건 당일)

파티를 마무리하는 분위기다. 손님들이 거의 사라지고 메이드들이 뒷정리를 하는데, 한 회장과 순혜가 메인 정원 일각 의자에 나란히 앉아 있다.

| | |
|---|---|
| 한 회장 | 당신에게 좋은 남편이지도 못했고… 이게 다 내 잘못이야. |
| 순혜 | … |
| 서현 | 아버님…! |

한 회장, 순혜, 다급한 서현의 부름에 놀라 뒤를 돌아보면. 서현, 패닉 상태로 천천히 다가온다.

| | |
|---|---|
| 서현 | (목소리 떨리고 감정 격앙된) 아버님… 서방님이… |
| 한 회장/순혜 | (보자) |
| 서현 | 2층에서 추락…했습니다. |
| 한 회장 | (충격 받는) |
| 순혜 | (놀라는) |
| 서현 | 그 자리에서 사망했습니다. 혈관이 터졌답니다. |
| 한 회장 | … (굳어져 있다 침착하게) 김 닥터 불러라. |
| 서현 | 이미 와 있습니다. 제가… 처리하겠습니다. |
| 한 회장 | (휘청하며 무너지는) |
| 순혜 | (굳어진 채) |

그런 서현의 팔과 손에 묻은 피를 발견하는 순혜. 순혜의 표정, 더욱 단단히 굳고. 서현은 침착하게 돌아 나간다. 한 회장, 눈빛이 흔들리며 벌떡 일어나다 심장을 부여잡으며 순혜를 붙잡는다. 한 회장을 부축하던 순혜, 걸어가는 서현의 뒷모습을 바라본다. 그렇게 카덴차 저택 안으로 들어가는 서현의 뒷모습에서.

디졸브.


카덴차 홀 /E (*동회차 S#31 이어서) d+14

회상이 끝난듯 저택의 문이 닫힌다. 다시 계단 위의 희수. 호흡을 다 잡으려 노력한다. 그 위로 하준의 소리가 떠오른다.


하준(소리)          엄마가 얼마나 멋진 사람인지… 잊지 마.


희수, 마음을 다잡고 계단을 내려간다. 희수가 내딛는 당찬 새 걸음이 과거 그날의 어두운 걸음들을 지워 나간다. 홀을 지나 카덴차 저택의 문까지 활짝 연다. 그러자 붉은 석양빛이 들어온다. 따뜻한 빛이 들어와 어둠을 밝힌다. 희수가 추락했던 그 바닥까지도… 빛이 퍼져 아픈 기억을 지운다. 노을빛을 받아 반짝이는 희수의 모습에서…


S#54          효원가 정원 /D d+15

그 노을이 타임랩스로 시간 경과를 나타내며 새날이 밝아온다. 아침 해가 떠오르는 효원가 전경.


S#55          한 회장 서재 /D d+15

주 집사, 들어와 한 회장 앞에 선다. 마지막 인사를 한다.


472 × 473

| 한 회장 | (그런 주 집사 보며) …그만둔다고? |
|---|---|
| 주 집사 | 네, 회장님… |
| 한 회장 | 섭섭하구먼. 하나둘씩 다 떠나는 것 같아… 떠나야 할 이유가 있는 거지? |
| 주 집사 | …네… |

그런 주 집사 표정 위로.

| (인서트 1) | 성태의 방 (회상-지용이 죽은 날 밤) /N |
|---|---|
| | 지용의 죽음으로 극한의 공포와 초조함 속에 있는 성태. 방으로 들어와 문을 잠그는 주 집사. |

| 주 집사 | 너 왜 문을 열어준 거야? 맘을 먹었음 끝까지 했어야지. 하다 말아 이 새끼야. |
|---|---|
| 성태 | (벌벌) 헤드님이에요? 헤… 헤드님이 상무님 죽인 거예요? |
| 주 집사 | 왜 내가 죽여? |
| 성태 | (당황, 황당) 저는 문을 열어줬다고요. |
| 주 집사 | 아예 열지를 말든가! 열려면 더 일찍 열었어야지! |
| 성태 | !! |
| 주 집사 | 가스를 마셔서 죽은 거야. 그게 떨어져 죽을 높이라고 생각해? |
| 성태 | 그래도… 떨어지지 않았으면 죽지 않았어요, 절대. |
| 주 집사 | 그래… 내가 죽인 거로 하자. |
| 성태 | ! |
| 주 집사 | 도망가… 이 집에서. 다신 나타나지 마! |
| 성태 | (두려움에 끄덕이고 미리 패킹한 트렁크를 들고 나가려는데) |

| | |
|---|---|
| 주 집사 | 블루다이아는 주고 가야겠지? |
| 성태 | !! |
| 주 집사 | 내가 죽인 거잖아, 한지용… |

(인서트 2)    서현의 서재 (동회차 S#12 확장) /N

모든 얘기를 들은 듯 마음을 추스르는 서현의 모습. 죽을죄를 지은 듯한 주 집사의 고개 떨군 모습.

| | |
|---|---|
| 서현 | 왜 그렇게 한 거예요? |
| 주 집사 | 그때 약속 드렸었죠. 한번은 큰사모님의 개가 되겠다고. |
| 서현 | … |
| 주 집사 | (눈시울 붉어진) 그게 그 약속을 지키는 거라고 생각했어요. |
| 서현 | …주 집사는… 정말 우리 집을… 나를… 너무 다 알아버려서… 떠나는 것 말곤 방법이 없네요. |
| 주 집사 | …네… |
| 서현 | … |
| 주 집사 | 큰사모님의 결정에 따르겠습니다. |
| 서현 | (끄덕이다) 그 블루다이아 목걸이… |
| 주 집사 | … |
| 서현 | 그걸 가져가면 주 집사님은 한지용을 죽인 게 됩니다. 근데… 그걸 이 집에 두고 간다면… 제 동서를 도와준 게 되는 거고요. (눈빛, 표정) |
| 주 집사 | … |
| 서현 | 주 집사님이… 선택하세요! |

474 × 475

-다시 현재-

| 한 회장 | 주 집사? |
|---|---|
| 주 집사 | (번뜩) 네, 회장님… 나가기 전에 드릴 게 있습니다… (케이스 건 넨다) |
| 한 회장 | (열어보면 발광하는 블루다이아다) |
| 주 집사 | 원래 주인에게 돌려드려야 할 것 같아서요. |
| 한 회장 | …어쩌다 주 집사가 가지고 있게 되었지? |
| 주 집사 | (미소 유지하려 애쓰며) 어쩌다 그렇게 됐습니다. (그만 나가려고) 간간이 문안 인사 드리겠습니다. 건강하세요. |
| 한 회장 | (담담히 주 집사 바라보며) 그래… 주 집사도 건강해. |

급히 나가는 주 집사를 보는 한 회장의 모습. 그리고 줌인되는 블루다이아 목걸이.


S#56     서현의 서재/D d+15

서현, 책상 밑에 있는 소화기를 들어 올려 보고 있다.


서현     서희수…가 한 짓이 아니었어. (피식)


S#57     희수의 줄넘기 장소 /D d+15

희수가 줄넘기를 하고 있다. 줄넘기 멈추고 땀을 흘리는 희수. 그런 희수에게 누군가 수건을 건넨다. 자경이다. 희수, 수건을 받아 땀을 대충 닦는데…

| | |
|---|---|
| 자경 | 공항은 가실 거죠? |
| 희수 | 그럼요. 가야죠, 당연히. |
| 자경 | 이제 얘기해주세요… 왜… 기억을 못 하는 척한 건지… |
| 희수 | …난 결혼생활 동안… 두 번의 연기를 했어요. 둘 다… 하준이를 위해서… 오로지 하준이 때문에… 그랬어요. |
| 자경 | (눈빛, 표정) |
| 희수 | 하준 아빠가… (눈시울 붉어진) 날… 죽이려 했어요. |
| 자경 | !! |
| 희수 | 그 얘기를 경찰에 할 수는 없었어요. |
| 자경 | !!! (희수 마음 알겠는데) |
| 희수 | 아빠의 죽음만으로도 하준이의 상처는 너무나 커요. 근데… 아빠가… 엄마를 죽이려 했다는 걸… 하준이가 알게 할 순 없었어요. 경찰에게, 세상에, 그건 중요하지 않겠죠… 그들이 중요하게 생각하는 건 한지용을 죽게 한 사람일 뿐이니까… 아빠가 엄마를 죽이려 했단 걸 알게 된 하준이 상처는요? 난 하준이가… 조금이라도 다치고 아픈 게 싫어요. 오로지 그 이유 때문에 그랬어요… 남들에겐 우습고 사소하지만 나한텐 너무나… 큰… 그 이유 땜에… |
| 자경 | (눈시울 붉어지는) 사소하지 않아요, 절대. 엄마에겐 우주만큼 큰 이유예요. |
| 희수 | 난 하준이를 지켜야 했어요. 그 거짓말로… 내가… 지옥에 가야 한다면… 기꺼이… 갈게요. |
| 자경 | (우는, 결국) 고맙습니다. |
| 희수 | (글썽이며 눈물 가득한 7회 S#35의 동일 대사를 너무나 다른 느낌으로) 내 아들… 내가 생각하는데 번번이 그쪽이 왜 고맙죠? |

자경과 희수, 엄연한 거리를 두고 감정이 북받친다. 희수, 땀인지 눈물인지 모를 눈물이 얼굴에 묻어 있다. 희수, 자경을 남긴 채 벗어나며.

희수   고마워요, 이혜진 씨… 우리 하준이 낳아줘서.
자경   (남겨진 채 눈물) 하준이는… 서희수 씨 아들이에요.
희수   !!
자경   저 그 맘… 지킬 거예요.
희수   (그런 자경 뒤돌아보는, 뜨거운 눈가와 눈빛)


그런 두 여자의 모습에서.



S#58   카덴차 건물 외경 /D d+15
      건물 곳곳을 딱따구리가 쪼아서 균열되어 있다. 예닐곱 군데의 균열된 흔적들 위로.


주 집사(소리) 딱순이가… 온 건물을 다 쪼고 다닙니다. 보수 공사를 하면 또 쪼고… 그 안에다 집을 만들고 있어요.



S#59   순혜의 방 /D d+15
      주 집사 이어가는.


주 집사  서울 시 딱따구리는 효원가에 모이고 있어요.

순혜, 간만에 크림빵을 입에 묻혀가며 먹고 있다. 순혜의 목에 걸려 있는 블루다이아 목걸이가 빛난다.

| | |
|---|---|
| 순혜 | 어디 서울 시뿐이겠어? 경기도 딱따구리도 오겠지. |
| 주 집사 | 사실 새가 그런 출신 지역이 있진 않죠. |
| 순혜 | 그러게 말이야⋯ 근본 없는 게 때론 편해. |

두 손에 들고 질겅질겅 빵을 먹는 순혜.

| | |
|---|---|
| 순혜 | 근본 없는 딱따구리 하나 못 막는 재벌 집⋯ 이제야 알겠네⋯ 뭐가 이렇게 시시해. |
| 주 집사 | (그런 순혜 보며) 건강하세요, 왕사모님. 블루다이아 목걸이⋯ 정말 예뻐요. |
| 순혜 | 그렇지? 예뻐~ (블루다이아 목걸이 만지며 행복해하다가) 꼭 그만둬야 겠어? |
| 주 집사 | 네. |
| 순혜 | (심술맞게 꼴쳐보다) 잘 가~ |

S#60　　메이드 목욕실 /D d+15

진호와 아쿠아맨, 목욕탕에 들어가 있다. 진호, 군대에서 있었던 무용담 늘어놓는다. 열심히 듣고 있는 아쿠아맨.

| | |
|---|---|
| 진호 | 사실 그때 나랑 유학 같이 갔던 애들은 다 군대 안 갔단 말이 야⋯ 난 근데⋯ 솔선수범해서 다녀왔어요~ 노블리스 오블리제 |

아니겠어?

| | |
|---|---|
| 아쿠아맨 | 군대 어디 다녀오셨는데요? |
| 진호 | 방위~ |
| 아쿠아맨 | (금시초문) 방위? |
| 진호 | 우리 땐 방위라고 했어. 공익보다 그게 훨씬 솔저 느낌이 강한데 이름을 왜 바꿨나 몰라… 넌 군대 어디 다녀왔어? |
| 아쿠아맨 | 해병대 나왔습니다. |
| 진호 | 아, 이력서에서 봤어. (꼴쳐보는) 너 이때까지 나 무시했겠네. |
| 아쿠아맨 | 아닙니다… 방위 너무 멋있습니다. |
| 진호 | (마뜩잖고 재미없다. 궁시렁) 멋있긴 개뿔… 나가자~ 너무 뿔어, 내 몸… |

S#61     지용의 서재 /D d+15

희수, 들어와 빈 서재를 둘러보며 지용의 자리에 앉아본다. 그리고 책상 서랍을 열어보는데 그곳에 다량의 수면제가 있다. 안타까운 눈빛이 되는 희수. 그러자 어느새 앞에는 지용이 서 있다. 희수를 보는 지용, 지용을 보는 희수.

| | |
|---|---|
| 희수 | (안타깝게) 왜 이래야 했어… |
| 지용 | (말이 없는) |
| 희수 | 모든 게… 다… 거짓은 아니었지…? |
| 지용 | (그런 희수 보는) |
| 희수 | 용서하진 못할 거 같은데… 잊어는 줄게… (의미심장하게) 나를 위해서… |

| 지용 | (그런 희수 보다 사라진다) |
|---|---|
| 희수 | (잊어버리려는 듯 허공을 보는 시선을 거두는) |

S#62    카덴차 홀 / D d+15

주 집사, 캐리어를 들고 메이드들의 배웅 받으며 나오는데 희수
가 다가온다.

| 주 집사 | (목례하면) |
|---|---|
| 희수 | (인사하는) |
| 주 집사 | (가려 하자) |
| 희수 | 고마워요… 그날… |
| 주 집사 | (희수는 다 알고 있다!! 평정 되찾고) …건강하세요, 작은사모님. |
| 희수 | 네, 주 집사님도요. |
| 주 집사 | (가려다 말고 다시 희수에게) …큰사모님은 한지용 상무님을 작은사모님이 그렇게 만들었다고 생각해서… 작은사모님을 끝까지 감싸신 겁니다… |
| 희수 | !! |

주 집사가 나가는 모습을 지켜보는 희수와 그 뒤의 카덴차 모습
에서.

S#63    동 저택 게이트 / N d+15

게이트 문이 열린다. 서현의 차가 들어온다. 시큐리티 팀장 무전

480 × 481

기로.

<table>
<tr><td>시큐리티</td><td>회장님 들어오십니다.</td></tr>
</table>

서현의 차가 카덴차 앞에 서고 서현이 차에서 내린다. 그런 서현 앞에 희수가 서 있다.

<table>
<tr><td>희수</td><td>…형님이 지키려던 게… 저였어요?</td></tr>
<tr><td>서현</td><td>동서가… 지키려던 게… 하준이였어?</td></tr>
<tr><td>희수</td><td>…</td></tr>
<tr><td>서현</td><td>난 잘못을 감춰준 게 아니야… 동서를 믿은 거지… 난 내 할 일을 했을 뿐이야.</td></tr>
<tr><td>희수</td><td>형님… 감사해요. 잊지 않을게요.</td></tr>
<tr><td>서현</td><td>(쿨하게) 잊어!</td></tr>
</table>

서현, 그렇게 툭 지나가고. 그런 서현을 보는 희수의 모습에서. 자막 '6개월 후'.


S#64    노덕이 새장 /D

노덕이와 딱순이, 근엄하고 뻔뻔하게 새장에서 놀고 있다.


S#65    카덴차 다이닝 홀 /D

전반적으로 집안 살림을 관리 감독하는 진호. 순혜는 턱받이를 차고 여전히 많은 음식을 잔뜩 차려두고 식탐을 내며 먹고 있다. 그런 순혜 앞에서 집안 대소사를 브리핑하는 진호.

진호    루바토가 비어서 거기에 수혁이 신혼살림을 차리게 해야 할 거 같아. 메이드 중 한 명만 거기 보내면 될 거 같아.

순혜    적성에 맞나 보다, 집안일이?

진호    (미소) 그런 거 같아.

순혜    (아들이지만 좀 한심하다) 너 회사는 안 가니?

진호    가화만사성이야. 집 문제를 해결해야지. 그나저나 딱순이는 어디 보내야 하지 않겠어? 가족회의라도 할까? 그 기집애 우리 집을 다 파먹고 다니잖아~

하는데 진호의 전화가 울린다. 진호, 전화 받는.

진호    여보세요? (다정하다) 어디야? 알았어. 내가 그리로 갈게. 너랑 나 만나는 거 아무도 알면 안 돼. 알지? (듣는) 그래. (끊는, 일어나 나가자)

순혜    (궁시렁) 또 누굴 만나는 거야.

S#66    동 저택 밖 /D

건물은 딱순이가 쪼아놓은 균열로 보수 공사가 한창이다. 인부가 사다리를 타고 파먹은 건물을 보고 있는 등. 진호, 정원을 걸어 주차장으로.

S#67    게임방 인근 /D

목발을 짚고 걷고 있는 정도, 진호를 기다린다. 진호 나타나자.


진호    팀 짜졌냐? 들어가자. (정도를 다정하게 부축해서 들어간다) 너 많이 나
        았네.
정도    제 인생에 남은 건 형님밖에 없어요.
진호    나도 너밖에 없어. 진희랑 너 남 됐지만 진희보다 너랑 더 자주
        보고 살잖아.
정도    골프도 이제 못 치고 보드 게임이나 해야지.
진호    그러니까~ 내가 같이 놀아줄게, 너랑. 우리 소울메이트 할까?
정도    (징그럽다) 그런 소리 들으면 저 자신이 더 비참해져요. 그만해요,
        진짜.
진호    못됐어, 새끼…


그렇게 게임방으로 들어간다. 문이 닫힌다.



S#68    루바토 /D

확 달라진 모습의 유연, 루바토로 발을 들인다. 유연, 주희의 안
내로 2층으로 올라간다. 루바토를 둘러보는 유연. 방에서 나오
는 수혁과 마주친다. 오랜만에 재회하는 두 사람, 서로에게 다
가가는데. 이때 핸드폰이 울리면 전화 받는 유연. 유창한 영어로
이야기하는데. 주희가 수혁에게 눈빛을 보낸다. 전화 끊은 유연,
주희를 묘하게 못마땅한 눈으로 꼴쳐본다. 주희, 그런 유연의 시
선에 꼬리 내리는.

유연       저희 집에서 일하신 지 얼마나 되셨어요?


주희, 그런 유연을 보는데서.



S#69      차 안 /D
아쿠아맨이 운전하고 주희, 조수석에 앉아 칭얼댄다.


주희       아아… 왜 내가 또 쫓겨나야 하는 거냐고오!!! 쫓겨나는 게 무슨
          습관이냐고오!!
아쿠아맨    (쟬 어째야 하나… 하는 눈빛으로 운전한다)
주희       (다부지게 맘먹고) 꼭 다시 들어오고 말 거야!!



S#70      서현의 회장실 /D
서현, 회장실에 들어온다. 책상 위에 놓인 일간지들 중 하나 뽑
아 읽는다. 신문 헤드기사 희수의 사진과 '서희수 드라마 복귀작
<마인>'. 서현, 그 기사 읽으며 흐뭇한 미소를 짓는다.



S#71      희수의 케렌시아 /D
<마인> 대본 외우고 있는 희수. 그때 문이 열리고 누군가 들어
온다. 수영이다.


수영       언니… 첫 촬영 스케줄 다 나왔어요. 다음 주 월요일이에요.

| 희수 | 그래? (하며 스케줄 받는데) |
|---|---|
| 수영 | 언니, 사람들 앞에 나서서 잘할 자신 있죠? |
| 희수 | 그럼… 난 뭐든 할 수 있어, 이제. |
| 수영 | (그런 희수 보고 웃는다) |
| 희수 | (시간 보고는) 지금 나가자. 빨리 가고 싶어. |

S#72  어느 들판 /D

엠마 수녀가 아낙의 모습으로 행복하게 농사를 짓고 있다. 자라
난 들깻잎을 보고 있는 엠마 수녀의 해사한 모습.

| 엠마 | 세상에… 고맙기도 하여라… |
|---|---|

그런 엠마 수녀 앞에 그늘을 만들며 누군가 서 있다. 다름 아닌
서현이다. 그런 서현을 보는 엠마 수녀.

S#73  동 들판 다른 외곽 /E

엠마 수녀와 서현, 걷고 있다. 그러다 엠마 수녀가 말을 꺼낸다.

| 엠마 | 내가 대신 사과할게요. |
|---|---|
| 서현 | (멈춰 선다. 무슨 말인지 모르겠는데) |
| 엠마 | 아무도 모르게 옷장 속에 숨겨두게 해서… 내가 세상을 대신해 사과할게요. |
| 서현 | (알아듣고는 뭉클한데) |

엠마　　　당신 잘못이 아니잖아요. 그런데 잘못인 듯 옷장 속에 숨겨두고
　　　　　살았잖아요. 이제 그러지 마세요.

서현　　　(눈시울 붉어져) 고맙습니다…

엠마　　　(그런 서현 따뜻하게 보며) 들깨칼국수 먹을까요, 우리?

서현　　　좋아요. 동서한테 들었어요. 특별하게 맛있다고… 먹고 싶어요.
　　　　　(처음으로 환하게 아이처럼 웃어본다)

엠마　　　언제든 와요. 가요. 내 끓여줄게.


　　　　　그렇게 걷고 있는 두 여자의 모습에서.



S#74　　　하원갤러리 (몽타주성) /D

　　　　　바오로 신부가 성경 말씀을 전하고 있는 듯 보이고 열심히 말씀
　　　　　에 집중하는 서진경, 진희, 미주, 재스민. 제대로 성경에 빠진 듯
　　　　　보이는 그녀들.

바오로　　예수님은 사람들이 간음한 여인에게 돌팔매질을 하려 하자 너
　　　　　희 중에 죄 없는 사람은 저 여자를 돌로 쳐라!!고 하셨습니다.

　　　　　그 소리에 일동 일제히 재스민을 보는데…

바오로　　(그 시선의 연유 알 수 없다. 이어가는) 여러분은 돌로 칠 자격이 있습
　　　　　니까?

진희　　　(툭, 다부지게) 네!

일동　　　(헐)

| 바오로 | (뻥! 해서 어이없이 보다가 급마무리하듯) 네… 알겠고요. 그냥 기도~ 합시다. |
|---|---|

어쨌든 기도하는 여인들과 바오로의 모습.


S#75    공항 /D

희수, 행복한 표정으로 누군가를 기다린다. 희수의 눈빛이 촉촉해진다. 희수, 그렇게 뛰어간다. 하준이다. 하준이를 부둥켜안는 희수. 그런 희수와 하준을 흐뭇하게 보는 자경. 희수, 하준을 쓰다듬고 만지며 감정이 북받친다.

| 희수 | (주먹을 하준에게 내밀며) chill~~ (힙합 바이브로) |
|---|---|
| 하준 | (어찌 알았지? 싶게 보며 자연스레 주먹 붙이고) Chill~ |
| 희수 | 데쓰맨이 자기가 작사한 노래 끝에 반드시 치일~~하잖아. 나름의 시그니처로. |
| 하준 | (해맑게 웃으며) 엄마 짱! |
| 희수 | 이 엄마가 하준이 좋아하는 거 오늘 다 해주지! |
| 하준 | 나야 당연히 갈비찜이지! |
| 희수 | 엄마 예상했지! |

하준, 희수와 깊은 포옹, 뽀뽀. 그렇게 조우의 기쁨을 나누던 희수의 시선은 자연스레 자경에게 향한다.

| 희수 | 애쓰셨어요. |
|---|---|

하준을 중간에 두고 하준의 손을 잡고 걷고 있는 희수, 하준, 자경의 모습이 그렇게 멀어지면서.


S#76      어딘가 /D

희수와 자경, 걷고 있다.


자경      제가 하준이를 보지 않고 살았던 그 시간을… 채울게요. 서희수 씨가 메워준 그 아름다운 시간만큼 될 수 있을지 모르지만 최선을 다할게요. 제가 할 일은 그거예요.

희수      촬영 끝나고 갈게요. 그때 같이해요. 우리 그렇게 하준이 잘 키워요. 그래서 이 세상의 빛과 소금이 되게 만들어주고… 우리 각자의 길을 가요.

자경      그래요. 꼭 그렇게 해요!


그렇게 걷고 있는 두 사람.


S#77      촬영장 /D

서현, 희수의 촬영장에 도착하자 스태프가 서현에게 인사한다. 멀리서 희수와 서현, 눈이 마주친다. 미소 짓는 두 여자.


S#78      촬영장 근처 어딘가 /D

희수      들었어요, 형님.

| 서현 | 뭘? |
|---|---|
| 희수 | 저희 드라마 투자, 효원E&M에서 하는 거… |
| 서현 | 나 사업하는 사람이야… 전 동서한테 투자하는 거 아니야. 좋은 드라마라서 하는 거지. 잘 해내야 돼! |
| 희수 | 형님. |
| 서현 | 응. |
| 희수 | 행복해 보여요. |
| 서현 | (보면) |
| 희수 | 형님의 것을 찾았어요? |
| 서현 | (여운 있게 보며) … |
| 희수 | (표정, 눈빛) 더 묻지 않을게요. 찾았든 찾지 않았든 내가 만난 인간 정서현은 정말 멋진 사람이거든요. 형님의 선택은 분명 최고일 거예요. |
| 스탭(소리) | 선배님 스탠바이해주세요. |
| 서현 | 나 동서에게 많이 배웠어. 나라는 한계를 넘어서 타인을 사랑하는 마음… 그래서 날 더 사랑할 수 있는… 동서가 나에게 알려준 거야. |
| 희수 | 형님이 스스로 찾으신 거죠. 지금의 저도 형님 덕분에 여기 있잖아요. |
| 서현 | (희수 보면) |
| 희수 | 우린 참 특별한 인연이었어요. |
| 서현 | (그런 희수 보며)… 고마워, 서희수! |

희수, 그런 서현 보며 미소 지은 후 그렇게 촬영 현장 속으로 쑤욱 들어간다. 서현의 시선이 되어 따라가는 행복한 희수의 모습.

디졸브.

S#79      어딘가 /D

희수를 만나고 걸어가는 서현. 희수와 한 대화를 곱씹어본다. 그러다 전화 건다.

서현      나야… 수지야… 다음 주에 내가… 니가 있는 곳으로 갈게. 보고 싶어.

S#80      승마장 /D

자경이 하준에게 승마를 가르쳐준다. 그런 자경의 모습.

S#81      엔딩 /D

분장실 큰 거울 앞에서 자신을 보고 있는 희수의 모습에 줌인하면서. (마치 거울 속 자신과의 대화 같은 느낌이다)

(인서트)      플래시백

엠마 수녀가 희수에게 자매님의 내 거는 뭐냐고 묻는다.

희수(N)      수녀님… 답을 찾은 거 같아요. 모든 것을 잃은 나조차도 사랑할 수 있는 나 자신… 그거예요… (깊은 눈동자로) 마인…

490 × 491

-동 일각-

서현, 하늘을 바라보며 자유롭고 만족스럽다는 듯 미소를 짓
는다.

-촬영장-

밝은 모습의 희수, 촬영을 기다리고 있다. 희수의 아름답게 반짝
이는 모습. 그런 희수의 모습과 서현의 모습이 교차되면서.

<16회 엔딩>

이렇게 어렵고 힘든 상황 속에서 뜨거운 마음으로 달려온 <마인> 제작진 모두에게 박수를 보냅니다. 일일이 인사드리지 못하지만 모든 스태프, 그리고 배우님들께 깊은 감사와 존경을 보내며 우리의 아름다운 인연 가슴에 새길게요. 행복하세요. 여러분 ^^

# 용어 정리

| | |
|---|---|
| /D | day |
| /E | Evening |
| /N | Night |
| C.U | Close Up. 어떤 대상이나 인물이 두드러지게 화면에 확대되는 것. |
| F | Filter |
| S# | 신 넘버(Scene Number)의 약자. 신(Scene)은 동일 시간, 동일 장소에서 단일 상황, 액션, 대사나 사건이 나타나는 한 장면을 뜻한다. |
| 디졸브(dissolve) | 앞 장면이 사라지고 새 장면이 얕게 겹쳐 나타나는 것. |
| 보이스오버(V.O Voice Over) | 연기자나 해설자 등이 화면에 보이지 않는 상태에서 대사나 해설 등의 목소리가 들리는 것. |
| 몽타주성 | 대사 없이 배경음악이 깔리면서 들어가는 여러 가지 장면들. |
| 몽타주 | 따로따로 촬영한 장면을 적절히 떼어붙여서 하나의 새로운 장면이나 내용으로 만드는 것. |
| 오버랩(overlap, O.L) | 앞 장면이 서서히 사라지는데 겹쳐서 다음 장면을 서서히 나오게 하여 점차 완전히 다음 장면이 되게 하는 기법. |
| 인서트(insert) | 화면의 특정 동작이나 상황을 강조하기 위해 삽입한 화면. |
| 인터컷(intercut) | 교차편집, 평행편집. 같은 시간 서로 다른 장소에서 벌어진 사건, 행위를 교차해 보여줌으로써 극적인 효과를 고조시키는 기법. |
| 줌 아웃(zoom out) | 카메라의 위치를 고정한 채 줌 렌즈의 초점 거리를 벌려 촬영물로부터 멀어져 가는 것처럼 보이게 촬영하는 기법. |
| 줌 인(zoom in) | 카메라의 위치를 고정한 채 줌 렌즈의 초점 거리를 변화시켜 촬영물에 접근하는 것처럼 보이도록 촬영하는 기법. |
| 컷 투(cut to) | 다른 장면으로 바뀜. |
| 틸트 다운(tilt down) | 카메라를 수직으로 위에서 아래로 움직이면서 촬영하는 기법. |
| 틸트업(tilt up) | 카메라를 수직으로 아래에서 위를 향하여 움직이면서 촬영하는 기법. |
| 프레임 아웃(frame out) | 컷(cut). 등장인물이 화면 밖으로 빠져나가는 것. |
| 플래시백(flashback) | 추억이나 회상 등 과거의 일을 묘사하는 장면. |

# 마 mine 2 인

2021년 06월 28일 1판 1쇄 인쇄
2021년 07월 05일 1판 1쇄 발행

글 | 백미경
펴낸이 | 이종춘
펴낸곳 | BM (주)도서출판 성안당
주소 | 04032 서울시 마포구 양화로 127 첨단빌딩 3층(출판기획 R&D 센터)
　　　 10881 경기도 파주시 문발로 112 파주 출판 문화도시(제작 및 물류)
전화 | 02) 3142-0036
　　　 031) 950-6300
팩스 | 031) 955-0510
등록 | 1973. 2. 1. 제406-2005-000046호
출판사 홈페이지 | www.cyber.co.kr
ISBN | 978-89-315-5754-1 04810　　978-89-315-5755-8 04810(세트)
정가 | 16,800원

## 이 책을 만든 사람들

기획·편집 | 백영희
교정 | 허지혜
표지·본문 디자인 | 글자와기록사이
국제부 | 이선민, 조혜란, 김혜숙
마케팅 | 구본철, 차정욱, 나진호, 이동후, 강호묵
마케팅 지원 | 장상범, 박지연
홍보 | 김계향, 이보람, 유미나, 서세원
제작 | 김유석

★ ★ ★
www.cyber.co.kr
성안당 Web 사이트

■도서 A/S 안내

성안당에서 발행하는 모든 도서는 저자와 출판사, 그리고 독자가 함께 만들어 나갑니다.
좋은 책을 펴내기 위해 많은 노력을 기울이고 있습니다. 혹시라도 내용상의 오류나 오탈자 등이 발견되면 "좋은 책은 나라의 보배"로서 우리 모두가 함께 만들어 간다는 마음으로 연락주시기 바랍니다. 수정 보완하여 더 나은 책이 되도록 최선을 다하겠습니다.
성안당은 늘 독자 여러분들의 소중한 의견을 기다리고 있습니다. 좋은 의견을 보내주시는 분께는 성안당 쇼핑몰의 포인트(3,000포인트)를 적립해 드립니다.

잘못 만들어진 책이나 부록 등이 파손된 경우에는 교환해 드립니다.

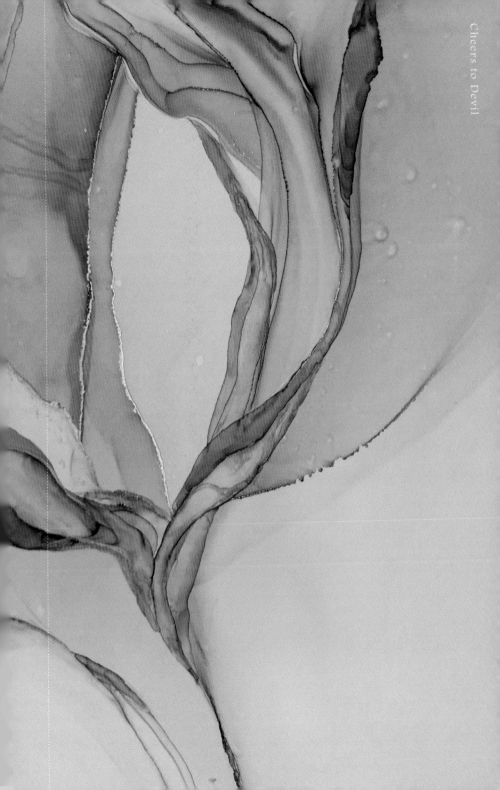

블루다이아몬드가 왜 필요하죠? 내가 블루다이아몬드보다 더 빛나는데.

나를 빛나게 해주는 건 바로 내가 선택받은 특별한 사람이라는 겁니다. 누구나 가질 수 없는 희소성이 절 빛나게 해주죠.

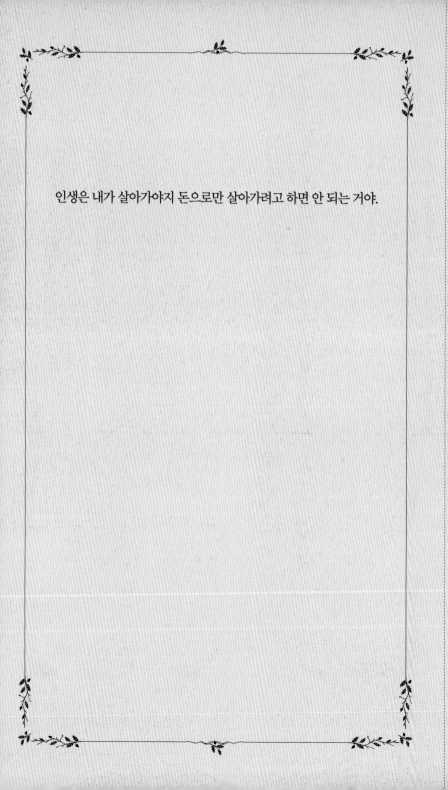

인생은 내가 살아가야지 돈으로만 살아가려고 하면 안 되는 거야.

그들은 지옥에 빠진 거예요. 지옥에서는 먹어도 먹어도 배가 고프
거든요. 만족하지 못하니까… 그게 바로 블루다이아 저주예요…

They All Lie

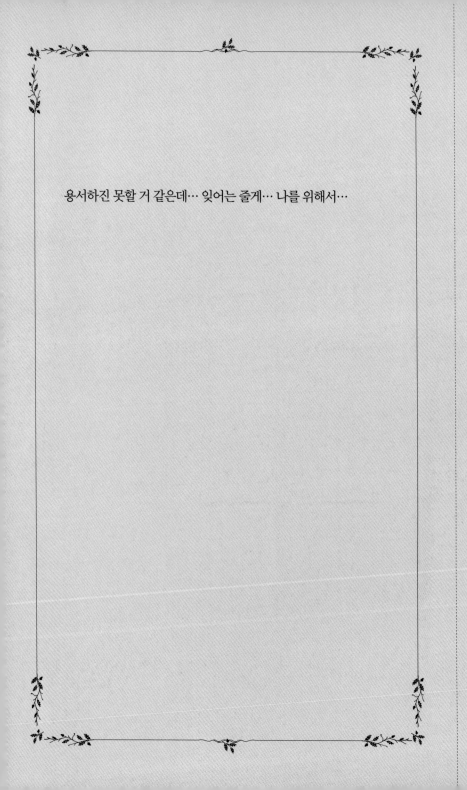

용서하진 못할 거 같은데… 잊어는 줄게… 나를 위해서…

낳지 않았기에 더 많은 눈물을 흘렸습니다.

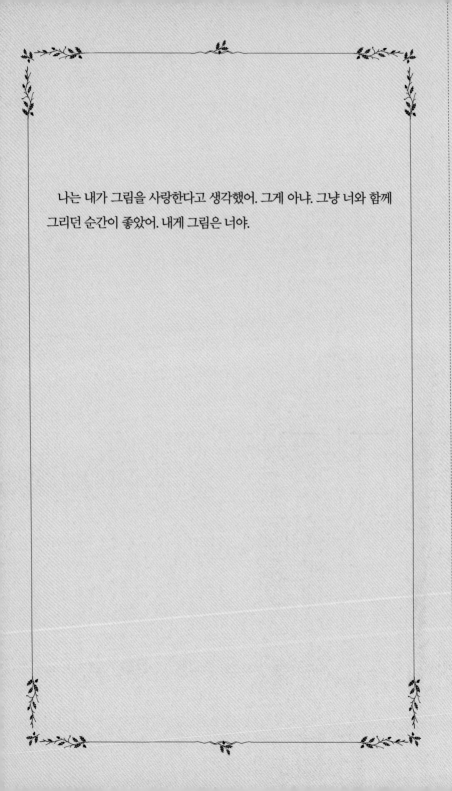

나는 내가 그림을 사랑한다고 생각했어. 그게 아냐. 그냥 너와 함께
그리던 순간이 좋았어. 내게 그림은 너야.

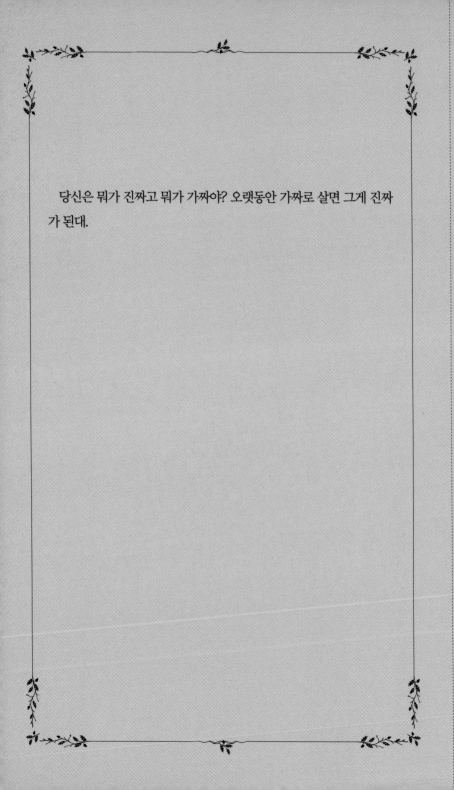

당신은 뭐가 진짜고 뭐가 가짜야? 오랫동안 가짜로 살면 그게 진짜
가 된대.